새벽

Dawn

Dawn

제노제네시스 Xenogenesis 3부작 I

새벽

옥타비아 버틀러 지음 · 장성주 옮김

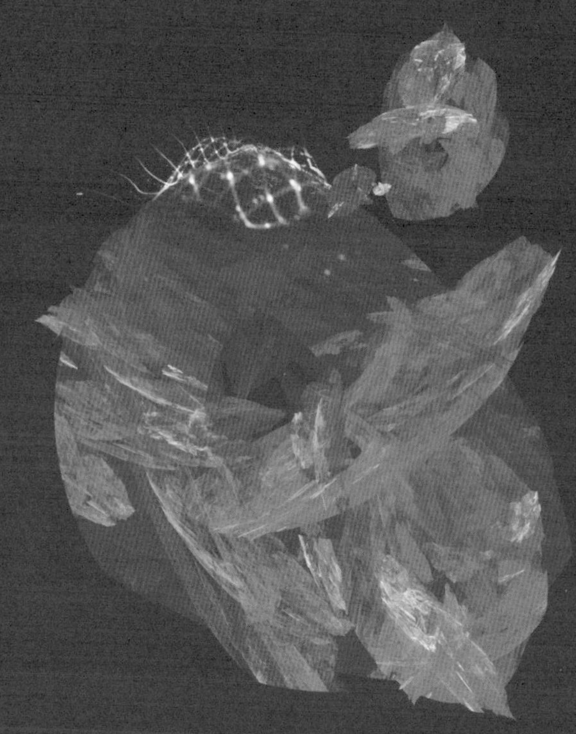

Octavia E. Butler

WARP

재미있고 쓸모 있는 글말을 모두와 함께 누리고자 문해력 증진 운동

'읽자/에스에프READ/SF'를 이끈 마이크 호델을 기리며.

contents

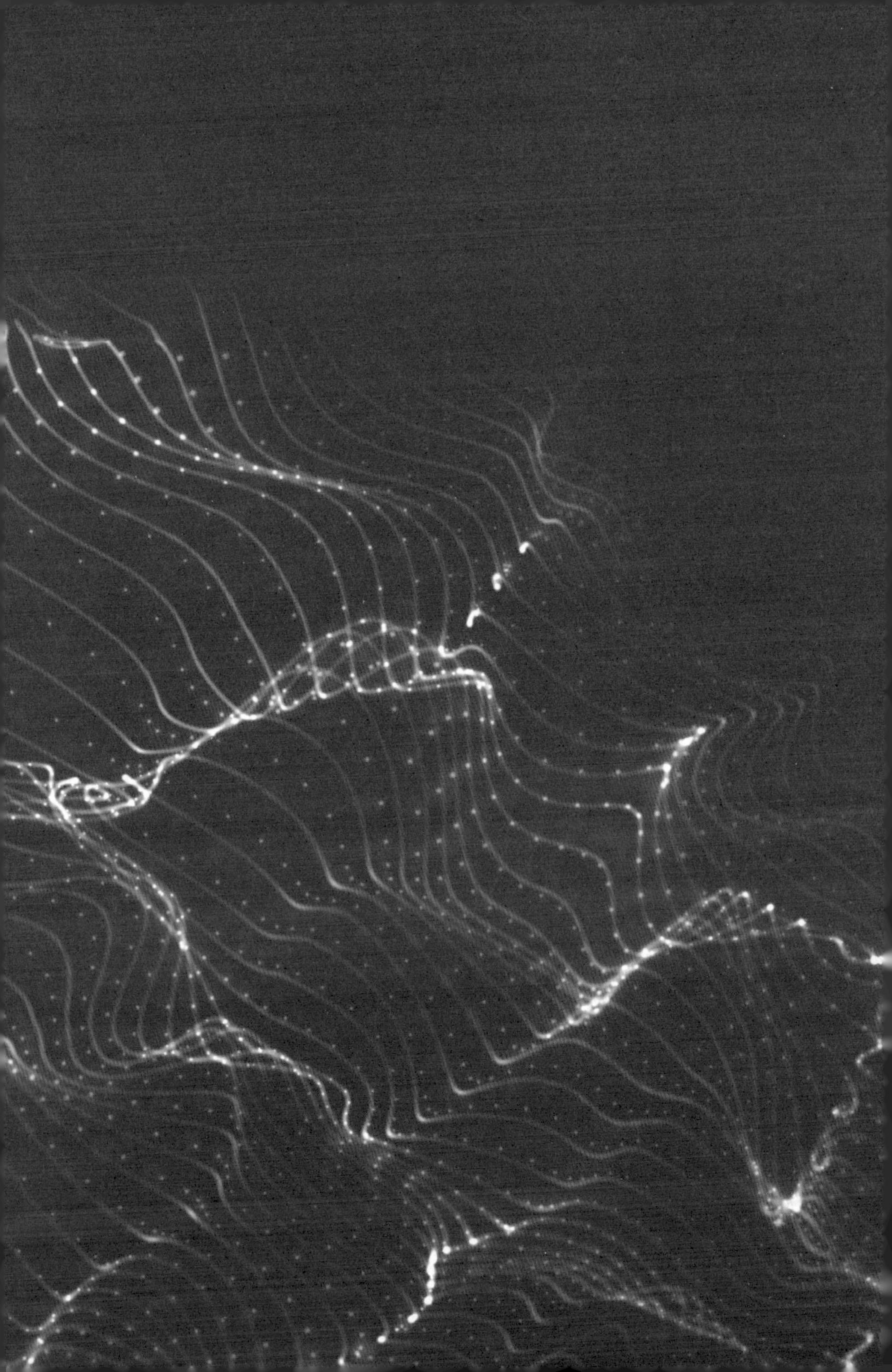

1부

자궁

1

살아 있다!

아직 살아 있다.

살아 있다… 이번에도.

늘 그렇듯, 각성은 힘들었다. 실망감의 극치. 질식할 것 같은 끔찍한 기분이 달아나도록 한껏 공기를 들이마시려니 힘이 부쳤다. 릴리스 이야포는 누운 채로 숨을 헐떡였고, 안간힘을 쓰느라 지쳐 몸을 덜덜 떨었다. 심장이 너무 빠르게, 너무 큰 소리를 내며 뛰었다. 그런 심장을 감싸 쥐고 태아처럼, 어쩔 줄 모르는 채로, 몸을 옹송그렸다. 미세하고 예리한 통증이 휘몰아치면서 팔다리에 다시금 서서히 피가 돌았다.

몸이 진정을 되찾고 소생한 상태를 받아들이자 릴리스는 주위를 둘러봤다. 전에는 어둠 속에서 각성한 적이 한 번도 없었건만, 그 방의 불빛은 어두워 보였다. 그녀는 다시 생각했다. 그 방은 어두워 보이는 것이 아니라 실제로 어두웠다. 전에 각성했을 때 그녀는 자신에게 일어난 일은 무엇이든, 스스로 인지한 것은 무엇이든 현실이라고 결론지었다. 자신이 미쳤거나 약에 취했거나, 몸이 아프거나 다쳤을 지도 모른다는 생각은 이미 해본 적이 있었다. (얼마나 여러 번 떠올랐던 가?) 그중 어떤 것도 중요하지 않았다. 이런 식으로 무력하게, 혼자서, 아무것도 모르는 상태로 갇혀 있는 한, 그런 것은 하나도 중요하지 않았다.

릴리스는 몸을 일으켜 앉은 후에도 어지럼증 때문에 휘청거리다 가, 몸을 틀어 방의 나머지 부분을 둘러봤다.

벽은 밝은색이었다. 아마도 흰색 아니면 회색 같았다. 침대는 전 과 똑같았다. 손으로 누르면 살짝 들어가는 탄탄한 평상이었고 방바 닥에 붙어 있는 것처럼 보였다. 방 건너편에 있는 출입구는 십중팔구 화장실로 통했다. 보통은 화장실이 주어졌다. 그러지 않았던 경우가 두 차례 있었는데 그때는 창문도 문도 없는 좁은 방에서 그저 방의 네 귀퉁이 가운데 한쪽을 골라 일을 보는 수밖에 없었다.

릴리스는 출입구로 걸어가 이쪽 방과 똑같은 어둠 속을 들여다봤 고, 그 안이 화장실인 것을 확인하고 흡족해했다. 이 화장실에는 변기 와 세면대뿐 아니라 샤워기도 있었다. 호사스럽게도.

그것 말고 뭔가 더 있었을까?

아주 조금이지만 있었다. 침대보다 높이가 30센티미터쯤 더 되는 평상이 한 개 더 있었다. 테이블로 쓸 법했지만 의자는 없었다. 그 위 에는 이런저런 것들이 놓여 있었다. 먼저 음식이 눈에 띄었다. 평소에 먹던 질척거리는 시리얼, 아니면 스튜였다. 전에 알던 맛이 전혀 느껴 지지 않는 그 음식은 식용 그릇에 담겨 있었는데 다 비우고 나서 먹지 않은 그릇은 저절로 분해됐다.

그릇 옆에 뭔가 있었다. 그 물체가 또렷이 보이지 않았던 릴리스는 손을 뻗어 만져봤다.

천! 개어서 쌓아놓은 옷가지였다. 릴리스는 그 옷을 홱 낚아채다가 너무 서두른 탓에 그만 떨어뜨렸고, 다시 집어 허겁지겁 몸에 걸쳤다. 허벅지까지 내려오는 기장의 옅은 색 재킷과, 같은 색의 길고 헐렁한 바지. 옷감은 위아래 모두 촉감이 서늘하고 굉장히 부드러워서 언뜻 실크인가 싶었지만, 딱히 납득할 만한 이유 하나 없이 왠지 실크는 아니라는 생각이 들었다. 재킷은 입는 순간 저절로 양쪽 앞판이 서로 붙어 여며진 상태를 유지하다가 그녀가 앞섶을 풀려고 하자 대번에 벌어졌다. 벌어지는 방식을 보고 벨크로 테이프가 떠올랐지만 보이는 곳에는 테이프가 하나도 붙어 있지 않았다. 바지도 같은 방식으로 여며졌다. 그녀는 맨 처음 각성했을 때부터 이때껏 옷을 입지 못했다. 옷을 달라고 애원해 봐도 포획자들은 들은 척도 하지 않았다. 이제 옷을 입고 보니 갇혀 지낸 이후 어느 때보다 더 마음이 든든했다. 거짓 안도감인 줄은 알았지만 힘들게 손에 넣은 즐거움이라면, 또 자존감을 채워주는 것이라면 무엇이든 음미해야 한다는 교훈을 그녀는 이미 배웠다.

재킷을 벌렸다 여몄다 하는 동안 배에 기다랗게 난 흉터에 손이 닿았다. 두 번째와 세 번째 각성 사이에 생긴 흉터였다. 자신이 무슨 짓을 당했는지 궁금했던 릴리스는 조마조마한 기분으로 그 흉터를 살펴봤다. 몸속에서 뭔가 사라지거나 새로 생겨났을까? 만약 그렇다면 이유는 뭘까? 그것 말고 또 무슨 일이 있었을까? 이제 그녀는 자신의 것이 아니었다. 심지어 자기 몸의 살인데도 미리 동의하거나 통보받지 않은 상태로 갈라졌다가 다시 꿰매어졌다.

각성을 거듭하는 사이에 릴리스는 자기 배를 가른 자들에게 자신이 잠시나마 진심으로 고마워하곤 했다는 사실에 격분했다. 고작 뭔지 모를 짓을 당하는 동안 잠들어 있게 해줬다는 이유로… 또한 그 짓을 나중에 겪을 고통이나 장애도 남기지 않고 감쪽같이 해줬다는 이유로.

릴리스는 흉터의 테두리를 손끝으로 훑으며 문질러 봤다. 마침내 침대에 앉고 나서는 아무 맛도 없는 음식을 먹고 그릇까지 먹어치웠다. 다 채워지지 않은 허기를 풀고 싶어서가 아니라 입속에 느껴지는 감촉을 바꾸고 싶어서였다. 그러고는 평소 하던 일 가운데 가장 오래되고 쓸모없는 짓을 다시 시작했다. 갈라진 틈이 있는지, 속이 빈 공간에 울리는 소리 같은 것이 들리는지, 다시 말해 자신이 갇힌 이 감방에서 빠져나갈 방법의 실마리가 있는지 찾아보는 일이었다.

매번 각성할 때마다 하는 일이었다. 맨 처음 각성했을 때 릴리스는 탈출구를 찾아 헤매며 구해달라고 외쳤다. 대답이 돌아오지 않자 악을 질렀고, 뒤이어 울부짖었고, 그다음에는 목소리가 나오지 않을 때까지 욕을 지껄였다. 벽을 두드리던 손은 끝내 피가 흐르더니 흉측한 모양으로 부어올랐다.

실낱같은 응답조차 들리지 않았다. 포획자들은 말할 준비가 돼야 말을 했고 그 전까지는 입을 다물었다. 모습은 털끝만큼도 드러내지 않았다. 릴리스는 좁다란 방 안에만 내내 감금된 상태였고 그들의 목소리는 빛과 마찬가지로 방 천장에서 전해졌다. 스피커처럼 생긴 물건은 하나도 눈에 띄지 않았고, 빛을 비추는 광원 또한 마찬가지로 보이지 않았다. 천장 전체가 스피커이자 조명인 모양이었다. 공기가 깨끗하게 유지되는 것으로 보아 환풍기까지 겸하는지도 몰랐다. 그녀는 커다란 상자 속에 있는 자신의 모습을 상상했다. 우리에 갇힌 쥐 같았다. 어쩌면 저 천장 위에 사람들이 서서 반투명 거울이나 영상 촬영 장치를 통해 그녀를 내려다보는지도 몰랐다.

어째서?

아무 대답도 들리지 않았다. 그들이 드디어 말을 걸었을 때 릴리스는 왜냐고 물었다. 그들은 이유를 가르쳐 주려 하지 않았다. 그러고는 질문을 던졌다. 처음에는 단순한 질문이었다.

몇 살인가?

스물여섯. 릴리스는 말없이 속으로 중얼거렸다. 아직도 겨우 스물여섯 살일까? 얼마나 오랫동안 갇혀 지냈을까? 그들은 가르쳐 주지 않았다.

결혼했는가?

했다. 그러나 남편은 떠났다. 오래전에, 그들의 손이 닿지 않는 곳으로, 붙잡아 이 감방으로 끌고 오지 못할 곳으로.

아이가 있는가?

아아, 맙소사. 아이는 하나, 오래전에 아버지와 함께 떠났다. 아들 하나. 앞서 가버렸다. 만약 내세라는 곳이 있다면 지금쯤 얼마나 많은 사람들로 북적거릴까.

형제자매가 있는가? 그것이 그들이 사용한 단어였다. 형제자매.

남자 형제 둘에 자매 하나. 십중팔구 다른 식구들과 함께 죽었을 것이다. 어머니는 오래전에 돌아가셨고 아버지도 돌아가셨을 테고, 여러 숙모, 숙부, 사촌, 조카 들도⋯ 다들 죽었을 것이다.

직업은?

없었다. 몇 해 안 되는 짧은 결혼 생활 동안 릴리스는 남편과 아들을 돌보는 일만 했다. 자동차 사고로 두 사람을 잃고 나서 그녀는 대학에 다시 등록했다. 남은 인생 동안 또 무슨 일을 할 수 있을지 알아보려고.

전쟁을 기억하는가?

얼토당토않은 질문이었다. 그 전쟁을 겪은 사람이 어떻게 잊을 수 있을까? 한 줌밖에 안 되는 자들이 인류를 말살하려 했다. 하마터면 성공할 뻔했다. 릴리스는 순전히 운이 좋아서 가까스로 살아남았지만⋯ 그래봤자 누군지 짐작도 가지 않는 자들에게 붙잡혀 감금당하는 신세가 됐을 뿐이었다. 그녀는 방에서 꺼내주면 질문에 대답하겠다고 제안했다. 그들은 거절했다.

릴리스는 그들이 먼저 대답해 주면 자신도 대답하겠다고 제안했다. 그들은 누구인가? 왜 그녀를 붙잡았는가? 이곳은 어디인가? 대답해 주면 대답하겠다고 했다. 다시금 그들은 거절했다.

그래서 릴리스는 그들을 거부했다. 어떠한 대답도 내놓지 않았고, 그들이 몸과 정신에 이런저런 검사를 하고자 했을 때에도 거부했다.

무슨 짓을 당할지 알 수 없었다. 다치거나 벌을 받을까 봐 무서웠다. 그럼에도 위험을 무릅쓰고 거래에 나서야 한다는, 뭔가 얻으려 애써야 한다는 느낌이 들었다. 그리고 그녀가 가진 거래 밑천은 협조하는 것뿐이었다.

그들은 벌을 주지 않았고 거래에 응하지도 않았다. 그저 대화를 중단할 뿐이었다.

음식은 신기하게도 릴리스가 잠든 사이에 계속해서 나타났다. 화장실 수도꼭지에서는 물이 끊기지 않고 나왔다. 불빛도 비쳤다. 그러나 그것 말고는 아무것도 아무도 없었고, 그녀가 내는 것 말고는 어떤 소리도 나지 않았으며, 혼자서 갖고 놀 만한 물건도 전혀 없었다. 오로지 침대와 테이블로 쓸 법한 평상뿐이었다. 그것들은 아무리 세게 두들겨도 바닥에서 분리되지 않았다. 표면에 생긴 흠은 금세 옅어져 사라져 버렸다. 어떻게 두들기면 부서질지 몇 시간씩 궁리했지만 헛수고였다. 이런 일은 조금이나마 제정신인 상태를 유지하는 데 도움이 됐다. 천장에 닿으려 시도하는 것 또한 마찬가지였다. 다만 딛고 올라설 물건 가운데 폴짝 뛰어 천장에 손이 닿을 만큼 높은 것은 하나도 없었다. 시험 삼아 음식이 담긴 그릇을 천장에 던져봤다. 당장 가진 것 중에는 최고의 무기였다. 음식이 튀어서 묻은 것으로 보아 천장은 일종의 영사된 이미지나 거울 속임수가 아니라 단단한 표면이었다. 그러나 벽만큼 단단하지 않을지도 몰랐다. 아예 유리나 얇은 플라스틱일 수도 있었다.

진실이 무엇인지는 끝내 알아내지 못했다.

릴리스는 여러 단계에 걸친 맨손 운동을 고안했는데 만약 시간을 하루 단위로 파악하거나 낮과 밤을 구분할 수만 있었어도 날마다 그 운동을 했을 것이다. 다만 그러지 못했기 때문에 긴 잠에서 깨어날 때만 매번 운동을 했다.

릴리스는 잠을 많이 잤고, 번갈아 찾아오는 두려움과 지루함에 맞서 자주 깜박 잠드는 방식으로 응수하는 자신의 몸이 고마웠다. 다만 이렇게 짧은 잠에서 고통 없이 얌전히 깨어나는 것도 결국에는 더 떠들썩한 각성과 마찬가지로 슬슬 실망스러워졌다.

더 떠들썩한 각성의 출발점은 무엇이었을까? 약에 취한 수면 상태? 그게 아니라면 뭐였을까? 릴리스는 전쟁에서 부상을 입은 적이 없었다. 병원 치료를 요청하지도 않았고 치료받아야 하는 상태도 아니었다. 그런데도 이곳에 와 있었다.

노래도 불러보고 이런저런 기억들도 떠올려 봤다. 전에 읽은 책이나 전에 본 영화 또는 드라마의 내용, 어릴 때 들은 가족사, 자유롭게 살 적에는 너무나 평범해 보였던 자기 삶의 자잘한 사건 같은 기억이었다. 머릿속으로 이야기를 지어내거나 일찍이 골몰했던 문제를 떠올리고 상반되는 관점에서 동시에 따져보기도 했다. *떠오르는 것은 뭐든!*

시간은 계속 흘렀다. 릴리스는 욕을 퍼부을 때 말고는 포획자들에게 직접 말을 걸지 않고 버텼다. 협조는 전혀 하지 않았다. 이따금 어째서 저항하는지 스스로도 알지 못하는 순간이 있었다. 포획자들의 질문에 대답할 경우에 그녀가 포기하는 것은 무엇이었을까? 고통과 고립과 침묵 말고 잃어버릴 것이 또 있었을까? 그런데도 그녀는 버텼다.

혼잣말을 멈출 수 없는 시간이 닥치기도 했다. 그럴 때면 떠오르는 생각을 모조리 소리 내어 말해야 할 것만 같았다. 릴리스는 입을 다물려고 안간힘을 썼지만 어째선지 입에서 다시 말이 새어 나오곤 했다. 정신이 이상해질 것 같았다. 이미 슬슬 이상해지는 중이었다. 그녀는 울음을 터뜨렸다.

마침내 릴리스가 바닥에 앉아 몸을 꺼떡거리며 자신이 미쳐간다고 생각하는 사이에, 어쩌면 그 생각을 입으로도 소리 내어 중얼거리는 사이에, 방 안으로 뭔가 들어왔다. 어쩌면 가스 같은 것인지도 몰랐다. 그녀는 뒤로 벌렁 자빠져 이제 두 번째 긴 잠이라는 생각이 드는 수면 상태에 빠져들었다.

몇 시간 후인지 며칠 후인지 아니면 몇 년 후인지 모를 그다음 번 각성 때, 그들은 마치 처음 물어본다는 듯이 전에 했던 질문을 똑같이 했다. 이번에는 릴리스도 질문에 대답했다. 마음이 내킬 때는 거짓말도 했지만 그래도 대답은 꼬박꼬박 했다. 긴 잠은 치유 효과가 있었다. 각성하고 나면 생각을 소리 내어 말하거나 울부짖거나 바닥에 앉아 몸을 앞뒤로 꺼떡거리고 싶은 마음이 별로 들지 않았지만, 기억은 손상되지 않고 그대로였다. 그녀는 오랜 시간에 걸친 적막과 고립을 너무도 생생하게 기억했다. 모습이 보이지 않는 심문자가 오히려 반가울 지경이었다.

질문은 점점 더 복잡해져서 나중에 각성했을 때는 사실상 대화가 이뤄졌다. 한번은 그들이 릴리스 곁에 아이를 데려다 놓았다. 조그만 남자아이였는데 머리카락은 까만 직모에 피부는 그녀보다 더 옅은 암갈색이었다. 아이는 영어를 할 줄 몰랐고, 그녀를 두려워했다. 겨우 다섯 살쯤 돼 보였다. 그녀의 아들 아이어보다 조금 더 컸다. 이렇게 이상한 곳에서 그녀와 나란히 각성한 것은 아이가 살면서 겪은 가장 무서운 일이었을 것이다.

아이는 처음 그 방에 오고 나서 몇 시간 동안 화장실에 숨거나 릴리스에게서 가장 먼 구석에 딱 붙어 지냈다. 그녀는 한참이 걸려서야 비로소 자신이 위험하지 않다는 것을 아이에게 납득시켰다. 그러고 나서 아이에게 영어를 가르쳤다. 아이도 자신이 사용하는 뭔지 모를 언어를 그녀에게 가르쳤다. 아이 이름은 샤라드였다. 그녀가 불러주는 노래를 아이는 대번에 배워 익혔다. 그러고는 외국 억양이 거의 없는 영어로 그녀에게 노래를 불러줬다. 아이는 자기 언어로 된 노래를 불러줬을 때 그녀가 왜 똑같이 따라 하지 않는지 이해가 가지 않았다.

결국에는 릴리스도 아이의 노래를 배웠다. 그녀는 노래 연습이 즐거웠다. 새로운 것은 뭐든 보물처럼 소중했다.

같이 자는 침대에 실수로 소변을 보거나 자기 말을 재빨리 알아듣지 못한 릴리스에게 짜증을 낼 때조차도 샤라드는 축복 같은 존재였다. 아이는 생김새나 성격은 아이어를 닮지 않았지만, 적어도 만질 수는 있었다. 마지막으로 누구를 만졌을 때가 언제였는지 기억나지 않았다. 누구를 만지고 싶은 마음이 얼마나 간절했는지 이제야 실감이 났다. 그녀는 샤라드가 걱정됐고, 그래서 아이를 지킬 방법이 뭔지 궁리했다. 포획자들이 아이에게 무슨 짓을 했을지… 아니면 앞으로 하려고 할지는 아무도 모를 일이었다. 그러나 힘이 없기는 그녀도 아이와 마찬가지였다. 다음번 각성 때 아이는 사라지고 없었다. 실험이 완료됐다는 뜻이었다.

릴리스는 샤라드를 돌려달라고 애걸했지만 그들은 거절했다. 그러면서 아이가 이제 자기 어머니와 함께 있다고 했다. 그녀는 그들의 말을 믿지 않았다. 그녀의 상상 속에서 샤라드는 자기 몫의 조그만 방에 홀로 갇혀 있었고, 그 아이의 예리하고 명민한 정신은 시간이 갈수록 점점 더 무뎌졌다.

그런 사정은 아랑곳없이, 릴리스를 가둔 자들은 일련의 복잡한 질문과 훈련을 새롭게 시작했다.

그자들이 이번에는 뭘 하려고 할까? 질문을 더 할까? 다른 동거인을 들여놓을까? 릴리스는 그런 것에 별 관심이 없었다.

옷을 입고 침대에 앉아, 육신의 피로와 동떨어진 유형의 깊고 공허한 피로에 잠긴 채, 릴리스는 기다렸다. 조만간 누군가 말을 걸 터였다.

릴리스는 오랫동안 기다렸다. 그러다가 침대에 누워 설핏 잠들려 할 때 이름을 부르는 소리가 들려왔다.

"릴리스?" 귀에 익은 나직하고 중성적인 목소리였다.

릴리스는 힘겹게 한숨지었다. "왜요?" 그녀가 물었다. 다만 그렇게 묻는 사이에 방금 그 목소리가 여느 때와 달리 천장에서 들려오지 않았다는 데 생각이 미쳤다. 그녀는 벌떡 일어나 앉아 주위를 돌아봤다. 방 한쪽 구석에 서 있는 시커먼 사람 형상이 눈에 들어왔다. 홀쭉하고 머리가 긴 남자였다.

그렇다면 이 옷은 저 남자 때문에 제공된 걸까? 남자가 입은 옷 또한 릴리스의 것과 비슷해 보였다. 둘이 서로 더 친숙한 사이가 되면 벗어 던질 옷일까? 맙소사.

"어쩌면 당신일지도 모르겠네요." 릴리스의 목소리는 부드러웠다. "내 인내심의 한계 말이에요."

"당신을 해치려고 온 게 아닙니다." 남자가 말했다.

"그럼요. 당연히 아니겠죠."

"난 당신을 바깥으로 데려가려고 왔습니다."

릴리스는 이제 일어서서 어둑한 조명을 원망하며 남자를 매섭게 노려봤다. 그가 농담을 하는 걸까? 그녀를 비웃으려고?

"바깥에 뭐가 있길래요?"

"교육. 일. 새로 시작할 삶이 있죠."

릴리스는 남자에게 다가서다가 이내 걸음을 멈췄다. 남자에게 어딘가 섬뜩한 구석이 있어서였다. 차마 더 다가갈 엄두가 나지 않았다. "뭔가 이상해요. 당신은 누구죠?"

남자가 살짝 움직였다. "그리고 내 정체가 뭐냐고요?"

방금 그 말을 하려다 말았던 릴리스는 화들짝 놀랐다.

"나는 남자가 아니에요." 남자가 말했다. "실은 인간이 아닙니다."

릴리스는 뒤로 물러나다가 침대에 부딪혀 멈춰 섰지만, 풀썩 주저앉지 않고 버텼다. "당신 정체가 뭔지 밝혀요."

"그 얘기를 하러 온 겁니다… 그리고 직접 보여주려고요. 이제 나를 볼 마음이 생겼나요?"

이미 그를, 아니 그것을 보고 있었기에 릴리스는 인상을 찡그렸다. "불빛이….."

"당신이 준비되면 불빛은 더 밝아질 겁니다."

"당신은… 뭐죠? 어디 다른 세상에서 오기라도 했나요?"

"몇몇 별에 존재하는 세상 가운데 한 곳에서 왔습니다. 당신은 영어권 사람으로는 드물게도 스스로가 외계인에게 잡혀 있을 가능성을 전혀 고려하지 않더군요.”

“그 생각을 안 해본 건 아니에요.” 릴리스는 나직이 중얼거렸다. “그것도 내가 교도소나 정신병원, FBI나 CIA, KGB 같은 기관에 붙잡혀 있을 가능성이랑 같이 생각해 봤어요. 거기에 비하면 지구인들에게 붙잡혀 있을 가능성들은 조금이나마 덜 황당해 보이더군요.”

그 생물은 말이 없었다. 구석에 꼼짝 않고 가만히 서 있었다. 그리고 여러 번 각성하는 사이에 릴리스가 깨달은 바에 따르면, 그것은 자신이 요구하는 대로 그녀가 행동해야만 비로소 다시 말을 걸 터였다. 이번에는 그녀가 볼 준비가 됐다고 말한 후에, 그러고는 환한 빛 속에서 마지못해 그것의 모습을 본 후에. 정체가 뭐든 간에 그것들은 참고 기다리는 능력이 엄청나게 뛰어났다. 그녀 때문에 기다려야 했던 몇 분 동안 눈앞의 생물은 말이 없었을 뿐 아니라 몸의 근육 하나 움직이지 않았다. 훈련의 성과일까, 아니면 생리적 특성일까?

릴리스는 겁먹지 않았다. ‘못생긴’ 얼굴을 보고 겁먹는 것 따위는 이들에게 붙잡히기 한참 전에 이미 극복했다. 두려운 것은 미지의 상태였다. 자신을 가둬놓은 이 우리가 두려웠다. 이 우리 속에서 계속 지내느니 차라리 수많은 못생긴 얼굴과 친하게 지내는 편이 더 나았다.

“준비됐어요.” 릴리스가 말했다. “이제 보여줘요.”

조명은 예상대로 환해졌다. 키가 크고 홀쭉한 남자로 보이던 그 생물은 몸의 형태는 여전히 인간 같았지만 얼굴에 코가 없었다. 불룩한 콧대도 콧구멍도 없이 그저 평평한 회색 살갗뿐이었다. 얼굴이 온통 회색이었다. 살갗은 연회색이었고 머리를 덮은 털은 그보다 더 진한 암회색이었다. 눈을 따라 가로로 털이 하도 빽빽하게 나 있어서 앞을 어떻게 보는지 궁금할 지경이었다. 길고 무성한 귀 털은 귀 주위뿐 아니라 귓속에서도 자라나는 모양이었다. 귀 털은 귀 위쪽에서 눈털과 합쳐졌고 귀 아래와 뒤쪽에서는 머리털과 합쳐졌다. 다른 곳과 떨어져서 섬처럼 나 있는 목털은 살며시 움직이는 것처럼 보였는데 아마도 그곳이 그 생물의 숨구멍인 모양이었다. 마치 자연적 기관 절개술의 결과물 같았다.

릴리스는 인간처럼 생긴 그 생물의 몸뚱이를 힐긋 보며 실제로 얼마나 인간과 비슷할지 궁금해했다. "무례하게 굴 생각은 없는데요. 당신은 남자예요, 여자예요?"

"내가 당신에게 익숙한 성별일 거라는 가정은 옳지 않지만, 공교롭게도 지금은 남자입니다."

다행이었다. '그것'을 다시 '그 남자'로 불러도 좋다는 뜻이기 때문이었다. 그편이 덜 어색했다.

"이미 눈치챘을 텐데요. 당신 눈에는 아마도 털로 보일 것들이 실은 털이 아닙니다. 나는 몸에 털이 전혀 없어요. 인간들은 내 실제 모습을 알면 불편해하는 것 같더군요."

"뭐라고요?"

"가까이 와서 보세요."

릴리스는 남자에게 조금도 더 다가가고 싶지 않았다. 아까는 무엇 때문에 발을 내딛기가 께름칙했는지 알지 못했다. 이제는 그 이유가 남자의 이질성과 특이성 때문이었다고, 그야말로 다른 세상의 느낌 때문이었다고 그녀는 확신했다. 그러다가 문득 자신이 여전히 남자 쪽으로 단 한 걸음도 내딛지 못한다는 생각이 들었다.

"아아, 세상에." 릴리스는 나직이 중얼거렸다. 남자의 털은, 실제 정체가 무엇이든 간에, 움직였다. 그중 일부는 바람에 날리듯 그녀 쪽으로 흔들리는 것처럼 보였다. 다만 방 안의 공기는 조금도 움직이지 않았다.

릴리스는 미간을 찌푸리면서까지 자세히 보고 이해하려 애썼다. 그러다 퍼뜩 이해가 갔다. 그녀는 화들짝 물러서서 허겁지겁 침대 가장자리를 빙 돌아 맞은편 벽까지 달아났다. 더 달아날 곳이 없자 벽에 딱 붙어 서서 남자를 빤히 바라봤다.

메두사였다.

그 '털'의 일부가 제각각 꿈틀거렸다. 마치 구불구불 얽힌 뱀 한 무리가 깜짝 놀라 온 사방으로 후다닥 흩어지듯이.

속이 메스꺼워진 릴리스는 얼굴을 벽 쪽으로 돌렸다.

"이것들은 따로따로 살아 있는 동물이 아닙니다." 남자가 말했다. "감각 기관이에요. 당신의 코나 눈과 마찬가지로 위험하지 않습니다. 나의 의지나 감정에 따라, 아니면 외부 자극 따위에 반응해 자연스럽게 움직이죠. 우리는 몸에도 그런 감각 기관이 나 있습니다. 당신에게 귀와 코와 눈이 필요한 것처럼 우리에게도 그것들이 필요합니다."

"하지만…." 릴리스는 다시 남자 쪽으로 고개를 돌렸지만, 믿지 못하겠다는 표정이었다. 도대체 무엇 때문에 그런… 그런 촉수 같은 것들로 감각을 보완한단 말인가?

"마음의 준비가 되면 가까이 와서 나를 보세요. 내 머리에 인간들 것과 똑같이 생긴 감각 기관이 달려 있는 걸 자기 눈으로 봤다고 믿은 인간은 전에도 있었습니다. 그들은 나중에 자기 생각이 틀린 걸 알고 나에게 화를 내더군요."

"못 보겠어요." 릴리스는 나직이 중얼거렸지만, 이제는 직접 보고 확인하고 싶었다. 자신이 설마 그 정도로 심하게 착각했을 리는, 스스로의 눈에 그렇게까지 속을 리는 없지 않을까?

"당신은 볼 겁니다. 내 감각 기관은 당신에게 해를 끼치지 않아요. 당신은 이것들한테 익숙해져야 해요."

"싫어요!"

남자의 촉수는 탄력이 있었다. 릴리스가 고함을 지르자 그중 일부가 길게 늘어나 그녀를 향해 뻗어 왔다. 비 온 후 보도에 늘어진 커다란 지렁이가 느릿느릿 꿈틀거리며 죽어가는 모습이 그녀의 머릿속에 그려졌다. 촉수가 달린 조그마한 바다 민달팽이, 이른바 갯민숭달팽이가 터무니없이 커져서 인간과 비슷한 크기와 형상을 띠고는, 황당하게도 웬만한 인간보다 더 인간답게 말하는 광경도 떠올랐다. 그런데도 릴리스는 그 남자가 하는 말을 듣지 않으면 견딜 수 없었다. 침묵할 때 그는 더없이 외계인 같았으므로.

릴리스는 마른침을 삼켰다. "저기요, 내 앞에서 그렇게 조용히 있지 마요. 무슨 말이든 해보라고요!"

"예?"

"그나저나 영어를 왜 그렇게 잘하는 거예요? 적어도 억양은 특이해야 할 것 아니에요.”

“당신 같은 사람들이 가르쳐 준 덕분입니다. 나는 인간의 언어를 몇 가지 할 줄 압니다. 아주 어릴 적부터 배웠으니까요.”

“여기 다른 인간이 몇 명이나 더 있어요? 그나저나 여긴 어디죠?”

“여긴 내 집입니다. 배라고 해도 좋아요. 당신들 인간이 만든 배에 비하면 어마어마하게 거대하죠. 이곳의 진짜 정체는 당신네 언어로 옮길 수 없습니다. 배라고 하면 이해가 갈 겁니다. 이곳은 당신네 지구를 둘러싼 궤도 위입니다. 달의 궤도보다 조금 더 넓은 궤도죠. 이곳에 있는 인간의 수로 말하자면, 당신네 전쟁에서 살아남은 인간은 모두 와 있습니다. 우리가 최대한 많이 거둬들였거든요. 제때 찾아내지 못한 인간은 부상이나 질병, 굶주림, 방사능, 추위 따위에 시달리다 사망했고… 나중에야 발견됐습니다.”

릴리스는 남자의 말을 믿었다. 인류는 스스로를 파괴하고자 애쓴 끝에 세상을 생명이 살지 못하는 곳으로 만들어 버렸다. 그녀는 자신이 설령 그때의 폭격에서 털끝 하나 다치지 않고 살아남았다 해도 나중에 죽었으리라 확신했다. 거기서 살아남는 것이 오히려 불운이라고 생각했다. 생존은 더 느린 죽음의 징조에 지나지 않았으므로. 그런데 지금은…?

“지구에 남은 게 있기는 한가요?” 릴리스는 소곤거리듯 나직이 물었다. “그러니까, 살아 있는 게 하나라도 있냐고요.”

“아, 그럼요. 시간이 흐르고 우리도 노력을 기울인 덕분에 지구는 복원됐습니다.”

그 말에 릴리스는 말문이 막혔다. 그녀는 천천히 꿈틀거리는 수많은 촉수에 가까스로 정신을 빼앗기지 않고 남자를 잠시 바라봤다.

"지구를 복원했다고요? 어째서요?"

"사용하려고요. 결국 당신이 돌아가야 할 곳은 지구니까요."

"나를 돌려보낼 건가요? 다른 인간들도 같이?"

"예."

"왜요?"

"그건 앞으로 차차 이해하게 될 겁니다."

릴리스는 미간을 찌푸렸다. "알았어요. 지금 당장 이해할게요. 어서 얘기해 봐요."

남자의 머리에 난 촉수들이 일렁거렸다. 따로따로 놓고 보면 그것들의 생김새는 조그만 뱀이 아니라 커다란 벌레와 더 비슷했다. 촉수는 길고 가는 모양 아니면 짧고 굵은 모양을 띠었는데… 그 모양은 무엇에 따라 바뀌었을까? 남자의 기분 변화에 따라? 이곳저곳으로 옮겨 가는 남자의 관심사에 따라? 릴리스는 끝내 눈길을 돌리고 말았다.

"안 돼요!" 남자의 목소리는 날카로웠다. "릴리스, 나는 당신이 나를 보고 있을 때만 당신과 얘기할 겁니다."

릴리스는 한쪽 손을 오므려 손톱이 살갗을 파고들기 직전까지 일부러 꽉 쥐었다. 그러고는 그 통증으로 정신을 분산시킨 채 남자를 마주 봤다. "당신은 이름이 뭐예요?"

"카알테디인스다야 렐 카가야트 아지 딘소."

릴리스는 남자를 물끄러미 보다가 한숨을 쉬고는 고개를 가로저었다.

"스다야Jdahya." 남자가 말했다. "그 부분이 나를 가리키는 이름이에요. 나머지는 우리 집안 성을 비롯한 다른 것들입니다."

릴리스는 그 짧은 이름을 되뇌었다. 남자의 발음을 똑같이 흉내내는 동시에 입에 익숙하지 않은 희미한 J 발음을 제대로 따라 하려고 애썼다. "스다야. 난 당신네 동족들이 뭘 바라고 우리를 돕는지 궁금해요. 우리한테서 뭘 원하는 거죠?"

"당신들이 줄 수 있는 것 이상은 원하지 않지만… 당신이 지금 여기서 이해하는 것보다는 더 많이 원합니다. 처음에는 말뿐 아니라 다른 게 더 있어야 이해하기 쉽겠죠. 바깥에 당신이 보고 들어야 할 것들이 있습니다."

"지금 당장 말해봐요, 내가 이해하든 못 하든 간에."

남자의 촉수가 일렁거렸다. "나로서는 당신들 인간에게 어떤 귀중한 것이 있다는 말밖에 못 하겠군요. 당신들의 시간 단위를 기준으로 설명하면 우리가 그걸 얼마나 귀하게 여기는지 차츰 이해가 갈 텐데요. 우리가 다른 별 사람들의 자멸 행위에 개입할 엄두를 낸 것은 당신네 시간으로 무려 수백만 년 만의 일입니다. 이번 개입 행위가 현명한 일인지를 놓고 이의를 제기하는 동족들도 적지 않았습니다. 우리가 보기에 당신들은… 합의를 이룬 것 같았거든요. 다 같이 죽기로."

"그런 짓은 어떤 종도 하지 않아요!"

"아뇨. 어떤 종들은 합니다. 그중 몇몇은 우리 동족들이 탄 배를 통째로 끌어들이기까지 했고요. 덕분에 우리도 교훈을 얻었습니다. 집단 자살은 우리가 보통 개입하지 않고 내버려두는 드문 경우에 속하죠."

"우리한테 벌어진 일이 뭐였는지 지금은 이해가 가요?"

"무슨 일이 일어났는지는 파악했습니다. 그건… 나에게는 낯선 일이더군요. 소름 끼치도록 낯설었어요."

"맞아요. 나도 조금은 그런 느낌이 들어요. 나랑 같은 인간들인데도요. 그건… 광기라는 말로도 부족해요."

"우리가 구조한 사람들 중 일부는 지하 깊숙이 숨어 지냈습니다. 그 사람들이 바로 대부분의 파괴 행위를 초래한 장본인이더군요."

"그런 자들이 여태 살아 있다고요?"

"일부는 그렇습니다."

"그리고 *그자*들을 지구로 돌려보내는 게 당신의 계획이란 말이군요?"

"아니요."

"예?"

"아직 살아 있는 사람들은 이제 굉장히 늙었습니다. 우리는 그들을 천천히 이용하면서 그들의 생리적 특징과 언어, 문화를 배웠습니다. 한 번에 몇 명씩 각성시켜 이곳, 그러니까 우리 배의 여러 장소에 따로따로 살게 하면서요. 그러는 동안 내내 당신은 잠들어 있었고요."

"내내 잠들었다면… 스다야, 내가 얼마나 오래 잔 거죠?"

남자는 방 건너편으로 걸어가 수많은 손가락이 달린 손으로 테이블처럼 생긴 평상을 짚은 다음, 몸을 허공에 번쩍 띄웠다. 그러고는 양다리를 몸통에 붙인 채 양손으로 천천히 걸어 평상 한복판에 이르렀다. 이어지는 동작들이 처음부터 끝까지 무척이나 유연하고 자연스러웠지만, 그러면서도 한편으로 너무나 낯설어서 릴리스의 눈길을 사로잡았다.

남자가 몇 걸음 더 가까이 다가왔다는 생각이 불현듯 떠올랐다. 릴리스는 화들짝 놀라 물러섰다. 그러고는 영락없는 바보가 된 기분을 느끼며 원래 서 있었던 곳으로 쭈뼛쭈뼛 돌아갔다. 남자는 몸을 납작 수그린 채 불편해 보이는 자세로 앉아 있었다. 갑작스레 움직인 릴리스에게는 눈길도 주지 않았다. 다만 남자의 머리에 난 촉수들은 바람에 날리기라도 하듯 일제히 그녀 쪽으로 방향을 틀었다. 마치 침대 곁으로 살금살금 돌아가는 그녀를 지켜보는 것처럼. 눈 대신 감각 촉수가 달린 존재도 앞을 볼 수 있는 걸까?

릴리스는 남자에게 최대한 가까이 다가가 멈춰 선 다음, 바닥에 앉았다. 그 자리에서 계속 버티려면 앉는 수밖에 없었다. 그러고는 무릎을 세워 가슴에 대고 양팔로 단단히 끌어안았다.

"모르겠어요, 당신이 왜 이렇게… 무서운지." 릴리스의 목소리는 나지막했다. "당신의 외모 말이에요. 그렇게 다르지도 않거든요. 지구에도 당신하고 조금 비슷하게 생긴 생물들이 있어요. 아니, 있었어요."

남자는 말이 없었다.

릴리스는 남자가 아까처럼 깊은 침묵에 빠졌을까 봐 두려워서 그를 날카롭게 쏘아봤다. "내가 무섭다는 감정을 느끼는 게 지금 당신이 하는 일 때문인가요?" 그러다가 따져 물었다. "당신, 지금 나 몰래 뭔가 하고 있는 거예요?"

"릴리스, 나는 당신에게 우리와 편하게 지내는 법을 가르쳐 주러 왔습니다. 당신은 아주 잘하고 있어요."

릴리스는 자신이 잘한다는 느낌을 전혀 받지 못했다. "다른 사람들은 뭘 어쨌길래 나 정도면 잘한다는 거예요?"

"몇몇은 나를 죽이려고 했습니다."

릴리스는 마른침을 삼켰다. 감히 저 남자를 건드릴 생각을 한 사람들이 있다니 놀랍기만 했다. "그 사람들에게 무슨 짓을 했죠?"

"나를 죽이려 했다는 이유로 말입니까?"

"아뇨, 그 전에… 무슨 짓을 해서 그들을 자극했냐고요."

"지금 당신에게 하는 것 이상은 전혀 하지 않았습니다."

"이해가 안 가요." 릴리스는 억지로 남자를 바라봤다. "당신, 정말로 앞을 볼 수 있는 거예요?"

"아주 잘 보입니다."

"색깔도요? 입체감도 느껴져요?"

"예."

그러나 남자에게는 실제로 눈이 없었다. 이제 릴리스는 남자의 얼굴에서 촉수가 빽빽하게 난 자리에 거무스름한 반점밖에 없다는 것을 알아차렸다. 남자의 머리에서 귀가 있어야 할 자리 또한 마찬가지였다. 그리고 목에는 구멍이 뚫려 있었다. 그 구멍 주위의 촉수는 다른 곳에 난 촉수만큼 색이 어둡지 않았다. 흐릿한 반투명이라 연회색 벌레 같았다.

"사실, 내 몸은 어느 부위든 촉수만 나 있으면 볼 수 있다는 걸 명심해야 합니다. 내가 보는 티를 내든 내지 않든 상관없이 볼 수 있다는 것도 함께요. 나는 보지 않으려고 해도 안 볼 수가 없어요."

남자의 말이 릴리스에게는 끔찍하게 들렸다. 눈을 감고 자기 눈꺼풀 안쪽의 은밀한 어둠 속으로 빠져들 수 없는 삶이라니. "당신은 잠도 안 자요?"

"잡니다. 하지만 당신들과 같은 방식으로 자지는 않아요."

릴리스는 남자의 수면에 관해 얘기하다가 대화의 초점을 불쑥 자신에게로 옮겼다. "나를 얼마나 오랫동안 재웠는지 아직 얘기해 주지 않았는데요."

"당신네 시간으로 대략… 250년이었습니다."

단번에 헤아리기에는 까마득히 긴 세월이었다. 릴리스가 한참 동안 말이 없자 남자가 침묵을 깼다.

"당신이 처음 각성했을 때 문제가 좀 있었습니다. 몇몇 사람들에게서 그 이야기를 들었어요. 누군가 당신을 지독하게 다뤘더군요… 당신을 얕잡아 보고 말이에요. 당신은 어떤 면에서는 우리와 비슷하지만, 다른 면에서는 일찍이 지하에 숨어 있던 인간 군인들과 비슷하다고 여겨졌습니다. 그 사람들도 우리와 대화하기를 거부했거든요. 적어도 처음에는 그랬습니다. 그리고 문제가 있었던 첫 번째 각성 이

후로 당신은 약 50년 동안 잠든 상태로 방치됐습니다."

릴리스는 벌레같이 생긴 남자의 촉수에도 아랑곳하지 않고 침대로 기어가 침대 발치 쪽에 기대어 앉았다. "몇 년 주기로 각성할 수도 있겠다는 생각은 전부터 했지만, 정말로 그럴 줄은 몰랐는데."

"당신은 당신이 살던 세계와 비슷했어요. 치유될 시간이 필요했던 겁니다. 그리고 우리는 당신네 종에 관해 더 많이 배울 시간이 필요했고요." 남자가 멈칫하다가 말을 이었다. "우리는 당신네 사람들 일부가 스스로 목숨을 끊었을 때 그 사실을 어떻게 받아들여야 할지 몰랐습니다. 우리 중 몇몇은 그 사람들이 전 인류의 집단 자살에서 배제됐기 때문에 그랬을 거라 믿더군요. 단순히 종 전체의 죽음을 완수하고 싶었을 거라는 말이죠. 어떤 이들은 우리가 그 사람들을 고립시켰기 때문이라고 했습니다. 그래서 둘 또는 그 이상을 함께 모아놨더니 다수가 부상을 입거나, 서로 죽였습니다. 제각각 고립시켰을 때 희생된 목숨이 더 적었어요."

마지막 말이 릴리스의 머릿속에서 어떤 기억을 불러일으켰다. "저기, 스다야?"

남자의 턱 양쪽에 난 촉수들이 흔들거렸다. 한순간 검고 덥수룩한 턱수염처럼 보였다.

"한번은 웬 어린애가 이 방에 나랑 같이 갇혔는데요. 이름이 샤라드라는 남자애였어요. 그 애는 어떻게 됐죠?"

남자는 잠시 말이 없었다. 그러더니 이내 모든 촉수가 위쪽을 향해 쭉 뻗쳤다. 여느 때처럼 누군가 위쪽에서 남자를 향해 그와 비슷한 목소리로 뭐라고 말했다. 다만 이번에는 낯선 언어였고, 뚝뚝 끊기는 느낌이 드는 데다 말하는 속도도 빨랐다.

"어떻게 됐는지 내 친척이 알아볼 겁니다. 샤라드가 잘 지내리라는 건 거의 확실하지만, 이제는 어린애가 아닐지도 몰라요."

"아이들이 자라서 어른이 되게 놔둔 거예요?"

"예, 몇 명은요. 하지만 우리와 함께 살면서 그렇게 됐어요. 아이들은 따로따로 격리하지 않았습니다."

"우릴 미치게 할 속셈이 아니었다면 애고 어른이고 아무도 독방에 가두지 말았어야죠. 난 하마터면 미칠 뻔한 적이 한두 번이 아니었어요. 인간한테는 다른 인간이 있어야 한다고요."

남자의 촉수가 보기 흉하게 꿈틀거렸다. "우리도 압니다. 나는 당신이 겪은 그 막막한 고독을 차마 겪을 엄두도 나지 않아요. 하지만 인간들을 적절한 방식으로 분류하는 기술이 우리에게는 없었습니다."

"하지만 샤라드랑 나는…."

"그 아이에게 부모가 있었을지도 몰라요, 릴리스."

뒤이어 위쪽에서 누군가, 이번에는 영어로 말했다. "그 애한테는 부모와 여자 형제가 있어요. 식구들과 함께 잠들어 있군요. 나이는 지금도 아주 어리네요." 그 목소리가 멈칫했다. "릴리스, 그 애가 어떤 언어를 사용했나요?"

"모르겠어요. 그걸 나한테 가르쳐 주기에는 애가 너무 어렸거나, 아니면 가르쳐 줬는데 내가 못 알아들었을 수도 있어요. 그런데 내가 보기엔 동인도 지역 출신 같았어요. 그게 당신네한테 중요한 정보인지는 모르겠지만요."

"내 동족들은 그 애가 어디서 왔는지 다 알아요. 난 그냥 궁금해서 물어본 것뿐이에요."

"샤라드가 무사한 거 확실해요?"

"그 애는 잘 지내요."

릴리스는 그 말을 듣고 안도하고 나서 곧바로 자신의 감정을 의심했다. 정체를 알 수 없는 목소리가 다 괜찮다고 얘기하는데 이렇게 안심해도 될까?

"샤라드를 볼 수 있을까요?" 릴리스가 물었다.

"스다야?" 천장 위의 목소리가 말했다.

스다야는 릴리스 쪽으로 돌아섰다. "당신이 겁먹지 않고 우리와 나란히 걷게 되면 그 애를 볼 수 있을 겁니다. 여긴 당신의 마지막 격리실이에요. 준비가 되면 내가 여기서 데리고 나갈게요."

3

스다야는 릴리스를 혼자 두려 하지 않았다. 릴리스는 홀로 감금된 상태가 끔찍이 싫었지만 스다야를 방에서 내보내고 싶은 마음 또한 꼭 그만큼 간절했다. 그가 잠시 침묵을 지키는 동안에는 혹시 잠든 게 아닐까 궁금했고… 그가 실제로 잠을 자는지도 궁금해졌다. 그녀 또한 침대에 누워 곰곰이 생각했다. 과연 그가 방 안에 있는데도 잠들 만큼 자신의 긴장이 풀릴지, 어떨지를. 이를테면 방 안에 방울뱀이 있는 줄 알면서도 자려고 하는 셈이었다. 눈을 떠보면 그 뱀이 침대에 있을지도 모른다는 것을 알면서.

그와 마주 보는 상태로는 잠이 오지 않았다. 그렇다고 그에게 한참 동안 등을 보일 수도 없는 노릇이었다. 릴리스는 까무룩 잠들려고 할 때마다 번쩍 눈을 뜨고 그가 가까이 왔는지 확인했다. 계속 그렇게 하려니 힘들었지만, 그래도 그만둘 수는 없었다. 게다가 그녀가 움직일 때마다 그의 촉수도 움직였다. 그녀 쪽을 향해 느릿느릿 뻗어나가는 촉수를 보면 그는 눈을 뜨고 자는 듯했고… 실제로도 틀림없이 그랬다.

끔찍이도 피곤한 데다 머리가 지끈거리고 속도 메스꺼운 상태로, 릴리스는 침대 옆 바닥으로 내려와 길게 누웠다. 이제 아무리 몸을 뒤척여도 스다야는 보이지 않았다. 옆의 평상과 벽만 보일 뿐이었다. 이제 그는 릴리스의 세계에 속하지 않았다.

"안 됩니다, 릴리스." 눈을 감으려는데 스다야가 말했다.

릴리스는 못 들은 척했다.

"침대 위에 누워요." 스다야가 말했다. "아니면 이쪽 바닥에 누워요. 그쪽은 안 됩니다."

릴리스는 누워서 꼼짝도 하지 않았다. 입을 꼭 다물고서.

"거기 계속 누워 있으면 침대는 내가 차지할 겁니다."

그랬다가는 스다야가 바로 위쪽에 오는 셈이었다. 너무 가까웠다. 바로 위쪽에 메두사가 누워 아래를 힐끔힐끔 내려다보다니.

몸을 일으킨 릴리스는 침대 위에 쓰러지듯 누워 스다야에게 욕을 퍼부은 다음, 창피하게도 조금 울고 말았다. 그래도 결국에는 잠들었다. 단순히 체력이 바닥났기 때문이었다.

릴리스는 갑작스레 깨어났고, 스다야가 어디 있는지 확인하려고 몸을 이쪽저쪽으로 틀었다. 그는 여전히 테이블 평상 위에 있었다. 자세도 거의 변하지 않은 채로. 머리에 난 촉수들이 이쪽을 향해 휙 움직이자 그녀는 몸을 일으켜 화장실로 뛰어갔다. 그는 릴리스가 화장실에 한동안 머물도록, 그곳에서 몸을 씻고 홀로 자기 연민과 자기 비하에 젖어 있도록 내버려뒀다. 두려운 감정이 그토록 오래 지속된 적이, 자신의 감정을 그토록 철저하게 다스리지 못한 적이 과연 전에도 있었는지 기억나지 않았다. 스다야는 아무 짓도 하지 않았건만 그녀는 겁을 먹고 움츠린 상태였다.

스다야가 이름을 불렀을 때, 릴리스는 심호흡을 하고 화장실을 나섰다. "이대로는 안 돼요." 그녀는 괴로워하며 말했다. "나를 그냥 다른 인간들이랑 같이 지구로 내려보내 줘요. 이대로는 못 버티겠어요.”

스다야는 들은 척도 하지 않았다.

시간이 얼마쯤 지난 후에 릴리스는 다른 주제로 다시 말을 꺼냈다. “나한테 흉터가 있는데요.” 배를 만지며 한 말이었다. “지구에 있을 땐 없던 흉터예요. 당신들 나한테 무슨 짓을 한 거죠?”

“당신에게 종양이 있었습니다. 암이었죠. 우리가 제거했어요. 안 그랬으면 그것 때문에 죽었을 겁니다.”

릴리스는 등골이 오싹했다. 어머니가 암으로 죽었기 때문이었다. 이모 두 명도 암에 걸렸고 외할머니는 암 수술을 세 차례나 받았다. 이제는 다 죽은 사람들이었다. 다른 누군가의 광기 때문에 살해당해서. 그러나 ‘가족력’은 지금도 계속 이어지는 모양이었다.

“내가 잃은 게 암 말고 또 뭐가 있죠?” 릴리스는 가냘픈 목소리로 물었다.

“아무것도 없습니다.”

“창자를 수십 센티미터쯤 잘라 내진 않았나요? 난소라든가? 자궁은요?”

“아무것도요. 내 친척이 당신을 돌봐줬습니다. 당신이 간직하고 싶어 하는 건 아무것도 없어지지 않았어요.”

“그 친척이 내… 수술을 해준 건가요?”

“예. 관심과 배려를 다해 수술했습니다. 우리와 함께하는 인간 의사가 있었지만 그 무렵엔 그녀도 나이가 너무 많아서, 오늘내일하는 처지였습니다. 내 친척이 하는 수술을 지켜보며 조언하는 정도였죠.”

"그 친척이라는 남자는 뭘 그렇게 잘 안다고 나를 치료한 거죠? 인간의 몸속 구조는 당신들과 완전히 다를 텐데."

"내 친척은 남자가 아닙니다. 여자도 아니고요. 그 친구의 성별은 울로이ㅇㅇㅇ라고 합니다. 당신의 몸을 잘 알았던 것도 그 친구가 울로이라서 그런 거예요. 당신네 세계에는 연구 대상으로 삼을 만한 죽은 인간이나 죽어가는 인간이 수없이 많이 있었습니다. 우리 울로이들은 인간의 몸에서 무엇이 정상이고 비정상인지, 또 무엇이 가능하고 불가능한지 깨우치기에 이르렀어요. 당신네 행성에 갔던 울로이들이 이곳에 머문 이들을 가르쳤습니다. 내 친척은 거의 평생에 걸쳐 당신네 인간들을 연구했어요."

"울로이는 어떤 식으로 연구하죠?" 우리에 갇혀 죽어가는 인간과, 그 인간이 신음하고 몸부림칠 때마다 자세히 관찰하는 무리가 릴리스의 머릿속에 그려졌다. 죽은 몸뚱이와 살아 있는 실험체를 나란히 해부하는 광경도 떠올랐다. 울로이들이 연구라는 명분하에 치료 가능한 질병을 앓는 인간마저 처참한 상태로 악화되게끔 방치하는 광경도 함께.

"관찰합니다. 울로이에게는 자기네 나름의 관찰법에 맞는 특별한 기관이 있거든요. 내 친척은 당신을 검사할 때 당신 몸의 몇 가지 정상 세포를 관찰한 다음, 당신과 가장 비슷한 다른 인간들에게서 배운 결과와 비교했습니다. 그러고 나서 당신에게 암이 있을 뿐 아니라 암에 잘 걸리는 재능까지 있다고 하더군요."

"나 같으면 그걸 재능이라고 하진 않겠어요. 저주겠죠, 아마도.

그런데 당신 친척은 그런 걸 어떻게… 단지 관찰만 하고 알아낼 수 있죠?”

“감지가 더 적절한 말일지도 모르겠군요. 거기에는 시각만이 아니라 훨씬 더 많은 감각이 함께 관여하니까요. 울로이는 당신의 유전자에서 파악할 수 있는 모든 것을 알아냅니다. 그래서 이제 내 친척은 당신의 질병 치료 이력을 훤히 알뿐더러 당신의 사고방식에 관해서도 상당히 잘 알죠.”

“그래요? 어쩌면 바로 그 이유 때문에 내가 당신 친척을 용서 못 할지도 모르겠네요. 그런데요, 이해가 안 가는 게 있어요. 도대체 무슨 수로… 그러니까, 내장에 생긴 암을 잘라 내는데 어떻게 내장 자체에 손상을 입히지 않을 수가 있냐는 거죠.”

“내 친척은 당신의 암을 잘라 내지 않았습니다. 아예 당신의 몸을 열려고 하지도 않았어요. 그저 자신의 모든 감각을 동원해 암을 직접 검사하고자 했죠. 그때껏 자기 손으로 암을 살펴본 적이 없었거든요. 검사를 다 마치고 나서, 내 친척은 당신의 몸이 암을 재흡수하도록 유도했습니다.”

“그것이… 내 몸이 암을 재흡수하도록… 유도했다고요?”

“예. 내 친척이 당신 몸에 일종의 화학적 명령을 내린 겁니다.”

“당신들 사이에선 그런 식으로 암을 치료하나 보죠?”

“우리는 암에 걸리지 않습니다.”

그 말에 릴리스는 한숨이 나왔다. “우리도 안 걸리면 좋겠네요. 우리 집안은 암 때문에 풍비박산이 나고도 남았으니까요.”

"당신이 암 때문에 고생하는 일은 이제 없을 겁니다. 내 친척이 말하길 암은 아름답지만 간단히 예방할 수 있다더군요."

"아름답다고요?"

"울로이는 가끔 사물을 특이하게 인식하곤 합니다. 여기 식사를 준비했어요, 릴리스. 혹시 배고픈가요?"

릴리스는 스다야 쪽으로 걸어가 그릇을 잡으려고 손을 뻗다가 문득 자신이 무슨 짓을 하는지 깨달았다. 그래서 멈칫했지만, 간신히 뒤로 물러서지 않고 버텼다. 몇 초 후에 그녀는 스다야에게 쭈뼛쭈뼛 다가갔다. 차마 서두를 수는 없었다. 그릇을 낚아채 후다닥 달아나는 짓은. 그런 짓은 차마 할 수 없었다. 그녀는 억지로 걸음을 떼며 천천히, 천천히 나아갔다.

이를 악물고 간신히 그릇을 집어 들었다. 손이 너무 심하게 떨려서 그릇에 든 스튜를 절반이나 흘리고 말았다. 그러고는 침대로 물러났다. 얼마간 시간이 흐른 후에야 릴리스는 식욕이 돌았고, 이내 그릇에 남은 스튜를 깨끗이 먹어치웠다. 그것만으로는 부족했다. 여전히 배가 고팠지만 불평은 하지 않았다. 스다야의 손에서 한 그릇을 더 낚아챌 자신이 없어서였다. 데이지 꽃처럼 생긴 그 손. 가운데는 손바닥이었고 그 주위를 빙 둘러 수많은 손가락이 달려 있었다. 그나마 손가락 속에는 뼈가 들어 있었다. 촉수가 아니었던 것이다. 그리고 손은 두 개뿐이었고 발도 두 개였다. 그는 지금 모습보다 훨씬 더 징그러운 몰골을 하고 나타날 수도 있었다. 지금보다 훨씬 더… 인간 같지 않은 모습으로. 릴리스는 어째서 그를 순순히 받아들이지 못했을까? 보아하니 그가 바라는 바는 그저 자신이나 자신과 비슷하게 생긴 동족들을 보고 놀라지 말아 달라는 것뿐이었다. 그녀는 왜 그러지 못했을까?

릴리스는 스다야와 비슷한 이들에게 둘러싸인 자신의 모습을 애써 상상했다가 하마터면 공포감에 압도당할 뻔했다. 갑자기 무슨 혐오증이 생긴 것만 같았다. 전에는 한 번도 느껴보지 못한 기분이었다. 그러나 그녀가 이때 느낀 것은 전에 다른 사람들의 이야기에서 들은 적이 있는 어떤 것과 비슷했다. 다름 아닌 외국인 혐오증이었다. 그리고 보아하니 그 혐오증은 그녀 혼자만 품은 것이 아니었다.

릴리스는 한숨을 쉬었다. 문득 여전히 허기질 뿐 아니라 피곤하기도 하다는 생각이 들었다. 그녀는 손으로 얼굴을 문지르며 곰곰이 생각했다. 만약 지금 느끼는 이 기분이 혐오증이라면, 되도록 서둘러 벗어나야 했다. 그녀는 스다야 쪽을 돌아봤다. "당신네 동족들은 스스로를 뭐라고 부르죠? 나한테 그들 이야기를 좀 들려줘요."

"우리는 **오안칼리**입니다."

"오안칼리라. 꼭 지구인들의 언어에 있는 단어처럼 들리네요."

"있을지도 모르지만 뜻은 다를 겁니다."

"당신네 언어에서는 무슨 뜻인데요?"

"몇 가지 뜻이 있습니다. 첫째는 거래자입니다."

"뭘 거래하는데요?"

"우리 자신이요."

"그러니까… 서로를요? 노예로요?"

"아니요. 그런 거래는 한 적이 없습니다."

"뭔데요, 그럼?"

"우리 자신을 거래합니다."

"무슨 말인지 모르겠어요."

스다야는 말이 없었다. 마치 침묵을 몸에 두르고 그 안에 자리를 잡은 느낌이 들었다. 릴리스는 그가 대답하지 않으리라는 것을 알았다.

릴리스는 한숨이 나왔다. "당신이 너무 인간 같을 때가 가끔 있어요. 당신이 눈앞에 있지 않았다면 난 아마 당신이 인간 남자인 줄 알았을 거예요."

"이미 그렇게 짐작했잖습니까. 내 가족은 나에게 이 일을 하는 법을 가르치려고 인간 의사에게 나를 맡겼습니다. 그녀는 우리에게 왔을 때 이미 너무 늙어서 직접 아이를 가질 수는 없었지만, 그래도 우리를 가르칠 수는 있었죠."

"아까는 그 의사가 죽어간다고 말했던 것 같은데요."

"실제로 끝내 숨을 거뒀습니다. 그녀는 나이가 113세였는데 무려 50년 동안이나 이따금 깨어 있는 상태로 우리 곁에 머물렀어요. 나와 내 형제들에게는 네 번째 부모 같은 사람이었죠. 그녀가 늙어서 죽어가는 모습을 지켜보기란 힘든 일이었어요. 당신네 인간들은 엄청난 잠재력을 품고 있지만 대부분 써보지 못한 채 죽고 맙니다."

"말하는 게 꼭 인간 같네요." 릴리스의 미간이 찌푸려졌다. "그 의사가 더 오래 살게끔 당신네 울로이가 도와줄 순 없었나요? 그 여자가 113살이 넘어서도 더 살고 싶어 했다면 말이에요.”

“울로이들이 실제로 도와줬습니다. 원래대로라면 못 살았을 40년을 더 살게 해줬고, 수명을 늘려줄 방법이 바닥났을 때는 고통을 없애줬어요. 만약 처음 발견했을 때 더 어린 나이였다면 우린 그녀에게 더 긴 수명을 줄 수도 있었을 겁니다.”

릴리스는 그 생각을 이어가다가 명백한 결론에 도달했다. “내 나이는 스물여섯 살이에요.”

“더 많습니다. 우리 손에 각성돼 깨어 있었던 기간만큼 나이를 먹었으니까요. 모두 합쳐 2년 정도 됩니다.”

릴리스는 실감이 나지 않았다. 나이를 두 살 더 먹었다니. 스다야가 느닷없이 그렇게 말했다는 이유로 스물여덟 살이 됐다니. 2년 동안 독방에 갇혀 지냈다니. 그 대가로 저들이 줄 수 있는 건 대체 뭘까? 그녀는 스다야를 물끄러미 바라봤다.

스다야는 몸의 촉수가 딱딱하게 굳어 제2의 피부가 된 것처럼 보였다. 얼굴과 목에 거무스름한 반점이, 머리에는 검고 반들반들한 덩어리가 보였다. “사고만 안 당하면 당신은 113세보다 훨씬 더 오래 살 겁니다. 그리고 거의 한평생 생물학적으로 아주 젊은 상태일 겁니다. 당신 아이들은 당신보다 더 오래 살 테고요.”

이제 스다야는 놀랄 만큼 인간처럼 보였다. 앞서 그의 외모가 갯민숭달팽이처럼 보였던 것은 단지 촉수 때문이었을까? 피부색은 변하지 않고 그대로였다. 눈과 코와 귀가 없어서 여전히 께름칙하기는 했지만, 많이 거슬리지는 않았다.

"스다야, 지금 상태 그대로 있어요." 릴리스는 그에게 말했다. "내가 더 가까이 다가가서 당신을 볼 수 있게요… 그래도 괜찮다면요."

스다야 얼굴의 촉수들은 일렁거리는 살갗처럼 기묘하게 움직이다가 다시 굳었다. "릴리스, 이리 오세요." 그가 말했다.

릴리스는 그제야 머뭇거리며 그에게 다가갔다. 그의 얼굴에 난 촉수는 고작 한두 걸음 떨어진 곳에서도 여전히 매끈한 제2의 피부처럼 보였다. "혹시 내가…." 릴리스는 멈칫하고는 다시 말을 이었다. "그러니까 내가 당신을… 만져봐도 될까요?"

"예."

생각했던 것보다는 쉬웠다. 스다야의 살갗은 서늘했고 진짜 살이라기에는 지나치다 싶을 만큼 매끄러웠다. 릴리스의 손톱만큼이나 매끈했고 어쩌면 손톱만큼이나 단단할 것도 같았다.

"이렇게 변한 상태로 있으면 힘든가요?" 릴리스가 물었다.

"힘들지는 않아요. 부자연스럽죠. 감각이 둔해져서."

"그런데 방금은 왜 그랬어요…? 그러니까, 내가 부탁하기 전에 말이에요."

"그 상태는 기쁨이나 즐거움을 나타냅니다."

"방금 전에 당신이 기뻐했다는 말이에요?"

"당신 덕분에요. 당신이 스스로의 시간을 되찾고 싶어 했잖아요. 우리가 당신에게서 빼앗은 시간을요. 죽고 싶어 하는 사람은 그러지 않죠."

릴리스는 스다야를 물끄러미 봤다. 그가 자신을 그토록 정확하게 꿰뚫어 봤다는 사실이 놀라웠다. 그리고 그는 장수와 건강과 영원한 젊음이 보장된다는 말을 듣고도 기어코 죽고 싶어 했던 인간들을 분명히 알고 있었다. 그들은 왜 그랬을까? 아마도 그녀가 아직 듣지 못한 부분을 들었기 때문일 것이다. 이 모든 일이 일어나는 이유를. 그녀가 치러야 할 대가를.

"내가 죽고 싶었던 건 그저 지루하고 외로웠기 때문이에요. 아직까지는요."

"다 지나간 일입니다. 그리고 그럴 때조차도 당신은 결코 스스로 목숨을 끊으려 하지 않았어요."

"…그랬죠."

"당신은 살고 싶어 하는 욕구가 스스로 생각하는 것보다 더 강해요."

그 말에 릴리스는 한숨이 나왔다. "이제부터 그걸 더 시험해 볼 작정이군요, 맞죠? 그래서 당신네가 나한테 뭘 원하는지 여태 얘기하지 않은 거예요."

"맞습니다." 스다야가 선뜻 인정하자 릴리스는 가슴이 철렁했다.

"그럼 어서 얘기해요!"

스다야는 말이 없었다.

"만약 당신이 인간의 상상력에 관해 조금이라도 안다면, 방금 가장 하지 말아야 할 짓을 했다는 것도 알겠죠." 릴리스가 말했다.

"당신이 궁금해하는 것들에 관해서는 일단 나와 함께 이 방을 나갈 수 있게 되면 대답해 주겠습니다."

릴리스는 몇 초 동안 스다야를 빤히 봤다. "그럼 그 문제부터 해결해야겠네요." 그녀의 목소리는 단호했다. "당신이 부자연스러운 자세를 풀고 편하게 있을 때 내가 어떻게 반응하는지 한번 보죠."

스다야는 망설이다가 긴장을 풀었고, 그러자 촉수들이 자유로이 흔들렸다. 갯민숭달팽이처럼 기괴한 형상이 다시 나타나자 그녀는 공포와 혐오감을 도저히 참지 못하고 그에게서 비틀비틀 물러서고 말았다. 다만 그리 멀리 물러서기 전에 가까스로 자제심을 발휘해 멈춰 섰다.

"어휴, 정말 지긋지긋해요." 릴리스가 중얼거렸다. "이 느낌은 왜 가시질 않는 거죠?"

"그 인간 의사가 우리 집에 처음 왔을 때, 식구들 몇몇은 그녀를 본 충격이 너무 컸던 나머지 한동안 집을 나가서 살았습니다. 그건 우리 동족들 사이에서는 들어본 적도 없는 행동이었죠."

"당신도 집을 나갔나요?"

스다야의 얼굴이 잠깐 동안 매끈해졌다. "그때는 내가 태어나기 전이었어요. 내가 태어났을 무렵에는 친척들이 모두 집에 돌아와 있었죠. 그런데 그때 내 친척들이 인간 의사를 보고 느꼈던 두려움이 지금 당신이 느끼는 두려움보다 더 컸을 것 같아요. 친척들이 한 존재 안에서 그토록 많은 삶과 그토록 많은 죽음을 동시에 본 건 그때가 처음이었거든요. 몇몇 친척은 그녀를 만진 것 때문에 기분이 상하기까지 했어요."

"기분이 상한 건… 그 사람이 병을 앓았기 때문인가요?"

　"그녀가 건강했을 때도 마찬가지였습니다. 친척들이 동요한 건 그녀의 유전자 구조 때문이었어요. 뭐라고 설명해야 좋을지 모르겠군요. 그 느낌을 우리처럼 감지하는 건 당신한테는 불가능한 일이니까요." 스다야는 릴리스 앞으로 걸어와 그녀의 손을 잡으려 했다. 그녀는 거의 반사적으로 그에게 손을 내밀었고, 그의 촉수들이 일제히 자신 쪽으로 방향을 틀었을 때만 아주 잠깐 망설였다. 시선은 다른 곳으로 돌린 채로, 원래 있던 자리에 우뚝 서서, 그녀는 손가락이 여러 개인 그의 손을 느슨하게 잡았다.

　"좋습니다." 스다야는 릴리스의 손을 놓으며 말했다. "이제 조만간 이 방은 당신의 기억 속 한 조각에 지나지 않을 겁니다."

4

열한 번의 식사 후에 스다야는 릴리스를 바깥으로 데리고 나갔다.

릴리스는 그 열한 끼를 기다리고 또 실제로 먹는 동안 얼마나 오랜 시간이 흘렀는지 전혀 알지 못했다. 스다야는 그녀에게 시간이 얼마나 흘렀는지 알려주지 않았고 서두르는 기색도 없었다. 그녀가 바깥으로 데리고 나가달라고 재촉했을 때 그는 조바심이나 짜증 난 기색을 전혀 드러내지 않았다. 그저 침묵할 뿐이었다. 그는 릴리스가 뭔가 요구하거나 대답하기 싫은 질문을 할 때면 흡사 자신의 작동 스위치를 내려버리는 것처럼 보였다. 릴리스도 전쟁 전에는 식구들에게서 고집쟁이라는 말을 듣고 살았지만, 스다야는 차원이 다른 고집불통이었다.

마침내 스다야가 방 안을 돌아다니기 시작했다. 그는 거의 가구처럼 보일 만큼 오랫동안 꼼짝하지 않았기 때문에 릴리스는 그가 갑자기 일어서서 화장실로 들어갔을 때 깜짝 놀랐다. 그러고는 원래 있던 침대 위에 그대로 머물며 그 역시 자신과 같은 목적으로 화장실을 사용할지 궁금해했다. 굳이 직접 알아보려 하지는 않았다. 시간이 얼마간 흐르고 나서 스다야가 방으로 돌아왔을 때, 그녀는 그 때문에 느껴지던 불편한 기분이 훨씬 덜해진 것을 알아차렸다. 그가 가져온 것이 어찌나 뜻밖이고 반가웠던지 그녀는 생각하거나 망설일 겨를도 없이 덥석 받아 들었다. 바나나였다. 큼지막하고 노랗고 단단하고 푹 익어서 몹시 달콤한, 바나나 한 개.

릴리스는 바나나를 천천히 먹었다. 덥석덥석 베어 먹고 싶었지만 차마 그럴 수 없었다. 말 그대로 250년 동안 먹어본 음식 가운데 최고로 맛있었기 때문이었다. 또 먹어볼 날이 언제 올지는 아무도 모를 일이었다. 그럴 날이 과연 오기는 할까. 그녀는 껍질 안쪽의 하얀 속껍질까지 다 먹어치웠다.

스다야는 그 바나나가 어디서 온 것이고 어떻게 손에 넣었는지 알려주지 않았다. 한 개 더 가져다주지도 않았다. 그러기는커녕 릴리스를 침대에서 한동안 쫓아냈다. 침대를 독차지하고 축 늘어져 꼼짝 않는 그의 모습은 꼭 죽은 것만 같았다. 릴리스는 바닥에서 다단계 맨손 운동을 하며 일부러 체력을 최대한 바닥낸 다음, 스다야가 일어나 침대를 내줄 때까지 그가 평소에 앉는 평상 위에서 기다렸다.

릴리스가 잠에서 깨어났을 때, 스다야는 재킷을 벗고 자기 몸 여기저기에 나 있는 감각 촉수 다발을 보여줬다. 뜻밖에도 그녀는 자신이 본 것에 금세 익숙해졌다. 촉수는 그저 징그러울 뿐이었다. 그 촉수들 때문에 스다야는 더더욱 엉뚱한 곳에 떨어진 수중 생물처럼 보였다.

"물속에서 숨 쉴 수 있어요?" 릴리스가 물었다.

"예."

"난 당신 목의 구멍을 보고 아가미 노릇도 겸할 것 같다고 생각했어요. 혹시 물속에 있을 때가 더 편한가요?"

"물속도 좋지만, 그보다는 공기를 마시는 편이 더 좋습니다."

"공기라면… 산소 말이에요?"

"예, 난 산소가 있어야 하거든요. 당신네만큼 많이 필요하진 않아도요."

릴리스는 다시금 스다야의 촉수에 관한 생각에 빠져들었고, 그의 촉수와 일부 갯민숭달팽이가 공유할지도 모르는 또 다른 유사성에까지 생각이 미쳤다. "혹시 찌르듯이 공격할 수 있는 촉수도 있나요?"

"모든 촉수로 그렇게 할 수 있습니다."

릴리스는 뒤로 물러섰다. 애초에 스다야와 가까이 있지도 않았는데도. "그걸 왜 나한테 가르쳐 주지 않았죠?"

"난 당신을 찌를 생각이 없었으니까요."

그것도 릴리스가 먼저 공격하지 않을 때의 얘기였다. "그럼 당신을 죽이려 한 인간들은 찔렀겠군요."

"그렇지 않아요, 릴리스. 당신네 인간들을 죽이는 건 내 관심사가 아닙니다. 나는 평생 인간을 살리는 훈련을 받았어요."

"그럼 그런 사람들을 어떻게 했는데요?"

"저지했습니다. 난 십중팔구 당신이 생각하는 것보다 더 힘이 셀 겁니다."

"하지만… 만약 당신이 촉수로 그 사람들을 찔렀다면요?"

"그랬다면 그들은 죽었을 겁니다. 죽이지 않고 찌르는 법은 울로이밖에 몰라요. 내 선조들 가운데 한 무리는 사냥감을 촉수로 찔러 제압했어요. 그렇게 찌르면 먹기도 전에 이미 소화 과정이 시작됩니다. 그래서 그들은 자신들을 잡아먹으려 하는 적을 촉수로 찔렀어요. 편안한 삶은 아니었겠죠."

"그렇게 형편없는 삶처럼 들리진 않는걸요."

"그 선조들은 장수를 누리지 못했습니다. 어떤 생물들은 그들의 독에 면역이 있었으니까요."

"어쩌면 인간들도 그럴지 모르죠."

대꾸하는 스다야의 목소리는 부드러웠다. "아니에요, 릴리스. 당신들은 그렇지 않아요."

얼마 후에 스다야는 오렌지를 한 개 가져다줬다. 릴리스는 호기심에 오렌지를 잘라 그에게 나눠 먹자고 제안했다. 그는 그녀의 손에 놓인 오렌지 한 조각을 집어 들더니 그녀 옆에 앉아 먹었다. 나란히 앉아 오렌지를 다 먹고 나서, 그는 고개를 돌려 그녀를 마주 봤다. 알고 보니 예의를 차리려고 하는 행동이었다. 그에게는 얼굴이라고 할 만한 것이 거의 없었으므로. 이윽고 그가 릴리스를 가만히 관찰하는 듯하더니, 촉수 가운데 일부가 실제로 그녀를 건드렸다. 촉수가 닿는 순간 그녀는 화들짝 놀랐다. 그러다가 다치지 않았다는 것을 알아차리고 움직이고 싶은 마음을 억눌렀다. 그가 곁에 있으니 찝찝했지만 그래도 이제 두려운 기분은 들지 않았다. 며칠인지 모를 시간이 흐른 후에… 그녀는 예전의 공포를 더는 느끼지 않았다. 어찌된 영문인지 그 공포가 마침내 가셨다는 것에 안도할 뿐이었다.

"이제 여기서 나갈 겁니다." 스다야가 말했다. "우리 가족은 우리를 보면 안심할 거예요. 그리고 당신은… 이제부터 배워야 할 게 아주 많아요."

5

릴리스가 오렌지 과즙이 묻은 손을 씻는 동안 스다야는 잠자코 기다렸다. 그러다가 한쪽 벽으로 걸어가 머리에 난 촉수 가운데 기다란 것들을 뻗어 벽을 건드렸다.

벽 표면에서 촉수가 닿은 자리에 검은 점이 나타났다. 점은 벽 속으로 점점 더 깊숙이 패어 넓어지더니 구멍으로 변했고, 그 구멍을 통해 색채와 빛이 릴리스의 눈에 들어왔다. 초록, 빨강, 주황, 노랑….

갇혀 지낸 후로 릴리스의 세계에는 색이 거의 존재하지 않았다. 피부색, 그리고 피의 색. 희끄무레한 감방 벽 안에 색이라고는 그뿐이었다. 그 밖에는 모조리 짙거나 옅은 색조의 흰색 아니면 회색이었다. 바나나가 나타나기 전까지는 음식조차도 색이 없었다. 그런데 이제, 색과 함께 햇빛처럼 보이는 빛이 등장했다. 벽 뒤에는 공간이 있었다. 광대한 공간이.

벽의 구멍은 점점 넓어지는 모양새가 마치 살이 천천히 꿈틀거리며 옆으로 출렁출렁 퍼져나가는 것처럼 보였다. 릴리스는 그 광경에 매료되는 한편으로 혐오감이 들었다.

"저 벽은 혹시 살아 있는 건가요?" 릴리스가 물었다.

"예."

릴리스는 일찍이 그 벽을 때려보고, 발로 차보고, 긁어보고, 깨물려고도 해봤다. 벽은 매끈하고 튼튼해서 뚫리지 않았지만 침대나 테이블과 마찬가지로 살짝 푹신했다. 손을 대보면 서늘한 플라스틱 같은 느낌이 났다.

"정체가 뭐예요?"

"살입니다. 당신보다는 내 몸의 살에 더 가깝죠. 내 살하고도 다르기는 하지만요. 저건… 배예요."

"농담이겠죠. 설마 당신네 배가 살아 있단 말이에요?"

"그렇습니다. 이제 나갑시다." 벽에 난 구멍은 이미 그들이 너끈히 지나갈 만큼 커다랬다. 스다야는 고개를 숙이고 바깥으로 나가기 위한 걸음을 내디뎠다. 릴리스도 그의 뒤를 따라가다가 멈춰 섰다. 방 바깥의 공간이 너무나 넓어서였다. 앞서 본 색채들의 출처는 머리카락처럼 가느다란 이파리와 코코넛만 한 둥그런 열매였다. 보아하니 열매들은 여문 정도가 제각각인 듯했다. 이파리와 열매 모두 새로 나타난 출구 위로 드리워진 거대한 나뭇가지에 달려 있었다. 그 너머로 널따랗게 펼쳐진 탁 트인 들판에는 터무니없이 거대한 나무가 곳곳에 서 있었고, 먼 배경에는 산이 보였으며, 해가 없는 환한 하늘은 상아색이었다. 나무와 하늘만 봐도 지구에 있다는 상상을 포기하기에는 충분했다. 저 멀리 돌아다니는 사람들이 있었고 덩치가 셰퍼드만 한 시커먼 동물들도 있었지만 너무 멀어서 생김새는 또렷이 보이지 않았다. 다만 그토록 멀리 있는데도 그 동물들은 다리가 지나치게 많이 달린 듯했다. 여섯 개일까? 열 개? 그 생물들은 들판의 풀을 뜯는 것처럼 보였다.

"릴리스, 이리 나와요." 스다야가 말했다.

릴리스는 그 방대한 외계의 풍경을 피해 뒤로 한 걸음 물러섰다.

그토록 오랫동안 혐오했던 독방이 문득 안전하고 아늑해 보였다.

"다시 우리 속으로 돌아갈 건가요, 릴리스?" 스다야가 부드러운 목소리로 물었다.

릴리스는 구멍 너머의 스다야를 물끄러미 바라보다가 그가 일부러 도발하고 있다는 사실을 퍼뜩 깨달았다. 그녀의 두려움을 그녀 스스로 극복케 하려는 속셈이었다. 그의 말이 전적으로 옳지 않다면 통하지 않을 작전이었다. 그녀는 실제로 자신의 우리 속으로 후퇴하는 중이었다. 너무나 오랫동안 갇혀 지낸 탓에 사육장이 보금자리가 돼 버린 동물원의 짐승처럼.

릴리스는 억지로 구멍 앞까지 걸어간 다음, 이를 악물고 구멍 너머로 한 발짝을 내디뎠다.

바깥으로 나온 릴리스는 스다야와 나란히 서서 떨리는 숨을 길게 들이마셨다. 고개를 돌려 방을 힐끔 봤지만, 다시 재빨리 고개를 돌리고 그곳으로 달아나고 싶은 충동을 억눌렀다. 스다야는 그런 그녀의 손을 잡고 그 자리를 떠났다.

다시 한번 뒤를 돌아봤을 때 구멍은 닫히는 중이었고, 릴리스는 방금 자신이 빠져나온 곳이 실은 거대한 나무의 속이라는 것을 알아차렸다. 그녀가 있었던 방은 그 나무 안쪽의 미미한 부분에 지나지 않았다. 나무가 자란 땅의 토질은 흔한 연갈색 모래흙처럼 보였다. 아래쪽 가지에는 열매가 주렁주렁 열려 있었다. 그 밖의 부분들은 크기만 빼면 거의 평범한 나무처럼 보였다. 줄기 둘레는 릴리스가 기억하는 몇몇 고층 빌딩보다 더 널따랬다. 나무 우듬지는 상아색 하늘을 찌를 듯이 높다랬다. 높이가 얼마나 될까? 그 가운데 얼마만큼을 건물로 사용할까?

"저 방 안의 모든 게 살아 있나요?" 릴리스가 물었다.

"눈에 보이는 배관 설비 몇 가지를 빼면 모두 그렇습니다. 당신이 먹은 음식조차도 바깥에서 자라는 가지의 열매로 만든 거였어요. 당신에게 필요한 영양소를 고려해 만들었죠."

"맛은 무슨 솜하고 풀로 만든 것 같던데." 릴리스가 중얼거렸다. "그 음식은 두 번 다시 먹을 일이 없으면 좋겠어요."

"그럴 일은 없을 겁니다. 하지만 그 식사 덕분에 당신은 아주 건강한 상태를 유지했어요. 우리가 당신 몸에서 암을 유발하는 유전적 성향을 교정하는 동안 암이 자라지 않았던 건 무엇보다 그 식단 덕분이에요."

"그럼 그 교정 작업은 다 끝난 건가요?"

"예. 교정 유전자를 당신 세포에 주입한 후에 세포들이 그 유전자를 받아들여 복제했어요. 이제 당신 몸에 우연히 암이 생기는 일은 없을 거예요."

'우연히'라니, 조건치고는 이상하다는 생각이 들었지만 릴리스는 당장은 그냥 넘어가기로 했다. "나를 언제 지구로 돌려보내 줄 건가요?"

"지금의 당신은 거기서 버틸 능력이 없어요. 혼자서는 더더욱요."

"지구로 돌려보낸 인간이 이때껏 한 명도 없단 말이에요?"

"당신이 속한 집단이 첫 번째가 될 겁니다."

"아아." 생각지도 못한 일이었다. 처지가 비슷한 사람들과 하나로 묶여 엄청나게 변해버렸을 지구에서 살아남아야 하는 모르모트 신세가 되다니. "지구는 지금 어떤 상태예요?"

"야생 상태입니다. 숲, 산, 사막, 평원, 대양 따위가 있죠. 위험한 방사능 지대가 거의 존재하지 않는 풍요로운 세계예요. 동물계의 다양성이 가장 풍부한 곳은 바다지만, 육지에도 작은 동물 몇 종이 번성하고 있어요. 곤충, 무척추동물, 양서류, 파충류, 조그만 포유류 같은 것들이죠. 틀림없이 당신들도 거기서 살 수 있을 거예요."

"언제요?"

"서두를 일은 아닙니다. 당신 앞에는 아주 긴 삶이 기다리고 있으니까요, 릴리스. 그리고 당신은 여기서 해야 할 일이 있어요."

"그 얘기는 전에도 했잖아요. 무슨 일인데요?"

"당신은 당분간 우리 가족과 함께 살 겁니다. 가능한 한 우리 일원으로 살 거예요. 당신이 할 일은 우리가 가르쳐 줄 겁니다."

"그러니까 그게 무슨 일이냐고요."

"당신은 몇 명 안 되는 인간들을 각성시킬 겁니다. 모두 영어 사용자들인데, 당신은 그들이 우리와 어울려 지내도록 도와줘야 해요. 우리에게서 배운 생존 기술을 그들에게 가르쳐 주는 거죠. 그 사람들 모두 이른바 문명사회 출신일 거예요. 그런데 이제는 숲에 살면서 자기 손으로 집을 짓고, 자기가 먹을 식량을 재배해야 해요. 처음부터 끝까지 기계나 외부의 도움 없이요."

"우리가 기계를 못 쓰게 금지하려고요?"

"물론 그러진 않을 겁니다. 하지만 당신들에게 기계를 제공하지도 않을 거예요. 우리는 당신들이 생필품과 식량을 스스로 생산할 때까지 수공구와 간단한 장비와 식량을 제공할 거예요. 치명적인 미생물에 대항할 수단은 이미 당신 몸속에 마련해 뒀어요. 그다음은 당신들 힘으로 헤쳐나가야 해요. 독을 지닌 동식물을 피해가며 필요한 것들을 스스로 만드는 거죠."

"우리 세계에서 살아가는 법을 당신네가 무슨 수로 우리에게 가르쳐 줄 건데요? 당신이 우리 세계나 우리에 관해 얼마나 잘 알길래요?"

"왜 못 한다고 생각하죠? 우리는 당신네 세계가 저절로 회복되도록 도왔어요. 당신들의 몸과 당신들의 생각, 당신들의 언어, 역사 기록, 다양한 문화까지⋯ 우리는 모두 공부했습니다. 당신들에게 어떤 능력이 있는지는 당신들 자신보다 우리가 더 잘 알아요."

그저 그들의 생각인지도 몰랐다. 다만 그들이 정말로 250년에 걸쳐 연구했다면, 아마 그들 생각이 옳을 듯싶었다. "우리가 질병에 버틸 수 있게 예방 접종을 해줬다고 했죠?" 릴리스는 자신이 제대로 이해했는지 확인하려고 스다야에게 물었다.

"아니요."

"하지만 아까 내 몸속에 마련해 뒀다고⋯."

"우리는 당신들의 면역 체계 자체를 강화하고 질병 전반에 대한 저항력을 높였습니다."

"어떻게요? 우리 유전자에 또 무슨 짓을 했길래요?"

스다야는 말이 없었다. 침묵을 깨뜨리지 않고 버티던 릴리스는 마침내 그가 대답하지 않으리라는 확신이 섰다. 방금 말한 그 조치 또한 그들이 릴리스의 몸에 동의 없이 저지른 짓이었다. 아마도 릴리스 본인을 이롭게 하려고. "그건 우리 인간들이 동물을 다루던 방식인데." 그녀는 씁쓸하게 중얼거렸다.

"뭐라고요?"

"우린 동물한테 예방 접종이나 수술, 격리 사육 같은 짓을 했어요. 다 동물들을 위한답시고 한 일이죠. 건강하고 안전하게 살기를 바랐으니까요. 경우에 따라선 나중에 잡아먹으려는 목적도 있었지만요."

스다야의 촉수는 몸에 납작하게 달라붙지 않고 가만히 있었지만, 릴리스는 그가 자신을 비웃고 있다는 느낌을 받았다. "나한테 그런 얘기를 하면 무섭지 않습니까?" 그가 물었다.

"아뇨. 내가 무서워하는 건 내 머리로는 이해가 안 가는 짓을 나한테 하는 사람들이랑 같이 지내는 거예요."

"당신은 건강을 부여받았어요. 울로이가 배려해 준 덕분인데, 그건 당신네 별인 지구에서 살아갈 기회를 얻으라는 뜻이에요. 거기서 그냥 죽으라는 뜻이 아니라."

스다야는 그 문제에 관해서는 더 얘기하려 하지 않았다. 릴리스는 거대한 나무들을 둘러봤다. 어떤 나무는 굵다란 가지가 달린 줄기가 여러 개였고 이파리는 기다란 초록색 머리카락 같았다. 그 머리카락 가운데 일부는 움직이는 것처럼 보였지만, 그곳에는 바람이 불지 않았다. 릴리스는 한숨이 나왔다. 그러니까 나무도 마찬가지였다. 이곳 사람들처럼 촉수가 있었던 것이다. 길고 가느다란, 초록색 촉수가.

"저기, 스다야?"

릴리스는 자신을 향해 휙 움직이는 스다야의 여러 촉수를 보며 여전히 가슴이 철렁했지만, 이는 단지 그녀에게 주의를 돌리거나 그녀의 말을 듣고 있다고 알리는 그 나름의 방식일 뿐이었다.

"난 당신이 가르쳐 주는 건 기꺼이 배울 용의가 있지만, 내가 배운 걸 다른 인간들에게 제대로 가르칠 자신은 없어요. 야생에서 살아가는 방법을 아는 인간은 지금도 아주 많아요. 당신한테도 좀 더 많은 걸 알려줄 수 있는 사람들 말이에요. 당신은 내가 아니라 그 사람들하고 이야기하는 게 좋을 것 같아요."

"그들과는 이미 대화를 나눴습니다. 그 사람들은 특히 조심해야 해요, 왜냐면 그들이 '아는' 지식은 이제 옳지 않기 때문이죠. 지구에는 새로운 식물이 있어요. 예전 식물과 우리가 추가한 식물 사이에 돌연변이가 나타났거든요. 전에는 먹어도 괜찮았지만 이제는 치명적인 식물이 있습니다. 제대로 가공하지 않고 먹었다가는 목숨이 위태로운 식물도 있고요. 한때는 무해한 것처럼 보였던 동물이 지금은 그렇지 않아요. 당신이 살던 지구는 지금도 당신의 지구지만, 당신네 인간들이 애써 파괴하고 우리가 다시 애써 회복시키는 사이에 전과 다른 별이 돼버렸어요."

릴리스는 고개를 끄덕이며 스다야의 말이 왜 그토록 쉽게 머릿속에 스며드는지 생각해 봤다. 아마도 자신이 알던 세계가 숨을 거뒀다는 것을 이들에게 붙잡히기 전에 이미 알았기 때문이었다. 그녀는 그 상실감을 스스로 감당할 수 있는 만큼은 이미 받아들인 상태였다.

"그래도 흔적은 남았을 텐데." 릴리스는 가냘프게 중얼거렸다.

"전에는 있었죠. 우리가 거의 다 파괴했어요."

릴리스는 생각할 겨를도 없이 스다야의 팔을 덥석 붙잡았다. "당신들이 파괴했다고요? 남은 것들이 있었는데 부숴버렸단 말이에요?"

"당신들이 다시 시작할 거니까요. 우리는 방사능도 역사도 없는 깨끗한 곳에 당신들을 데려다 놓을 겁니다. 당신들은 예전과 다른 존재가 될 거예요."

"그러니까 남아 있는 우리 문화를 파괴하면 우리가 전보다 더 나은 존재가 될 거라고 생각했다는 말이에요?"

"아니요. 당신들은 그저 예전과 다른 존재가 될 뿐입니다." 릴리스는 자신이 스다야를 똑바로 보고 있다는 것을, 또한 자신이 그의 팔을 아파도 이상하지 않을 만큼 세게 붙잡고 있다는 것을 문득 깨달았다. 스스로도 손이 아플 정도였다. 그녀가 손을 놓자 그의 팔은 묘하게도 생명이 없는 것처럼 허리 옆으로 휙 내려갔다. 특정한 목적을 띠고 움직이지 않을 때 그의 팔다리는 그런 식으로 움직이는 모양이었다.

"당신들 생각은 틀렸어요." 릴리스는 분노를 참을 수 없었다. 스다야의 얼굴, 촉수가 달린 그 외계인의 얼굴을 보며 분노를 억누를 방법은 없었다. 그러나 할 말은 해야 했다. "당신들은 자기 것이 아닌 걸 파괴했어요. 인간들이 시작한 미친 짓을 당신네 손으로 완성했다고요."

"당신은 아직 살아 있잖아요." 스다야가 말했다.

릴리스는 감사할 마음이 들지 않는 기분을 속으로 삭이며 스다야와 나란히 걸었다. 흙 땅에 무릎 높이까지 다발 지어 자란 두껍고 실팍한 것은 이파리, 아니면 촉수 같았다. 스다야는 그 다발을 조심조심 피하며 걸었다. 그런 그를 보며 릴리스는 그 다발을 발로 차고 싶어졌다. 맨발만 아니었어도 그 충동에 굴복할 뻔했다. 이윽고 그녀는 자신이 가까이 걸어가면 그 이파리들이 휘어지거나 움츠러들어 길을 피해준다는 것을 알고 징그러워했다. 꼭 뱀처럼 커다란 지렁이를 모아 만든 식물 같았다. 언뜻 보면 땅에 뿌리를 내린 것 같았다. 그렇다면 식물로 봐도 될까?

"저것들은 뭐예요?" 릴리스는 다발 한 개를 발짓으로 가리키며 물었다.

"이 배의 일부입니다. 저것들을 자극하면 우리와 우리 동물들이 좋아하는 액체가 분비되죠. 당신에게는 별 도움이 안 되겠지만요."

"식물이에요, 동물이에요?"

"이 배와 별개로 볼 수 없는 존재입니다."

"그럼 이 배는 식물이에요, 동물이에요?"

"둘 다이자 그 이상이기도 해요."

무슨 뜻인지 짐작도 가지 않았다. "이 배에 지능이 있나요?"

"어쩌면 있을지도 모릅니다. 그 부위는 지금 휴면 상태거든요. 하지만 지금 상태로도 화학적 수단을 사용해 유도하면 당신이 끝까지

다 듣기도 힘들 만큼 많은 기능을 수행할 수 있죠. 이 배는 감시하지 않아도 알아서 아주 많은 일을 해내요. 그리고…." 스다야는 잠시 말이 없었다. 촉수들은 몸에 착 달라붙어 매끈해 보였다. 이윽고 그가 다시 말을 이었다. "일찍이 인간 의사는 이 배가 우리를 사랑한다고 했습니다. 분명 친밀감이 있긴 하지만, 그건 생물학적인 성질이에요. 하나의 강력한 공생 관계죠. 우리는 배에 필요한 걸 제공하고 배는 우리에게 필요한 걸 주는 식으로요. 배는 우리가 없으면 죽을 테고, 우리는 배가 없으면 우리 행성에 매여 사는 처지가 될 거예요. 그건 우리에게는 결국 죽음을 의미하죠."

"이 배는 어디서 난 거예요?"

"우리가 키웠습니다."

"당신들이요…? 아니면 당신네 조상들이요?"

"이 배는 우리 조상들이 키웠습니다. 나는 다른 배를 키우는 걸 돕는 중이에요."

"지금요? 왜요?"

"우리가 여기서 분열할 예정이기 때문입니다. 그 점만 보면 우리는 성숙한 무성 동물과 비슷하지만, 세 종류로 분열하는 점이 다르죠. 딘소는 앞으로 몇 세대 동안 지구에 머물다가 나중에 준비가 되면 떠날 거예요. **토아트**는 이 배를 타고 떠날 거고요. **아크자이**는 새 배를 타고 떠날 겁니다."

릴리스는 스다야를 돌아봤다. "당신들 일부는 우리랑 같이 지구로 가는 건가요?"

"나는 갈 겁니다. 내 가족과 다른 이들도 같이요. 모두 다 딘소니까요."

"왜 지구로 가는 건데요?"

"그게 우리가 자라는 방식이기 때문입니다. 우리는 언제나 그렇게 자랐어요. 때가 되면 후손들이 떠날 수 있게끔, 배를 키우는 법에 관한 지식을 지니고 다니는 식으로요. 만약 같은 배나 같은 행성에 계속 머물러 있었다면 우리는 하나의 종족으로서 살아남지 못했을 거예요."

"그럼 씨앗이나… 뭐 그런 걸 갖고 가나요?"

"필요한 것들은 챙겨서 갈 겁니다."

"그럼 따로 떠나는 사람들… 그 토아트랑 아크자이라는 사람들은, 다시는 못 보는 건가요?"

"못 볼 겁니다. 어쩌면 먼 미래의 어느 시점에는 내 후손들이 그들의 후손을 만날지도 몰라요. 부디 그러면 좋겠어요. 그때는 양쪽 다 여러 차례 분열했을 거예요. 서로에게 줄 게 아주 많겠죠."

"아마 서로 알지도 못할 텐데요. 설령 이번의 분열을 기억한다고 해도 신화쯤으로 여길걸요."

"아뇨, 그들은 서로를 알아볼 겁니다. 분열의 기억은 생물학적으로 이어져 내려가니까요. 나는 우리가 고향 행성을 떠나온 후로 내 가족 안에서 태어난 모든 구성원을 기억해요."

"고향 행성 자체를 기억한다고요? 그럼 마음만 먹으면 그곳으로 돌아갈 수도 있어요?"

"돌아간다고요?" 스다야의 촉수가 다시금 매끈해졌다. "아닙니다, 릴리스. 그것은 우리에게 닫힌 유일한 방향이에요. 이제 여기가 우리 고향 행성이에요." 그는 빛나는 상아색 하늘로 보이는 상공과 갈색 흙으로 보이는 지면을 손짓으로 빙 둘러 가리켰다.

이제 그들 주위에는 거대한 나무가 더 많이 있었고, 그 나무의 줄기로 들락날락하는 사람들이 릴리스의 눈에 들어왔다. 벌거벗은 회색 오안칼리들이었다. 온몸에 촉수가 나 있고 일부는 팔이 두 개, 일부는 놀랍게도 팔이 네 개 달려 있었지만, 성기처럼 보이는 기관이 달린 이는 아무도 없었다. 어쩌면 일부 촉수와 여분의 팔이 성기능을 수행하는지도 몰랐다.

릴리스는 오안칼리 무리를 하나하나 살피며 혹시 인간이 섞여 있는지 확인했지만, 한 명도 보이지 않았다. 적어도 오안칼리 가운데 그녀에게 가까이 오거나 관심을 보이는 이는 아무도 없었다. 그녀는 일부 오안칼리의 머리가 온통 촉수로 뒤덮인 것을 알고 등골이 오싹했다. 다른 오안칼리들은 촉수가 기묘한 반점 모양으로 여기저기 불규칙하게 나 있었다. 스다야처럼 인간의 얼굴과 비슷한 모양으로, 즉 촉수가 눈과 귀와 머리카락처럼 보이게끔 자리 잡은 이는 한 명도 없었다. 스다야는 머리 촉수가 우연히도 그런 모양으로 자리 잡은 덕분에 인간과 함께 일하라는 제안을 받았을까? 아니면 수술 또는 다른 수단을 이용해 인간과 더 비슷해 보이게끔 외모를 변형했을까?

"나는 원래부터 이렇게 생겼습니다." 스다야는 릴리스가 물었을 때 그렇게만 대답했고, 외모에 관해서는 더 언급하려 하지 않았다.

몇 분 후, 둘이 나란히 나무 옆을 지나갈 때 릴리스가 손을 뻗어 만져본 나무껍질은 부드럽고 살짝 푹신했다. 그녀가 갇혀 지낸 독방 벽과 비슷했지만, 색은 껍질 쪽이 더 어두웠다. "여기 있는 나무는 다 건물인 거죠?"

"이 구조물들은 나무가 아닙니다. 배의 일부예요. 배의 형태를 유지하고 우리에게 필요한 것을 제공하죠. 식량, 산소, 폐기물 처리, 이동 통로, 창고 및 생활 공간, 작업 구역, 그 밖의 여러 가지를요."

그들이 스치듯 가까이 지나가며 본 오안칼리 한 쌍은 서로 바짝 붙어 서서 머리 촉수가 한데 뒤엉켜 꿈틀거렸다. 릴리스의 눈에 그들의 몸이 또렷이 들어왔다. 앞서 본 다른 이들처럼 그들도 나체였다. 스다야는 단지 그녀 앞에서 예의를 차리려고 옷을 걸쳤는지도 몰랐다. 그 점에 대해서는 고마운 마음이 들었다.

지나가는 길 근처에 사람이 점점 더 많아지자 릴리스는 슬슬 불안해졌고, 문득 정신을 차려보니 어느새 보호라도 받으려는 듯이 스다야에게 조금씩 가까워지는 중이었다. 놀란 한편으로 부끄러웠던 그녀는 억지로 스다야에게서 멀어졌다. 보아하니 그도 이를 눈치챈 모양이었다.

"릴리스?" 스다야의 목소리는 몹시도 차분했다.

"왜요?"

침묵이 흘렀다.

"난 괜찮아요." 릴리스가 말했다. "그냥… 사람이 너무 많아서 그래요. 너무 낯선 풍경이기도 하고요."

"보통은, 우리는 몸에 아무것도 걸치지 않습니다."

"나도 그럴 거라고 생각했어요."

"당신도 옷을 입든 입지 않든 마음대로 해도 좋습니다."

"난 입을 거예요!" 릴리스는 망설이다가 말을 이었다. "우리가 지금 가는 곳에 각성한 인간이 나 말고 또 있나요?"

"한 명도 없습니다."

릴리스는 가슴 앞으로 팔짱을 끼고 자신의 몸통을 힘껏 안았다. 고립감이 더욱 사무쳤다.

놀랍게도 스다야가 손을 내밀었다. 그리고 더욱 놀랍게도, 릴리스는 고마워하며 그 손을 잡았다.

"당신은 왜 고향 행성으로 돌아갈 수 없나요? 그 별은 지금도… 있을 거 아니에요, 안 그래요?"

스다야는 잠시 생각에 잠긴 듯했다. "떠나온 지 너무 오래돼서… 지금도 있을지 잘 모르겠습니다."

"왜 떠났는데요?"

"그 별은 우리에게 자궁 같은 곳이었으니까요. 우리가 태어날 때가 됐던 거죠."

릴리스는 서글프게 웃었다. "인간들 중에도 지구를 그렇게 여긴 사람들이 있었죠… 미사일이 발사되기 직전까지도요. 우주 정복이 우리 숙명이라고 믿었던 사람들 말이에요. 나도 그렇게 믿었어요."

"압니다. 다만 울로이한테 듣기로는 당신네 인류는 그 숙명을 실천하지 못한 모양이더군요. 자신들의 몸이 걸림돌이 되는 바람에."

"자신들의… 우리 몸이요? 그게 무슨 말이에요? 우린 우주에 다녀왔어요. 우리가 몸 때문에 못 하는 건 아무것도…."

"릴리스, 당신들 인간의 몸은 치명적인 결함이 있습니다. 울로이는 그 결함을 단번에 파악했죠. 울로이는 처음에는 당신들을 건드리는 것조차 매우 어려워했어요. 그러다가 어느새 당신들에게 집착하게 된 거예요. 이제 울로이는 오히려 당신들을 가만히 두는 걸 더 어려워해요."

"지금 무슨 소릴 하는 거예요?"

"당신들은 서로 어울리지 않는 유전적 특질 한 쌍을 지니고 있습니다. 둘 중 한쪽만 지녔더라면 유용하게 사용해 당신네 종족이 살아남는 데 도움이 됐겠죠. 하지만 그 둘이 함께 있으면 치명적이에요. 당신은 조금만 늦었어도 그 특질들 때문에 목숨을 잃을 뻔했어요."

릴리스는 고개를 가로저었다. "우리가 유전자 단계부터 그런 짓을, 그러니까 스스로를 핵폭탄으로 날려버리는 짓을 하게끔 설계됐다는 얘기라면…."

"아니요. 당신네 인류의 처지는 그보다는 암에 걸렸다가 내 친척에게 치료받은 당신의 처지와 더 비슷합니다. 그 암은 조그마한 것이었어요. 인간 의사가 말하길 설령 인간들이 발견하고 제거했다고 해도 무사히 회복해 건강해졌을 만큼 초기 단계였다고 했어요. 어쩌면 당신은 남은 평생을 암이 발병하지 않은 채로 살았을지도 모르지만, 그래도 그 의사 말로는 자기 같으면 정기 검사는 받으라고 했을 거라더군요."

"나처럼 가족력이 있는 사람한테 그런 말을 굳이 덧붙일 필요는 없었을 텐데요."

"그렇습니다. 하지만 만약 당신이 가족력의 중요성을 몰랐다면 어땠을까요? 또 우리나 다른 인간들이 당신의 암을 발견하지 못했다면요?"

"분명 악성 종양이 됐겠죠, 아무래도."

"물론입니다."

"그러다가 결국 나는 죽었을 테고요."

"예, 그랬을 겁니다. 그리고 당신네 인류의 처지도 그것과 비슷했어요. 만약 인류에게 스스로의 문제를 인식하고 해결할 능력이 있었다면 멸망을 피했겠죠. 물론 스스로를 정기적으로 돌이켜 보는 일 또한 잊지 말아야 했겠지만요."

"그런데 그 문제라는 게 뭐였어요? 아까 나더러 서로 어울리지 않는 두 가지 특질이 있다고 했죠. 그게 뭐예요?"

스다야는 어쩌면 한숨일지도 모를 바스락거리는 소리를 냈지만, 그 소리는 그의 입이나 목이 아닌 다른 곳에서 들려왔다. "당신네 인류는 영리합니다. 그건 두 가지 특질 가운데 나중에 생긴 것이자, 당신들이 스스로를 구하고자 활용했을지도 모르는 특질이기도 해요. 당신들은 우리가 발견한 지적 생물종 가운데 가장 똑똑한 종일 수도 있지만, 지능의 초점을 어디에 맞추느냐는 우리와 달라요. 그래도 생명과학에서는 순조롭게 첫걸음을 내디뎠어요. 심지어 유전학에서도 그렇고요."

"다른 한 가지 특질은요?"

"인류는 위계적입니다. 그건 더 오래되고 더 뿌리 깊은 특질이죠. 우리는 당신들의 가장 가까운 동물 친척과 가장 먼 동물 친척에게서 그 특질을 확인했어요. 말하자면 지구 종들의 특질인 셈이죠. 인간의 지성이 그 특질을 인도하지 않고 거꾸로 고분고분 따랐을 때, 인간의 지성이 그 특질을 문제로 여기기는커녕 긍지로 삼았을 때, 또는 그것을 아예 인식하지도 못했을 때…." 바스락거리는 소리가 또다시 들려왔다. "그 결과는 마치 암을 무시하는 것과 같았습니다. 내 생각에 당신네 인간들은 스스로 얼마나 무서운 짓을 저지르는지 깨닫지 못했던 것 같아요."

"우리 가운데 그걸 유전적 문제로 여긴 사람은 거의 없었을 거예요. 나도 마찬가지였고요. 지금은 어떤지 잘 모르겠네요." 릴리스는 울퉁불퉁한 땅을 너무 오래 걸은 탓에 슬슬 발이 아팠다. 산책과 대화 모두 그만하고 싶었다. 대화하는 동안 마음이 편치 않았기 때문이었다. 스다야가 하는 말은… 거의 다 타당하게 들렸다.

"그렇습니다. 당신들은 지능을 타고난 덕분에 마음에 안 드는 사실을 부정할 수 있죠. 하지만 부정해 봐야 소용없어요. 어떤 사람의 몸속에서 자라는 암은 그 사람이 부정한다고 해도 계속 자라게 마련이니까요. 그리고 인류를 지능적이고 위계적인 존재로 만들어 주는 복잡한 유전자 조합 또한 당신들이 인정하든 하지 않든 상관없이 장애물로 남을 테고요."

"난 그게 그렇게 간단하다고 믿지 않을 뿐이에요. 단지 나쁜 유전자 한두 개의 문제로 보지는 않는다고요."

"간단하지도 않고, 유전자 한두 개로 끝나지도 않습니다. 많은 것들이 얽혀 있죠. 유전자는 단지 시작일 뿐, 갖가지 요소들이 얽히고설킨 형태로 조합된 결과니까요." 스다야는 걸음을 멈추더니 거대한 나무들이 느슨한 원형을 이루고 서 있는 곳을 향해 머리의 촉수를 뻗었다. 마치 촉수들이 그쪽 방향을 가리키는 듯했다. "우리 가족은 저기에 삽니다."

릴리스는 꼼짝 않고 서 있었다. 이제 정말로 등골이 오싹했다.

"당신이 동의하지 않는 한 누구도 당신을 건드리지 않을 겁니다. 그리고 나는 당신이 원하는 한 언제까지라도 당신 곁에 있을 거예요."

릴리스는 스다야의 말에 위안을 느끼는 한편으로 위안이 필요한 자기 자신이 부끄러웠다. 어쩌다 이토록 그에게 의존하는 신세가 됐을까? 그녀는 고개를 절레절레 흔들었다. 답은 뻔했다. 그녀가 의존하기를 그가 바랐기 때문이었다. 그것이야말로 그녀가 줄곧 동족들에게서 고립된 상태에 머무는 까닭이었다. 그녀는 오안칼리에게 의존해야 하는 신세였다. 그들에게 의존하며 그들을 신뢰해야 했다. 지긋지긋하게도!

"나한테 원하는 게 뭔지 말해요." 릴리스가 불쑥 내뱉은 말이었다. "그리고 우리 인간들한테 원하는 게 뭔지도."

스다야의 촉수들이 일제히 휙 움직여 릴리스를 응시했다. "나는 이때껏 당신에게 많은 것을 얘기했습니다만."

"대가가 뭔지 말해요, 스다야. 원하는 게 뭐죠? 당신네 동족들이 목숨을 구해준 대가로 우리한테서 뭘 받아내려고 하는 거예요?"

스다야의 촉수가 일제히 축 늘어지는 것처럼 보였고, 이 때문에 거의 우스울 정도로 풀 죽은 분위기가 풍겼다. 릴리스는 그 모습이 조금도 우습지 않았다. "당신은 살 겁니다." 스다야가 말했다. "당신 동족들도 살 테고요. 당신들은 고향 행성을 다시 얻을 거예요. 우리는 당신들에게서 원하는 걸 이미 대부분 얻었어요. 특히 당신의 암을요."

"뭐라고요?"

"울로이는 당신의 암에 굉장히 관심이 많습니다. 거기에는 우리가 지금까지의 거래에서 손에 넣지 못한 능력이 깃들어 있을지도 모르거든요."

"능력이라고요? 암에요?"

"예. 울로이들은 거기에 커다란 잠재력이 있다고 봐요. 그래서 우리 거래는 이미 수지가 맞았던 셈이죠."

"그거야 얼마든지 가져가도 좋아요. 하지만 전에 내가 물어봤을 때 당신이 뭐랬냐면, 당신들은… 당신들 스스로를 거래한다고 했잖아요."

"그렇습니다. 우리는 우리 자신의 본질을 거래합니다. 우리 유전물질을 당신들 것과 교환하는 거죠."

릴리스는 인상을 찌푸리더니 고개를 가로저었다. "어떻게요? 설마 이종 교배를 한다는 얘긴 아닐 거 아니에요."

"물론 아닙니다." 스다야의 촉수들이 매끈해졌다. "당신들이 말하는 유전 공학이라는 것을 우리도 할 줄 알거든요. 우리가 알기로 당신들도 그 기술을 조금은 시작했다지만, 당신들에게는 아직 생소한 일이죠. 우리는 자연스럽게 할 줄 알지만요. 우리로서는 반드시 해야 하는 일이에요. 그래야 다시 새로워질 수 있고, 스스로를 전문화하려다 멸종하거나 침체되는 일 없이 꾸준히 진화하는 종으로 살아남을 수 있거든요."

"그건 모두가 어느 정도는 자연적으로 하는 일이잖아요." 릴리스는 조심스레 말했다. "유성 생식이라는 게 원래…."

"우리는 울로이들이 대신 해줍니다. 그들에게는 그 일을 할 때 쓰는 특별한 기관이 따로 있거든요. 울로이는 당신들을 위해서도 그 일을 대신 해줄 수 있어요. 독자적으로 잘 살아남게끔 유전자를 확실히 혼합해 줄 거예요. 그건 우리 생식 과정의 일부인데, 인간의 짝짓기에서는 이때껏 일어난 적이 없을 만큼 고도로 신중한 행위예요.

그러니까, 우리에게는 위계라는 게 없습니다. 원래부터 그랬어요. 하지만 우리는 소유욕이 강해요. 그래서 새로운 생명체를 받아들이는 거예요. 새 생명체를 찾아내고, 분석하고, 가공하고, 분류하고, 이용하죠. 우리는 세포 속의 미세한 세포 단위, 즉 우리 몸의 모든 세포 속에 있는 아주 작은 세포 소기관에서 그런 일들을 수행하려는 충동을 늘 지니고 있어요. 내 말이 이해가 가요?"

"말 자체는 알아듣겠어요. 하지만 말에 깃든 의미는… 나한테는 당신만큼이나 낯설게 들리네요."

"우리도 당신들의 위계화 충동을 처음 발견했을 때 그런 식으로 인식했습니다." 스다야는 멈칫하다가 말을 이었다. "오안칼리라는 말에는 '유전자 거래자'라는 뜻이 있어요. 세포 소기관이라는 뜻도 있고요. 그건 우리 자신의 본질이자, 우리 자신의 기원이에요. 그 세포 소기관 덕분에 울로이가 DNA를 파악하고 정확하게 조작할 수 있으니까요."

"그리고 울로이들은 그 일을… 자기 몸속에서 한다고요?"

"그렇습니다."

"그럼 지금은 자기네 몸속에서 암세포로 뭔가 하고 있나요?"

"예, 실험 중입니다."

"그건… 안전하고는 굉장히 거리가 멀어 보이는데요."

"울로이들은 지금 어린애처럼 신났습니다. 온갖 가능성에 관해 이야기하고 또 이야기하면서요."

"어떤 가능성을 말하는 거죠?"

"잃어버린 팔다리를 재생할 가능성입니다. 몸이 자유자재로 유연해질 가능성이기도 하고요. 아마도 미래의 오안칼리는 잠재적 거래 상대에게 훨씬 덜 위협적으로 보일 거예요. 거래 전에 상대와 더 비슷하게 보이도록 자신의 형상을 바꾼다면 말이죠. 어쩌면 수명까지 늘어날지도 몰라요. 다만 당신에게 익숙한 수명에 비하면 우리는 지금도 아주 장수하는 편이지만요."

"그 모든 걸 암에서 얻는단 말이죠."

"아마도요. 우리는 울로이들이 신나서 떠들어 대기를 멈출 때 비로소 그들의 말에 귀를 기울입니다. 우리 다음 세대가 어떤 모습을 할지 알게 되는 것도 바로 그럴 때죠."

"그 모든 걸 울로이들에게 맡기나요? 그들이 결정하게끔?"

"울로이들은 가능성을 실험하고 우리에게 보여줍니다. 결정은 다 함께 내려요."

스다야는 릴리스를 자기 가족이 사는 수풀로 안내하려 했지만, 그녀는 망설였다. "내가 지금 알아둬야 하는 게 있어요." 그녀가 말했다. "당신은 그걸 거래라고 했죠. 당신이 보기에 값진 걸 우리에게서 받아 가는 대신, 우리한테 우리가 살던 별을 돌려주면서 말이에요. 그걸로 끝인가요? 우리한테서 원하는 걸 다 얻었어요?"

"그렇지 않다는 건 당신도 알잖습니까." 스다야의 목소리는 부드러웠다. "그 정도는 추측했을 텐데요."

릴리스는 스다야를 빤히 응시하며 다음 말을 기다렸다.

"당신네 인간들은 변할 겁니다. 인간 젊은이들은 우리와 더 비슷해질 테고 우리 젊은이들은 당신들과 더 비슷해질 거예요. 당신들의 위계 지향성은 수정될 테고, 만약 우리가 사지 재생 및 신체 변형 기술을 익히면 당신들에게도 그 기술을 알려줄 거예요. 그것도 거래의 일부니까요. 더 일찍 거래했어야 하는데, 우리가 늦었어요."

"방금 한 말대로라면 그건 이종 교배잖아요. 당신네가 뭐라고 부르건 간에."

"제가 얘기한 게 바로 그겁니다. 거래요. 울로이는 당신들의 생식 세포를 수정 전 단계에서 미리 변화시켜 수정을 제어할 거예요."

"어떤 식으로요?"

"때가 되면 울로이가 설명해 줄 겁니다."

릴리스는 또다시 수술을 받는 광경이나 빌어먹을 울로이들을 상대로 섹스와 비슷한 행위를 하는 광경을 머릿속에서 지워버리려고 재빨리 말했다. "우리를 뭐로 바꿔놓을 작정이죠? 우리 아이들은 앞으로 어떻게 되는 거예요?"

"앞서 말했다시피, 달라지는 겁니다. 당신과 완전히 똑같지는 않게. 그리고 우리와 조금은 비슷하게."

릴리스는 아들을 떠올렸다. 아들이 자신을 얼마나 닮았었는지, 제 아빠는 또 얼마나 닮았었는지를. 뒤이어 머리가 메두사처럼 기괴하게 생긴 아이들의 모습이 떠올랐다. "안 돼요! 그럴 순 없어요. 당신이 이미 배운 걸로 뭘 하든, 그걸 당신들 스스로에게 어떻게 적용하든, 그건 내 알 바 아니에요. 하지만 우리는 건드리지 마요. 그냥 보내달라고요. 당신이 보기에 우리한테 무슨 문제가 있다고 해도 우리가 인간으로서 해결하게 그냥 내버려둬요."

"우리는 거래에 진심입니다." 스다야의 목소리는 살짝 완강하게 느껴졌다.

"안 돼요! 그랬다가는 지구인들의 전쟁에서 시작된 멸망이 당신들의 손으로 완성될 거예요. 고작 몇 세대만 지나도…."

"한 세대면 됩니다."

"안 된다고요!"

스다야는 손가락이 여러 개 달린 한쪽 손으로 릴리스의 팔을 감쌌다. "당신은 호흡을 참고 견딜 수 있습니까, 릴리스? 목숨이 끊어질 때까지 의지의 힘으로 호흡을 참을 수 있나요?”

“호흡을요…?”

“우리는 당신들의 몸이 호흡에 전념하듯이 거래에 전념합니다. 당신들을 발견했을 때 우리는 꼭 해야만 하는 거래에 늦은 상황이었어요. 이제 그 거래가 완료되는 거예요… 당신네 인간들과 우리 동족들이 다시 태어남으로써.”

“안 돼요!” 릴리스가 외쳤다. “우리가 다시 태어나는 건 당신들이 우리를 내버려둘 때에만 가능해요! 우리가 알아서 다시 시작하게 놔둬요.”

침묵이 흘렀다.

릴리스는 붙들린 팔을 당겼다. 잠시 후, 스다야가 그녀를 놔줬다. 그녀는 스다야에게 몹시도 자세히 관찰당하는 기분이 들었다.

“차라리 당신네 사람들이 나를 지구에 그냥 뒀으면 좋았을 텐데.” 릴리스가 나직이 중얼거렸다. “이런 꼴을 보라고 나를 찾아낸 거라면, 차라리 그냥 거기 두는 게 나았을 텐데.” 장차 태어날 메두사처럼 생긴 아이들을. 머리카락 대신 자라난 뱀들을. 눈과 귀 대신 우글거리는 지렁이들을.

스다야는 맨 땅에 앉았고, 잠시 후 뜻밖에도 릴리스 역시 그의 맞은편에 앉았다. 이유는 그녀 스스로도 알지 못했다. 그저 그의 행동을 따라 했을 뿐이었다.

“나는 당신을 못 찾은 척하고 그냥 놔둘 수는 없습니다.” 스다야가 말했다. “당신이 이렇게 눈앞에 있으니까요. 하지만… 내가 할 수 있는 일이 하나 있기는 해요. 나로서는… 당신에게 그 일을 하자고 제안하는 것조차 큰 잘못이지만요. 그러니까 내가 그 제안을 다시 입에 담는 일은 결코 없을 거예요.”

“그게 뭔데요?” 릴리스는 거의 심드렁한 말투로 물었다. 한참 걸은 탓에 피곤했던 데다 스다야의 얘기를 듣고 기가 막혔기 때문이었다. 말도 안 되는 이야기였다. 정말이지, 그가 고향에 돌아가지 못하는 것도 당연했다. 설령 그 고향이라는 곳이 여태 존재한다고 해도 마찬가지였다. 그의 동족들이 고향을 떠날 때 어떤 모습이었든 간에, 그동안 거래를 쉬지 않고 계속한 탓에 지금은 완전히 딴판으로 변했을 테니까. 마지막까지 살아남은 인류의 아이들 또한 그렇게 달라질 터였다.

“릴리스?”

릴리스는 고개를 들고 스다야를 쳐다봤다.

“내 몸의 이 부분을 지금 바로 만져봐요.” 스다야는 머리에 난 촉수를 손으로 가리켰다. “그럼 내가 당신을 찌를게요. 당신은 죽을 거예요. 아주 빠르게, 고통 없이.”

릴리스는 긴장한 나머지 마른침을 삼켰다.

“그게 당신이 원하는 거라면요.” 스다야가 말했다.

이는 그가 제안하는 선물이었다. 위협이 아니라.

“나한테 왜 이러는데요?” 릴리스는 나직이 물었다.

스다야는 대답이 없었다.

릴리스는 스다야의 머리 촉수를 물끄러미 봤다. 그러다가 한쪽 손을 들었고, 그 손은 마치 저 나름의 의지를, 저 나름의 의도를 지닌 듯 그를 향해 나아갔다. 이제 더 이상의 각성은 없었다. 질문도 없었다. 터무니없는 대답도 없었다. 아무것도 없었다.

아무것도.

스다야는 꼼짝도 하지 않았다. 그의 촉수들조차 조금도 움직이지 않았다. 릴리스의 손은 허공을 맴돌았다. 마음 같아서는 그의 튼튼하면서도 유연하고 치명적인 신체 기관들 가운데 하나를 그 손으로 짚고 싶었다. 그렇게 허공을 맴돌던 손이 하마터면 우연히 촉수 한 개를 스칠 뻔했다.

릴리스는 손을 뒤로 홱 당겨 품에 끌어안았다. "아아, 세상에." 그녀가 나직이 중얼거렸다. "내가 왜 안 만졌을까요? 왜 못 만졌을까요?"

스다야는 일어서서 별말 없이 몇 분 동안 가만히 기다렸고, 마침내 릴리스도 억지로 몸을 일으켜 똑바로 섰다.

"이제 내 동료들과 내 아이들 중 한 명을 만날 겁니다." 스다야가 말했다. "그다음엔 휴식과 식사가 기다리고 있어요, 릴리스."

릴리스는 스다야를 돌아보며 그의 얼굴에 부디 인간다운 표정이 나타나기를 간절히 바랐다. 그러면서 물었다. "당신은 정말로 나를 찌를 작정이었어요?"

"예."

"왜요?"

"당신을 위해서요."

2부
가족

1

잠.

릴리스의 어렴풋한 기억 속에서 스다야는 친척 세 명에게 그녀를
소개했고, 뒤이어 그녀를 침대로 안내했다. 잠. 그다음은 조촐하고
혼란스러운 각성.

이제는 식사와 망각을 할 차례였다.

음식이 주는 쾌감이 너무나 선명하고 달콤했기에 릴리스는 머릿
속의 다른 생각을 모조리 잊어버렸다. 바나나 한 송이가 통으로 있
었고 얇게 썬 파인애플 여러 접시와 통무화과, 껍데기째 놓인 몇 가지
견과류, 빵과 꿀, 그리고 옥수수와 피망, 토마토, 양파, 버섯, 허브, 향
신료 따위가 들어간 채소 스튜도 있었다.

이 많은 음식이 다 어디서 났을지 릴리스는 궁금했다. 보나마나
그들은 먹기가 고역으로 느껴질 만큼 형편없는 식단을 그녀에게 그
토록 오랫동안 강요하지 않고 이런 음식들을 조금씩 줄 수도 있었을
것이다. 오로지 그녀의 건강을 생각해 그렇게 했을까? 아니면 뭔가
다른 목적이… 그 망할 유전자 거래와 관련된 목적이 따로 있었을까?

모든 음식을 조금씩 입에 넣으며 새로운 맛을 하나하나 즐겁게 음미하는 사이, 릴리스는 조그맣고 휑한 방에 자신과 같이 있는 오안칼리 넷에게 조금씩 관심이 갔다. 방 안에는 스다야와 그의 아내 테디인, 즉 카알스다야테디인 렐 카가야트 아지 딘소가 있었다. 그리고 스다야의 울로이 친구인 카가야트, 즉 아트레카가야트카알 렐 스다야테디인 아지 딘소도 있었다. 마지막은 그들 가족의 울로이 어린애인 니칸지, 즉 카알니칸지 우 스다야테디인카가야트 아지 딘소였다.

그들 넷은 릴리스의 눈에 익은 밋밋하게 생긴 평상 위에 앉아 마치 태어날 때부터 그렇게 먹었다는 듯이 자연스럽게 조그만 접시 몇 개에 담긴 지구 음식을 먹었다.

방 한복판의 평상에는 모든 음식이 더 많이 놓여 있었고, 오안칼리들은 돌아가며 서로의 접시에 음식을 채워줬다. 보아하니 누구 한 명이 일어서서 자기 접시 하나만 채우면 안 되는 모양이었다. 누군가 앞으로 나서면 다른 이들은 즉시 접시를 내밀었는데 릴리스도 예외는 아니었다. 그녀는 스다야의 접시에 뜨거운 스튜를 담아 돌려주며 앞서 함께 나눠 먹었던 오렌지를 빼면 그가 얼마나 오랫동안 빈속이었을지 궁금해졌다.

"나랑 같이 독방에 있는 동안 뭐 좀 먹었어요?"

"들어가기 전에 먹었습니다. 거기 있는 동안에는 에너지를 거의 쓰지 않았기 때문에 음식을 더 먹을 필요가 없었어요."

"그 안에 얼마나 오래 있었는데요?"

"엿새 동안 있었습니다. 당신네 시간으로 치면요."

릴리스는 자기 평상 위에 앉아 스다야를 물끄러미 봤다. "그렇게 오래 있었다고요?"

"엿새였습니다." 스다야가 되풀이해 말했다.

"당신 몸은 스물네 시간으로 이루어진 당신네 세계의 하루와 이미 멀어졌어요." 울로이인 카가야트가 말했다. "그건 당신네 인간들 모두 마찬가지예요. 이제 당신은 하루가 조금 길어졌기 때문에 시간이 얼마나 흘렀는지 파악하지 못하는 거예요."

"하지만…."

"당신이 보기에는 시간이 얼마나 흐른 것 같던가요?"

"며칠 정도… 모르겠어요. 엿새보다는 더 짧은데."

"이제 알겠죠?" 울로이는 부드러운 목소리로 물었다.

릴리스는 그런 울로이를 언짢은 표정으로 바라봤다. 울로이는 스다야를 제외한 다른 오안칼리들과 마찬가지로 알몸이었다. 그 몸은 바로 곁에서 봐도 염려했던 것만큼 눈에 거슬리지는 않았다. 그러나 그녀는 울로이가 마음에 들지 않았다. 잘난 체할 뿐 아니라 그녀를 낮잡아 보는 티가 났기 때문이었다. 어차피 남아 있는 인류 문명을 파괴할 예정인 생물 가운데 하나이기도 했다. 게다가 오안칼리들에게는 위계가 없다던 스다야의 말과 달리 울로이는 그들 집안의 우두머리처럼 보였다. 모두가 울로이의 뜻을 따랐다.

울로이의 몸집은 릴리스와 거의 비슷했다. 스다야보다는 조금 더 컸고 암컷인 테디인보다는 훨씬 작았다. 그리고 팔이 네 개였다. 아니면 팔 한 쌍과 크기가 팔만 한 촉수 한 쌍일 수도 있었다. 그 커다란 촉수 한 쌍은 회색인 데다 표면이 거칠거칠해서 보고 있으면 코끼리의 코가 생각났는데… 다만 릴리스는 코끼리 코를 보고 징그럽다고 느꼈던 적이 있는지 기억나지 않았다. 그나마 어린 니칸지는 아직 그런 촉수가 없었지만, 스다야는 니칸지 또한 울로이 아이라는 것을 굳이 확인시켜 줬다. 릴리스는 카가야트를 바라보며 오안칼리들조차도 울로이를 가리켜 말할 때 중성 대명사를 쓴다는 사실을 흐뭇하게 음미했다. 어떤 것들은 '그것'으로 불려야 마땅하기 때문이었다.

릴리스는 다시 음식으로 관심을 돌렸다. "당신들은 이런 걸 다 어떻게 먹어요? 난 당신네 음식을 못 먹었잖아요, 안 그래요?"

"당신이 우리 때문에 각성했을 때마다 먹은 게 뭐였을 것 같습니까?" 울로이가 물었다.

"모르겠는데요." 릴리스의 목소리는 싸늘했다. "뭐였는지 아무도 가르쳐 주질 않아서요."

카가야트는 릴리스의 목소리에 깃든 분노를 알아채지 못했거나 무시했다. "그건 우리 음식 가운데 하나였어요. 당신의 특이한 상태에 맞게 조금 변형하기는 했지만요."

릴리스는 '특이한 상태'라는 말을 곱씹다가 자신의 암을 치료해 준 스다야의 '친척'이 바로 그것일지도 모른다는 생각이 들었다. 어째선지 그 생각을 이때껏 한 번도 떠올린 적이 없었다. 평상에서 일어선 그녀는 소금을 치지 않고 구운 견과를 자기 몫의 조그마한 그릇에 담으며 카가야트에게 감사해야 할지 고민하다가 기분이 울적해졌다. 그러느라 테디인이 내민 그릇에 앞서 담았던 것과 똑같은 견과를 아무 생각도 없이 기계적으로 담았다.

"우리 음식 중에 혹시 당신들한테 독이 되는 게 있나요?" 릴리스는 심드렁한 목소리로 물었다.

"아니요." 카가야트가 대답했다. "우리는 당신네 행성의 음식에 적응했습니다."

"당신네 음식 중에 나한테 독이 되는 건요?"

"있습니다. 아주 많죠. 여기서 눈에 띄는 것 가운데 낯설어 보이는 건 아무것도 먹으면 안 돼요."

"말도 안 돼요. 당신들은 그렇게 멀리서… 다른 별에서, 아예 다른 항성계에서 여기까지 왔는데, 왜 우리 음식을 먹어도 아무렇지도 않아요?"

"우리에게는 당신네 음식에 적응할 시간이 있지 않았던가요?" 울로이가 물었다.

"뭐라고요?"

그것은 방금 했던 질문을 되풀이하지 않았다.

"이봐요, 자기 몸에 독이 되는 걸 먹는 방법을 무슨 수로 배운단 말이에요?"

"그 음식이 독이 되지 않는 스승들을 연구해서요. 우리가 당신네 인류를 연구했다는 말입니다, 릴리스. 당신들의 몸을요."

"이해가 안 가는데요."

"그럼 당신 눈에 보이는 증거를 받아들이면 돼요. 우리는 당신이 먹는 건 뭐든 먹을 수 있어요. 그 정도는 당신도 충분히 이해하겠죠."

망할 놈이 잘난 척은. 릴리스는 속으로 중얼거렸다. 그러나 입 밖에 낸 말은 이것뿐이었다. "그러니까 당신들은 방법만 배우면 뭐든 다 먹을 수 있다는 말인가요? 독 때문에 죽는 일 없이?"

"아니요. 내 말은 그런 뜻이 아닙니다."

릴리스는 생각에 잠긴 채로 견과를 씹으며 설명을 기다렸다. 그러다가 다음 말이 이어지지 않자 울로이를 돌아봤다.

그것이 릴리스에게 시선을 집중했는지, 머리 촉수가 그녀 쪽을 가리켰다. "나이가 아주 많은 이들은 독에 중독됩니다. 신체 반응이 느려졌으니까요. 뜻밖의 치명적인 물질을 파악하지 못할 수도 있고, 그런 물질을 중화하는 법을 제때 떠올리지 못할 수도 있죠. 심하게 다친 이들도 중독되곤 해요. 그럴 때는 몸이 스스로를 복구하느라 바쁜 나머지 다른 데 정신을 쓰지 못하니까요. 아이들 또한 자기 몸을 지키는 법을 아직 배우지 못했다면 중독되는 경우가 있죠."

"당신 말은… 어떻게든 미리 대비하지 않으면, 그러니까 스스로를 지킬 준비가 되어 있지 않으면 뭘 먹어도 중독된다는 말인가요?"

"뭐든 다 그렇지는 않습니다. 실은 아주 적은 수의 것들만 그렇죠. 우리가 원래 살던 고향 행성을 떠나기 전부터 유독 취약했던 것들 말이에요."

"예를 들면요?"

"그런 걸 왜 묻는 건가요, 릴리스? 내가 가르쳐 주면 어떻게 하려고요? 어린애에게 독을 먹이기라도 할 건가요?"

릴리스는 땅콩 몇 알을 씹다가 삼켰고, 그러는 동안 내내 혐오감을 숨기는 시늉조차 않고서 울로이를 빤히 바라봤다. "내가 물어보게 끔 유도한 건 당신이잖아요."

"아니요. 난 그럴 의도는 없었습니다."

"내가 정말로 어린애를 해칠 것 같아요?"

"아니요. 당신은 그저 위험한 질문을 하지 않는 법을 아직 배우지 못했을 뿐입니다."

"나한테 왜 그렇게 많은 걸 얘기해 준 거죠?"

울로이의 촉수가 축 늘어졌다. "왜냐면 우리는 당신을 알기 때문입니다, 릴리스. 그리고 적절한 범위 안에서 당신도 우리를 알아줬으면 좋겠군요."

2

울로이는 릴리스를 샤라드에게 데려갔다. 릴리스는 내심 스다야가 데려다줬으면 했지만, 울로이인 카가야트가 안내를 자청했을 때 스다야는 그녀 쪽으로 몸을 숙이고 아주 조그마한 목소리로 물었다. "나도 같이 갈까요?"

릴리스가 보기에 그 행동에 깃든 무언의 메시지를 눈치채기란 그리 어렵지 않았다. 그러니까 스다야는 어린애의 응석을 받아주려는 참이었다. 그녀는 어린애 역할을 받아들여 그에게 같이 가자고 부탁하고 싶은 유혹을 느꼈다. 그러나 그는 릴리스에게서 벗어나 잠시 쉴 자격이 있었고… 그녀 역시 그에게서 벗어날 자격이 있었다. 어쩌면 그는 덩치가 크고 과묵한 테디인과 함께 있고 싶어 할지도 몰랐다. 그건 그렇고, 릴리스는 궁금했다. 이들은 성생활을 어떤 식으로 누릴까? 울로이는 관계에 어떤 식으로 참여할까? 혹시 팔처럼 커다란 두 촉수가 울로이의 성기일까? 카가야트는 음식을 먹을 때 그 촉수를 사용하지 않았다. 양쪽 다 몸통에 친친 감거나, 진짜 양팔 아래의 겨드랑이에 끼우거나, 어깨 위에 늘어뜨렸다.

그토록 징그러운 촉수였는데도 릴리스는 두려워하지 않았다. 아직은 그저 혐오감과 분노와 반감만 치솟을 뿐이었다. 스다야는 어쩌다 그런 생물과 혈연관계로 이어졌을까?

카가야트는 릴리스를 데리고 벽 세 개를 통과했다. 그것이 커다란 촉수 한 개를 벽 표면에 댈 때마다 어김없이 벽이 열렸다. 마침내 그들이 도착한 통로는 널따랗고 조명이 환했으며, 아래쪽으로 경사진 형태였다. 수많은 오안칼리들이 걸어 다니거나 바퀴가 없는 납작한 탈것을 타고 돌아다녔다. 탈것은 속력이 느렸고 보아하니 바닥 위의 허공에 미세한 높이로 떠다니는 듯했다. 질서 있게 오가는 느낌은 전혀 들지 않았지만 서로 부딪히거나 아슬아슬하게 스쳐 지나가는 경우는 하나도 보이지 않았다. 그들은 인파 속에 빈틈이 생기면 곧장 걷거나 탈것을 몰고 그리로 들어갔는데 아마도 다른 이들이 자신을 치지 않으리라 믿는 모양이었다. 일부 탈것에는 정체를 짐작하기조차 힘든 화물들이 실려 있었다. 크기는 물놀이용 공만 하고 속이 훤히 비치는 파란색 구체, 50센티미터 남짓 되는 길이에 생김새는 지네 같은 동물을 차곡차곡 쌓아놓은 직사각형 우리, 길이는 2미터가 조금 안 되고 두께는 1미터에 조금 못 미치는 길쭉한 초록색 타원형 물체 따위였다. 마지막 물체는 주위 상황에 아랑곳없이 느릿느릿 꿈틀거렸다.

"저것들은 뭐죠?" 릴리스는 울로이에게 물었다.

울로이는 릴리스의 팔을 잡고 인파가 북적이는 쪽으로 안내할 뿐, 방금 들은 질문은 무시했다. 그녀는 울로이가 커다란 촉수 가운데 한쪽으로 자신을 잡고 데려가는 중인 것을 퍼뜩 알아차렸다.

"당신들은 이걸 뭐라고 불러요?" 릴리스는 자기 팔에 감긴 촉수를 건드리며 물었다. 크기가 더 작은 촉수와 마찬가지로 그것 또한 서늘하고 손톱처럼 딱딱한 느낌이 났지만, 분명 매우 유연하게 움직였다.

"감각 팔이라고 하면 돼요." 울로이가 대답했다.

"어디에 쓰는 거죠?"

침묵.

"저기요, 내가 알기로 지금 난 배우는 중일 텐데요. 질문을 하고 답을 듣지 않으면 배울 수가 없어요."

"답은 나중에 들을 거예요. 당신에게 필요한 만큼요."

화가 난 릴리스는 울로이의 촉수가 감긴 팔을 당겼다. 촉수에서 벗어나기란 생각보다 쉬웠다. 울로이는 그녀의 몸을 다시 건드리지 않았고, 보아하니 인파 속에서 그녀를 두 번이나 놓칠 뻔한 것도 아예 모르는 눈치였다. 게다가 오안칼리 한 무리의 곁을 지나가던 그녀가 문득 성인 울로이들의 외모가 분간되지 않는다는 사실을 알아차렸을 때 도와주려고 하지도 않았다.

"카가야트!" 릴리스가 날카롭게 외쳤다.

"여기예요." 그것은 릴리스 곁에 서 있었다. 틀림없이 그녀를 지켜봤고, 십중팔구 당황하는 그녀를 비웃었을 터였다. 그녀는 휘둘리는 기분을 느끼며 그것의 진짜 팔을 잡고 바짝 붙어 걷다가 이내 오가는 이가 거의 없는 통로에 도착했다. 그곳에서 둘은 인적이 아예 없는 통로로 들어섰다. 카가야트는 한쪽 감각 팔로 벽 표면을 몇 걸음 너비만큼 훑다가 멈추더니, 팔 끄트머리를 벽에 대고 납작하게 눌렀다.

팔이 닿았던 자리에 입구가 생겨나자 릴리스는 또다시 다른 통로나 방으로 안내받으리라 짐작했다. 그러나 이내 벽이 괄약근의 형상으로 변하는가 싶더니 무언가 입구를 통과해 이쪽으로 나왔다. 심지어 시큼한 냄새까지 풍겨서 그 광경이 더욱 생생하게 다가왔다. 아까 봤던 반투명한 초록빛을 띤 커다란 타원형 물체 하나가 눈앞에 미끄러지듯 등장했다. 표면이 젖은 것처럼 번들거렸다.

"이건 식물이에요." 묻지도 않았는데 울로이가 자진해서 말했다. "우린 이걸 성장에 가장 도움이 되는 종류의 빛이 비치는 곳에 저장해 두죠."

그 얘기를 아까는 왜 해주지 않았을까. 릴리스는 궁금했다.

초록색 타원형 식물이 아까 본 다른 식물들처럼 아주 천천히 꿈틀거리며 움직이는 사이에 울로이는 양쪽 감각 팔로 그 식물을 더듬으며 꼼꼼히 살폈다. 잠시 후, 울로이는 식물의 한쪽 끄트머리에만 관심을 집중했다. 그 끄트머리를 양쪽 감각 팔로 주무르기까지 했다.

릴리스는 그 식물이 이제 곧 꽃을 피우리라는 것을 알아차렸다. 그리고 지금 무슨 일이 벌어지는지 퍼뜩 깨달았다.

"샤라드가 그 안에 있군요, 그렇죠?"

"이리 와요."

릴리스는 울로이가 앉아 있는 곳, 즉 타원형 식물의 벌어진 끄트머리 앞으로 갔다. 샤라드의 머리가 방금 막 나온 참이었다. 기억 속에서 윤기 없는 검은색이었던 머리카락이 지금은 물기 때문에 그의 머리에 착 달라붙어 번들거렸다. 눈은 감고 있었고 표정은 평온해 보였다. 꼭 평범하게 잠들어 있는 남자애 같았다. 이윽고 아이의 목 아랫부분까지 드러나자 카가야트는 식물이 움직임을 멈추게끔 조종했지만, 릴리스는 그 정도만 보고도 샤라드가 독방에서 함께 지내던 시절보다 아주 조금밖에 나이를 더 먹지 않았다는 것을 알아챘다. 보아하니 아이는 건강하게 잘 지내는 모양이었다.

"깨울 건가요?"

"아니요." 카가야트는 감각 팔로 샤라드의 갈색 얼굴을 건드렸다. "당분간은 여기 있는 사람들을 각성시키지 않을 겁니다. 이 사람들을 지도하고 훈련시킬 인간이 아직 본인 몫의 훈련을 시작하지 않았거든요."

2년이라는 시간 동안 오안칼리들을 상대하며 그들에게 애원해봤자 헛수고라는 것을 뼈저리게 깨닫지 않았다면, 아마 릴리스는 샤라드를 깨워달라고 애원했을 것이다. 그 아이는 2년 동안, 아니 실은 250년 동안 그녀가 본 유일한 인간이었다. 그런데 그녀는 그 아이와 얘기할 수도, 아이에게 자신이 곁에 있다고 알릴 수도 없었다.

릴리스는 샤라드의 뺨을 만져봤다. 축축했고, 끈적끈적했고, 서늘했다. "애가 무사한 거 확실해요?"

"이 아이는 무사해요." 울로이가 옆으로 벌려놨던 식물의 끄트머리를 건드리자 식물이 샤라드를 둘러싸고 다시 천천히 닫히기 시작했다. 릴리스는 아이의 얼굴이 완전히 가려질 때까지 가만히 지켜봤다. 식물은 아이의 조그만 머리를 감싼 채 이음매도 없이 말끔하게 닫혔다.

"우리에게 발견되기 전까지 이 식물들은 살아 있는 동물을 붙잡아 오랫동안 목숨이 붙어 있는 상태로 유지했어요. 그러면서 동물이 배출하는 이산화탄소를 자기 몫으로 이용하는 동시에 동물에게 산소를 공급했고, 그러는 동안 동물의 몸에서 없어도 되는 부위를 천천히 소화했죠. 팔다리, 가죽, 감각 기관 같은 것들을요. 심지어는 먹이인 동물을 최대한 오래 살려둘 목적으로 자기 몸의 일부 구성 물질을 동물의 몸속에 통과시켜 영양분을 공급하기도 했어요. 그리고 먹이가 배출하는 노폐물이 이들 식물에게는 비료였죠. 먹이에게 길고 긴 죽음을 선사한 이유가 바로 그거예요."

릴리스는 긴장해서 침을 삼켰다. "먹이는 자기가 무슨 일을 당하는지 느꼈나요?"

"아니요. 그랬더라면 더 빨리 죽음을 맞았을 거예요. 먹이는… 잠들었어요."

릴리스가 물끄러미 바라보는 동안 초록색 타원형 식물은 징그러울 만큼 뚱뚱한 애벌레처럼 천천히 꿈틀거렸다. "샤라드는 어떻게 숨을 쉬죠?"

"식물이 최적의 비율로 배합한 기체를 공급해 줘요."

"산소만 주는 게 아니라요?"

"예. 아이에게 뭐가 필요한지 고려해 돌봐주거든요. 아이가 내쉬는 이산화탄소와 드물게 배출하는 노폐물조차도 식물에게는 이득이에요. 아이는 평소에는 영양분이 포함된 물속에 둥둥 떠서 지내요. 따로 필요한 것들은 그 물과 빛에서 얻을 수 있어요."

릴리스가 만져본 식물은 단단하고 서늘했다. 손끝이 닿은 자리는 안으로 살짝 들어갔다. 식물의 표면은 점액으로 얇게 덮여 있었다. 자신의 손끝이 식물 속으로 쑥 들어가 파묻히는 모습을 그녀는 감탄하며 지켜봤다. 그러고는 손가락을 빼내려 하다가 식물이 놔주지 않는 것을 알고 그제야 겁이 더럭 났다. 손을 잡아당기자 날카로운 통증이 느껴졌다.

"잠깐만요." 카가야트는 감각 팔을 릴리스의 손 근처에 갖다 댔다. 그러자 대번에 식물이 손가락을 놓는 낌새가 느껴졌다. 풀려난 손을 위로 번쩍 들자 마비된 느낌이 들기는 했지만 그것 말고는 멀쩡했다. 손에 천천히 감각이 돌아왔다. 식물 표면에 찍힌 그녀의 손자국은 카가야트가 감각 팔로 자기 손을 문지르다가 벽을 열어 식물을 다시 벽 속으로 밀어 넣을 때까지도 선명하게 남아 있었다.

"샤라드는 몸이 아주 작아요." 식물이 사라지자 울로이가 말했다. "저 식물이 당신까지 데려갈 수도 있었다는 뜻이죠."

릴리스는 몸이 덜덜 떨렸다. "나도 전에는 저런 식물 속에 있었던 거군요… 안 그래요?"

카가야트는 그 질문을 못 들은 척했다. 그러나 말할 것도 없이 릴리스 또한 그런 식물 속에서 지낸 적이 있었다. 사실상 벌레잡이 식물의 내부에서 250년이라는 세월을 거의 다 보낸 셈이었다. 그 식물은 그녀가 젊고 건강한 상태를 유지하게끔 잘 돌봐줬다.

"그런데 어떻게 그것들이 사람을 먹는 짓을 그만두게 했어요?"

"유전자를 조작했어요. 생명 유지 조건을 일부 변경시키고 우리가 가하는 특정한 화학적 자극에 반응케 했죠."

릴리스는 울로이를 바라봤다. "식물한테는 그럴 수도 있겠죠. 하지만 지능과 자기 인식 능력을 갖춘 존재에게 그런 짓을 하는 건 완전히 다른 문제예요.”

“우리는 우리가 할 일을 할 뿐이에요, 릴리스.”

“자칫하면 우린 죽었을지도 몰라요. 우리 아이들은 노새가 됐을지도 모르고요. 생식 능력이 없는 괴물 말이에요.”

“아니요. 우리 선조가 고향 행성을 떠난 건 당신네 지구에 아직 생명체가 하나도 출현하지 않았을 때의 일이에요. 그 후로 그토록 긴 세월이 흐르는 동안 우리는 당신이 방금 말한 그런 식의 조작은 단 한 번도 하지 않았어요.”

“했다고 해도 나한테는 얘기하지 않겠죠.” 릴리스의 목소리는 매서웠다.

그것은 릴리스를 데리고 인파로 북적이는 통로를 지나 이제 그녀가 스다야의 아파트로 여기는 곳으로 돌아왔다. 그러고는 그곳에서 그녀를 자신들의 아이, 즉 니칸지에게 넘겼다.

“이게 당신의 질문에 대답해 줄 거예요. 필요할 때는 당신을 데리고 벽을 통과하기도 하면서요.” 카가야트가 말했다. “나이는 당신보다 절반 더 많고, 인간 이외의 것들에 관한 지식도 매우 풍부해요. 당신이 당신네 인류에 관해 가르쳐 주면 이것도 당신에게 오안칼리에 관해 가르쳐 줄 거예요.”

나이는 릴리스의 1.5배, 체격은 그녀의 4분의 3 정도였지만 아직 자라는 중이었다. 그녀는 그것이 울로이 아이가 아니었으면 좋겠다고 생각했다. 아예 어린애가 아니었으면 좋겠다는 생각이 들었다. 처음에는 어린애에게 독을 먹이기라도 할 거냐고 그녀를 타박하다가 이제는 자기네 어린애의 손에 그녀를 맡기고 가버리다니, 카가야트의 속은 도대체 어떻게 생겨먹은 걸까?

니칸지는 그나마 외모는 아직 울로이로 보이지 않았다.

"영어 할 줄 알지, 그렇지?" 카가야트가 벽에 구멍을 내고 방을 나서자 릴리스가 물었다. 앞서 그들이 식사를 했던 그 방에는 이제 릴리스와 아이 말고는 아무도 없었다. 남은 음식은 이미 치워졌고 방에 돌아온 후 이때껏 스다야나 테디인의 모습도 눈에 띄지 않았다.

"예." 아이가 대답했다. "하지만⋯ 조금밖에 못 해요. 가르쳐 주세요."

릴리스는 한숨이 나왔다. 이 아이도 테디인도 평소 그녀에게는 인사 말고는 한마디도 건네지 않았지만, 스다야나 카가야트에게는 둘 다 가끔 뚝뚝 끊기는 오안칼리어로 빠르게 뭔가 말하곤 했다. 그녀는 그들이 왜 그렇게 행동하는지 궁금했다. 이제는 그 이유가 이해가 갔다.

"할 수 있는 데까지는 가르쳐 줄게."

"내가 가르치고. 당신이 가르쳐요."

"그래."

"좋아요. 바깥으로?"

"나랑 같이 바깥으로 나가고 싶다고?"

그것은 잠시 생각에 잠긴 눈치였다가 이윽고 말했다. "예."

"왜?"

아이가 입을 벌렸다가 다시 다무는가 싶더니 아이 머리의 촉수들이 꿈틀거렸다. 생각이 막힌 걸까? 아니면 어휘 문제 때문에?

"괜찮아. 나랑 같이 바깥에 나가고 싶다면 그렇게 하자."

아이의 촉수가 매끈해지더니 잠시 몸에 납작하게 붙었다가 떨어졌다. 뒤이어 아이가 릴리스의 손을 잡고 벽을 열어 바깥으로 데려가려 했지만, 그녀는 아이를 멈춰 세웠다.

"벽에 어떻게 구멍을 내는지 보여줄래?"

릴리스가 묻자 아이는 잠시 망설이다가 그녀의 손을 잡더니, 그 손으로 자기 머리에 수북하게 자란 기다란 촉수를 쓰다듬어 살짝 젖게 했다. 뒤이어 그것이 그녀의 손끝을 벽에 갖다 대자 벽이 스르륵 열렸다.

이 역시 화학적 자극에 대한 프로그램화된 반응이었다. 미리 정해진 부위를 누른 것도, 그 부위에 정해진 횟수의 압력을 가한 것도 아니었다. 그저 오안칼리의 몸속에서 분비된 화학 물질 때문이었다. 릴리스는 계속 포로 신세로 남아 그들이 그녀를 놔두기로 마음먹은 장소에 억지로 머물러야 했다. 자유는 환상 속에서조차도 허용될 리 없었다.

아이는 바깥으로 나서자마자 릴리스를 멈춰 세웠다. 그러고는 띄엄띄엄 몇 마디 말을 더 꺼냈다. "남들." 그것은 그렇게 말하고 나서 망설였다. "남들도 당신 봐요? 남들은 인간 안 봐요… 한 번도."

릴리스는 그 말을 자신에게 던진 질문으로 확신하고 눈살을 찌푸렸다. 아이의 억양이 말끝에서 올라간 것을 보면 의문을 표시하는 듯했다. 이는 물론 오안칼리의 말투에 나타난 그런 식의 단서를 믿어도 될 때의 얘기였다. "네 친구들한테 나를 자랑해도 되냐고 묻는 거야?"

아이는 릴리스 쪽으로 고개를 돌렸다. "당신을… 자랑해요?"

"그러니까… 나를 보란 듯이 내놓는 거야. 남들 눈에 보이게 데리고 나가서."

"아. 맞아요. 내가 당신을 자랑할까요?"

"그래." 릴리스는 빙긋 웃으며 대답했다.

"나는 곧… 더 인간처럼 말해요. 당신이 말해줘요… 내가 틀린 말 하면."

"'틀리게'가 맞아." 릴리스는 아이의 말을 바로잡아 줬다.

"내가 틀리게 말하면?"

"그래."

한참 동안 침묵이 흘렀다. 그러다가 그것이 물었다. "그럼, 반대말은 '잘게'예요?"

"아니, '잘게'가 아니야. 그냥 '잘'이지."

"잘." 아이는 그 단어를 음미하는 듯했다. 그러다가 말했다. "난 이제 곧 잘 말해요."

3

니칸지의 친구들은 릴리스의 몸에서 맨살이 드러난 부위를 쿡쿡 찔러대는가 하면, 니칸지를 통해 그녀를 설득해 옷을 벗게 하려고도 했다. 그것들 중 누구도 영어를 할 줄 몰랐다. 아이처럼 보이는 것은 하나도 없었지만 니칸지 말로는 모두 어린애라고 했다. 릴리스는 그것들 가운데 몇몇은 자신을 해부하면서 즐거워할 것 같다는 느낌을 받았다. 그것들은 소리 내어 말하는 경우는 아주 드물었지만 촉수를 살에 대거나 촉수끼리 접촉하는 경우는 아주 많았다. 그녀가 옷을 벗지 않으리라는 것이 분명해지자 그것들은 질문하기를 멈췄다. 그녀는 처음에는 즐거워하다가 이내 언짢아했고, 나중에는 그것들의 태도 때문에 화가 났다. 그것들이 보기에 그녀는 희귀한 동물에 지나지 않았다. 니칸지의 새 애완동물이었다.

릴리스는 몸을 휙 돌려 그것들을 등졌다. 자랑거리 신세는 이제 지겨웠다. 그녀는 자신의 머리카락을 만져보려고 다가오는 어린애 둘에게서 멀어진 다음, 니칸지의 이름을 날카롭게 불렀다.

니칸지는 다른 아이들과 얽혀 있던 기다란 머리 촉수를 풀고 릴리스 곁으로 돌아왔다. 만약 그것이 자기 이름에 반응하지 않았다면 그녀는 그것과 다른 아이들을 구분하지 못할 수도 있었다. 이제 그녀는 남들을 따로따로 구분하는 법을 배워야 했다. 형태가 다양한 머리 촉수의 패턴을 기억하거나 하는 식으로.

"나 돌아갈래." 릴리스가 말했다.

"왜요?" 그것이 물었다.

릴리스는 한숨이 나왔지만, 그래도 그것이 알아듣겠다 싶은 범위 안에서 최대한 솔직히 말해주기로 마음먹었다. 지금은 솔직한 태도로 어디까지 갈 수 있는지 알아보는 것이 최선이었다. "이런 건 싫어. 말도 안 통하는 사람들 앞에서 자랑거리 취급을 받는 건 이제 사양하고 싶어."

그것은 릴리스의 팔을 조심스레 만졌다. "당신… 화났어요?"

"그래, 화났어. 그래서 잠깐 혼자 있고 싶어."

그것은 릴리스의 말을 곰곰이 생각하다가 한참 후에 말했다. "우리 돌아가요."

몇몇 아이들은 둘이 그 자리를 떠나는 것이 불만인 모양이었다. 아이들이 릴리스를 둘러싸고 서서 니칸지에게 소리 내어 뭐라고 말했지만, 니칸지가 몇 마디 하자 다들 비켜서서 그녀에게 길을 내줬다.

릴리스는 몸이 덜덜 떨리는 느낌이 들어 마음을 가라앉히려고 심호흡을 했다. 애완동물은 어떤 기분을 느껴야 할까? 동물원의 동물들은 어떤 기분으로 살아갈까?

그 아이가 릴리스를 어디론가 데려가 잠시 혼자 됐더라면 어땠을까. 그녀가 다시는 원치 않으리라 여겼던 것을 그 아이가 조금만 더 허락했더라면. 다름 아닌 고독을.

니칸지는 머리 촉수 몇 개를 뻗어 마치 땀의 표본을 채취하려는 듯이 릴리스의 이마를 만졌다. 그녀는 머리를 획 돌렸다. 이제는 누구에게도, 어떤 표본도 제공하고 싶지 않았다.

니칸지는 가족의 아파트 벽을 열고 들어가 릴리스가 이제 다시 돌아갈 일이 없으리라 여겼던 독방과 똑같이 생긴 방으로 그녀를 안내했다. "여기서 쉬어요. 잠자요."

방에는 화장실도 딸려 있었고 익숙한 테이블용 평상 위에는 깨끗한 옷도 한 벌 놓여 있었다. 그리고 스다야의 자리는 니칸지가 대신했다. 릴리스에게는 그것을 쫓아낼 방법이 없었다. 그것은 그녀와 함께 있으라는 지시를 받았고, 그렇게 할 작정이었다. 그녀가 소리를 지르자 그것은 몸의 촉수들이 서로 뭉쳐 보기 흉한 덩어리로 변했지만, 그러면서도 그녀 곁을 떠나지는 않았다.

뜻이 꺾인 릴리스는 잠시 화장실에 몸을 숨겼다. 그곳에서 낡은 옷을 물에 헹궜지만 어차피 이물질 따위는 없었다. 옷의 천에는 먼지도, 땀도, 피지나 물도 묻어 있지 않았다. 몇 분이 지나면 물기조차 다 말라버렸다. 오안칼리가 만든 뭔지 모를 합성 소재였다.

이윽고 다시 졸음이 찾아왔다. 평소 피곤하면 언제든 잠을 잤고 먼 거리를 걷거나 모르는 사람을 만나는 일에는 익숙하지 않았기 때문이었다. 그토록 빠르게 오안칼리를 사람으로 여기게 되다니 놀라웠다. 하긴, 여기 그들 말고 또 누가 있겠는가?

침대로 파고든 릴리스는 테이블용 평상 위 스다야의 자리를 차지한 니칸지에게 등을 돌렸다. 만약 오안칼리들이 마음먹은 대로 했다면 지금 그녀 곁에 또 누가 있었을까? 보나마나 그들은 자기네 마음대로 하는 데 익숙했다. 벌레잡이 식물을 그런 식으로 개조한 것을 보면… 자기네 배를 만들 때는 과연 무엇을 개조했을까? 그리고 인간을 개조해 어떤 쓸모 있는 도구를 얻으려 하는 걸까? 그들은 인간의 용도를 이미 파악했을까, 아니면 실험을 더 할 계획일까? 아니, 애초에 그런 것 따위에 관심이 있기는 할까? 인간을 어떤 식으로 변화시키려 할까? 아니면 이미 변화시켰을까…? 릴리스의 종양을 치료하면서 추가로 살짝 변형을 가하는 식으로? 정말로 종양이 있기는 했을까? 그녀는 가족력을 근거로 자신에게 종양이 있었으리라 믿었다. 그들이 거짓말했을 것 같지는 않았다. 어쩌면 그들은 어떤 거짓말도 하지 않았을지도 몰랐다. 왜 굳이 거짓말을 하겠는가? 지구와 얼마 안 남은 인류가 모두 그들 것인데.

릴리스는 어째서 스다야의 제안을 받아들일 수 없었을까?

결국에는 릴리스도 잠들었다. 조명은 어두워지지 않았지만 밝은 데서 자는 것은 이미 익숙했다. 잠이 한 번 깼을 때 그녀는 니칸지가 침대에 올라와 곁에 누워 있다는 것을 알아차렸다. 맨 처음 느낀 충동은 진저리를 치며 아이를 밀어내고 싶다는 것, 아니면 자신이 일어나 침대를 떠나고 싶다는 것이었다. 그다음에 떠오른 충동, 즉 녹초가 된 그녀가 무심하게 따른 충동은, 그냥 다시 잠들고 싶다는 것이었다.

4

릴리스는 두 가지 일에 점점 더 비이성적으로 집착했다. 첫째, 다른 인간과 대화하고 싶었다. 어떤 인간이든 상관없었지만 그래도 자신보다 먼저 각성한 인간, 자신이 이때껏 배운 것보다 더 많이 아는 인간을 만나고 싶었다.

둘째, 오안칼리가 하는 거짓말을 잡아내고 싶었다. 어떤 오안칼리든. 어떤 거짓말이든.

그러나 다른 인간의 흔적은 전혀 눈에 띄지 않았다. 오안칼리의 거짓말을 잡아내는 일 또한 반쪽짜리 진실을 알아차린 것이 고작이었다. 다만 이 경우에도 그들의 태도는 솔직했다. 자신들은 릴리스가 궁금해하는 것의 일부만 가르쳐 줄 뿐이라고 선선히 인정했던 것이다. 그 일이 있고 나서 오안칼리들은 언제나 자신들이 인식한 것을 있는 그대로 이야기하는 느낌이 들었다. 이 때문에 릴리스는 거의 견디기 힘들 만큼 심한 절망감과 무력감을 느꼈다. 그들은 거짓말을 들키기만 해도 상처받을 만큼 약한 존재 같았다. 이 때문에 그들이 하고자 하는 일이 덜 현실적으로 느껴졌고, 그 일을 부정하기도 더 쉬워지는 듯했다.

니칸지만이 릴리스를 즐겁게 해줬고, 또 현실을 잊게 해줬다. 그 울로이 아이는 그녀에게 주어진 선물 같았고 그녀 또한 그 아이에게 주어진 선물 같았다. 그것은 그녀 곁을 좀처럼 떠나지 않았을뿐더러 그녀를 좋아하는 것처럼 보였다. 다만 인간을 '좋아하는' 것이 오안칼리에게 어떤 의미인지 그녀는 알지 못했다. 심지어 오안칼리들 사이의 정서적 유대가 어떤 식으로 이루어지는지조차 아직 파악하지 못했다. 그러나 스다야는 스스로가 철저히 꺼리는 그릇된 짓을 릴리스를 위해 저지르려 했을 만큼 그녀를 아꼈다. 니칸지는 나중에 그녀를 위해 무슨 일을 해주려고 할까?

현실만 놓고 보면 릴리스는 실험동물이었다. 애완동물이 아니었다. 니칸지가 실험동물을 위해 할 수 있는 일이 뭘까? 실험이 막바지에 이르러 그녀가 희생되려고 할 때 눈물(?)을 흘리며 항의하는 것?

아니, 지금 벌어지는 일은 그런 종류의 실험이 아니었다. 릴리스는 살아서 번식해야 하는 처지였지, 죽을 처지가 아니었다. 그렇다면 실험동물이자 가축 번식용 모체인 걸까? 아니면⋯ 거의 멸종한 동물이자 포획 번식 계획의 일부일까? 인간 생물학자들도 전쟁 전에 그런 일을 한 적이 있었다. 포획된 멸종 위기 동물 몇 마리를 이용해 더 많은 야생 개체를 번식시키려 했던 것이다. 그녀 역시 같은 길을 걷는 중이었을까? 강제 인공 수정 같은 방법으로. 그걸 대리모라고 하던가? 배란 유발제를 맞고 난자를 강제로 '기증'하는 경우도 있지 않던가? 생판 남남인 다른 동물의 수정란을 자궁에 착상시키기도 했다. 그러다가 새끼가 태어나면⋯ 곧장 어미에게서 빼앗았다. 인간들은 포획한 번식 동물에게 그런 짓들을 저질렀다. 물론 더 높은 차원의 선善을 실현한다는 명분하에.

그것이야말로 릴리스가 다른 인간에게 들려줘야 하는 이야기였다. 오로지 인간만이 그녀를 안심시킬 수 있었고⋯ 아니면 적어도 그녀가 느끼는 공포를 이해할 수 있었다. 그러나 그곳에는 니칸지뿐이었다. 릴리스는 그것을 가르치고 또 그것에게서 배울 수 있는 것을 배우며 모든 시간을 보냈다. 그것은 그녀가 허락하는 범위 내에서 최대한 그녀를 바쁘게 만들었다. 그것은 그녀보다 잠을 더 적게 잤고, 그녀가 깨어 있는 동안에는 늘 자신을 가르치거나 자신에게서 배우기를 기대했다. 단지 언어만이 아니라 문화와 생리, 그녀 본인의 인생 역정까지⋯ 그녀가 아는 것은 뭐든 다 배우고자 했다.

이는 샤라드와 함께 지낼 때와 조금 비슷했다. 그러나 니칸지는 요구하는 것이 훨씬 더 많았고⋯ 고집을 부릴 때는 어른에 더 가까웠다. 릴리스와 샤라드가 함께 지내는 동안 오안칼리들은 틀림없이 그녀가 자기와 같은 종인 낯선 아이를 어떻게 대하는지 관찰했을 것이다. 즉, 그 아이와 한방에서 지내며 훈육하는 모습을.

샤라드와 마찬가지로 니칸지도 기억이 사진처럼 완벽했다. 어쩌면 오안칼리들은 모두 그런지도 몰랐다. 니칸지는 한 번이라도 보거나 들은 것은 이해하든 못 하든 상관없이 무조건 기억했다. 그리고 머리가 영리해서 이해하는 속도가 놀랍도록 빨랐다. 릴리스는 자신의 느려터진 이해력과 듬성듬성한 기억력이 부끄러웠다.

릴리스는 원래 뭐든 글로 적어야 배우기가 더 쉽다는 것을 알았다. 다만 오안칼리들과 지내는 동안 내내 그녀는 그들이 뭔가 읽거나 쓰는 모습을 본 적이 한 번도 없었다.

"너희는 머릿속에 기억하는 것 말고 따로 기록을 남기는 방법이 있니?" 릴리스는 불만과 분노를 느껴도 이상하지 않을 만큼 오랜 시간 동안 니칸지와 함께 배우고 가르친 끝에 그렇게 물었다. "읽기나 쓰기를 하기는 하는 거야?"

"그건 당신이 아직 안 가르쳐 준 단어인데요." 그것이 대답했다.

"읽기와 쓰기는 상징 기호를 이용한 의사소통인데…." 릴리스는 글씨를 끄적거릴 만한 것이 있는지 보려고 주위를 둘러봤지만, 그들이 있는 곳은 침실이었기에 설령 쓸 만한 것이 있다고 해도 표면에 오래 흔적이 남을 만한 물건이 없었다. "바깥으로 나가자." 그녀가 말했다. "뭔지 내가 보여줄게."

니칸지는 한쪽 벽을 열고 릴리스를 바깥으로 안내했다. 바깥으로 나온 그녀는 그들의 거처가 있는 가짜 나무의 가지 아래 땅바닥에 무릎을 대고 앉은 다음, 푸석푸석한 모래흙 같은 땅에 손가락으로 글씨를 쓰기 시작했다. 먼저 자신의 이름을 적은 다음, 그럴듯해 보이는 여러 가지 글자 모음으로 니칸지의 이름을 적었다. *네칸지* 같지는 않았다. *네카인지*도 아니었다. *니카인지*에 더 가까웠다. 릴리스는 니칸지가 자기 이름을 말할 때의 기억을 머릿속에 떠올려 집중한 다음, *니칸지*라고 적었다. 제대로 적었다는 느낌이 들었고, 글씨 자체도 마음에 들었다.

"네 이름을 글자로 적으면 대강 이렇게 보여. 난 네가 가르쳐 주는 말의 뜻을 깨우칠 때까지 글로 받아 적으면서 공부할 수도 있어. 그렇게 하면 너한테 자꾸 물어보지 않아도 될 거야. 하지만 글씨를 쓰려면 뭔가 손에 쥘 게 필요해. 글씨를 적는 바탕이 될 재료도 필요하고. 얇은 종이가 제일 좋긴 한데." 릴리스는 니칸지가 종이를 알지 어떨지 확신이 서지 않았지만, 그것은 아무것도 묻지 않았다. "종이가 없으면 얇은 플라스틱이나 천을 사용할 수도 있어. 거기에 자국을 남기는 물질을 네가 만들어 줄 수 있다면 말이야. 잉크나 염색약 같은… 또렷한 자국을 남기는 물질이면 돼. 무슨 말인지 알겠니?"

"지금 하는 그 일은 손가락으로도 할 수 있잖아요."

"이걸론 부족해. 내가 적은 글을 계속 남겨놔야 해… 그래야 공부할 수 있어. 난….."

"안 돼요."

릴리스는 말을 하다 말고 그것을 보며 눈만 깜박거렸다. "그건 하나도 위험하지 않아. 너희 동족들 중에도 우리 책이나 테이프, 디스크, 필름 같은 걸 본 사람이 있을 거 아니야. 우리가 역사나 의학, 언어, 과학, 그 밖의 온갖 것들을 담아놓은 기록물 말이야. 난 그냥 너희 언어를 내 나름대로 기록해 놓고 싶어서 그래."

"당신네 인간들이 만든 그… 기록물이라는 게 뭔지는 나도 알아요. 그런 걸 영어로 뭐라고 하는지는 모르지만, 전에 본 적은 있어요. 그런 기록물을 많이 저장해 놓고 인간들을 더 잘 알려고 공부할 때 사용했거든요. 나는 그런 게 잘 이해가 안 가지만, 다른 사람들은 이해해요."

"그것들을 내가 좀 봐도 될까?"

"아니요. 당신네 인간들은 아무도 못 보게 되어 있어요."

"어째서?"

그것은 대답하지 않았다.

"니칸지?"

침묵이 흘렀다.

"그럼… 적어도 내가 너희 언어를 더 쉽게 배울 수 있게 내 나름의 기록만이라도 남기게 해줘. 우리 인간들은 그런 걸 해야 기억하기가 더 쉽거든."

"안 돼요."

릴리스의 표정이 일그러졌다. "너… 그게 무슨 소리야, '안 돼요' 라니? 인간들은 그렇게 한단 말이야."

"당신에게 그런 걸 줄 순 없어요. 쓰거나 읽는 건 안 돼요."

"어째서!"

"그건 허용되지 않아요. 그런 건 허용하면 안 된다고 사람들이 결정했어요."

"그렇게 대답하면 아무것도 알 수가 없잖아. 사람들이 그렇게 한 이유가 뭔데?"

다시 침묵이 흘렀다. 그것의 감각 촉수가 아래로 축 늘어졌다. 그러자 그것의 몸이 더 작아 보였다. 털이 복슬복슬한 동물이 물에 젖었을 때 작아 보이는 것처럼.

"너희한테 필기도구가 없을 리가… 그런 도구를 못 만들 리가 없잖아."

"우린 당신네 인간들이 만드는 건 뭐든 만들 수 있어요. 그런 것들 중에 우리가 만들고 싶은 건 거의 없지만요."

"그건 정말 간단한 물건인데…." 릴리스는 고개를 절레절레 흔들었다. "나한테 안 되는 이유를 가르쳐 주지 말라는 지시라도 받은 거니?"

그것은 대답하려 하지 않았다. 그렇다면 이유를 가르쳐 주지 않는 것은 그것 나름의 생각이었을까? 권력을 행사하는 제 나름의 유치한 방식일까? 오안칼리들이 인간과 다르게 그런 행동을 서슴없이 하지 못하는 이유는 뭘까?

잠시 후에 그것이 말했다. "다시 안으로 들어가요. 우리 역사 이야기를 더 들려줄게요." 그것은 릴리스가 여러 생물종이 등장하는 기나긴 오안칼리 역사 이야기를 좋아한다는 것을, 또 그런 이야기 덕분에 오안칼리 어휘를 더 쉽게 배운다는 것을 알고 있었다. 그러나 릴리스는 협조할 기분이 아니었다. 그래서 땅바닥에 앉아 가짜 나무에 등을 기댔다. 잠시 후, 니칸지가 그녀 맞은편에 앉더니 이야기를 시작했다.

"여섯 번의 분열을 거슬러 올라간 과거에, 하얀 태양이 비추는 물의 행성에서, 우리는 얕고 드넓은 대양 속에 살았어요." 그것이 말했다. "여러 몸으로 이루어졌던 우리는 몸에서 나오는 빛과 색의 무늬를 이용해 우리 자신과, 또 우리들 서로와 대화를 나눴어요."

릴리스는 이해가 안 가는 부분이 나와도 질문하지 않고 그것이 계속 말하도록 내버려뒀다. 딱히 알고 싶은 마음이 없어서였다. 지능을 갖추고 물고기처럼 무리 지어 사는 생물종의 이미지를 오안칼리들에게 덧씌우려는 발상은 흥미로웠지만, 당장은 너무 화가 나서 거기에 제대로 집중할 수 없었다. 필기도구. 사소하기 짝이 없는 그런 물건조차도, 그들은 주려 하지 않았다. 그렇게 *사소한 물건조차도*!

니칸지가 둘이 함께 먹을 음식을 가져오려고 아파트로 들어가자, 릴리스는 자리에서 일어나 방을 나섰다. 그러고는 거처 바깥의 공원 같은 공간에 서 있는 가짜 나무들 사이를 전에 없이 자유롭게 쏘다녔다. 오안칼리들은 그런 그녀를 목격했지만 잠깐의 흥미 이상은 생기지 않는 모양이었다. 그렇게 그녀가 주위를 두리번거리느라 정신이 없었을 때 느닷없이 곁에 니칸지가 나타났다.

"당신은 나랑 같이 있어야 해요." 그것은 릴리스가 보기에 다섯 살 아이를 타이르는 인간 어머니가 쓸 법한 어조로 말했다. 그것의 가족에서 그녀가 차지하는 지위를 감안하면 그럭저럭 어울리는 말투 같았다.

이 사건 이후로 릴리스는 기회가 있을 때마다 몰래 방을 빠져나갔다. 그러다 붙잡히면 벌을 받고 방에 갇힐 수도 있었고, 그냥 방에 갇히기만 할 수도 있었고, 아니면 아예 붙잡히지 않고 넘어갈 수도 있었다.

릴리스는 붙잡히지 않았다. 니칸지는 바깥을 쏘다니는 그녀에게 익숙해진 모양이었다. 그것은 그녀가 방을 빠져나간 지 몇 분 만에 그녀의 바로 곁에 나타나는 짓을 어느 날 갑자기 그만뒀다. 마치 가끔은 시야 바깥에서 한두 시간을 보내도 좋다고 선선히 허락하는 듯했다. 그녀는 언제부턴가 자기 몫의 식사에서 휴대하기 편한 음식을 아껴뒀다가 바깥에 나갈 때 들고 나갔다. 주로 양념을 듬뿍 넣고 익힌 쌀을 단백질이 풍부한 식용 포장지로 싼 것이나 견과, 과일, 아니면 쿠아타사야샤 따위였다. 카가야트가 먹어도 된다고 했던 그 오안칼리 음식은 생김새가 치즈와 비슷했고 톡 쏘는 맛이 났다. 니칸지는 그녀에게 먹기 싫어서 남긴 음식은 모두 땅에 묻으라고 조언함으로써 그녀의 바깥나들이를 용인한다는 뜻을 밝혔다. "배한테 먹이로 줘요." 그것은 자신의 제안을 그런 식으로 표현했다.

릴리스는 여분의 재킷을 도시락 가방으로 삼아 손에 들고 혼자 쏘다니다가 음식을 먹거나 생각에 잠기곤 했다. 자신만의 상념과 기억에 홀로 잠겨봤자 딱히 위안이 되지는 않았지만, 그래도 자유롭다는 환상 덕분에 절망감은 덜했다.

가끔 다른 오안칼리들이 말을 걸곤 했지만 릴리스가 그들의 언어를 충분히 이해하지 못한 탓에 대화는 이어지지 않았다. 이따금 그들이 천천히 말할 때조차도 그녀는 마땅히 알아야 하는 단어를 못 알아듣는 경우가 있었고, 그럴 때면 나중에 그들과 헤어지고 나서 얼마 후에야 무슨 뜻인지 알아차리곤 했다. 대화는 보통 몸짓에 의존해 뜻을 표현하는 식으로 끝나게 마련이었는데 잘 통하지 않다 보니 바보가 된 듯 답답한 기분이 들었다. 그녀가 확실히 할 줄 아는 의사소통은 길을 잃었을 때 낯선 이들에게 도움을 요청하는 것뿐이었다.

니칸지는 릴리스에게 '집'으로 오는 길을 찾지 못할 경우에는 가장 가까이 있는 어른에게 가서 새로 생긴 그녀의 오안칼리 이름을 말하라고 일러줬다. 그 이름이란 도카알테디인스다야릴리스 에카 카가야트 아지 딘소였다. 맨 앞의 도는 입양된 비非오안칼리라는 뜻의 접두사였다. 카알은 친족 집단의 성이었다. 그다음은 테디인과 스다야의 이름 및 스다야의 성씨였는데 이는 스다야가 그녀를 자기 가족에게 데려왔기 때문에 붙었다. *에카*는 어린애라는 뜻이었다. 너무 어려서 문자 그대로 성별이 없는 어린애였다. 아주 어린 오안칼리의 경우와 마찬가지였다. 릴리스는 들뜬 마음으로 그 명칭을 받아들였다. 성별이 없는 어린애를 번식 실험에 이용할 리는 없기 때문이었다. 그다음은 카가야트의 이름이 들어갔다. 어쨌거나 그것은 그녀의 세 번째 '부모'였으므로. 맨 마지막은 거래자의 자격명이었다. 딘소 집단은 지구에 머물며 인류의 유전적 유산을 일부 차지해 스스로를 변형시키고… 이로써 원치 않는 인간들 사이에 자기네 유전자를 질병처럼 퍼뜨릴 참이었다. 딘소. 그것은 성씨가 아니었다. 소름끼치는 약속이자, 위협이었다.

다만 릴리스가 그 긴 이름을 하나도 빠뜨리지 않고 다 말하면 사람들은 그녀가 누구인지는 물론 어디에 있어야 하는지도 대번에 알아차렸고, 그녀에게 '집'으로 가는 길을 가르쳐 줬다. 그녀는 그런 그들에게 딱히 고마운 마음은 들지 않았다.

그렇게 혼자 걷던 어느 날 오안칼리 둘이 인간을 가리키는 자기네 말 '카이지디'를 언급하는 소리가 들렸을 때, 릴리스는 걸음을 늦추고 그들의 대화에 귀를 기울였다. 그들이 자신에 관해 이야기한다는 생각이 들어서였다. 사람들 사이를 걷다 보면 그녀는 남들이 자신을 두고 진귀한 동물처럼 수군거린다는 생각이 자주 들곤 했다. 두 오안칼리는 그녀가 다가가자 말을 멈추고 서로의 머리 촉수를 쓰다듬는 식으로 소리 없이 대화를 나눔으로써 그녀의 불안을 사실로 확인시켜 줬다. 그 둘을 지나쳐 몇 걸음 더 간 곳에서 그녀는 방금 있었던 일을 하마터면 잊어버릴 뻔했다. 근처에 있던 다른 사람들 한 무리에게서 또다시 카이지디라는 말이 들려왔기 때문이었다. 이번에는 후쿠모토라는 인간 남자에 관한 이야기였다.

릴리스가 다가가자 이번에도 모두가 조용해졌다. 그녀는 거대한 가짜 나무 뒤에 꼭꼭 숨어 꼼짝도 않고 엿들으려 했지만, 나무 뒤에 멈춰 선 순간 오안칼리 무리의 대화가 멈추고 정적이 흘렀다. 그들의 청력은 마음먹고 주의를 기울이면 매우 예민해졌다. 니칸지의 경우에는 릴리스와 함께 머문 지 얼마 안 됐을 때 그녀의 심장 박동이 너무 시끄럽다며 불평하기도 했다.

릴리스는 엿들으려다 들킨 것이 부끄러웠지만 그래도 꿋꿋이 계속 걸었다. 그런 감정을 느끼는 것은 얼토당토않은 짓이었다. 그녀는 포로였다. 포로에게 스스로를 보호하는 것 이상으로 지켜야 할 예의가 과연 있기나 할까?

그런데 그 후쿠모토라는 남자는 어디에 있을까?

릴리스는 앞서 띄엄띄엄 들은 말 가운데 기억에 남은 것들을 머릿속으로 되짚었다. 후쿠모토는 티에지 일족과 관련이 있었다. 그들 또한 딘소 무리였다. 그녀는 그 일족이 어디에 사는지는 어렴풋이 알았지만 거기에 가본 적은 없었다.

어째서 카알 일족의 사람들이 티에지 일족 인간의 이야기를 나눴을까? 후쿠모토가 무슨 짓을 했기에? 그리고 그를 만나려면 어떻게 해야 할까?

릴리스는 티에지 일족의 땅으로 가려고 했다. 할 수만 있으면 그곳에 가서 돌아다닐 생각이었다. 니칸지가 나타나 막아서지 않는다면. 그것은 지금도 가끔 그렇게 하곤 했다. 자신이 어디든 따라갈 수 있고, 어디서든 접근할 수 있으며, 난데없이 나타났다는 느낌을 줄 수도 있다는 것을 그녀에게 공공연히 드러냈다. 어쩌면 화들짝 놀라는 그녀를 보며 즐거워하는지도 몰랐다.

릴리스는 티에지 쪽을 향해 걸음을 옮겼다. 후쿠모토가 마침 이날 바깥에 나와 있다면 당장 그를 볼 수 있을지도 몰랐다. 그 또한 그녀처럼 쏘다니는 재미에 빠졌다면. 그리고 그녀가 앞에 나타나면 그는 영어로 말할지도 몰랐다. 만약 그가 영어를 할 줄 안다면, 그를 가둔 오안칼리들은 그와 그녀의 대화를 가로막지 못할 수도 있었다. 막상 둘이서 대화를 나눠보면 그 또한 그녀만큼이나 아는 것이 없다고 판명 날지도 몰랐다. 설령 그가 뭔가 안다고 해도, 또 둘이 만나서 대화를 나눌 만큼 일이 다 잘 풀린다고 해도, 나중에 오안칼리들이 그녀에게 벌을 줄지도 몰랐다. 다시 독방행일까? 가사 상태에 빠질까? 아니면 단지 니칸지 가족과 더 밀착한 상태로 감금되는 정도일까? 그들이 앞의 두 가지 벌 가운데 하나를 선택한다면 릴리스는 그저 맡고 싶었던 적도 없고 감당할 능력도 없어 보이는 의무에서 벗어날 뿐이었다. 만약 그들이 세 번째 방법을 택한다면, 그게 무슨 대수일까? 마침내 같은 인류의 일원과 다시 만나 대화할 기회를 얻기 위해 치르지 못할 대가가 무엇일까?

어떤 것도 그보다는 중요하지 않았다.

릴리스는 니칸지에게 돌아가 그것이나 그것의 식구들에게 후쿠모토와 만나게 해달라고 부탁할 생각은 아예 해보지도 않았다. 그들이 인간 또는 인간의 물건과 접촉하지 말라는 뜻을 그녀에게 이미 확실히 밝혔기 때문이었다.

티에지까지 가는 길은 생각보다 더 멀었다. 배 안에서 거리를 가늠하는 법을 아직 배우지 못한 탓이었다. 지평선은 가짜 나무와 언덕처럼 생긴 다른 층의 입구에 가려지지 않았을 때에는 놀랍도록 가까워 보였다. 그러나 릴리스는 지평선이 얼마나 가까운지는 장담할 수 없었다.

그나마 막아서는 사람은 한 명도 없었다. 도중에 스쳐 지나간 오안칼리들은 어디서 마주쳤든 간에 릴리스를 그 지역에 속한 인간으로 여겼다. 니칸지만 나타나지 않으면 질릴 때까지 티에지에서 돌아다닐 수도 있을 것 같았다.

티에지에 도착한 릴리스는 탐색에 나섰다. 그 지역의 가짜 나무는 카알 지역의 회갈색 가짜 나무와 다르게 황갈색이었고 나무껍질도 더 거칠어 보였다. 그래서 그녀가 기대했던 나무껍질과 더 비슷했다. 다만 사람들이 오고 가며 나무껍질을 열어젖혔다. 릴리스는 그렇게 열린 틈새를 기회가 있을 때마다 훔쳐봤다. 후쿠모토를 잠깐이라도 보기만 하면 이곳까지 온 보람을 느낄 것만 같았다. 각성해서 의식을 유지하는 인간이라면 누구라도 상관없었다. 정말이지 누구라도.

릴리스는 실제로 탐색을 시작하고 나서야 비로소 다른 인간을 발견하는 일이 얼마나 중요한지 실감했다. 오안칼리들은 그때껏 그녀를 같은 인간들에게서 철저히 고립시켰다. 그러고는 기껏 한다는 말이 그녀를 유인용 미끼로 써먹을 계획이라는 것이었다. 그 과정에서 그들은 폭력을 배제하고 몹시도 부드럽게 행동했고, 인내심과 상냥함 또한 너무나 도타워서 릴리스는 모든 결심이 녹아내릴 지경이었다.

릴리스는 너무 지쳐서 더 걷기 힘들 때까지 걸으며 탐색했다. 결국 그녀는 풀 죽었을 뿐 아니라 스스로 생각해도 터무니없을 만큼 실망한 채로 가짜 나무에 기대어 앉은 다음, 앞서 카알에서 도시락을 먹다가 남겨놓았던 오렌지 두 개를 먹었다.

마침내 릴리스는 탐색에 나선 것이 어처구니없는 실수였다고 인정했다. 카알에 머물면서 다른 인간을 만나리라는 망상 속에 빠져 사는 편이 더 만족스러울 수도 있었다. 그런데 지금 그녀는 자신이 티에지 지역을 얼마큼 뒤지고 다녔는지조차 알 길이 없었다. 그녀가 알아볼 만한 표지판 따위는 이곳에 하나도 없었다. 오안칼리들은 그런 것을 사용하지 않았다. 그들의 친족 집단 구역은 냄새로 명확하게 표시됐다. 그들은 벽을 열고 지나다닐 때마다 해당 지점의 냄새 신호를 강화했다. 아니면 스스로의 신분을 방문자, 즉 다른 친족 집단의 구성원으로 밝히곤 했다. 울로이들은 체취를 바꾸는 능력이 있었는데 짝짓기를 위해 집을 떠날 때 그 능력을 사용했다. 그 반면에 수컷 및 암컷 오안칼리는 타고난 체취를 계속 유지하며 친족 구역 바깥에는 절대로 거주하지 않았다. 릴리스는 그들의 체취 신호를 파악하지 못했다. 적어도 그녀가 느끼기에 오안칼리들은 아예 체취가 없었다.

오안칼리들이 지독한 체취를 풍겨 자신은 억지로 그 악취를 참아야 하는 것보다는 차라리 그편이 더 낫다고 릴리스는 생각했다. 그러나 냄새를 파악하지 못한다는 특성 때문에 지금 그녀는 표지판 하나 없는 땅을 탐색하는 처지였다.

릴리스는 한숨을 쉬며 카알로 돌아가기로 마음먹었다. 그마저도 돌아가는 길을 찾을 수 있을 때의 얘기였다. 주위를 둘러보니 이미 길을 잃고 헤매는 중이라는 느낌이 더욱 굳어졌다. 누군가 붙잡고 카알로 가는 길을 물어봐야 할 판이었다.

일어서서 그때껏 기대어 앉아 있던 가짜 나무로부터 멀어진 릴리스는 흙 땅에다 얕은 구멍을 팠다. 전에 니칸지는 그 흙이 진짜라고 했다. 그녀는 그 구멍 속에 오렌지 껍질을 넣었다. 그 껍질이 배 자체의 유기 물질 덩굴에 분해되어 하루도 지나기 전에 사라지리라는 것을 알고 한 일이었다.

적어도 원래는 그렇게 되어야 했다.

릴리스가 도시락을 담아 가져온 재킷의 흙을 툭툭 털고 나서 몸에 묻은 먼지까지 터는 사이, 오렌지 껍질을 묻은 구멍 주위의 땅이 차츰 검게 변해갔다. 그녀가 변해가는 땅 색깔에 다시금 눈길을 빼앗겨 지켜보는 동안 땅의 흙은 천천히 진흙으로 변하더니, 오렌지 껍질과 똑같은 주황색으로 바뀌었다. 그녀가 이때껏 한 번도 본 적 없는 현상이었다.

흙에서 슬슬 냄새가 풍겼다. 오렌지와 연관 지어 떠올리기 힘든 악취였다. 바로 그 냄새가 오안칼리들을 끌어들인 모양이었다. 릴리스가 고개를 들어보니 근처에 오안칼리 둘이 서 있었다. 그들은 머리 촉수를 일제히 뻗어 하나의 점으로 모은 채 그녀 쪽을 가리켰다.

둘 중 하나가 말을 걸자 릴리스는 그 말이 무슨 뜻인지 추측하려 애썼다. 띄엄띄엄 알아듣기는 했지만 뜻을 파악하는 속도가 느렸고, 상대의 말을 다 이해할 만큼 온전히 알아듣지도 못했다.

땅에 생긴 주황색 점이 부글거리며 점점 더 커졌다. 릴리스는 그 점으로부터 멀찍이 물러서서 오안칼리들에게 물었다. "어떻게 된 거죠? 혹시 둘 중에 영어 할 줄 아는 사람 있어요?"

두 오안칼리 가운데 키가 더 큰 쪽, 릴리스에게는 암컷으로 보이는 쪽이 오안칼리어도 아니고 영어도 아닌 언어로 뭔가 말했다. 처음에는 무슨 말인지 몰라 당황스러웠다. 그러다가 일본어와 비슷하게 들린다는 생각이 퍼뜩 떠올랐다.

"후쿠모토 상?" 릴리스는 기대를 품은 목소리로 물었다.

다시금 일본어인 듯한 말이 쏟아져 나오자 릴리스는 고개를 가로 저었다. "무슨 말인지 모르겠어요." 그녀는 오안칼리어로 말했다. 여러 번 되풀이하는 사이에 금세 익힌 말이었다. 당장 머릿속에 떠오르는 일본어는 오래전 일본에 여행 갔을 때 익힌 상투어뿐이었다. *곤니치와, 아리가토 고자이마스, 사요나라*….

다른 오안칼리들도 부글거리는 땅을 구경하러 모여들었다. 아까 그 주황색 점은 점점 더 커져서 이제 지름이 1미터 가까이 되는 크기의 완벽한 구체로 변해 있었다. 줄기가 굵다랗고 촉수 같은 가지가 달린 가짜 식물 한 그루에 그 덩어리가 닿자 식물이 검게 변하더니 고통에 몸부림치듯 꿈틀거렸다. 사납게 꿈틀거리는 식물을 보며 릴리스는 그것이 독립된 유기체가 아니라는 사실마저 잊고 말았다. 그것이 살아 있다는 사실, 또 그것에게 고통을 안긴 장본인이 분명 자신이라는 사실에만 집중한 탓이었다. 그녀는 단지 재미있는 현상을 일으킨 것이 아니었다. 그녀는 해를 끼쳤다.

천천히, 조심스레, 릴리스는 오안칼리어로 말했다. "내 힘으로는 이걸 변화시킬 수 없어요." 그녀는 자신에게 피해를 복구할 능력이 없다는 말을 하고 싶었다. "당신들이 도와줄래요?"

울로이 하나가 앞으로 나서서 한쪽 감각 팔로 주황색 진흙을 건드리는가 싶더니, 몇 초 동안 팔을 진흙에 가만히 대고 있었다. 부글거리던 땅이 차츰 잠잠해지다가 이내 멈췄다. 그 울로이가 물러설 즈음에는 밝은 주황색이던 흙도 색이 옅어져 평소 상태에 가까워졌다.

울로이가 뭔가 말하자, 키 큰 암컷이 머리 촉수로 릴리스 쪽을 가리키며 뭐라고 대답했다.

릴리스는 뭔가 미심쩍은 듯 찌푸린 표정으로 울로이를 바라봤다. "카가야트?" 그렇게 묻자니 바보가 된 기분이 들었다. 그러나 그 울로이의 머리 촉수에 나타난 무늬는 카가야트의 것과 똑같았다.

울로이가 머리 촉수를 릴리스 쪽으로 뻗었다. "어떻게 그럴 수가 있습니까?" 그것이 물었다. "그토록 앞날이 촉망되는 사람이 한편으로는 그토록 무지한 상태로 계속 남아 있다니요."

카가야트.

"여기서 뭐 하는 거예요?" 릴리스는 따지듯이 물었다.

침묵이 흘렀다. 그것은 원래 상태로 회복 중인 땅의 상태를 한 번 더 확인하려는 듯 아래쪽을 흘긋 보더니, 모여 있는 사람들을 향해 큰 소리로 뭔가 말했다. 사람들 대부분은 촉수가 매끈해진 상태로 하나둘 자리를 떴다. 릴리스는 울로이가 자신을 소재 삼아 무슨 농담을 한 것은 아닌지 의심스러웠다.

"드디어 당신 손으로 중독시킬 만한 걸 찾아냈군요."

울로이의 말에 릴리스는 고개를 가로저었다. "그냥 오렌지 껍질을 몇 조각 묻었을 뿐이에요. 니칸지가 남은 음식은 묻으라고 해서."

"카알에서는 뭐든 마음대로 묻어도 됩니다. 카알을 벗어나 있는 동안에 뭔가 버리고 싶어지면 그걸 울로이에게 주세요. 그리고 사람들과 대화하는 법을 익히기 전에는 카알을 떠나면 안 돼요. 여기는 왜 온 거예요?"

이제 릴리스는 대답하려 하지 않았다.

"후쿠모토 씨는 얼마 전에 죽었어요." 그것이 말했다. "당신이 그 남자 이야기를 들은 것도 보나마나 그 일 때문이었을 거예요. 사람들이 그 남자 이야기를 하는 걸 들었잖아요, 안 그래요?"

잠시 후, 릴리스는 고개를 끄덕였다.

"그 사람은 120살이었어요. 영어는 전혀 할 줄 몰랐고요."

"인간이었어요." 릴리스는 조그맣게 중얼거렸다.

"그 사람은 이곳에서 거의 60년을 각성한 상태로 살았어요. 다른 인간을 만난 적은 기껏해야 두 번 정도였을 거예요."

릴리스는 카가야트에게 다가가 그것의 얼굴을 가만히 살폈다. "그런데 그게 잔인한 짓이라는 생각은 안 들던가요?"

"그 사람은 여기에 아주 잘 적응했어요."

"아무리 그래도….''

"집에 가는 길을 혼자서 찾을 수 있겠어요, 릴리스?"

"우린 적응력이 뛰어난 생물종이에요." 릴리스는 말을 끊는 짓은 용납하지 않겠다는 기세로 말했다. "그래도 단지 희생자가 견뎌낸다는 이유만으로 고통을 가하는 건 잘못이라고요."

"우리 언어를 배워요. 배우고 나면 우리 가운데 한 명이 당신을 소개해 줄 거예요. 후쿠모토처럼 지구로 돌아가지 않고 우리와 함께 살다가 죽기로 마음먹은 사람에게 말이에요."

"그러니까 후쿠모토는 자기 의지로….''

"당신은 거의 아무것도 모르는 상태예요. 자, 이제 내가 집에 데려다줄게요. 그리고 니칸지와 당신 얘기를 좀 해야겠어요."

그 말에 릴리스는 재빨리 대꾸했다. "니칸지는 내가 어딜 가는지 몰랐어요. 어쩌면 지금도 내 흔적을 쫓는 중인지도 몰라요."

"아뇨, 그렇지 않아요. 당신 뒤는 내가 쫓아왔으니까요. 이제 출발하죠."

카가야트는 릴리스를 데리고 비탈을 내려가 더 낮은 층으로 향했다. 목적지에 도착한 후에 그것은 릴리스에게 느리게 움직이는 작고 평평한 탈것에 타라고 지시했다. 그 운송 수단의 속도는 릴리스의 달리기 속도보다 결코 빠르지 않았지만 둘은 생각보다 빠르게 집에 도착했다. 경로 또한 릴리스가 골랐던 길보다 훨씬 더 짧았다.

카가야트는 집에 오는 길에 릴리스에게 말을 걸지 않았다. 화난 눈치였지만 그녀는 신경 쓰지 않았다. 그저 그것이 니칸지에게 너무 화를 내지 않았으면 하는 마음뿐이었다. 티에지에 간 일 때문에 어떤 식으로든 처벌받을 가능성은 이미 받아들인 상태였지만, 니칸지에게 폐를 끼칠 생각은 처음부터 없었기 때문이었다.

집에 도착하자마자 카가야트는 니칸지를 데리고 릴리스와 니칸지가 함께 쓰는 방으로 들어갔고, 릴리스는 그녀가 식당으로 여기게 된 방에 남겨뒀다. 그 방에는 스다야와 테디인이 있었다. 둘은 이날 오안칼리 음식을 먹고 있었다. 릴리스에게는 치명적인 독일 수도 있는 식물로 만든 음식이었다.

릴리스는 조용히 자리에 앉았다. 잠시 후에 스다야가 견과와 과일, 그리고 식물 부산물로 만들었는데도 맛과 식감이 고기와 희미하게 비슷한 오안칼리 음식을 조금 가져다줬다.

"내 처지가 정확히 얼마나 곤란해진 거죠?" 릴리스는 그가 건네는 접시를 받아 들며 물었다.

스다야의 촉수가 매끈해졌다. "그렇게 많이 곤란하진 않아요, 릴리스."

릴리스의 표정이 일그러졌다. "내가 보기엔 카가야트가 화난 것 같던데요."

매끈하던 촉수에 굵다란 마디가 도드라졌다. "딱히 화가 난 건 아닙니다. 니칸지가 걱정돼서 그러는 거죠."

"내가 티에지에 갔기 때문에요?"

"아니요." 혹처럼 생긴 그의 촉수가 더 커졌고, 따라서 더 징그러워졌다. "지금이 힘든 시기라서 그래요. 그 아이에게… 그리고 당신에게도요. 니칸지는 당신이 티에지에서 헤메고 다니도록 일부러 그냥 놔뒀어요."

"뭐라고요?"

그 순간 테디인이 알아듣기 힘든 오안칼리어로 뭔가 빠르게 말했고, 스다야는 그 말에 대꾸했다. 둘은 몇 분 동안 이야기를 나눴다. 그러고 나서 테디인이 릴리스에게 영어로 말했다.

"카가야트는… 자신과 성별이 같은 울로이 아이를 가르쳐야 해요. 알겠어요?"

"그리고 난 그 수업의 한 부분이죠." 릴리스는 지긋지긋하다는 듯이 대답했다.

"니칸지, 아니면 카가야트예요." 테디인이 부드럽게 말했다.

그 말에 릴리스는 인상을 찌푸리며 설명을 요구하듯 스다야를 돌아봤다.

“그녀 얘기는 만약 당신과 니칸지가 서로 가르쳐야 하는 처지가 아니었다면, 당신은 지금 카가야트에게서 가르침을 받고 있을 거라는 뜻이에요.”

릴리스는 등골이 서늘해졌다. “세상에.” 나직이 중얼거리는 목소리가 나왔다. 그리고 잠시 후. “당신이 가르쳐 주면 안 돼요?”

“보통은 울로이가 새 종種의 교육을 담당해요.”

“왜요? 그 교육이란 걸 꼭 받아야 한다면 난 차라리 당신한테서 받고 싶은데요.”

스다야의 머리 촉수가 매끈해졌다.

“그를 좋아해요, 아니면 카가야트를?” 테디인이 물었다. 그녀의 영어 실력은 남들이 하는 말만 듣고 익힌 수준이라 미숙했지만 릴리스의 오안칼리어 실력보다는 훨씬 더 훌륭했다.

“다른 뜻이 있어서 하는 말은 아니고, 그냥 둘 중에는 스다야가 더 좋아요.”

“좋아요.” 테디인이 말했다. 이와 동시에 그녀의 머리 촉수 또한 매끈해졌는데 릴리스는 그 까닭을 알 수 없었다. “그럼 스다야가 좋아요, 아니면 니칸지가 좋아요?”

릴리스는 말을 하려고 입을 벌렸다가 멈칫했다. 스다야는 그녀를 니칸지 곁에 몹시도 오랫동안 내버려뒀다. 틀림없이 일부러 한 짓이었다. 그리고 니칸지는… 니칸지에게는 매력적인 구석이 있었다. 필시 어린애라서 그런 듯했다. 그것은 아직 남은 인류가 앞으로 겪을 일에 대해 그녀 자신과 마찬가지로 책임이 없었다. 그것은 단지 주위의 어른들이 해야 한다고 하는 일을 하는 중이거나, 하려고 할 뿐이었다. 그렇다면 그녀와 똑같은 피해자일까?

아니, 피해자는 아니었다. 그저 어린애였다. 자기 뜻과 무관하게 매력적인 구석이 있는 어린애. 그리고 릴리스는 그런 니칸지에게 자신도 모르게 호감을 느꼈다.

"알겠어요?" 테디인이 물었다. 이제 몸의 촉수가 모두 매끈했다.

"알겠어요." 릴리스는 심호흡을 했다. "내가 니칸지를 좋아해 주기를 니칸지를 포함해 모두가 바란다는 걸 알겠어요. 그래요, 내가 졌어요. 난 니칸지를 좋아하니까요." 그녀는 스다야 쪽을 돌아봤다. "당신들, 정말 지독하게 사람을 조종하는 족속이었군요?"

스다야는 먹는 일에만 집중했다.

"내가 그렇게나 부담스러웠어요?" 릴리스는 스다야에게 물었다.

그는 대꾸하지 않았다.

"내가 덜 부담스러워지게 딱 하나만 도와주지 않을래요?"

스다야는 자신의 촉수 일부를 릴리스 쪽으로 향했다. "원하는 게 뭔가요?"

"필기도구요. 종이 말이에요. 연필이나 펜 같은 것도. 아무거나 있는 대로 주세요."

"안 돼요."

거절하는 목소리에 망설이는 기색은 없었다. 스다야는 릴리스를 무지한 상태로 방치하려는 일족의 음모에 가담한 공범이었다. 그러면서도 그녀를 교육하려고 갖은 애를 다 쓰는 중이었다. 정신 나간 짓이었다.

릴리스는 양손을 활짝 편 채 고개를 절레절레 흔들었다. "대체 왜 요?"

"니칸지에게 물어봐요."

"물어봤어요! 안 가르쳐 준단 말이에요."

"아마 지금은 가르쳐 줄 거예요. 식사는 다 했나요?"

"이제 됐어요… 여러 가지 의미로요."

"이리 와요. 내가 벽을 열어줄게요."

릴리스는 앉아 있던 평상에서 일어나 스다야를 따라 벽 쪽으로 향했다.

"니칸지가 도와주면 글을 쓰지 않고도 기억할 수 있어요." 스다 야는 그렇게 말하며 머리 촉수 몇 가닥으로 벽을 건드렸다.

"어떻게요?"

"그 애한테 물어봐요."

릴리스는 벽의 구멍이 적당히 커지자 곧장 구멍 안으로 들어섰고, 곧이어 울로이 둘이 있는 방에 자신이 멋대로 들어왔다는 걸 알아차 렸다. 두 울로이는 머리 촉수 일부가 그녀 쪽을 향해 자동으로 움직 였을 뿐 그녀를 거들떠볼 생각도 하지 않았다. 둘은 오안칼리어를 정 신없이 빠르게 지껄이며 대화하는 중이었다. 아니, 다투고 있었다. 보 나마나 그녀 때문에 다투는 중이었다.

릴리스는 뒤를 돌아봤다. 벽 속으로 뒷걸음질해 그 둘 곁에서 벗 어나고 싶어서였다. 말다툼의 결론이 무엇인지는 나중에 둘 중 한쪽에게서 들으면 그만이었다. 그녀 스스로 애타게 듣고 싶어 할 결론이 나올 성싶지도 않았다. 그러나 벽은 이미 저절로 닫힌 후였다. 그것도 비정상적으로 빠르게.

니칸지는 적어도 자기주장을 굽히지는 않는 눈치였다. 어느 시점에 이르러 그것은 머리 촉수를 재빨리 움직여 릴리스를 불렀다. 릴리스는 그것의 곁으로 다가갔다. 그녀는 카가야트에게 맞서는 데 필요한 정신적 응원이라면 뭐든 해줄 용의가 있었다.

카가야트는 그때껏 늘어놓던 알 수 없는 이야기를 멈추고 릴리스를 마주 봤다. "우리가 하는 얘기를 하나도 못 알아들었군요?" 그것은 영어로 물었다.

"맞아요." 릴리스는 선선히 인정했다.

"지금 내가 하는 말은 이해가 가나요?" 이번에는 오안칼리어로 천천히 물었다.

"예."

카가야트는 다시 니칸지에게 주의를 돌려 빠르게 말했다. 릴리스는 그것이 하는 말을 알아들으려 애쓴 끝에 대강 다음과 같은 내용이라고 짐작했다. '뭐, 적어도 학습 능력을 갖췄다는 것 정도는 알겠군.'

"종이하고 연필이 있으면 난 훨씬 더 빨리 배울 수 있어요." 릴리스가 말했다. "하지만 그런 게 있든 없든, 내가 당신들을 어떻게 생각하는지는 무려 세 가지 인간 언어로 얼마든지 표현할 수 있어요!"

카가야트는 잠깐 동안 말이 없었다. 그러다가 결국 돌아서서 벽에 구멍을 내고 그 속으로 들어가 방을 나가버렸다.

벽의 구멍이 닫히자 니칸지가 침대에 눕더니 가슴 위로 팔짱을 끼었다. 스스로를 끌어안고 다독이는 듯한 모습이었다.

"괜찮니?" 릴리스가 물었다.

"다른 언어 두 가지는 뭐예요?" 그것의 목소리는 부드러웠다.

릴리스는 애써 웃음 지었다. "에스파냐어랑 독일어야. 전에 독일어를 조금 할 줄 알았어. 지금도 욕은 몇 마디 지껄일 줄 알아."

"그럼… 유창한 편은 아니네요?"

"에스파냐어는 유창해."

"그런데 독일어는 왜 안 그래요?"

"독일어는 공부한 것도 써먹은 것도 오래전 일이라… 그러니까, 전쟁이 일어나기도 한참 전의 일이었어. 우리 인간들은… 사용하지 않는 언어는 잊어버려."

"아니요. 그렇지 않아요."

릴리스는 그것의 몸통 촉수들이 가느다랗게 수축하는 광경을 보고 흐뭇한 상태가 아니라고 판단했다. 그것은 빠르게 배우고 빠짐없이 기억하지 못하는 릴리스 때문에 진심으로 걱정스러워했다. "나한테 필기도구를 줄 거야?" 그녀가 물었다.

"아니요. 우리 식으로 할 거예요. 당신네 방식이 아니라."

"효과가 있는 방식으로 해야지. 그래도 뭐, 아무려면 어때. 나를 가르치느라 시간을 두세 배는 더 허비하고 싶다면 원하는 대로 해."

"그러고 싶진 않아요."

릴리스는 어깨를 으쓱했다. 그것이 그 몸짓을 못 보고 놓치거나 이해하지 못해도 상관없다는 심정이었다.

"오오안※이 화를 내는 상대는 나예요, 릴리스. 당신이 아니라."

"하지만 나 때문에 그렇게 됐잖아. 네가 가르치는 것들을 내가 좀처럼 빨리 배우질 못해서."

"아니에요. 내가… 내가 당신을 오오안의 방식대로 가르치지 않아서 그러는 거예요. 오오안은 내가 걱정돼서 화가 난 거예요."

"네가 걱정돼서 그러는 거라고…? 어째서?"

"이리 와요. 여기 앉아봐요. 내가 얘기해 줄게요."

릴리스는 잠시 머뭇거리다가 다시 어깨를 으쓱하고는 그것 옆에 가서 앉았다.

"나는 지금 성장하는 중이에요. 오오안이 내가 당신을 서둘러 가르쳤으면 하고 바라는 건 그렇게 해야 당신이 할 일을 배정받을 수 있고, 나는 짝짓기를 할 수 있기 때문이에요."

"그러니까 네 말은… 내가 더 빨리 배울수록 네가 더 일찍 짝짓기를 한다는 뜻이야?"

"맞아요. 나는 당신을 다 가르친 후에, 그러니까 당신을 가르칠 능력이 있다는 걸 입증한 후에야 비로소 짝짓기할 준비가 됐다고 인정받을 거예요."

바로 그거였다. 릴리스는 단순한 실험동물이 아니었다. 스스로는 어찌 된 영문인지 아직 완전히 파악하지 못했지만, 그녀는 어린 울로이의 마지막 시험이었다. 그녀는 한숨을 쉬며 고개를 절레절레 흔들

※　부모들 가운데 울로이인 쪽을 가리키는 오안칼리어.

었다. "나는 니칸지 네가 원해서 여기 있는 거야, 아니면 우리 둘 다 그냥 서로에게 내려진 벌 같은 거야?"

니칸지는 말이 없었다. 그저 팔 한 짝을 뒤쪽으로 구부려 겨드랑이를 문지를 뿐이었다. 스스로에게는 자연스러운 동작이었지만 릴리스가 보기에는 여전히 충격적이었다. 그녀는 그것이 문지르는 자리가 어딘지 보려고 고개를 한쪽으로 갸웃했다.

"너희 몸의 감각 팔은 짝짓기를 하고 나면 자라나는 거야, 아니면 그 전에 미리 자라나는 거야?" 릴리스가 물었다.

"짝짓기를 하든 안 하든 곧 자랄 거예요."

"원래는 짝짓기를 한 후에 생기는 거야?"

"짝짓기 상대는 감각 팔이 나중에 생기는 걸 더 좋아해요. 수컷과 암컷은 울로이보다 더 일찍 성숙하거든요. 그들은 자기가… 그런 걸 뭐라고 하죠? 그들은 상대인 울로이가 유년기에서 벗어나는 걸 자기가 도와줬다는 느낌을 좋아해요."

"그럴 땐 '성장하도록 거든다'라고 하면 돼." 릴리스가 말했다. "아니면 '키우는 걸 거든다'라고 하거나."

"…키운다고요?"

"그 말에는 여러 가지 뜻이 있어."

"아. 그런 말을 쓰는 데는 정해진 논리가 없는 거군요."

"아마 있겠지만, 설명하려면 어원학자가 한 명 필요할 거야. 너랑 네 짝짓기 상대들 사이에 무슨 문제 같은 게 생길까?"

"모르겠어요. 없으면 좋겠네요. 난 나중에 때가 되면 그들을 찾아갈 거예요. 그렇게 얘기해 뒀어요.” 니칸지는 머뭇거리다 말을 이었다. “이제 당신에게 할 얘기가 있어요.”

“뭔데?”

“오오안은 나더러 당신이… 놀랄 만한 행동이나 이야기는… 아무것도 하지 말라고 했어요. 난 그런 건 하지 않을 거예요.”

“그게 뭔데!”

“내가 조금 바꿔야 하는 것들이 있어요. 몇 가지를 조금만 바꾸면 돼요. 당신이 필요한 기억들을 떠올릴 수 있게 내가 도와야 해서요.”

“그게 무슨 말이야? 네가 바꾸려는 게 뭔데?”

“아주 사소한 것들이에요. 나중에 가면 당신 뇌 속의 화학 작용에 사소한 변화가 일어날 거예요.”

릴리스는 마치 자기 머리를 지키려는 사람처럼 무심코 이마에 손을 갖다 댔다. “뇌 속의 화학 작용이라고?” 중얼거리는 목소리가 가냘팠다.

“나는 나중에, 내가 성숙해진 후에 당신을 변화시키고 싶어요. 그때는 당신이 쾌감을 느끼는 방식으로 그렇게 할 수 있거든요. 쾌감을 느껴야 마땅한 일이고요. 하지만 오오안은…. 오오안의 기분이 어떤지는 나도 알아요. 오오안은 나더러 당신을 지금 당장 변화시키라고 했어요.”

“난 바꾸고 싶지 않아!”

“변화는 당신이 잠들어 있는 사이에 다 끝날 거예요. 당신 몸속의 종양이 오오안 스다야의 손에 바로잡혔을 때처럼요.”

"오오안 스다야? 스다야의 울로이 모체가 내 종양을 치료했다고? 카가야트가 아니라?"

"예. 그건 내 부모가 짝짓기하기 전에 이미 끝난 일이에요."

"다행이네." 이제 카가야트에게 고마워할 이유가 없어졌으므로.

"릴리스?" 니칸지는 손가락이 몹시 많이 달린 손을 릴리스의 팔에 얹었다. 손가락 개수는 한 손에 열여섯 개였다. "어떻게 될지 설명해 줄게요. 먼저 내 몸이 당신에게 닿을 거예요. 그다음에… 살짝 찌를 거예요. 당신이 느끼는 건 그게 다예요. 잠에서 깨면 변화가 완료될 거예요."

"난 바뀌고 싶지 않아!"

오랜 침묵이 흘렀다. 마침내 그것이 말했다. "두려운가요?"

"내가 무슨 병에 걸린 것도 아니잖아! 기억을 잊는 건 인간한테는 흔해빠진 일이라고! 내 뇌에는 아무것도 할 필요 없어!"

"기억력을 향상시키는 게 그렇게 나쁜 일인가요? 샤라드가 했던 것처럼… 내가 하는 것처럼 기억하는 게 안 좋은 거예요?"

"간섭당한다는 생각이 무서운 거야." 릴리스는 심호흡을 했다. "잘 들어, 내 몸에서 나라는 사람을 가장 명확하게 드러내는 곳은 바로 뇌야. 그러니까 난 절대…."

"당신이라는 사람 자체는 변하지 않아요. 난 그 경험으로 쾌감을 안겨줄 만큼 성숙하진 않았지만, 그래도 울로이로서 이런 일을 수행할 만큼은 성숙했어요. 만약 내가 이 일의 적임자가 아니라면 다른 이들이 벌써 그 사실을 감지했을 거예요."

"그렇게 모두가 너를 적임자로 확신한다면, 넌 왜 굳이 나를 이용해 너 자신의 자격을 증명하려는 거야?"

그것은 대답하지 않고 몇 분 동안 침묵을 지켰다. 그러던 그것이 릴리스를 끌어당겨 자기 곁에 앉히려 했을 때, 그녀는 그것의 팔을 뿌리치고 일어서서 방 안을 서성거렸다. 그것의 머리 촉수가 그녀를 뒤쫓아 방향을 트는 모습은 평소와 다르게 느릿느릿하지 않았다. 촉수들은 그녀 쪽을 향해 빠르게 휙휙 움직였고, 결국 그녀는 촉수의 눈길을 피해 화장실로 달아나고 말았다.

릴리스는 화장실 바닥에 앉아 팔짱을 끼었다. 양손은 위 팔뚝을 꽉 움켜잡았다.

이제 어떻게 될까? 니칸지는 지시에 따라 언젠가 릴리스가 잠든 틈을 타 그녀를 놀라게 할까? 그녀를 카가야트에게 넘기려고 할까? 아니면 혹시라도 둘 다 그녀를 혼자 *내버려두지는 않을까*? 제발 그랬으면!

6

릴리스는 시간이 얼마나 흘렀는지 도무지 알 수 없었다. 문득 정신을 차려보니 샘과 아이어 생각에 빠져 있었다. 다름 아닌 그녀의 남편과 아들이었고, 둘 다 그녀가 빼앗긴 사람들이었다. 오안칼리들이 나타나기 전에, 전쟁이 일어나기 전에, 자신의 삶이(그리고 어떤 인간의 삶도) 얼마나 덧없이 무너질 수 있는지 그녀가 채 깨닫기 전에.

언젠가 카니발이 열린 적이 있었다. 공터에 놀이기구와 시끄러운 스피커와 비루먹은 망아지를 늘어놓고 조촐하게 차린 싸구려 카니발이었다. 샘은 릴리스가 임신한 여동생과 시간을 보내는 동안 아이어를 데리고 카니발을 구경하러 가기로 마음먹었다. 딱히 특별할 것 없는 토요일, 햇살이 환히 쏟아지는 널따란 도로에는 물기조차 없었다. 운전을 배운 지 얼마 안 된 여자애가 몰던 차가 샘의 차를 정면에서 들이받았다. 반대편 차로 쪽으로 방향을 튼 것을 보면 아마도 차를 모는 도중에 그만 핸들을 놓친 모양이었다. 아직 연습용 면허밖에 없어서 혼자 운전하면 안 되는 아이였다. 그 아이는 자기가 저지른 실수 때문에 목숨을 잃었다. 아이어도 죽었다. 구급차가 도착하기도 전에 이미 숨이 끊어졌지만 구급대원들은 아이를 살리려고 안간힘을 썼다.

샘은 절반만 죽은 상태였다.

그는 머리를 다쳤다. 뇌 손상이었다. 사고로 시작된 일은 석 달이 걸려서야 마무리됐다. 그는 석 달에 걸쳐 죽어갔다.

의식을 어느 정도 회복하는 경우도 가끔 있었지만, 그럴 때에도 샘은 아무도 알아보지 못했다. 부모가 그의 곁을 지키려고 뉴욕에서 찾아왔다. 나이지리아 출신인 두 사람은 아들이 태어나 자라는 동안 내내 미국에서 살았다. 그런데도 그들은 아들과 릴리스의 결혼을 탐탁잖아 했다. 그들은 샘을 미국인으로 키웠지만 기회가 있을 때마다 고향인 라고스의 친척들에게 보내곤 했다. 아들이 요루바족 여성과 결혼하기를 바랐기 때문이었다. 그들은 손자를 만난 적이 한 번도 없었다. 이제는 영영 만나지 못할 처지였다.

그리고 샘은 부모를 알아보지 못했다.

샘은 그들 부부의 외아들이었지만, 부모를 바라보는 그의 눈은 릴리스를 바라볼 때와 똑같이 멍할 뿐이었다. 그의 눈에는 다른 사람을 알아보기는커녕 스스로가 누군지 아는 기색조차 없었다. 이따금 릴리스는 남편 곁에 홀로 앉아 남편의 몸을 쓰다듬으며 그의 멍한 눈에 잠깐 비친 허망한 관심을 받곤 했다. 그러나 그라는 사람 자체는 이미 사라지고 없었다. 어쩌면 그는 아이어와 함께 있거나, 아이어와 그녀 사이에서 발이 묶인 상태인지도 몰랐다. 이승과 저승 사이에서.

아니면 샘은 의식이 있는데도 자신의 머릿속 어디엔가 고립된 상태일 수도 있었다. 그렇게 가장 비좁고 더없이 외로운 독방에 갇힌 채로, 심장이 멈추는 자비를 얻는 그날까지 바깥의 사람들과 소통하지 못할 처지였다.

그게 바로 뇌 손상이었다. 또는, 뇌 손상의 한 가지 형태였다. 그보다 더 심한 다른 형태도 많았다. 릴리스는 샘의 목숨이 꺼져가던 몇 달 동안 병원에서 그런 사람들을 목격했다.

그렇게 빠르게 죽은 샘은 운이 좋은 편이었다.

릴리스는 그 생각을 감히 입 밖에 낸 적이 한 번도 없었다. 샘이 그리워서 흐느낄 때조차도 떠오르곤 하던 생각이었다. 이제 그 생각이 다시 떠올랐다. 그렇게 빠르게 죽은 샘은 운이 좋은 편이라는 생각이.

똑같은 행운이 릴리스에게도 찾아와 줄까?

만약 오안칼리들이 릴리스의 뇌를 망가뜨렸다면, 그들은 그녀가 죽도록 점잖게 내버려뒀을까? 아니면 그녀를 포로로 삼아 살려둔 채 그 최악의 독방에 영원토록 가둬놨을까?

릴리스는 니칸지가 소리 없이 화장실에 들어와 자신의 맞은편에 앉아 있다는 것을 퍼뜩 알아차렸다. 그것이 그런 식으로 그녀를 방해한 것은 이때가 처음이었다. 그녀는 잔뜩 성난 표정으로 그것을 빤히 쳐다봤다.

"나에게 당신 몸의 생리적 반응에 대처할 능력이 있다는 건 아무도 의심하지 않아요." 그것의 목소리는 부드러웠다. "만약 내가 그런 능력을 갖추지 못했다면, 이미 오래전에 남들이 내 결함을 알아차렸을 거예요."

"저리 꺼져!" 릴리스가 외쳤다. "내 옆에 오지 마!"

그것은 꼼짝도 하지 않았다. 앞서와 똑같이 부드러운 목소리로 말을 이어갈 뿐이었다. "오오안이 말하길 인간들은 적어도 한 세대는 지나야 대화할 수준이 될 거라더군요." 그것의 촉수가 꿈틀거렸다.

"나는 대화도 못 나누는 상대와 같이 잘 지낼 방법이 뭔지 모르겠어
요."

"뇌 손상을 입는다고 해서 내 대화 실력이 더 좋아지진 않을걸." 릴리스의 목소리는 매서웠다.

"당신 뇌에 손상을 입히느니 차라리 내 뇌를 망가뜨리는 게 더 낫죠. 난 둘 중 어느 쪽도 다치게 하고 싶지 않지만요." 그것은 망설이다 말을 이었다. "나나 오오안을 받아들여야 한다는 건 당신도 알 테죠."

릴리스는 말이 없었다.

"오오안은 어른이에요. 그러니까 당신에게 쾌감을 줄 수 있어요. 그리고… 오오안은 겉으로 보이는 것처럼 화가 나진 않았어요."

"난 쾌감 같은 걸 추구할 생각은 없어. 네가 지금 무슨 얘기를 하는지도 모르겠고. 난 그냥 혼자 있고 싶을 뿐이야."

"그래요. 하지만 당신은 나를 믿어야 해요. 아니면 기다리다 지친 오오안이 당신에게 어떻게 하는지 보고 충격을 받든가요."

"그 일을 네가 하진 않겠지. 넌 나한테 다짜고짜 달려들지 않을 거지?"

"예."

"왜 안 그러는데?"

"그 일을 그런 식으로 하는 건 잘못이니까요. 사람을 놀라게 하는 거 말이에요. 그건… 사람을 사람이 아닌 것처럼 대하는 짓이에요. 지성이 없는 대상처럼요."

릴리스는 와락 웃음을 터뜨렸다. "네가 무슨 바람이 불어서 갑자기 그런 걱정을 하는 건데?"

"내가 당신을 놀라게 하면 좋겠어요?"

"좋을 리가 없잖아!"

침묵이 흘렀다.

잠시 후, 릴리스는 자리에서 일어서서 침대 평상으로 갔다. 그러고는 침대에 누웠고, 간신히 잠이 들었다.

릴리스는 샘이 나오는 꿈을 꾸다가 식은땀에 젖어 잠에서 깼다. 텅 빈 눈, 아무것도 없는 눈이 보였다. 머리가 지끈거렸다. 곁에는 여느 때처럼 니칸지가 몸을 뻗고 누워 있었다. 그것은 축 늘어져서 죽은 듯 보였다. 잠에서 깼을 때 그 자리에 그것 대신 카가야트가 있으면 어떤 기분이 들까? 부루퉁한 어린애가 아니라 기괴하게 생긴 연인처럼 자신의 곁에 누워 있는 카가야트를 보면? 릴리스는 몸이 부르르 떨렸다. 두렵고 역겨운 기분에 압도당할 것만 같았다. 그녀는 한동안 가만히 누워 마음을 다스렸다. 그러고는 스스로를 다그쳐 결단을 내렸고, 두려움에 말문이 막히기 전에 그 결단을 실행하기로 했다.

"일어나!" 릴리스는 니칸지에게 사납게 말했다. 자신의 거친 목소리에 스스로도 흠칫 놀랄 지경이었다. "일어나서 네가 해야 한다는 그 일이란 걸 해. 어서 해치우란 말이야."

니칸지는 대번에 일어나 앉더니 릴리스를 옆으로 누인 다음, 그녀가 입고 자던 재킷을 벗겨 등과 목이 드러나게 했다. 그 일은 그녀가 뭐라 불평하거나 마음을 고쳐먹을 틈도 없이 시작됐다.

그것이 예고했던 '몸이 닿는' 느낌은 릴리스의 목덜미에서 났고, 다시 그 자리를 더 세게 누르는 느낌이 들었으며, 뒤이어 찌르는 느낌이 났다. 예상보다 더 아팠지만 통증은 금세 사라졌다. 몇 초 동안 릴리스의 의식은 반쯤 몽롱한 상태로 표류했다.

그다음은 얽히고설킨 기억과 꿈이었고, 마지막에는 아무것도 남지 않았다.

7

편안하면서도 조금 혼란스러운 상태로 깨어났을 때, 릴리스는 옷을 다 입은 채 혼자 있었다. 그렇게 가만히 누워 니칸지가 자신에게 무슨 짓을 했는지 곰곰이 생각했다. 그녀는 바뀌었을까? 어떻게? 그것은 그녀에게 할 일을 다 마쳤을까? 처음에는 몸이 움직이지 않았지만, 몸을 움직이지 못하겠다는 생각이 혼란스러운 머릿속에 또렷이 떠올랐을 즈음에는 이미 마비가 슬슬 풀려가는 느낌이 들었다. 근육이 다시 뜻대로 움직였다. 그녀가 조심스레 일어나 앉자마자 니칸지가 벽을 통과해 방으로 들어왔다.

침대로 올라와 릴리스의 옆에 앉은 그것의 회색 피부는 윤기 나는 대리석처럼 매끈했다. "당신은 정말 복잡하군요." 그것은 그녀의 양손을 잡으며 말했다. 그러고는 평소와 달리 머리 촉수를 그녀 쪽으로 향하지 않고 머리를 그녀 머리 옆으로 뻗은 다음, 머리 촉수를 그녀에게 갖다 댔다. 그러고는 뒤로 물러나 앉아 촉수로 그녀를 가리켰다. 그것이 평소와 다르게 행동한다는, 따라서 주의해야 한다는 생각이 그녀의 머릿속에 어렴풋이 떠올랐다. 그녀는 인상을 찌푸리며 경계심을 높이려 애썼다.

"당신 안에는 삶과 죽음과 변화의 잠재력이 가득해요." 니칸지가 말을 이어갔다. "우리 동족들 일부가 당신네 인류를 두려워하지 않기까지 왜 그렇게 오래 걸렸는지 이제 알겠어요."

릴리스는 그것에게 정신을 집중했다. "약기운 때문에 아직 정신이 없어서 그럴 수도 있겠지만, 난 네 얘기가 무슨 소린지 모르겠어."

"맞아요. 당신은 정말로 모를 거예요. 하지만 내가 성숙해지고 나면 무슨 뜻인지 조금은 가르쳐 주려고 해볼게요." 그것은 다시금 자기 머리를 릴리스의 머리 가까이로 뻗더니 머리 촉수로 그녀의 얼굴을 건드렸고, 그녀의 머리카락 속을 파고들기도 했다.

"뭘 하는 거야?" 릴리스가 물었다. 다만 그것의 행동이 딱히 거슬리거나 하지는 않았다.

"당신이 무사한지 확인하는 거예요. 아까 내가 당신한테 한 일이 마음에 걸려서요."

"나한테 무슨 짓을 했는데? 뭐가 달라졌는지 하나도 모르겠어. 기분이 조금 들뜬 것 빼고는."

"이제 내가 무슨 말을 하는지 알아듣잖아요."

릴리스는 그제야 슬슬 이해가 갔다. 니칸지는 그녀에게 다가오며 오안칼리어로 얘기했고 그녀도 그것에게 같은 언어로 대답했으며, 심지어 무심코 그렇게 했다. 그 언어는 영어처럼 알아듣기 쉽고 자연스럽게 느껴졌다. 그때껏 배운 것들, 또 그녀 스스로 터득한 것들이 모조리 기억났다. 심지어 아는 것들 사이의 빈틈조차 한눈에 보였다. 영어로는 알지만 오안칼리어로 바꿔 말하지는 못하는 단어와 표현, 제대로 이해하지 못한 오안칼리어 문법 몇 가지, 딱 들어맞는 영어 번역어는 없지만 뜻은 파악할 수 있는 오안칼리어 단어 같은 것들이었다.

이제 릴리스는 불안한 동시에 기뻤고… 두렵기도 했다. 천천히 일어서서 다리에 힘을 줘보니 후들거리기는 해도 움직일 수는 있었다.

그녀는 머릿속의 흐릿한 안개를 걷어 내려 애썼다. 그래야 자신의 상태를 꼼꼼히 파악하고 그 결과를 신뢰할 수 있기 때문이었다.

"내 가족이 우리 둘을 같이 두기로 결정해서 다행이에요." 니칸지가 말하는 중이었다. "난 당신이랑 같이 일하고 싶지 않았어요. 그런 상황을 피하려고 했죠. 나는 겁이 났어요. 내가 실수해서 당신을 다치게 할 위험이 너무나 크다는 생각밖에는 떠오르지 않았으니까요."

"네 말은… 그러니까, 방금 전까지 네가 하던 일에 너 스스로도 확신이 없었다는 뜻이야?"

"그거요? 확신이야 당연히 있었죠. 그리고 당신이 말한 '방금 전'은 사실 오래전이에요. 평소보다 훨씬 더 오래 잤으니까요."

"하지만 네가 말한 그 실수라는 건 대체 무슨…?"

"나는 당신이 나를 믿고 내가 할 수 있는 일을 지켜보게끔 설득하는 일에 끝내 실패할까 봐 겁났어요. 내가 당신을 해치지 않는다는 걸 보여주지 못할까 봐서요. 그리고 그런 이유 때문에 당신이 나를 싫어할까 봐 겁나기도 했고요. 울로이에게 그런 일은… 아주 안 좋은 거거든요. 내가 설명할 수 있는 것 이상으로 안 좋아요."

"하지만 카가야트는 그렇게 생각하지 않던데."

"오오안은 우리가 서로를 대하는 방식으로 인간을 대하면 안 된대요. 새로운 거래 상대는 어떠한 종이든 그렇게 대하면 안 됐댔어요. 어느 정도는 옳은 말이죠. 나는 단지 그런 태도가 너무 지나치다고 생각할 뿐이에요. 우리는 당신들과 협력하게끔 길러졌어요. 우리는 딘소니까요. 우리는 서로의 차이점을 대부분 극복하고 협력할 방법을 찾을 수 있어야 해요."

"강압 말이지." 릴리스의 목소리는 매서웠다. "그게 너희가 찾은 방법이잖아."

"아니요. 오오안이라면 그렇게 했을지도 모르죠. 나는 못 했겠지만요. 나는 차라리 아하자스나 디샤안에게 가서 그들과 짝짓기하지 않겠다고 거부했을 거예요. 아니면 아예 인간과 직접 접촉할 일이 없는 아크자이들 중에서 짝짓기 상대를 찾든가요."

그것의 촉수가 다시 매끈해졌다. "하지만 이제 와서 내가 아하자스나 디샤안을 찾아간다면, 그땐 짝짓기가 목표일 거예요. 그리고 당신도 나와 같이 갈 거고요. 당신이 준비를 마치면 우리가 당신에게 일을 시킬 거예요. 그러면 당신은 내가 마지막 변태 과정을 거치게끔 도와줘야 해요." 그것은 자신의 겨드랑이를 문질렀다. "도와줄 건가요?"

릴리스는 그것에게서 눈을 돌렸다. "내가 뭘 해주면 좋겠어?"

"그냥 나랑 같이 있어줘요. 아하자스와 디샤안을 근처에 두면 나는 고통스러울 때가 가끔 있을 거예요. 그럴 때 나는… 성적 자극을 받을 텐데, 나 스스로는 거기에 대해 속수무책일 거예요. 자극이 아주 강해서요. 당신은 나에게 그런 자극을 주지 못해요. 당신의 체취는, 당신의 촉감은 다르거든요. 중립적이죠."

천만다행이네. 릴리스는 속으로 생각했다.

"변화하는 동안 혼자 있는 건 나에게 좋지 않아요. 그럴 때 우리는 어느 때보다도 더 다른 이들을 가까이에 둬야 해요."

릴리스는 그것이 또 한 쌍의 팔을 지니게 되면, 다시 말해 성숙한 개체가 되면 어떤 모습일지 궁금했다. 카가야트와 더 비슷해질까? 아니면 스다야와 테디인을 더 닮을지도 몰랐다. 오안칼리들의 성격에서 성별에 따라 결정되는 부분은 얼마나 될까? 릴리스는 고개를 절레절레 흔들었다. 바보 같은 질문이었다. 그녀는 인간의 성격에서 성별에 따라 결정되는 부분이 얼마나 되는지조차 알지 못했다.

"그 팔 말이야. 그거 성기 아니야?"

"아니요. 팔은 성기를 보호하는 부위예요. 감각 손이 성기죠."

"하지만…." 릴리스의 표정이 찡그려졌다. "카가야트의 감각 팔 끄트머리에는 손 같은 게 달려 있지 않던데." 사실 그것의 감각 팔 끝에는 아예 아무것도 달려 있지 않았다. 그저 딱딱하고 서늘한 살갗으로 뭉뚝하게 막혀 있을 뿐이었다. 마치 커다란 굳은살처럼.

"손은 안쪽에 들어 있어요. 보여달라고 하면 오오안이 보여줄 거예요."

"난 괜찮아."

그것의 몸에 난 촉수들이 매끈해졌다. "내가 보여줄게요. 나중에 보여줄 게 생기면요. 손이 자라는 동안 나랑 같이 있어줄래요?"

달리 갈 곳이 있기나 할까? "알았어. 손이 자라기 전에 내가 너랑 그 손에 관해 알아야 할 게 있으면 잊지 말고 가르쳐 줘."

"예. 난 주로 잠들어 있을 테지만, 그래도 곁에 누가 있어야 할 거예요. 만약 당신이 있어주면 난 그 사실을 명심하고 잘 지낼 거예요. 당신은… 어쩌면 나에게 식사를 먹여줘야 할지도 몰라요."

“그 정도는 괜찮아.” 오안칼리가 음식을 먹는 방식에는 유별난 구석이 없었다. 적어도 겉으로는 그랬다. 그들은 앞니 몇 개가 날카로웠지만 체격은 인간과 꽤 비슷한 크기였다. 릴리스는 전에 산책을 나갔다가 오안칼리 암컷들이 혀를 목 아래쪽에 난 구멍까지 닿을 만큼 길게 내민 광경을 목격한 적이 두 번 있었지만, 그들은 평소에는 그 기다란 혀를 입속에 넣고 다니며 인간들이 혀를 사용할 때와 비슷한 방식으로 사용했다.

니칸지는 안도감을 소리로 표현했다. 몸의 촉수를 맞비벼 빳빳한 종이를 구길 때와 비슷한 소리를 내는 식이었다. “좋아요. 짝짓기 상대는 우리 곁에 있을 때 우리가 어떤 기분을 느끼는지 알아요. 우리의 불만도 알고요. 가끔은 그걸 재미있어할 때도 있어요.”

릴리스는 그 말을 들은 자신이 슬며시 웃고 있다는 것을 깨닫고 깜짝 놀랐다. “실제로 재미있어. 조금은.”

“고문 애호가들한테나 재미있겠죠. 당신이 같이 있으면 짝짓기 상대들도 나를 덜 괴롭힐 거예요. 하지만 그 전에 무엇보다…” 그것은 말을 멈추고 촉수를 움직여 릴리스가 있는 쪽을 어렴풋이 가리켰다. “당장은, 당신을 위해 영어를 할 줄 아는 인간을 찾아볼게요. 되도록 당신과 비슷한 인간으로요. 이제는 오오안도 당신이 다른 인간을 만나는 걸 막지 않을 거예요.”

8

하루의 길이는 몸이 가르쳐 주는 것이라고 릴리스는 오래전에 결론지었다. 이제 새로 개선된 그녀의 기억 또한 하루의 길이를 가르쳐 줬다. 하루는 긴 활동과 뒤이은 긴 잠이었다. 이로써 이제 그녀는 자신이 깨어 있었던 하루하루를 모조리 기억했다. 더 나아가 니칸지가 자신을 위해 영어를 할 줄 아는 인간을 찾으러 다닌 날이 며칠이나 되는지 세어보기도 했다. 그것은 혼자 돌아다니며 몇몇 인간을 만났다. 릴리스가 아무리 구슬려도 그것은 그녀를 함께 데리고 가기는커녕 자신이 누구를 만나 어떤 얘기를 나눴는지조차 들려주지 않았다.

마침내 카가야트가 누군가 찾아냈다. 니칸지는 그 인간을 한 번 보고 나서 자기 모체의 결정을 받아들였다. "여기 남기로 선택한 인간 중 한 명이겠죠." 니칸지가 릴리스에게 말했다.

릴리스는 전에 카가야트에게서 들은 말을 토대로 이미 그럴 거라 짐작한 참이었다. 다만 여전히 사실로 믿기는 힘든 이야기였다. "남자야, 아니면 여자야?"

"수컷이에요. 남자요."

"그 사람은 어째서… 어째서 지구로 돌아가지 않으려는 거지?"

"그 남자는 여기서 우리와 함께 오랜 시간을 보냈어요. 나이는 당신보다 조금 더 많지만, 어린 나이에 **각성**해서 쭉 **각성**한 상태로 머물렀어요. 어느 토아트 가족이 그 남자를 원했는데 본인도 그들과 머물겠다고 자원했어요."

자원했다고? 그 남자에게 어떤 선택지가 주어졌을까? 아마 그들이 릴리스에게 준 것과 같은 선택지였을 것이다. 그리고 그 남자는 그녀보다 몇 살은 더 어릴 때 각성했다. 어쩌면 여전히 어린애인지도 몰랐다. 지금은 어떤 존재일까? 오안칼리들은 자신들이 얻은 인간 원재료로 무엇을 만들어 냈을까?

릴리스는 일전에 본 납작한 탈것에 다시 올라탄 다음, 인파로 붐비는 통로를 지나갔다. 그 탈것은 먼젓번과 똑같은 속도로 움직였다. 니칸지는 탈것을 조종하는 동작은 전혀 하지 않고 이따금 머리 촉수로 이쪽저쪽을 건드려 방향을 틀 뿐이었다. 둘은 30분 정도 이동한 후에 탈것에서 내렸다. 니칸지는 머리 촉수 몇 개로 탈것을 건드려 출발지로 돌려보냈다.

"돌아갈 때 필요하지 않겠어?"

"다른 걸 타면 돼요. 그리고 당신은 한동안 여기 머물고 싶을지도 몰라요."

릴리스는 그 말을 한 니칸지를 날카롭게 쏘아봤다. 지금 무슨 일이 일어나는 걸까? 포획 번식 계획의 제2단계일까? 그녀는 멀어지는 탈것을 힐긋 돌아봤다. 어쩌면 이 남자를 만나겠다고 너무 성급하게 동의했는지도 몰랐다. 그가 여기에 남고 싶어 할 만큼 인류와 철저히 결별한 사람이라면, 또 무슨 짓을 하려고 들지 알 수 없는 노릇이었다.

"저건 동물이에요." 니칸지가 말했다.

"뭐가?"

"우리가 타고 온 거 말이에요. 동물이에요. 틸리오라고 해요. 알고 있었어요?”

“아니. 그런데 놀랍진 않아. 어떤 원리로 움직이는 거야?”

“아주 미끄러운 물질로 이루어진 얇은 막 위에서 움직여요.”

“점액 말이야?”

니칸지는 선뜻 대답하지 못하고 머뭇거렸다. “그 단어는 나도 알아요. 그 말은… 딱 들어맞지는 않지만, 그래도 뜻은 통해요. 난 점액을 이용해 이동하는 지구 동물들을 본 적이 있어요. 틸리오에 비하면 굼뜨기는 해도 비슷한 구석이 있죠. 우리는 더 커다랗고 더 날랜 생물들을 본떠 틸리오의 모습을 빚었어요.”

“저건 뒤쪽에 점액의 흔적을 안 남기는데.”

“맞아요. 틸리오의 몸 뒤쪽에는 자기가 뿌린 점액을 거둬들이는 기관이 있어요. 나머지는 이 배가 흡수하고요.”

“니칸지, 너희 혹시 기계도 만들어? 살아 있는 것들 말고 금속과 플라스틱을 이용해서 뭘 만들진 않아?”

“필요하면 그러기도 해요. 하지만 우린… 그런 일을 좋아하지 않아요. 거기에는 거래가 존재하지 않거든요.”

릴리스는 한숨이 나왔다. “그 남자는 어딨지? 그나저나, 그 남자 이름이 뭐야?”

“폴 타이터스예요.”

저런. 그것만으로는 아무것도 알아낼 수 없었다. 니칸지는 릴리스를 데리고 근처에 있는 벽으로 다가가 기다란 머리 촉수 세 개로 벽을 건드렸다. 벽은 황백색에서 미색으로 바뀌었지만 구멍이 벌어지지는 않았다.

"왜 그래?" 릴리스가 물었다.

"아무것도 아니에요. 좀 있으면 누가 와서 벽을 열어줄 거예요. 안쪽을 잘 모르는 상태에서는 들어가지 않는 게 좋아요. 그보다는 우리가 바깥에서 들어가려고 기다린다는 걸 안쪽에 사는 이들에게 알리는 게 낫죠."

"그러니까 방금 네가 한 행동은 노크 같은 거네." 릴리스가 그렇게 말하고 노크하는 시늉을 하려던 순간 벽이 열리기 시작했다. 건너편에는 남자가 한 명 있었다. 몸에 걸친 옷이라고는 너덜너덜한 반바지가 다였다.

릴리스는 남자를 빤히 봤다. 인간이었다. 키가 크고 체격은 다부졌고, 말끔히 면도한 얼굴은 릴리스와 똑같이 검었다. 그녀가 본 남자의 첫인상은 부정적이었다. 낯설었고, 이상했고, 그러면서도 익숙해서 눈을 뗄 수 없었다. 그럼에도 남자는 아름다웠다. 설령 허리가 굽은 노인이었다고 해도 아름다웠을 것이다.

릴리스는 니칸지를 힐긋 봤다. 꼼짝도 않고 서 있는 모습이 조각상 같았다. 보아하니 조만간 움직이거나 입을 열 생각은 없는 모양이었다.

"폴 타이터스?" 릴리스가 물었다.

남자는 입을 벌렸다가 다시 다물더니, 침을 꿀꺽 삼키고는 고개를 끄덕였다. 그러고는 마침내 입을 열었다. "맞아요."

남자의 목소리가 릴리스 안의 허기를 채워줬다. 우렁우렁한 목소리, 분명 인간의 목소리였고, 분명 남자 목소리였다. "난 릴리스 이야 포라고 해요. 우리가 올 줄 미리 알았나요? 아니면 우리가 찾아온 게 당신에게는 뜻밖의 일인가요?"

"안으로 들어와요." 남자는 벌어진 벽을 손으로 건드리며 말했다. "난 이미 알고 있었어요. 그리고 내가 얼마나 반가워하는지 당신은 꿈에도 모를 거예요." 남자는 니칸지를 흘깃 돌아봤다. "카알니칸지 우 스다야테디인카가얏트 아지 딘소, 들어와요. 이 사람을 데리고 와 줘서 고마워요."

니칸지는 머리 촉수를 움직여 복잡한 인사 동작을 하고 나서 벽 안쪽으로 들어섰다. 실내는 다른 곳과 마찬가지로 살풍경했다. 니칸 지는 구석의 평상 쪽으로 가서 그 위에 앉았다. 릴리스는 니칸지를 등지고 앉을 수 있는 위치의 평상을 선택했다. 그녀는 그것이 곁에 자 리 잡고 지켜본다는 사실을 잊어버리고 싶었다. 왜냐하면 그것이 하 고자 하는 일은 분명 지켜보는 것뿐이기 때문이었다. 그녀는 오로지 남자에게 집중하고 싶었다. 그는 기적 같은 존재였다. 인간, 그것도 영어를 할 줄 아는 성인이자 그녀의 죽은 형제들 중 한 명을 적잖이 닮은 인간이었으므로.

릴리스는 자신과 마찬가지로 미국식인 남자의 억양을 듣고 머릿 속에 궁금증이 분수처럼 치솟았다. 전쟁이 일어나기 전에 그는 어디 서 살았을까? 어떻게 살아남았을까? 이름 외에 또 어떤 특징을 지닌 사람일까? 다른 인간을 만난 적이 있을까? 과연 그는….

"여기 남기로 결심했다는 게 사실이에요?" 릴리스는 불쑥 그렇게 물었다. 맨 먼저 물으려던 질문은 그게 아니었는데도.

남자는 식탁이나 침대로 써도 될 만큼 커다란 평상의 한복판에 책상다리를 하고 앉았다.

"저자들 때문에 깨어났을 때 난 열네 살이었어요." 남자가 말했다. "아는 사람은 모조리 죽었더군요. 오안칼리들이 말하길 나중에 내가 지구로 돌아가고 싶어 하면 돌려보내 주겠다고 했어요. 하지만 여기 한동안 머무는 사이에 내가 살고 싶은 곳은 여기란 걸 깨달았죠. 지구에는 내가 좋아하는 게 하나도 안 남았으니까요."

"가족과 친구를 잃은 건 누구나 마찬가지예요." 릴리스가 말했다. "내가 아는 한 우리 집안에서 아직 살아 있는 사람은 나 한 명뿐이에요."

"시체들을 봤어요… 아버지도, 동생도. 어머니는 어떻게 됐는지 알지도 못해요. 오안칼리들한테 발견됐을 때 난 다 죽어가는 상태였으니까요. 그것도 그들이 얘기해 줘서 알았어요. 기억은 안 나지만, 난 그들 말이 사실일 거라고 믿어요."

"나도 그들한테 발견됐을 때의 기억이 없어요." 릴리스는 몸을 틀어 니칸지 쪽을 돌아봤다. "니칸지, 우리가 기억을 못 하는 게 혹시 너희 동족들이 우리한테 뭔가 했기 때문이야?"

니칸지는 마치 잠들었다가 천천히 깨어나는 듯한 모습이었다. "그렇게 할 수밖에 없었어요. 구조될 때의 기억을 떠올려도 좋다고 허가받은 인간들은 통제 불능 상태가 됐거든요. 몇몇은 우리가 돌봐 준 보람도 없이 숨을 거뒀고요."

놀라운 이야기는 아니었다. 릴리스는 집과 가족, 친구, 그리고 온 세계가 모조리 파괴된 것을 알고 충격에 빠졌을 때 자신이 무엇을 했는지 떠올려 봤다. 그때 그녀는 오안칼리 포획 부대와 마주쳤다. 분명 자신이 제정신이 아니라고 생각했을 것이다. 아니면 실제로 한동안 제정신이 아니었는지도 몰랐다. 그들에게서 벗어나려고 스스로 목숨을 끊지 않은 것만 해도 기적이었다.

"식사는 했어요?" 남자가 물었다.

"예." 릴리스는 갑자기 쑥스러운 느낌이 들었다.

한참 동안 침묵이 흘렀다. "전에는 뭘 했나요?" 남자가 물었다. "그러니까, 직업이 있었나요?"

"다시 대학생으로 돌아간 참이었어요. 인류학 전공이었고요." 릴리스는 쓸쓸하게 웃었다. "지금 여기서 벌어지는 일들을 현장 조사쯤으로 여길 수도 있을 것 같지만… 이 망할 놈의 현장에서 벗어나려면 어떻게 해야 할까요?"

"인류학?" 남자가 인상을 찌푸렸다. "아, 그래요. 전쟁 전에 마거릿 미드가 쓴 책을 몇 권 읽었던 게 기억나요. 그래서 당신은 뭘 연구하고 싶었나요? 부족 생활을 하는 사람들?"

"어떤 식으로든 우리랑 다른 사람들요. 우리하고 다른 방식으로 살아가는 사람들 말이에요."

"어디 출신이에요?" 남자가 물었다.

"로스앤젤레스요."

"아, 그래요. 할리우드, 베벌리힐스, 유명한 영화배우들… 전부터

가보고 싶었어요.”

관광하러 한 번만 들렀어도 깨졌을 법한 환상이었다. “그런데 당신은 고향이…?”

“덴버요.”

“전쟁이 터졌을 때 어디 있었어요?”

“그랜드 캐니언에요. 급류 타기를 하러 갔어요. 신나게 놀려고 멋진 곳에 간 건 그때가 처음이었는데. 전쟁이 터지고 나서는 추워서 죽는 줄 알았어요. 예전에 우리 아버지가 핵겨울이란 건 그냥 정치가들의 선전일 뿐이랬는데 말이죠.”

“난 페루의 안데스산맥에 있었어요. 마추픽추까지 하이킹을 하는 중이었죠. 실은 나도 어딜 가본 적이 없어요. 적어도 남편이 떠나고 나서는….”

“결혼했었어요?”

“예. 하지만 남편이랑 아들은… 죽었어요. 그러니까, 전쟁 전에요. 페루에는 답사 여행 때문에 갔어요. 다시 시작한 대학 공부의 일환으로요. 여행을 가자는 친구 얘기에 넘어가서 그만. 그 친구도 나랑 같이 갔는데… 죽었어요.”

“그랬겠죠.” 남자는 언짢은 듯 어깨를 으쓱했다. “나도 대학에 갈 거라는 기대를 조금은 했어요. 하지만 고등학교 1학년을 막 마칠 때쯤 세상이 다 무너져 버렸죠.”

“오안칼리들은 남반구에서 사람들을 많이 잡아 왔을 거예요.” 릴리스는 곰곰이 생각하며 말했다. “우리가 있던 곳도 굉장히 추웠지만, 남반구의 추위는 국지적이라는 얘기를 들었거든요. 틀림없이 살아남은 사람이 많았을 거예요.”

남자는 혼자만의 생각에 빠져들었다. “재밌군요. 원래는 당신이 나보다 연상이었는데, 내가 각성한 시간이 더 길다 보니… 지금은 내가 당신보다 더 연상 같아요.”

“북반구에 살던 사람들은 얼마나 많이 구조했을지 궁금하네요. 폭탄에도 무너지지 않은 방공호에 숨어 있던 군인이랑 정치인은 빼고요.” 릴리스는 그 말을 하고 나서 답을 물으려고 니칸지 쪽을 돌아봤지만, 그것은 이미 사라지고 없었다.

“그 친구는 몇 분 전에 떠났어요.” 남자가 말했다. “저것들은 마음만 먹으면 굉장히 조용하고 빠르게 움직일 수 있다고요.”

“하지만….”

“이봐요, 걱정할 것 없어요. 그 친구는 다시 올 거예요. 설령 안 오더라도 내가 벽을 열 수 있으니까, 배가 고프거나 하면 먹을 걸 갖다줄게요.”

“그게 돼요?”

“그럼요. 내가 여기 남겠다고 했을 때 오안칼리들이 내 신진대사 방식을 조금 바꿔줬거든요. 이젠 나도 그것들처럼 벽을 마음대로 열 수 있어요.”

“우와.” 릴리스는 그 남자와 이런 식으로 단둘이 있어도 괜찮을지 의심스러웠다. 남자가 하는 말이 사실이라면 더더욱 그랬다. 만약 그가 벽을 열 수 있는데 그녀는 열 수 없다면, 그녀는 그의 포로인 셈이었다.

"아마 그것들이 우릴 보고 있을 거예요." 릴리스가 말했다. 그러고는 뒤이어 니칸지의 목소리를 흉내 내어 오안칼리어로 말했다. "이제 아무도 안 본다고 생각할 때 인간들이 어떻게 행동하는지 한번 볼까."

그 말에 남자는 웃음을 터뜨렸다. "아마 보고 있을걸요. 별로 중요한 것도 아니지만요."

"나한테는 중요해요. 난 감시자들이 차라리 내 눈에 보이는 곳에 있는 게 더 좋아요."

남자는 또다시 웃음을 터뜨렸다. "아마 그 친구는 자기가 같이 있으면 우리가 조금 어색해할 줄 알았나 봐요."

릴리스는 남자의 말에 함축된 의미를 일부러 무시했다. "니칸지는 수컷이 아니에요. 울로이예요."

"그래요, 알아요. 하지만 당신 눈에는 당신의 울로이가 남자로 보이지 않나요?"

릴리스는 그 말을 곱씹었다. "아뇨. 난 그들이 자기 정체에 관해 하는 말을 곧이곧대로 믿는 것 같아요."

"그것들이 나를 처음 깨웠을 때 내가 했던 생각은, 성별이 따로 없는 울로이들은 남자나 여자처럼 행동하는데 정작 성별이 정해진 암컷과 수컷은 무슨 환관처럼 행동하는구나 하는 거였어요. 난 울로이를 남자나 여자로 보는 선입관이 좀처럼 없어지질 않더라고요."

릴리스가 보기에 이는 오안칼리들과 더불어 평생을 보내기로 마음먹은 사람치고는 어리석은 사고방식이었다. 그것은 일종의 고의적이고 끈질긴 무지였다.

"당신의 울로이가 성숙할 때까지 기다려 봐요." 남자가 말했다. "때가 되면 내 말이 무슨 뜻인지 알 거예요. 그것들은 여분의 팔 한 쌍이 다 자라고 나면 변하거든요." 남자의 눈썹 한쪽이 쫑긋 올라갔다. "그 팔이 뭐에 쓰는 건지는 알죠?"

"예." 릴리스가 대답했다. 남자는 무언가 더 아는 듯했지만, 그녀는 그를 부추겨 섹스 이야기를 늘어놓게 하기는 싫다는 생각이 문득 들었다. 오안칼리들의 섹스라고 해도 마찬가지였다.

"그럼 그게 실은 팔이 아니라는 것도 알겠군요. 그것들이 우리한테 가르쳐 준 이름이 뭐든 간에 말이죠. 그 기관이 자라고 나면 울로이는 자기가 대장이란 걸 모두에게 과시해요. 오안칼리들한테도 여성 해방 운동이랑 남성 해방 운동이 필요하다, 이거예요."

릴리스는 마른 입술을 축였다. "그게 나더러 도와달라던데요. 자기가 변태 과정을 마치고 성장하게끔요."

"도와주면 되죠. 당신은 뭐라고 대답했어요?"

"그러겠다고 했어요. 대단한 일은 아닌 것 같아서요."

남자는 웃음을 터뜨렸다. "어렵지 않아요. 그래도 저쪽 처지에서는 당신한테 빚을 지는 셈이죠. 힘깨나 쓰는 인물한테 부채감을 느끼게 하는 건 괜찮은 생각이에요. 한편으론 당신이 신뢰할 만한 사람이라는 증거가 되니까요. 저쪽은 당신에게 고마워할 테고, 그 덕분에 당신은 지금보다 훨씬 더 자유로워지겠죠. 어쩌면 당신이 혼자 힘으로 벽을 열 수 있게 저것들이 손을 써줄지도 몰라요.”

“당신도 같은 일을 겪었나요?”

남자는 어딘가 불편한 사람처럼 몸을 꿈지럭거렸다. “어느 정도는요.” 그는 자신이 앉은 평상에서 일어서더니 뒤편 벽에 손가락 열 개를 모두 짚은 채 벽이 열리기를 기다렸다. 열린 벽 너머에는 릴리스가 고향에 살 때 자주 본 것과 비슷하게 생긴 찬장이 있었다. 고향이라고? 하긴, 고향이 아니면 뭐라고 해야 할까? 그녀는 그곳에 살았는데.

남자가 그 찬장에서 꺼낸 것은 샌드위치, 조그만 파이와 비슷하게 생긴 음식(그것은 정말이지 파이였다), 그리고 프렌치프라이와 비슷하게 생긴 음식이었다.

릴리스는 놀란 눈으로 음식들을 바라봤다. 이때껏 그녀는 오안칼리들이 제공하는 음식에 만족했다. 니칸지 가족의 집에 머물면서부터는 음식의 종류가 다양해졌고 맛도 좋아졌다. 이따금 고기 맛이 그리울 때도 있었지만 오안칼리들이 자신들과 함께 지내는 동안에는 그녀를 위해 동물을 죽이지도, 또 그녀가 동물을 죽이도록 허락하지도 않으리라는 점을 명확히 밝히자 고기 생각은 별로 나지 않았다. 그녀는 음식에 대해 까다롭게 군 적이 한 번도 없었거니와 오안칼리들에게 음식을 조리할 때 자신에게 더 익숙한 형태로 만들어 달라고 부탁할 생각 또한 해본 적이 없었다.

“가끔은.” 남자가 말했다. “햄버거가 못 견디게 먹고 싶을 때가 있어요. 그런 거 있잖아요, 치즈랑 베이컨이랑 피클을 넣은…”

“그 샌드위치에는 뭐가 들었어요?” 릴리스가 물었다.

"가짜 고기요. 아마 콩이 대부분이겠죠. 쿼트도 들었을 테고."

쿼트는 치즈처럼 생긴 오안칼리 채소인 '쿼타사야사'를 가리키는 말이었다. "쿼트는 나도 평소에 많이 먹어요."

"그럼 같이 좀 먹어요. 내가 먹는 동안 거기 앉아서 구경만 할 건 아니죠, 설마?"

릴리스는 빙그레 웃으며 남자가 내민 샌드위치를 받아 들었다. 배는 하나도 고프지 않았지만 그와 음식을 나눠 먹으니 친근하고 안전한 느낌이 들었다. 그녀는 남자가 준 프렌치프라이도 조금 먹었다.

"카사바로 만든 거예요." 남자가 말했다. "그래도 맛은 감자랑 비슷해요. 난 여기 오기 전엔 카사바라는 걸 들어본 적도 없어요. 오안칼리들이 재배하는 열대 식물 같은 거던데."

"알아요. 우리 중에 지구로 돌아갈 사람들에게 가져가서 기르라고 재배하는 거예요. 가루를 내서 밀가루처럼 쓸 수 있거든요."

남자가 한참 동안 빤히 바라보자 릴리스는 기분이 언짢아졌다. "왜 그래요?"

남자는 릴리스에게서 슬그머니 눈을 돌리더니 이내 아무것도 없는 바닥을 빤히 내려다봤다. "미래가 어떨지 진지하게 생각해 본 적 있어요?" 남자의 목소리는 나지막했다. "그러니까… 석기 시대일 거 아니에요! 막대로 땅을 파서 식물 뿌리를 캐고, 아마 벌레도 잡아먹 겠죠, 쥐랑 같이. 쥐는 전쟁에서 살아남았다고 들었거든요. 소랑 말은 못 버텼지만요. 개도 그렇고요. 하지만 쥐는 살아남았어요."

"알아요."

"아까 아이가 있다고 했죠."

"아들이에요. 죽었어요."

"그래요. 뭐, 그 애를 낳을 때 당신은 병원에 있었을 테고 주위에는 의사랑 간호사가 잔뜩 있어서 진통제도 놔주고 이것저것 보살펴 줬겠죠. 그런데 이제 있는 거라곤 고작 벌레하고 쥐하고 당신을 딱하게 여기기는 하지만 도와줄 방법은 쥐뿔도 없는 사람들뿐인 밀림에서 애를 낳으려면, 어떻게 해야 할 것 같아요?"

"난 자연분만을 했어요. 즐거운 기억은 하나도 없지만, 그래도 그럭저럭 해냈다고요."

"무슨 말이에요? 진통제를 안 맞았다고요?"

"한 번도요. 아예 병원에도 안 갔어요. 그냥 조산원이라는 데서 낳았는데… 거긴 아픈 사람 취급을 받기 싫어하는 임신부들이 가는 곳이에요."

남자는 고개를 절레절레 젓더니 음흉하게 웃었다. "그것들이 당신을 만날 때까지 얼마나 많은 여자들을 거쳤을지 궁금하군요. 아주 많았겠죠. 아마 그것들이 나로서는 상상도 못 할 이유 때문에 원했던 인간이 바로 당신일 거예요."

남자가 한 말은 릴리스가 내색한 것보다 더 깊이 그녀의 가슴속을 파고들었다. 그녀를 쉬지 않고 관찰하면서 온갖 질문과 실험을 한 시간이 무려 2년 반…. 오안칼리들은 어떤 면에서는 과거에 그녀를 알았던 인간들 가운데 누구보다 더 그녀에 관해 속속들이 알았다. 그들은 장차 그녀에게 겪게 할 거의 모든 일에 대해 그녀가 어떻게 반응할지 이미 알고 있었다. 그리고 그녀를 조종하는 방법도 알았다. 무엇이든 자기네 뜻대로 하게끔 그녀를 조종하는 방법을. 물론 그들은 자기네가 중요하게 여기는 어떤 실용적인 경험을 그녀가 일찍이 거쳤다는 사실을 잘 알았다. 만약 그녀가 아기를 낳으며 유독 어려움을 겪었다면, 그러니까 자기 뜻과 상관없이 병원에 실려 가야 했다면, 또는 제왕절개 수술을 받아야 했다면… 그들은 그녀를 무시하고 다른 사람을 찾았을 것이다.

"왜 돌아가려고 해요?" 이름이 타이터스인 그 남자가 물었다. "왜 남은 평생을 동굴에 사는 원시인처럼 살려고 하는 거죠?"

"그럴 생각은 없어요."

타이터스의 눈이 동그래졌다. "그럼 왜 여기 남지 않고…?"

"우리가 이미 알던 지식을 다 잊어버릴 필요는 없어요." 릴리스는 혼자서 빙그레 웃었다. "난 잊고 싶어도 못 잊을 테지만요. 석기 시대로 돌아갈 필요도 없고요. 힘든 일은 엄청나게 많겠죠, 물론. 하지만 오안칼리들이 가르쳐 줄 지식과 우리가 이미 아는 지식을 합치면, 적어도 기회는 있을 거예요."

"그것들은 공짜로 가르쳐 주지 않아요! 그저 친절을 베풀려고 우릴 구조한 게 아니라고요! 그것들 사이에서는 모든 게 거래예요. 지상에 내려가면 어떤 대가를 치러야 하는지 당신도 알잖아요!"

"그러는 당신은 여기 남으려고 어떤 대가를 치렀는데요?"

침묵이 흘렀다.

타이터스는 음식을 몇 입 더 먹었다. "대가는." 그는 나지막이 말했다. "거기 있으나 여기 있으나 똑같아요. 그것들의 볼일이 다 끝나면 진짜 인간은 아무도 안 남을 거예요. 여기엔 한 명도 안 남아요. 지상에도 안 남을 거고. 폭탄이 시작한 일을 그것들이 마무리하는 거죠."

"내가 보기엔 꼭 그럴 것 같진 않은데요."

"그렇겠죠. 하지만 당신은 각성했던 시간이 길지 않잖아요."

"지구는 넓어요. 사람이 더 이상 살 수 없는 장소가 군데군데 있다고는 해도 엄청나게 넓은 곳이라고요."

딱하다는 듯이 자신을 보는 타이터스의 표정이 얼마나 노골적이었던지, 릴리스는 화가 나서 입을 꾹 다물었다. "지구가 얼마나 넓은지 그것들이 모를 것 같아요?" 그가 물었다.

"그렇게 생각했다면 난 아무 말도 안 했을 거예요. 당신한테도, 그리고 지금 우리 얘길 듣고 있는 누군지 모를 오안칼리한테도요. 그들은 내 마음을 다 들여다보니까요."

"그리고 당신의 생각을 바꾸는 법도 알죠."

"이 일에 관해서는 그렇게 안 될 거예요. 절대로요."

"아까도 말했지만, 당신은 각성한 지 얼마 안 됐잖아요."

릴리스는 그들이 타이터스에게 무슨 짓을 했는지 궁금해졌다. 단지 너무 오랫동안 각성시켜 놨다는 이유로 이렇게 됐을까? 아니면 각성해 있는 동안 거의 내내 인간 동반자가 없었기 때문에? 그는 각성한 상태에서 전에 알던 모든 것이 죽어버렸다는 사실을, 지금 지구에서 손에 넣을 수 있는 것들을 아무리 긁어모아 봤자 예전 자신의 삶과 비슷해질 수 없다는 사실을 깨달았다. 열네 살짜리 아이였던 그가 그 사실을 어떻게 받아들였을까?

"당신이 원한다면." 타이터스가 말했다. "그것들은 당신이 여기 머물게 해줄 거예요… 나랑 같이."

"얼마나요, 영원히요?"

"예."

"싫어요."

타이터스는 앞서 나눠 먹자고 권하지 않았던 조그만 파이를 내려 놓고 릴리스에게 다가왔다. "알다시피 그것들은 당신이 거절하기를 바라고 있어요." 그가 말했다. "당신을 이리 데려온 것도 여기 있기 싫 다는 말을 당신 스스로 하게 만들려고 그런 거예요. 자기네가 당신을 제대로 파악했다는 걸 새삼스레 확실히 하고 싶어서요." 그는 어깨를 펴고 당당하게 서 있었다. 거리가 너무 가까웠고, 태도 또한 너무 진 지했다. 그녀는 자신이 그를 두려워한다는 사실을 깨닫고 기분이 씁 쓸해졌다. "그것들의 허를 찔러야 해요." 그는 나직한 목소리로 말을 이었다. "그것들이 바라는 대로 하지 마요. 이번 한 번만이라도요. 그 것들이 당신을 꼭두각시처럼 조종하게 놔두지 말라는 말이에요."

타이터스는 양손을 릴리스의 어깨에 얹었다. 그녀가 반사적으로 몸을 움츠리자 그는 그녀의 어깨를 아프다 싶을 만큼 세게 붙잡고 놔 주지 않았다.

릴리스는 가만히 앉아 타이터스를 빤히 봤다. 일찍이 릴리스의 어 머니도 지금 그를 보는 그녀와 똑같은 눈빛으로 딸을 본 적이 있었다. 릴리스 또한 자신의 아들이 뭔가 잘못을 저질렀는데 혹시 아들이 하면 안 되는 일인 줄 알면서도 일부러 한 게 아닐까 하는 의심이 들면, 자신도 모르게 그런 눈빛으로 아들을 봤다. 타이터스라는 남자에게서 아직도 열네 살 아이인 부분은 얼마나 될까? 오안칼리들에 의해 각성당하고, 각인당하고, 유도당한 끝에 결국 그들의 일원으로 편입된 남자아이가, 지금 그의 안에 얼마만큼이나 남아 있을까?

타이터스는 릴리스의 어깨를 놔줬다. "여기 있으면 안전해요." 그의 목소리는 부드러웠다. "지구에 내려가서… 얼마나 오래 살 것 같아요? 얼마나 오래 살고 싶어요? 당신이야 전에 알던 것들을 잊지 않는다고 해도, 다른 사람들은 잊어버릴 거예요. 그중 일부는 동굴에 사는 원시인이 되려고 할걸요. 당신을 질질 끌고 다니고, 수많은 첩 가운데 한 명으로 삼고, 눈물이 쏙 빠지게 두들겨 팰 거예요." 그는 고개를 절레절레 흔들었다. "내 말이 틀렸다고 해봐요. 차분하게 앉아서 내 말이 틀렸다고 반박해 보라고요."

릴리스는 타이터스에게서 눈길을 돌렸다. 아마도 그의 말이 옳으리라는 생각이 들어서였다. 지구에서 그녀를 기다리는 것은 무엇일까? 비참? 굴복? 죽음? 물론 어떤 사람들은 문명이라는 이름의 속박을 벗어던질 것이다. 아마 처음에는 그러지 않겠지만, 결국에는… 마음대로 해도 처벌받지 않는다는 것을 깨닫는 순간.

타이터스가 릴리스의 어깨를 다시 잡더니 이번에는 입을 맞추려고 어색하게 꿈지럭거렸다. 그녀는 오래전 흥분한 남자아이와 입맞춤했을 때의 기분이 떠올랐다. 기분이 불쾌하지는 않았다. 게다가 그녀는 두려움을 느끼는 와중에도 어느새 그의 움직임에 호응했다. 다만 그 입맞춤에는 단 몇 분 동안의 쾌락에 매달리는 것 이상의 의미가 깃들어 있었다.

"저기요." 타이터스가 몸을 떼자 릴리스가 말했다. "난 오안칼리들한테 눈요기를 시켜주는 일 따위에는 관심 없어요."

"그것들이 보는 게 뭐 대순가요? 인간들한테 구경당하는 거랑은 다르잖아요."

"나한테는 중요한 일이에요."

"릴리스." 타이터스는 고개를 절레절레 흔들었다. "그것들은 언제나 우릴 지켜볼 거예요."

"내가 관심 없는 또 한 가지 일은 그들한테 인간 아이를 넘겨줘서 길들이게 하는 거예요."

"그 일은 아마 이미 했을걸요."

충격과 느닷없이 닥친 두려움 때문에 릴리스는 입도 뻥긋하지 못했지만, 그녀의 손은 재킷에 가려진 자기 배의 흉터 쪽으로 움직였다.

"그것들이 이른바 '통상적인 거래'를 하기에는 우리 쪽 머릿수가 부족했어요. 저쪽에서 얻은 아이들은 대부분 딘소가 될 거예요… 지구로 돌아가려는 자들 말이에요. **토아트**들한테까지 나눠 주기에는 아이가 부족했거든요. 그래서 더 만들어야 했던 거예요."

"우리가 잠들어 있는 동안에요? 무슨 수로…?"

"무슨 수를 냈겠죠!" 타이터스가 으르렁대듯 말했다. "어떻게든요! 그것들은 서로 알지도 못하는 남녀한테서 생식세포를 얻어 하나로 합쳐서는, 어머니 쪽도 아버지 쪽도 모르는 다른 여자의 뱃속에 아기가 자라나게 했어요. 그리고 그 여자조차도 아마 자기 안에 아기가 있었다는 걸 끝내 몰랐을걸요. 어쩌면 그것들은 아예 종이 다른 동물의 뱃속에서 아기를 길렀을 수도 있어요. 이미 있는 동물을 개량하면 그만이니까요…. 그것들 말마따나, '인간 배아를 배양할 목적으로' 말이죠. 아니면 아예 남자와 여자를 구분할 필요조차 없을지도 몰라요. 그냥 아무나 잡고 피부를 조금 벗겨서 그걸로 아기를 만드는지도…. 그 왜, 복제 기술인가 뭔가 하는 거 있잖아요. 아니면 그것들이 이미 만들어 둔 프린트를 활용하는 걸 수도 있는데… 프린트가 뭔지는 나도 모르니까 물어보지 마요. 그런데 만약 그것들이 당신의 일부를 손에 넣었다면, 설령 당신이 죽은 지 100년이 지나서 당신 몸이 흔적도 없이 사라졌다고 해도 그것들은 당신의 일부를 이용해 또 하나의 당신을 만들 수 있어요. 그리고 그건 단지 시작일 뿐이에요. 그것들은 내 머리론 설명할 엄두조차 안 나는 방법으로 사람을 만들어 낼 수 있어요. 보아하니 그것들이 못 하는 유일한 일은 우리를 그냥 놔두는 일인 것 같더군요. 우리가 알아서 아기를 만들게 놔두는 것 말이에요."

릴리스는 자신의 몸을 어루만지는 타이터스의 손길이 거의 부드럽게 느껴졌다. "적어도 지금까지는 우릴 가만 놔두지 않았어요." 그가 갑자기 릴리스를 잡고 흔들어 댔다. "나한테 아이가 몇 명이나 있는지 알아요? 그것들이 그랬어요. '당신의 유전 형질은 일흔 명이 넘는 아이들에게 사용되었습니다.' 그런데 난 여기 사는 동안 내내 여자라곤 구경 한 번 못 했다고요.”

타이터스가 빤히 쳐다보던 몇 초 동안 릴리스는 그가 두려웠고, 가여웠고, 그에게서 간절히 멀어지고 싶었다. 몇 년 만에 처음 만난 인간 앞에서 떠오르는 생각이 그저 그에게서 떨어지고 싶다는 갈망뿐이었던 것이다.

그러나 타이터스를 상대로 몸싸움을 해봤자 헛수고였다. 릴리스는 키가 큰 편이었고 힘 또한 세다고 일찍부터 자부했지만, 그는 그런 그녀보다 훨씬 더 컸다. 키는 190, 아니면 195센티미터 정도였고 몸집도 실팍했다.

“그들은 250년 동안이나 우릴 갖고 놀았어요.” 릴리스가 말했다. “우리 힘으로 그걸 멈추지는 못하겠지만, 자발적으로 협조할 필요까진 없잖아요.”

“그것들이 뭘 하든 알 게 뭐예요.” 타이터스는 릴리스의 재킷을 벗기려 했다.

“안 돼요!” 릴리스가 악을 질렀다. 타이터스를 움찔하게 할 생각으로 일부러 한 짓이었다. “이런 식의 취급은 짐승들이나 당하는 거예요. 종마하고 암말을 한 우리에 가둬놓고 짝짓기할 때까지 기다렸다가, 다시 주인한테 돌려보내는 거랑 똑같다고요. 그들이 말한테 무슨 신경이나 쓰겠어요? 그냥 짐승들인데!”

타이터스는 릴리스의 재킷을 벗겨 던져버리고 그녀의 바지를 더듬더듬 만졌다.

릴리스는 느닷없이 타이터스에게 몸을 날려 가까스로 그를 밀어

냈다.

타이터스는 비틀거리며 몇 걸음 물러섰다가 몸을 똑바로 추스르더니, 다시 릴리스에게 덤벼들었다.

릴리스는 타이터스를 향해 악을 지르고는 그때껏 앉아 있었던 평상 위로 다리를 당겨 반대편 바닥을 딛고 벌떡 일어섰다. 이제 두 사람 사이를 평상이 가로막았다. 타이터스는 성큼성큼 걸어 평상 옆을 돌아갔다.

"그것들의 개가 되려고 하지 마요!" 릴리스는 애원하듯 말했다. "이러면 안 돼요!"

타이터스는 멈추지 않고 계속 다가왔다. 릴리스가 하는 말을 귀담아듣기에는 이미 선을 넘은 상태였다. 실제로 그는 자기가 하는 일을 즐기는 것처럼 보였다. 그는 릴리스가 침대로 피하지 못하게끔 자신이 먼저 침대 위로 올라가 길을 막았다. 그러고는 한쪽 벽으로 그녀를 몰아붙였다.

"그것들이 이 짓을 몇 번이나 시키던가요?" 릴리스는 다급하게 물었다. "혹시 지구에 살 때 누나가 있었어요? 지금 누나를 만나면 알아볼 수 있을 것 같아요? 어쩌면 그것들은 당신한테 누나를 상대하게 했을지도 몰라요."

타이터스는 릴리스의 팔을 붙들고 홱 끌어당겼다.

"어쩌면 당신한테 어머니를 상대하게 했을지도 모른다고요!" 릴리스가 악을 썼다.

타이터스의 움직임이 우뚝 멈추자 릴리스는 방금 그 말이 급소를 찔렀기를 간절히 바랐다.

"당신 어머니 말이에요." 릴리스가 되뇌었다. "열네 살 때 이후로 한 번도 못 만났잖아요. 혹시라도 그것들이 당신 어머니를 데려와 상대하게 했어도 당신이 무슨 수로 알아…."

타이터스는 릴리스를 때렸다.

충격과 고통 때문에 휘청거리던 릴리스가 쓰러지며 몸을 기대자 타이터스는 반쯤 미는 듯, 또 반쯤은 팽개치는 듯 그녀를 밀어냈다. 마치 징그러운 것을 붙잡고 있다가 그제야 알아차렸다는 듯이.

쓰러지며 바닥에 세게 부딪혔는데도, 릴리스는 타이터스가 다가와 자신을 내려다볼 때까지 의식을 잃지 않았다.

"난 이런 거 생전 처음 해봐." 타이터스가 나직이 중얼거렸다. "여자하고는 한 번도 해본 적이 없어. 그것들이 내 생식세포를 가져다가 누구랑 섞었을지는 아무도 모를 일이지만." 그는 멈칫하더니 바닥에 널브러진 릴리스를 빤히 내려다봤다. "그것들이 나더러 당신하고 해도 된댔어. 당신이 원한다면 여기 계속 머물 수도 있다고 했고. 그런데 당신이 기어이 다 망쳐버렸잖아!" 그가 릴리스를 세게 걷어찼다. 의식을 잃기 전 그녀가 마지막으로 들은 소리는 그가 갈라진 목소리로 외치는 욕설이었다.

9

릴리스는 목소리를 듣고 깨어났다. 근처에 오안칼리들이 있었지만 그녀에게는 관심을 보이지 않았다. 니칸지와 다른 오안칼리 하나였다.

"이제 가세요." 니칸지가 말했다. "이 여자는 슬슬 의식이 돌아오는 중이니까요."

"내가 같이 있어야 할지도 모르겠는데." 다른 오안칼리가 나직이 말했다. 카가야트였다. 한때 릴리스는 오안칼리들의 나직하고 중성적인 목소리가 모두 똑같이 들린다고 생각했지만, 이제는 카가야트의 홀릴 듯이 부드러운 목소리를 결코 놓치지 않고 알아들었다. "너 혼자서는 저 여잘 돌보기가 힘들 거야."

니칸지는 말이 없었다.

잠시 후에 카가야트가 촉수를 바스락바스락 움직이다가 말했다. "난 그만 가보마. 넌 생각보다 빠르게 성장했구나. 결국엔 저 여자가 너한테 도움이 되나 보다."

릴리스의 눈에는 카가야트가 벽 너머로 걸어 나가 사라지는 광경이 보였다. 그것의 모습이 다 사라지기도 전에 그녀는 자기 몸의 통증을 감지했다. 턱과 옆구리, 머리, 특히 왼팔이 아팠다. 날카롭거나 선명한 통증은 전혀 없었다. 그저 은근하게 욱신거리는 통증뿐이었고, 움직일 때 유독 또렷이 느껴졌다.

"가만있어요." 니칸지가 릴리스에게 말했다. "당신 몸은 아직 낫는 중이에요. 통증은 곧 가실 거예요."

릴리스는 고개를 돌려 그것을 외면했다. 통증마저 무시하고서.

한참 동안 침묵이 흘렀다. 그러다 마침내 그것이 말했다. "우리도 몰랐어요." 그것은 멈칫하더니 방금 한 말을 바로잡았다. "나는 그 남성이 어떻게 행동할지 알지 못했어요. 전에는 그 정도로 자제력을 잃은 적이 한 번도 없었거든요. 아예 몇 년 동안 한 번도 없었어요."

"너흰 그 사람을 동족들한테서 떼어놨어." 그 말은 릴리스의 부은 입술 사이로 새어 나왔다. "그 사람을 여자들한테서 얼마나 오랫동안 떼어놓은 거야? 15년? 그보다 더 오래? 어떤 의미에서 그 사람은 너희 때문에 그 긴 세월 동안 내내 열네 살에 머물렀던 거야."

"그 남자는 당신을 만나기 전까진 오안칼리 식구들과 만족스럽게 지냈어요."

"그 사람이 뭘 알았겠어? 너희가 아무도 못 만나게 했는데!"

"그럴 필요는 없었어요. 식구들이 그 남자를 돌봐줬으니까요."

눈앞의 울로이를 물끄러미 바라보며, 릴리스는 오안칼리와 자신이 얼마나 다른지를 전에 없이 사무치게 느꼈다. 니칸지의 이질성을 극복하기란 불가능했다. 그녀는 그것과 더불어 오안칼리 언어로 몇 시간 동안 거뜬히 이야기하고도 의사소통에는 실패할 수도 있었다. 상대방 역시 마찬가지였다. 다만 그것의 경우에는 그녀가 이해하든 하지 못하든 상관없이 억지로 자신의 뜻을 따르게 할 수 있었다. 또는 그녀를 다른 동족에게 넘겨 강제로 복종시킬 수도 있었다.

"그 남자의 가족은 당신이 그와 짝짓기를 해야 한다고 생각했어요." 그것이 말했다. "당신이 그 남자와 영원히 함께하지 않으리라는 건 그들도 알았지만, 그래도 당신이 최소한 한 번은 그와 섹스를 나눌 거라고 믿었던 거예요."

섹스를 나눈다고. 속으로 생각하는 사이에 릴리스는 울적해졌다. 저 울로이는 어디서 그런 표현을 주워들었을까? 그녀 자신은 한 번도 입에 올린 적이 없는 말이었다. 그래도 그 표현이 마음에 들었다. 그녀는 폴 타이터스와 섹스를 나눴어야 했을까? "그리고 어쩌면 임신했을지도 모르지." 그녀는 소리 내어 말했다.

"임신은 하지 않았을 거예요." 니칸지가 말했다.

그러자 릴리스의 관심은 온통 그 말에 쏠렸다. "어째서?" 그녀가 따지듯 물었다.

"아직은 당신이 아기를 가질 때가 아니니까요."

"나한테 무슨 짓을 한 거야? 나 혹시 불임이야?"

"당신네 인간들 식으로 말하자면 '산아 제한'이라는 조치를 취했어요. 당신 몸이 전과 조금 달라졌다는 말이죠. 당신이 잠든 사이에 한 일이에요. 다른 인간들 모두 처음에 똑같은 일을 겪었어요. 나중에는 효력이 없어질 거예요."

"언제?" 릴리스는 매섭게 물었다. "네가 나를 번식시킬 준비가 됐을 때?"

"아니요. 당신이 준비가 됐을 때요. 반드시 그때여야만 해요."

"그걸 누가 결정하는데? 네가?"

"당신이에요, 릴리스. 당신이 결정해요."

진심처럼 들리는 그 말 때문에 릴리스는 혼란스러웠다. 그녀는 자신이 이미 울로이의 자세 및 감각 촉수의 위치, 목소리의 높낮이 따위로 그것의 감정을 읽는 법을 익혔다고 생각했고… 그런 그녀가 보기에 지금 그것은 평소와 다르게 단순한 진실만이 아니라 스스로 중요한 진실로 여기는 것도 함께 이야기하는 중이었다. 다만 진실을 이야기하는 것처럼 보이기는 앞서 만났던 폴 타이터스 또한 마찬가지였다. "폴한테 일흔 명이 넘는 아이가 있다는 게 사실이야?" 릴리스가 물었다.

"예. 그렇게 된 이유는 그 남자가 당신에게 얘기한 대로예요. 토아트들이 진정한 거래를 하려면 더 많은 당신의 동족들이 절실히 필요해요. 지구에서 데려온 인간들은 대부분 지구로 돌려보내야 하죠. 그런데 토아트들로서는 지구로 돌아가는 인간들과 적어도 같은 수의 인간들을 이 배에 머물게 해야 해요. 그렇다 보니 여기서 태어난 인간들을 여기에 그대로 머물게 하는 게 가장 좋은 방법으로 보였을 거예요." 니칸지는 머뭇거리다가 말을 이었다. "토아트들은 자기네가 하는 일을 폴한테 얘기하지 말아야 했어요. 하지만 그걸 깨닫기란 언제나 힘들죠… 때로는 너무 늦게 깨닫기도 하고요."

"그 사람은 진실을 알 권리가 있었어!"

"진실을 알고 나서 그 남자는 겁에 질려 비참한 꼴이 됐어요. 당신이 그 남자의 두려움 한 가지를 발견해 버린 거예요… 바로 자기 여성 친척 가운데 한 명이 전쟁에서 살아남았다가 자신의 정자로 임신했을지 모른다는 두려움이었죠. 우리는 그 남자에게 그게 사실이 아니라고 얘기해 줬어요. 그 남자는 그 얘기를 가끔은 믿었어요. 가끔은 안 믿을 때도 있었고요.”

“그래도 그 사람은 알 권리가 있어. 나라면 알고 싶을 거야.”

침묵이 흘렀다.

“니칸지, 나한테도 그런 일이 일어났니?”

“아니요.”

“그럼… 나중에 일어날까?”

그것은 망설이다가 이내 나직이 말했다. “**토아트**들에게는 당신의 프린트가 있어요. 우리가 우주로 데려온 모든 인간의 프린트가 있죠. 그들에게는 유전적 다양성이 필요하거든요. 우리는 그들이 데려갈 인간들의 프린트도 보관하고 있어요. 당신이 죽고 나서 수천 년이 지난 후에도 당신의 몸은 이 배에서 다시 태어날 수 있는 거예요. 그 몸은 당신이 아니겠죠. 제 나름의 정체성을 길러갈 테니까요.”

“복제품이잖아.” 릴리스의 목소리는 무덤덤했다. 그 순간 왼팔이 욱신거렸고, 그녀는 실제로는 통증에 집중하지 않은 채 욱신거리는 팔을 문질렀다.

“아니요. 우리가 당신에게서 보존한 건 생체 조직이 아니에요. 기억이에요. 당신들 인류가 쓰는 말로 하면 유전자 지도일 테지만… 인류는 우리가 기억하고 사용하는 것과 비슷한 지도는 만들지 못했을 거예요. 그건 오히려 인간들이 말하는 ‘의식의 청사진’에 더 가까워요. 특정한 인간 한 명을 조립할 때 필요한 도면이니까요. 바로 당신을요. 그러니까 재현의 도구인 셈이죠.”

그것은 릴리스에게 방금 한 말을 이해할 시간을 주려고 몇 분 동안 말을 걸지 않고 기다렸다. 그런 일을 할 줄 아는 인간은 매우 드물었다. 그저 누군가에게 생각할 시간을 몇 분 주는 것뿐인데도.

"만약 내 프린트를 없애달라고 내가 부탁하면 넌 그렇게 해줄 거야?" 릴리스가 물었다.

"그건 기억이에요, 릴리스. 몇몇 사람이 지니고 있는 완전한 기억이에요. 그런 걸 내가 무슨 수로 없애겠어요?"

그렇다면 문자 그대로의 기억이었다. 기계를 이용하거나 글로 적어 남긴 기록이 아니라. 당연한 일이었다.

잠시 후에 니칸지가 말했다. "당신의 프린트는 영영 사용하지 않을지도 몰라요. 그리고 만약 사용하는 날이 온다면, 그때 재현된 인간은 당신이 지구를 고향으로 여겼듯이 이 배를 고향으로 여길 거예요. 그 여자는 이곳에서 자랄 테고 자기 주위 사람들을 동족으로 여길 테니까요. 그 사람들이 그 여자를 해치지 않으리라는 건 당신도 알 테죠."

릴리스의 입에서 한숨이 흘러나왔다. "난 하나도 모르겠어. 그 사람들이 자기네 딴에는 그 여자를 최고로 잘 대우해 줄지 어떨지도 의심스럽고. 하늘이 보살펴 주길 바라는 수밖에."

그것은 릴리스 곁에 앉더니 머리 촉수 몇 가닥을 그녀의 아픈 왼팔에 댔다. "그게 정말로 그렇게 궁금했어요? 내가 반드시 가르쳐 줘야 할 정도로요?"

그것이 그런 질문을 하기는 이때가 처음이었다. 릴리스의 팔에 처음 겪는 강렬한 통증이 잠시 느껴지는가 싶더니 이내 따뜻한 느낌과 함께 사라졌다. 그녀는 흠칫 물러나지 않고 굳게 버텼지만, 어차피 니칸지가 그녀의 팔을 마비시키거나 한 것은 아니었다.

"뭘 하는 거야?" 릴리스가 물었다.

"당신이 그쪽 팔에 통증을 느꼈잖아요. 그런 고통을 겪을 필요는 없어요."

"난 온몸이 다 아픈데."

"알아요. 내가 낫게 해줄게요. 방금은 그저 당신이 다시 잠들기 전에 얘기를 나누고 싶었을 뿐이에요."

릴리스는 잠시 가만히 누워 있었다. 팔이 더는 욱신거리지 않아서 다행이었다. 그녀는 니칸지가 통증을 멎게 해주기 전까지는 팔이 아프다는 것을 사실상 알아차리지 못했다. 이제 와 돌이켜 보면 가장 지독하게 아팠던 여러 부위 가운데 하나였다. 손과 손목, 아래팔과 함께.

"손목에 있는 뼈가 하나 부러졌어요." 니칸지가 말했다. "다음번에 잠에서 깼을 때는 완전히 다 나아 있을 거예요." 그것은 앞서 했던 질문을 되풀이했다. "꼭 알아야만 했나요, 릴리스?"

"그래. 걱정되잖아. 그런 건 꼭 알아둬야지."

그것은 잠시 말이 없었고, 릴리스도 그것의 사색을 방해하지 않았다. "그 점은 기억해 둘게요." 한참 만에 그것이 나지막이 말했다.

그러자 릴리스는 그것과 무언가 중요한 대화를 나눈 느낌이 들었다. 마침내.

"내 팔이 아픈 건 어떻게 알았어?"

"당신이 팔을 문지르는 게 보였거든요. 뼈가 부러졌는데도 내가 해준 게 거의 없다는 생각이 들더군요. 손가락을 움직여 볼래요?"

릴리스는 그것의 말대로 했다가 손가락이 통증 없이 가뿐히 움직이는 것을 보고 감탄했다.

"좋아요. 이제 내가 당신을 다시 잠들게 할 거예요."

"니칸지, 폴은 어떻게 됐어?"

그것은 머리 촉수 몇 가닥의 방향을 릴리스의 팔 쪽에서 얼굴 쪽으로 돌렸다. "그 남자는 잠들었어요."

릴리스의 표정이 찡그려졌다. "왜? 내가 다치게 한 것도 아닌데. 난 그럴 힘도 없었어."

"그 남자는… 화를 내며 날뛰었어요. 손도 못 쓸 만큼 심하게요. 그렇게 자기 가족의 구성원들을 공격했죠. 그들이 말하길 그 남자는 할 수만 있었으면 자기들을 죽였을 거래요. 가족이 붙잡아 말렸을 때 그는 울면서 횡설수설했어요. 오안칼리어는 아예 안 하려고 했고요. 그는 영어로 자기 가족과 당신, 그리고 모두에게 욕을 퍼부었어요. 그래서 재울 수밖에 없었던 거예요… 앞으로 1년이나 그 이상을요. 비신체적 부상에는 긴 잠이 약이니까요."

"1년이라고…?"

"그 남자는 괜찮을 거예요. 나이를 먹지는 않을 테니까요. 그리고 각성했을 때는 가족이 기다리고 있겠죠. 그 남자는 가족에 대한 애착이 아주 커요. 그의 가족도 그에 대한 애착이 마찬가지로 크고요. 토아트 가족의 유대는… 아름답고, 아주 강력하죠."

릴리스는 오른쪽 팔뚝을 이마에 얹었다. "그의 가족이라고." 목소리에 쓸쓸한 빛이 묻어났다. "넌 그 말을 자꾸 입에 올리는데. 그 남자의 *가족*은 죽었어! 내 가족이 그랬듯이. 후쿠모토의 가족이 그랬듯이. 거의 모든 인간의 가족이 죽었듯이 말이야. 우리가 지닌 문제의 반은 바로 그거야. 우리한테 진짜 가족 간의 유대가 전혀 없다는 거."

"그 남자에게는 있어요."

"그 사람한텐 *아*무것도 없어! 남자로 자라는 법을 가르쳐 줄 사람도 없고, 오안칼리가 될 방법도 없어. 그러니까 내 앞에서 그 사람 가족이 어쩌니 하는 소리는 꺼내지도 마!"

"하지만 그들은 그의 가족이에요." 니칸지는 부드러운 목소리로 끈질기게 주장했다. "그들은 그를 받아들였고 그도 그들을 받아들였어요. 그에게 다른 가족은 없지만, 그래도 그들이 있어요."

릴리스는 그 말이 역겹다는 듯이 신음 소리를 내며 고개를 돌렸다. 니칸지는 다른 동족들에게 그녀에 관해 어떻게 이야기했을까? 그녀 가족의 이야기도 했을까? 어쨌거나 새로 얻은 이름만 놓고 보면 그녀는 입양된 처지였다. 그녀는 고개를 절레절레 흔들었다. 머릿속이 혼란스럽고 불안했다.

"그 남자가 당신을 때렸어요, 릴리스." 니칸지가 말했다. "당신의 뼈를 부러뜨렸어요. 만약 치료를 받지 않고 방치됐다면 당신은 그 남자가 한 짓 때문에 죽었을지도 몰라요."

"그 남자가 한 짓은 다 너랑 그 남자의 가족이라는 자들이 꾸민 거잖아!"

그것의 촉수가 바스락거리며 움직였다. "나로서는 유감스럽지만 당신 말이 사실에 더 가까워요. 지금의 나는 남들에게 영향력을 행사하기가 힘들어요. 다들 내가 너무 어려서 물정을 모른다고 생각하죠. 그래도 나는 그들에게 미리 일러줬어요. 당신이 그 남자와 짝짓기하지 않을 거라고요. 그들은 내가 아직 성숙하지 않았다는 이유로 내 말을 믿지 않더군요. 그 남자 가족과 내 부모는 내 말을 무시했어요. 그런 일은 두 번 다시 없을 거예요."

그것이 릴리스의 목덜미를 건드렸다. 감각 촉수 몇 개가 살갗을 찔렀다. 의식이 점점 멀어지는 사이에 그녀는 그것이 자신에게 무슨 짓을 하는지 깨달았다.

"나도 돌려보내 줘." 릴리스는 아직 혀가 움직이는 동안 따지듯 말했다. "다시 잠재워 줘. 그 사람하고 똑같은 상태로 나도 돌려보내란 말이야. 너희가 어떻게 생각하든 간에 난 그 사람보다 나을 게 없어. 돌려보내 줘. 나 말고 다른 사람을 찾으라고!"

10

그러나 다시 깨어났을 때의 기분은 편안했고, 이로써 릴리스는 방금까지 자신이 비교적 짧은 시간 동안 평범한 수면 상태에 빠져 있었으며 그 덕분에 현실로 여겨지는 곳으로 너무나 빠르게 돌아왔다는 것을 깨달았다. 적어도 통증은 느껴지지 않았다.

몸을 일으켜 앉고 보니 옆에 꼼짝 않고 누워 있는 니칸지가 눈에 들어왔다. 릴리스가 침대에서 일어나 화장실로 가는 동안 그것의 머리 촉수 일부가 평소처럼 그녀의 움직임을 좇아 느릿느릿 움직였다.

아무 생각도 하지 않으려 애쓰며 릴리스는 몸을 씻었고, 어느새 배어버린 묘하게 시큼한 냄새를 벗겨 내려고 몸을 박박 문질렀다. 아마도 니칸지의 치유 작용이 남긴 효과 같았다. 그러나 그 냄새는 좀처럼 사라지지 않았다. 끝내는 포기하는 수밖에 없었다. 그녀는 옷을 입고 니칸지에게 돌아갔다. 그것은 침대 위에 앉아 그녀를 기다리고 있었다.

"그 냄새는 며칠만 지나면 안 느껴질 거예요. 생각만큼 강하지 않거든요."

릴리스는 알 바 아니라는 뜻으로 어깨를 으쓱했다.

"이제 당신도 벽을 열 수 있어요."

깜짝 놀란 릴리스는 그것을 물끄러미 보다가 벽 앞으로 달려간 다음, 벽에 손끝을 갖다 댔다. 벽은 니칸지가 폴 타이터스의 방 벽을 건드렸을 때처럼 붉게 변했다.

"손가락을 모두 다 써야 해요."

릴리스는 그것의 말대로 양손 손가락을 모조리 벽에 댔다. 벽은 안쪽으로 움푹 패더니 차츰 벌어졌다.

"이제는 배가 고프면 음식도 당신 힘으로 직접 얻을 수 있어요. 이 구역 안에서는 당신에게 모든 게 허용되니까요."

"그럼 이 구역 바깥에서는?" 릴리스가 물었다.

"이곳의 벽은 당신이 드나들 수 있게 열리고 닫힐 거예요. 내가 벽도 조금 손봐놨거든요. 하지만 다른 곳에서는 어떤 벽도 당신 앞에서 열리지 않을 거예요."

그러니까 릴리스는 통로를 걷거나 나무 사이를 산책할 수는 있었지만, 니칸지가 허락하지 않는 한 어디에도 들어가지 못하는 신세였다. 그래도 그것의 손에 잠들기 전보다는 더 자유로워진 셈이었다.

"왜 이런 일을 한 거야?" 릴리스는 그것을 빤히 보며 물었다.

"당신에게 내가 해줄 수 있는 걸 해주려고요. 또다시 긴 잠에 빠지게 하거나 외톨이로 머물게 하기는 싫었어요. 그렇다면 이것밖에 없었죠. 당신은 이제 이 구역의 구조도 알고, **카알** 가족 사람들하고도 아는 사이예요. 이 근방에 사는 사람들도 당신을 알고요."

그렇다면 다시 혼자서 바깥에 나갈 수 있을 만큼 신뢰를 얻었다는 뜻이었다. 그 생각을 하며 릴리스는 씁쓸한 기분을 느꼈다. 그리고 이 구역 안에서는, 지구식으로 말하면 실수로 배수관 청소제를 쏟거나 불을 내는 사람이 아니라고 신뢰받는다는 뜻이기도 했다. 심지어는 이웃의 눈총을 살 일이 없으리라는 신뢰까지 함께 받았다. 이제 그녀는 자신이 원하지도 않고 할 능력도 없는 일을 하러 나갈 때가 됐다고 누군가 결정할 때까지 혼자서 바쁘게 지낼 수 있었다. 그녀는 십중팔구 그 일 때문에 목숨을 잃을 것이다. 앞으로 폴 타이터스 같은 인간을 도대체 몇 명이나 더 견디며 살아남을 수 있을까?

다시 침대에 누운 니칸지는 바들바들 떠는 느낌이 났다. 그것은 실제로 떨고 있었다. 몸에 난 촉수 때문에 움직임이 더 강조되어 아예 온몸이 진동하는 상태로 보일 정도였다. 릴리스는 그것의 어디가 잘못됐는지 알지 못했고 딱히 알고 싶지도 않았다. 그래서 그냥 내버려두고 음식을 가지러 방을 나섰다.

거실과 식당과 주방이 합쳐진 조그만 방이 나왔다. 얼핏 보기에 인기척이 없는 방이었는데도 한쪽 수납장에 신선한 과일이 있었다. 오렌지와 바나나, 망고, 파파야, 그리고 품종이 제각각인 멜론도 있었다. 다른 수납장에는 견과류와 빵, 꿀이 있었다.

식재료를 살펴보고 고른 다음, 릴리스는 자신이 먹을 음식을 손수 만들었다. 바깥으로 가져가서 먹을 생각이었다. 달라고 요청하거나 기다리지 않아도 되는 식사는 이번이 처음이었다. 애완용 동물처럼 허락을 받고 외출할 필요 없이 가짜 나무 아래서 먹는 첫 번째 식사였다.

릴리스는 벽을 열고 바깥으로 나가려다 우뚝 멈춰 섰다. 그 벽은 잠시 후에 스르륵 닫혔다. 그녀는 한숨을 쉬고는 벽을 등지고 돌아섰다.

화가 나서 씩씩대며, 릴리스는 수납장을 다시 열고 음식을 더 꺼내어 니칸지에게로 돌아갔다. 니칸지는 누운 모습 그대로 여전히 떨고 있었다. 그녀는 그것 옆에 과일을 몇 개 내려놨다.

"네 감각 팔이 벌써 자라기 시작한 거지, 그렇지?"

"맞아요."

"뭐 좀 먹을래?"

"예." 그것은 오렌지를 한 개 집어 들더니 껍질까지 통째로 우적우적 먹어치웠다. 전에는 본 적 없는 모습이었다.

"우리는 보통 껍질을 까고 먹는데." 릴리스가 말했다.

"알아요. 괜한 낭비죠."

"저기, 너 뭐 필요한 거 없어? 내가 가서 네 부모 중에 누굴 데려올까?"

"아니요. 지금 이건 정상적인 과정이에요. 혼자 다니게끔 당신을 미리 변화시켜 놓길 잘했네요. 이제는 내가 그렇게 할 거라는 확신이 없거든요. 난 이런 날이 올 줄 알고 있었어요."

"와도 이렇게 금방 오는 거였으면 미리 말해주지 그랬어."

"당신이 너무 화가 나 있어서 말을 못 했어요."

릴리스는 한숨을 쉬고는 자신의 감정을 헤아리려 애썼다. 화는 여전히 가라앉지 않았다. 분했고, 억울했고, 두려웠지만….

그래도 릴리스는 다시 돌아왔다. 그녀는 전보다 더 큰 자유를 만끽했지만, 그러는 동안에도 침대에 누워 부들부들 떠는 니칸지를 혼자 내버려둘 수는 없었다.

니칸지는 오렌지를 다 먹고 이제 바나나를 먹기 시작한 참이었다.

껍질은 이번에도 벗기지 않았다.

"내가 좀 봐도 돼?" 릴리스가 물었다.

그것이 한쪽 팔을 들자 크기가 15센티미터쯤 되는 살덩어리가 팔 아래쪽에 드러났다. 혹처럼 불룩하고 얼룩덜룩해서 징그러워 보였다.

"아파?"

"아니요. 이것 때문에 느끼는 기분을 딱 들어맞게 설명할 말이 영어에는 없어요. 가장 비슷한 표현은… 성적 흥분이에요."

릴리스는 흠칫 놀라며 그것에게서 물러섰다.

"다시 돌아와 줘서 고마워요."

릴리스는 고개를 끄덕였다. "여기엔 나밖에 없는데 그런 식으로 흥분하면 안 되지."

"나는 성적으로 성숙해지는 중이에요. 성관계에 사용할 기관조차 아직 생기지 않았지만, 그래도 몸이 변화하는 동안 이런 기분을 가끔 느낄 거예요. 잘린 팔다리가 제자리에 그대로 붙어 있는 느낌과 비슷하죠. 인간들도 그런 걸 느낀다고 들었어요."

"그런 사람이 있다는 얘기는 나도 들었어, 하지만…."

"혼자 있었어도 나는 흥분을 느꼈을 거예요. 당신이 있다고 해서 혼자 있을 때보다 더 흥분되는 건 전혀 아니에요. 하지만 당신이 같이 있으면 더 편하기는 하죠." 그것의 머리와 몸통에 난 촉수들이 울룩불룩해졌다. "먹을 것 좀 더 주세요."

릴리스는 파파야 한 개와 앞서 가져온 모든 견과류를 그것에게 줬다. 그것은 재빨리 먹어치웠다.

"괜찮아졌어요. 때로는 뭘 먹으면 감각이 둔해지거든요."

릴리스는 침대에 앉으며 물었다. "이제 어떻게 되는 거지?"

"나에게 무슨 일이 일어나는지 내 부모님이 알아차리면 아하자스와 디샤안을 부를 거예요."

"내가 가서 찾아볼까? 그러니까, 너희 부모님 말이야."

"아니요." 그것은 자기 몸 아래의 침대 평상을 문질렀다. "벽이 부모님에게 알릴 거예요. 아마 이미 알렸을걸요. 변태가 시작되면 벽 조직이 아주 빠르게 반응하니까요."

"벽의 촉감이 달라지거나 아니면 냄새가 달라지거나, 그렇게 된다는 말이야?"

"예."

"예라니, 무슨 대답이 그래? 어느 쪽이 맞아?"

"당신이 말한 게 다 맞아요. 그리고 그게 다가 아니에요." 그것은 갑작스레 화제를 바꿨다. "릴리스, 변태 도중의 수면 상태는 굉장히 깊어요. 내가 가끔 보지 못하거나 듣지 못하는 상태로 보여도 겁내지 마요."

"알았어."

"나랑 같이 있어줄 건가요?"

"그러겠다고 했잖아."

"걱정했는데… 좋아요. 아하자스와 디샤안이 올 때까지 내 곁에 누워 있어요."

릴리스는 누워 있기가 지겨웠지만, 그래도 그것 옆에 몸을 뉘었다.

"그들이 와서 나를 로 구역으로 데려가려고 하면, 당신도 앞장서서 그들을 거들어 줘요. 그러면 그들은 당신에 관해 맨 먼저 알아야 할 사실을 곧바로 알게 될 테니까요."

11

작별의 날.

정식 의례라고 할 만한 것은 없었다. 아하자스와 디샤안이 도착하자 니칸지는 즉시 깊은 잠에 빠져들었다. 머리 촉수마저 축 늘어져 움직이지 않았다.

아하자스는 혼자서도 너끈히 울로이를 들고 갈 수 있었다. 그녀의 덩치는 여느 오안칼리 암컷과 맞먹을 만큼 컸다. 테디인과 비교하면 살짝 더 큰 정도였다. 오안칼리들의 짝짓기가 흔히 그렇듯이 그녀와 디샤안은 원래 남매 사이였다. 암컷과 수컷은 서로 가까운 친족이었고 울로이는 외부인이었다. 울로이라는 단어는 '소중한 이방인'으로 번역되는 경우도 있었다. 니칸지에 따르면 특정한 목적을 위해 동족들을 교배할 때에는 이렇게 친족과 이방인을 결합하는 방법이 가장 효과가 좋았다. 암컷과 수컷은 바람직한 특성을 얻는 데에 집중하고, 울로이는 엉뚱한 특성에 집중하는 것을 막아주기 때문이었다. 테디인과 스다야는 사촌 사이였다. 둘 모두 자신들의 형제자매를 별로 좋아하지 않았다. 이들 같은 경우는 드물었다.

이윽고 아하자스가 니칸지를 마치 어린애처럼 가뿐히 들어 올리더니 힘든 기색도 없이 받치고 있었고, 뒤이어 디샤안과 릴리스가 그것의 어깨를 잡았다. 아하자스도 디샤안도 함께 거드는 릴리스를 보고 놀란 것 같지는 않았다.

"이것이 우리에게 당신 이야기를 들려줬어요." 니칸지를 들고 아래층 통로로 내려가는 동안 아하자스가 말했다. 카가야트가 앞서가며 벽을 열었다. 스다야와 테디인은 뒤에서 따라왔다.

"나한테도 당신들 이야기를 조금 해줬어요." 릴리스는 머뭇머뭇 대구했다. 상황이 너무 빠르게 돌아갔다. 이날 아침 눈을 뜰 때만 해도 카알을 떠나게 되리라고는 생각지도 못했다. 이미 익숙하고 편안한 사이가 된 스다야와 테디인의 곁을 떠나게 되리라고는. 카가야트와 헤어지는 것은 아무렇지 않았지만, 그것은 아하자스와 디샤안을 니칸지에게 데려다주러 왔을 때 릴리스에게 조만간 다시 만날 거라고 했다. 니칸지의 동성 부모인 카가야트는 관습 및 생물학적 이유를 근거로 니칸지가 변태 과정을 겪는 동안에도 방문할 수 있도록 허용됐다. 카가야트는 릴리스와 마찬가지로 중성적인 냄새가 났기 때문에 니칸지가 겪는 불편을 심화시키거나 부적절한 욕망을 불러일으키지 않았다.

릴리스는 공용 통로에 앉아 대기하던 틸리오 위에 니칸지를 내려놓는 일을 거들었다. 그런 다음 그 자리에 홀로 서서, 서로를 알아본 오안칼리 다섯이 머리와 몸의 촉수를 맞대고 얽어매는 광경을 지켜봤다. 카가야트는 테디인과 스다야 사이에 서 있었다. 아하자스와 디샤안은 나란히 서서 테디인과 스다야를 상대로 촉수를 맞댔다. 그 둘은 거의 카가야트를 피하는 것처럼 보이기도 했다. 오안칼리들은 그렇게 촉수를 맞대는 식으로 의사소통을 할 수 있었는데, 이때 용건을 전달하는 속도는 생각의 속도와 맞먹을 만큼 빨랐다. 적어도 니칸지의 말에 따르면 그랬다. 이른바 '다중 감각 자극 제어'였다. 릴리스가 생각하기에 이는 살면서 본 것 가운데 가장 텔레파시와 비슷했다. 니칸지는 자신이 성숙해지면 그녀가 그런 식의 지각 능력을 갖도록 도와줄 수 있을 거라고 했다. 그러나 그것이 성숙해지려면 아직 몇 달 더 기다려야 했다. 이제 그녀는 다시 혼자였다. 그리고 외계인이자, 물정 모르는 외부인이었다. 이제는 아하자스와 디샤안의 집에서 다시 그런 처지로 지낼 판국이었다.

인사를 마친 오안칼리들이 서로에게서 떨어지자 테디인이 릴리스에게 다가와 양팔을 잡았다. "그동안 같이 지내서 즐거웠어요." 그녀는 오안칼리어로 말했다. "당신 덕분에 배움을 얻었어요. 좋은 거래였어요."

"나도 배운걸요." 릴리스는 솔직히 말했다. "여기서 계속 살면 좋을 텐데." 모르는 이들과 함께 떠나느니. 겁에 질리고 의혹에 찬 수많은 인간들을 가르치러 떠나느니, 차라리.

"아니요." 테디인이 말했다. "니칸지는 가야 해요. 당신은 그것과 헤어지고 싶지 않을 테고요."

그 말에 릴리스는 대꾸할 말이 없었다. 사실이기 때문이었다. 모두가, 심지어 그럴 의도가 없었던 폴 타이터스조차도, 그녀를 니칸지에게로 떠밀었다. 그들의 노력은 성공을 거두었다.

테디인이 릴리스를 놓아주자 스다야가 다가와 영어로 말했다. "두려운가요?"

"예."

"아하자스와 디샤안이 반겨줄 거예요. 당신은 귀하니까요. 우리와 함께 살면서 우리에 관해 배우고 우리를 가르치는 인간이잖아요. 모두가 당신을 알고 싶어 해요.”

“난 주로 니칸지와 함께 시간을 보낼 줄 알았는데요.”

“당분간은 그럴 거예요. 그러다가 니칸지가 성숙해지면 당신은 다른 곳으로 가 훈련을 받을 거예요. 하지만 아하자스와 디샤안을 비롯해 여러 사람과 알고 지낼 정도의 시간은 있을 거예요.”

릴리스는 별 관심이 없다는 듯이 어깨를 으쓱했다. 당장은 스다야가 무슨 말을 해도 긴장이 가라앉지 않았다.

“디샤안은 당신이 열 수 있게끔 자기네 집의 벽을 조정하겠다고 했어요. 그와 아하자스는 당신 자체는 어떤 식으로도 변화시키지 못하지만, 당신의 주변 환경은 조정할 수 있어요.”

그렇다면 적어도 집에서 키우는 애완동물 수준으로는 돌아가지 않는다는 뜻이었다. 방에 드나들 때나 간식을 먹고 싶을 때 번번이 허락을 구해야 하는 신세로는. “그래도 그거 하난 고맙네요.” 릴리스가 말했다.

“그것도 거래예요.” 스다야가 말했다. “그 대신 당신은 니칸지 곁에 가까이 머물러야 해요. 그것이 믿고 허락한 일만 해야 하고요.”

　며칠 후에 카가야트가 릴리스를 만나러 왔다. 그녀가 배정받은 방은 여느 방과 마찬가지로 휑했다. 침대 한 개와 테이블 평상 두 개, 욕실 한 칸이 딸려 있었고, 니칸지는 잠을 하도 길고 깊게 자서 방에 사는 생명체가 아니라 방의 한 부분처럼 느껴졌다.

　릴리스는 카가야트가 반가울 지경이었다. 지루함을 덜어줬을 뿐 아니라 놀랍게도 선물까지 가져왔기 때문이었다. 빳빳하고 얇은 하얀 종이 한 묶음(500장도 넘어 보였다), 그리고 펜 한 다발이었다. 펜에는 페이퍼메이트, 파커, 빅 같은 상표가 적혀 있었다. 카가야트가 말하길 그 펜들은 수백 년 전의 원본이 남긴 프린트를 복제한 것이었다. 그녀가 전에 알던 물건을 프린트 재현물로 보기는 이번이 처음이었다. 그리고 오안칼리들이 무생물을 프린트로 재현한다는 사실을 깨달은 것 또한 이번이 처음이었다. 프린트의 복제품은 그녀가 기억하는 원본과 다른 구석이 전혀 눈에 띄지 않았다.

　카가야트는 누렇게 바래서 바스락거리는 책 몇 권도 같이 갖다줬다. 릴리스가 생각지도 못했던 보물들이었다. 스파이 소설, 남북 전쟁 소설, 민족학 교과서, 종교학 연구서, 암에 관한 책, 인간 유전학에 관한 책, 수화를 배운 유인원에 관한 책, 1960년대의 우주 개발 경쟁에 관한 책 따위였다.

　릴리스는 아무 말도 하지 않고 그 책들을 모조리 받아들였다.

　카가야트는 릴리스가 니칸지를 돌보는 일에 진심인 것을 알고 나서부터 그녀를 더 친근하게 대했다. 그녀가 질문을 하면 전보다 더 기꺼이 대답했고, 자기 쪽에서 미사여구로 비꼬는 질문을 냉큼 던지는 일 또한 전보다 뜸해졌다. 나중에 다시 들렀을 때는 그녀가 니칸지를 돌보는 동안 곁에 앉아 함께 지켜본 적도 몇 번 있었다. 사실, 그것은 그녀의 스승이 됐다. 그녀가 오안칼리의 신체 구조를 더 잘 이해하게끔 자신과 니칸지의 몸을 교재로 삼아 가르쳐 줬던 것이다. 그러는 동안 니칸지는 늘 잠들어 있다시피 했다. 대부분의 경우에 너무 깊이 잠든 나머지 머리 촉수가 주변 사람을 따라 움직이는 일조차 없었다.

"주위에서 일어나는 일은 모조리 기억할 거예요." 카가야트가 말했다. "깨어 있을 경우에 감지할 만한 것들은 지금도 모두 똑같이 감지하고 있으니까요. 하지만 당장은 반응하지 못해요. 지금은 인식하지 못하거든요. 저건 지금… 기록하는 중이에요." 카가야트는 축 늘어진 니칸지의 팔 한 짝을 위로 든 채 감각 팔이 어떻게 자라고 있는지 살펴봤다. 감각 팔은 아직 흔적도 보이지 않고 그저 큼직하고 거무튀튀한 혹 덩어리가 불룩하게 나 있을 뿐이었다. 그 덩어리는 섬뜩해 보일 정도로 커다랬다.

"저것 자체가 팔인가요? 아니면 저 속에서 팔이 나오나요?"

"저게 팔이에요." 카가야트가 대답했다. "감각 팔이 자라는 동안에는 니칸지가 부탁하지 않는 한 건드리면 안 돼요."

혹 덩어리의 생김새를 보니 만지고 싶은 마음이 조금도 들지 않았다. 릴리스는 카가야트를 힐긋 보며 전과 달리 공손해진 그것의 태도를 믿어보기로 마음먹었다. "감각 손은요? 그런 게 있다고 전에 니칸지가 얘기해 줬는데."

카가야트는 잠시 말이 없었다. 그러다 마침내 입을 열었을 때, 릴리스는 그것의 목소리에 깃든 감정을 읽을 수 없었다. "맞아요. 그런 게 있어요."

"내가 혹시 물으면 안 되는 걸 물어봤다면 그냥 그렇다고 말해줘요." 릴리스는 방금 들은 그것의 목소리에서 어딘가 이상한 낌새를 채고 그것에게서 멀찍이 떨어지고 싶었지만, 그래도 움직이지 않고 꾹 버텼다.

"그런 게 아니에요." 카가야트의 목소리가 이제는 덤덤했다. "실은, 당신이 알아야 할 중요한 문제가 바로 그… 감각 손이에요." 그것이 자신의 감각 팔 한쪽을 쭉 뻗었다. 기다랗고 살갗이 거칠거칠한 회색빛 감각 팔을 보며 릴리스는 전과 마찬가지로 뭉툭하게 오므린 코끼리의 코가 떠올랐다. "저 겉껍질이 찢어져서 벌어질 때까지 니칸지가 온 힘을 다해 버티는 이유는 오로지 감각 손과 연관 장기들을 보호해야 하기 때문이에요. 봐요, 팔이 지금은 닫혀 있죠?" 그것은 자기 감각 팔의 둥그런 끄트머리를 릴리스에게 보여줬다. 끄트머리를 감싼 불투명 물질이 매끈하고 단단하다는 것을 그녀는 알고 있었다.

"이렇게 돼 있으면 그냥 평범한 팔이에요." 카가야트는 감각 팔 끄트머리를 벌레처럼 둥그렇게 말더니 쭉 내밀어 릴리스의 머리에 갖다 댄 다음, 머리카락 한 올을 쥐어 그녀의 눈앞에 보여줬다. 머리카락은 그것이 팔을 한 번 획 구부리자 직선으로 쭉 당겨졌다. "아주 유연하고 재주도 무척 많지만, 그래봤자 그냥 팔이죠." 그것의 팔은 머리카락을 놓고 릴리스 앞에서 물러났다. 팔 끄트머리를 감싼 반투명한 물질의 형태가 차츰 바뀌더니 물결 모양으로 빙빙 돌며 주변부 쪽으로 물러났고, 끄트머리 중앙부에는 뭔가 가늘고 희끄무레한 것이 솟아났다. 릴리스가 지켜보는 사이에 그 가느다란 것은 차츰 굵어져 갈라지는 것처럼 보였다. 손가락이 여덟 개, 아니, 가느다란 촉수 여덟 가닥이 동그란 손바닥을 둘러싸고 나 있었다. 손바닥은 축축하고 깊숙이 주름진 것처럼 보였다. 모양이 꼭 불가사리 같았다. 팔이 뱀처럼 길고 가느다란 거미불가사리와 비슷했다.

"당신이 보기에는 어떤가요?" 카가야트가 물었다.

"지구에도 이것과 비슷하게 생긴 동물들이 있었어요. 바다에 살았죠. 우리가 붙인 이름은 '불가사리'였고요."

카가야트의 얼굴 촉수가 매끈해졌다. "나도 본 적이 있어요. 비슷한 구석이 있더군요." 그것은 릴리스가 다른 각도에서도 손을 관찰할 수 있게끔 손을 휙 돌렸다. 알고 보니 그것의 손바닥은 자그마한 돌기로 뒤덮여서 생김새가 불가사리의 관족과 매우 비슷했다. 그 돌기들은 거의 투명했다. 그리고 손바닥에 난 주름처럼 보였던 것은 사실 구멍이었다. 그 구멍 속으로 시커먼 내부가 들여다보였다.

그것의 손에서 희미한 향기가 풍겼다. 묘하게도 꽃향기 같은 느낌이 났다. 릴리스는 잠시 그것의 손을 바라보다가 그 향기가 께름칙해서 뒤로 물러났다.

감각 손은 카가야트가 너무 빨리 움츠린 탓에 사라진 것처럼 보였다. 뒤이어 그것이 감각 팔을 아래로 내렸다. "인간과 오안칼리는 하나의 울로이하고만 유대를 맺는 경향이 있어요." 그것이 말했다. "그 유대 관계는 화학적 성질을 띠는데, 니칸지가 아직 미성숙하기 때문에 지금의 당신에게서는 강하게 나타나지 않죠. 당신이 내 냄새를 맡고 불편해하는 이유도 그것 때문이에요."

"니칸지는 그런 얘기는 한마디도 안 하던데요." 릴리스는 미심쩍어하는 표정으로 말했다.

"그것은 당신의 상처를 치료해 줬어요. 당신의 기억력도 향상시켜줬고요. 그런 일을 하다 보면 자신의 흔적이 남을 수밖에 없죠. 그러니 마땅히 그 얘기도 해야 했는데."

"맞아요. 하지만 안 했죠. 그 흔적이라는 건 뭐예요? 그게 나한테 어떤 영향을 끼치나요?"

"해를 끼치지는 않아요. 당신은 니칸지가 아닌 다른 울로이와 깊이 접촉하고 싶지 않을 거예요. 살을 뚫는 일이 포함된 접촉 말이에요, 알겠어요? 어쩌면 당신은 니칸지가 성숙하고 나서 한동안 대다수 사람들과 아예 접촉하고 싶지 않을 거예요. 그때는 당신 기분에 따라 행동하세요. 사람들도 이해해 줄 테니까요."

"하지만… 그 기분이 얼마나 지속되는데요?"

"인간들의 경우에는 우리와 달라요. 개중에는 접촉을 피하는 단계에 우리보다 더 오래 머무는 인간도 있어요. 내가 아는 한 가장 오래 지속된 기간은 40일이에요."

"그럼 그 기간 동안 아하자스와 디샤안은…."

"당신은 그들을 피하지 않을 거예요, 릴리스. 그들은 이 가정의 일부니까요. 당신은 그들을 편하게 느낄 거예요."

"내가 만약 사람들을 피하지 않고 내 기분을 무시하면 어떻게 되나요?"

"끝까지 그렇게 한다면 최소한 병을 앓는 정도의 고생은 할 거예요. 어쩌면 아예 자살할지도 모르고요."

"…그 정도로 힘들단 말이군요."

"해야 할 일이 뭔지는 당신 몸이 가르쳐 줄 거예요. 걱정 마요." 그 것은 니칸지에게 관심을 돌렸다. "니칸지는 감각 손이 자라기 시작할 때 가장 약해질 거예요. 그때는 특별한 음식이 필요해요. 내가 보여줄 게요."

"알았어요."

"실은 당신이 직접 저것의 입에 그 음식을 넣어줘야 해요."

"먹고 싶어 하는 음식 몇 가지를 이미 넣어준 적이 있어요."

"잘했어요." 카가야트의 촉수가 바스락거리며 움직였다. "릴리스, 나는 원래 당신을 받아들이려 하지 않았어요. 니칸지를 위해서도, 또 당신이 앞으로 할 일을 위해서도요. 인류 문화에 표현된 인간 유전학을 근거로 삼아 첫 번째 인간 집단의 부모는 인간 남성이 맡아야 한다고 믿었거든요. 지금 돌이켜 보면 내가 착각했던 것 같아요."

"부모라뇨?"

"우리가 보기에는 부모 같은 존재예요. 그들 집단을 가르치고, 편의를 제공하고, 먹이고 입히고, 그들의 길잡이가 되어 앞으로 살아갈 새롭고 두려운 세계를 안내하고 해석해 주니까요. 양육하는 거죠."

"나를 그 사람들의 *어머니*로 삼겠다는 거예요?"

"어떤 관계인지는 당신이 편하게 느끼는 대로 정의하도록 해요. 우리는 언제나 그걸 '양육'이라고 했지만요." 그것은 벽 쪽으로 몸을 돌려 벽을 열려고 하다가 멈칫하더니, 다시 릴리스 쪽으로 고개를 돌렸다. "당신이 하려는 건 좋은 일이에요. 지금 니칸지를 돕는 것과 별다를 바 없는 방식으로 당신의 동족들을 돕는 위치가 될 테니까요."

"그 사람들은 나나 내 도움을 믿지 않을 거예요. 아마 날 죽이려고 들걸요."

"그러지 않을 거예요."

"당신은 생각만큼 우리를 잘 알지 못해요."

"그리고 당신은 우리를 전혀 알지 못하죠. 정말이지, 당신은 우리를 영영 이해하지 못할 거예요. 우리에 관한 정보를 잔뜩 얻고 나서도요."

"그럼 다시 잠이나 자게 해줘요, 젠장, 그러고 나서 나보다 더 똑똑해 보이는 사람을 고르면 되잖아요! 어차피 내가 하고 싶었던 일도 아닌데!"

그것은 잠시 침묵을 지켰다. 그러다가 마침내 말했다. "진심으로 내가 당신의 지능을 낮잡아 봤다고 믿나요?"

릴리스는 그것을 노려볼 뿐, 대답하려 하지 않았다.

"그런 것 같진 않군요. 릴리스, 당신의 아이들은 우리를 알게 될 거예요. 하지만 당신은 우리를 영영 알지 못할 거예요."

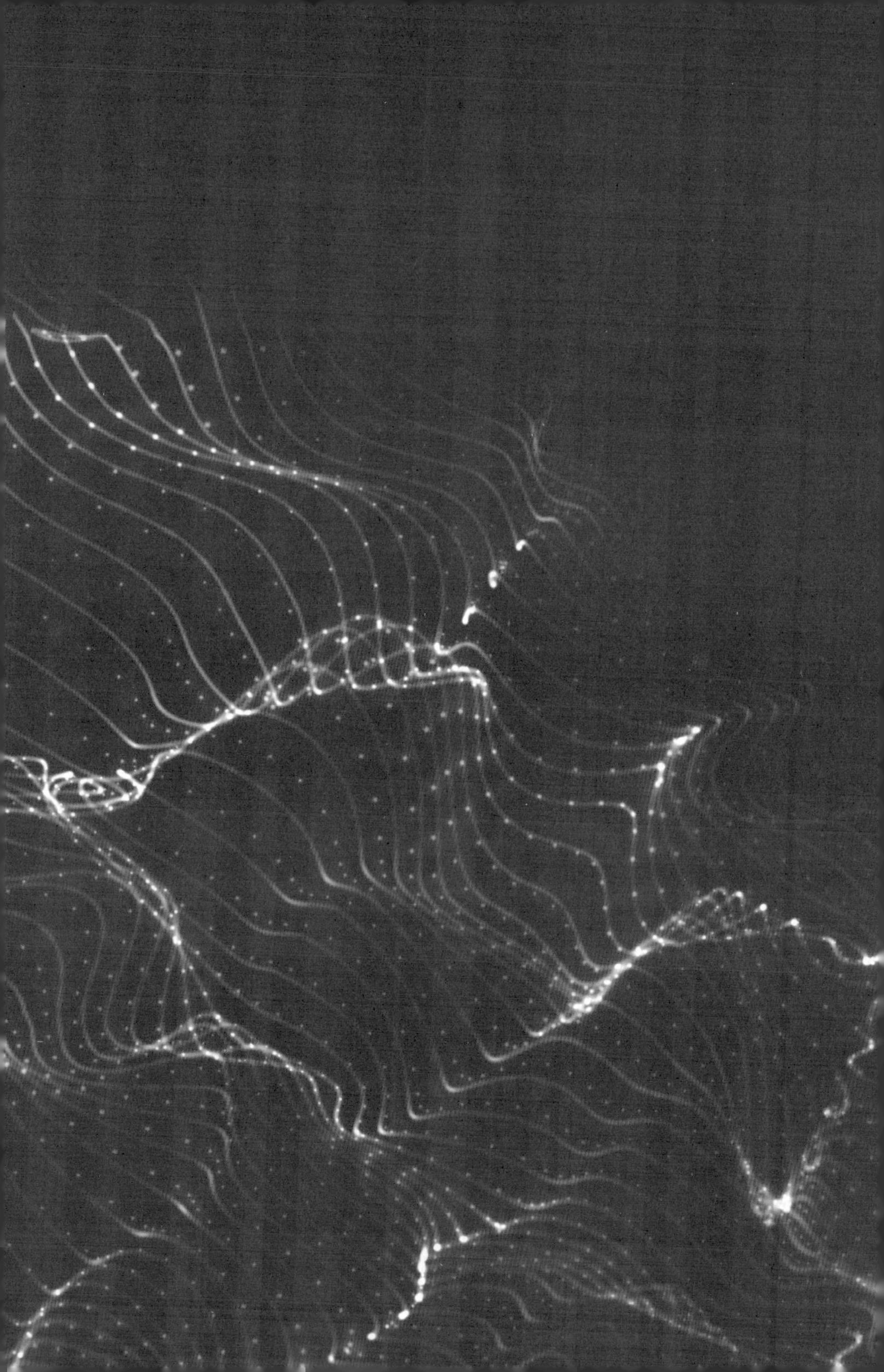

3부
육아실

1

그 방은 미식축구장보다 조금 더 넓었다. 아치형 천장에서는 부드러운 황색 빛이 비쳤다. 릴리스는 그 방의 한쪽 귀퉁이에 벽 두 개가 솟아오르게 해 자기 방을 만들었다. 두 벽이 만나는 모서리는 열린 채로 놔두고 출입구로 삼았다. 이따금 두 벽을 딱 붙여 스스로를 밀폐할 때도 있었다. 바깥의 광막한 공허로부터… 그리고 그녀가 내려야 할 결정으로부터. 거대한 방의 벽과 바닥은 그녀가 원하는 대로 모양이 바뀌었다. 그들은 그녀가 머리를 짜내어 떠올린 부탁은 뭐든 다 들어주려 했지만 방에서 내보내 주는 것만은 예외였다.

릴리스는 자기 방의 벽을 세울 때 화장실 출입구가 방 안에 포함되도록 했다. 기다란 한쪽 벽을 따라 사용하지 않는 화장실 열한 칸이 더 있었다. 각각의 화장실로 통하는 좁다란 개방형 출입구를 제외하면 거대한 방에는 특징이랄 것이 없었다. 벽은 연녹색에 바닥은 연갈색이었다. 릴리스가 방에 색을 입혀달라고 부탁하자 니칸지는 사람을 수소문해 배가 색깔을 만들어 내게끔 조종하는 법을 배웠다. 릴리스의 방 벽 안쪽과 커다란 방의 양쪽 끄트머리 벽 곳곳에는 눈에 잘

떠지 않는 수납장이 있었고, 그 속에는 식량과 옷이 밀봉 상태로 잔뜩 보관돼 있었다.

릴리스가 듣기로 식량은 누가 먹으면 곧바로 보충된다고 했다. 배가 알아서 보충하는 식이었다. 개별 수납장에 어떤 품목을 제조하라는 지시가 내려지면 배가 스스로의 자원을 동원해 프린트에 따라 재구성하고 알아서 보충하는 식이었다.

화장실 맞은편의 기다란 벽에는 잠든 인간 여든 명이 숨겨져 있었다. 건강하고, 나이는 50세가 안 될 만큼 젊고, 영어를 할 줄 알며, 앞으로 무슨 일이 닥칠지에 관해 섬뜩할 만큼 무지한 인간들이었다.

릴리스는 적어도 마흔 명을 골라 각성시켜야 했다. 오안칼리와 만날 준비를 마친 인간이 최소한 마흔 명은 되어야 비로소 그녀나 그녀가 각성시킨 이들 앞에서 벽이 열릴 터였다.

거대한 방이 조금씩 어두워졌다. 저녁이었다. 시간이 다시금 낮과 밤으로 또렷이 나뉜다는 것을 알고 릴리스는 뜻밖의 위로와 안도감을 느꼈다. 천천히 변해가는 햇빛이 얼마나 그리웠는지, 또 어둠이 얼마나 반가운지 그때껏 깨닫지 못했기 때문이었다.

"이제 행성의 밤에 다시 익숙해져야 하니까요." 앞서 니칸지가 한 말이었다.

생각할 겨를도 없이, 릴리스는 혹시 이 배에 별을 볼 만한 곳이 있냐고 물었다.

릴리스가 이 거대하고 텅 빈 방에 갇히기 전날, 니칸지는 그녀를 데리고 통로와 경사로를 몇 군데 지나 아래층으로 내려온 다음, 엘리

베이터와 매우 비슷하게 생긴 탈것에 올랐다. 니칸지는 그 탈것이 살아 있는 몸의 내부에서 무해하게 떠도는 기체 방울에 더 가깝다고 말했다. 알고 보니 그녀의 목적지는 거품처럼 생긴 일종의 관측용 캐노피였다. 그곳에서는 별뿐만 아니라 지구도 함께 보였다. 동그란 지구가 캄캄한 하늘의 보름달처럼 빛나고 있었다.

"우리는 아직 당신네 세계의 인공위성 궤도 바깥에 있어요." 릴리스가 눈에 익은 대륙의 해안선을 애타게 찾을 때 니칸지가 한 말이었다. 해안선 몇 군데가 언뜻 보인 듯도 했다. 아프리카와 아라비아반도의 일부였다. 아니면 모양만 비슷한 다른 곳인지도 몰랐다. 그 해안선이 보이는 지구가 그녀의 머리 위쪽과 발 아래쪽까지 펼쳐진 하늘의 한복판에 둥둥 떠 있었다. 하늘에는 이때껏 본 적이 없을 만큼 많은 별이 떠 있었지만 눈길을 사로잡은 것은 지구였다. 니칸지는 그녀가 스스로의 눈물 때문에 눈앞이 뿌옇게 흐려질 때까지 지구를 바라보게 놔뒀다. 그러다가 한쪽 감각 팔로 그녀의 어깨를 감싸고 이 거대한 방으로 데려왔다.

릴리스는 벌써 사흘째 이 드넓은 방에 혼자 머물며 생각하고, 책을 읽고, 생각한 것을 글로 적었다. 책과 종이와 펜은 그녀가 쓰게끔 고스란히 남아 있었다. 덤으로 80건이나 되는 서류도 함께 있었다. 개개인의 짤막한 신상 자료인 그 서류에는 받아쓴 대화나 짧은 이력, 오안칼리들의 관찰 및 판단, 그림 따위가 실려 있었다. 관찰 대상인 인간들은 살아 있는 친족이 아무도 없었다. 그들은 릴리스에게는 물론이고 자신들끼리도 하나같이 모르는 사이였다.

릴리스는 각성시키기에 적당한 사람과 더불어 잠재적 아군 몇 명도 함께 찾느라 서류를 무려 절반 넘게 읽었다. 맨 먼저 **각성시킬 사람**, 믿고 의지해도 괜찮을 만한 사람을 찾아야 했다. 그녀는 자신이 아는 지식과 자신이 맡은 일의 부담을 나눠서 감당할 사람이 필요했다. 그녀가 하는 얘기를 귀담아듣고 난폭하거나 어리석은 짓은 하지 않을 사려 깊은 사람. 그녀에게 영감을 주고 자칫 엉뚱한 방향으로 헤매지 않게 이끌어 줄 사람. 그녀가 바보같이 군다는 생각이 들 때면 솔직히 그렇다고 얘기해 줄 사람… 또 그녀에게 경청할 만한 의견을 들려줄 사람이 있어야 했다.

다른 한편으로, 릴리스는 아무도 **각성시키고** 싶지 않았다. 그 사람들이 두려워서, 또 그 사람들의 앞날이 두려워서였다. 서류에 담긴 정보와 별개로 아직 모르는 것이 너무 많았다. 그녀의 임무는 그 사람들을 단결된 집단으로 조직해 오안칼리들 앞에 대령하는 것, 다름 아닌 오안칼리의 새 거래 상대가 되게끔 준비시키는 것이었다. 불가능한 일이었다.

사람들을 각성시켜 당장은 편히 대면하기도 힘들 만큼 낯설게 생긴 외계 생물종의 유전자 조작 계획에 참여해야 한다고 말하는 일을, 릴리스가 무슨 수로 해낼까? 이 사람들, 그러니까 전쟁에서 살아남은 이 사람들을 **각성시키고** 그들에게 오안칼리의 손에서 벗어나지 않는 한 그들의 후손은 인간이 되지 못하리라는 얘기를, 그녀가 과연 할 수 있을까?

그 얘기는 당분간 조금만 하거나 아예 안 하는 편이 나았다. 그들을 도울 방법, 그들을 배신하지 않을 방법, 또 그들로 하여금 현실을 받아들이게 설득할 방법을 궁리할 때까지는 차라리 각성시키지 않는 편이 더 나았다. 그들은 포로가 된 신세든 오안칼리든, 지구로 돌아갈 때까지는 어떤 것이든 받아들여야 했다. 그러다가 기회가 생기면 부리나케 탈출해야 했다.

릴리스의 의식은 익숙한 경로로 빠져들었다. 그 배에서 탈출할 방법은 없었다. 전혀 없었다. 오안칼리들이 자기네 몸의 신진대사로 배를 조종하기 때문이었다. 외워서 따라 하거나 방해할 만한 조종법은 하나도 없었다. 지구와 배 사이를 오가는 왕복선조차도 오안칼리의 몸을 연장한 것이나 다름없었다.

그 배에 탄 인간이 할 수 있는 일이란 말썽을 일으키고 다시 가사 상태에 빠지는 것이 고작이었다. 아니면 살해당하거나. 그러므로 희망은 오로지 지구뿐이었다. 일단 지구에 내려가면 적어도 기회가 생길 것이다. 목적지는 아마존 분지 어디쯤이라는 이야기를 릴리스는 들은 적이 있었다.

그 말은 곧 인간들이 자제력을 발휘해 릴리스가 가르쳐 주는 것과 오안칼리들이 가르쳐 주는 것을 모조리 배운 다음, 자신들이 배운 지식을 이용해 이 배에서 탈출하고 목숨을 이어가야 한다는 뜻이었다.

그 점을 릴리스가 인간들에게 이해시킨다면 어떻게 될까? 그런데 그녀의 이런 행동이야말로 정확히 오안칼리들이 의도한 바였다는 사실이 나중에 드러난다면? 물론 그들은 그녀가 *그렇게 하리라*는 것을 이미 알고 있었다. 그들은 그녀가 어떤 사람인지 알았으므로. 그렇다면 그들도 자기네 나름의 배신을 꾀하는 중일까? 지구로 돌려보낼 생각도 없이? 탈출할 기회도 주지 않은 채로? 그럴 거라면 어째서 굳이 그녀에게 열대 우림에서 살아가는 법을 가르치며 1년이라는 시간을 허비했을까? 어쩌면 오안칼리들은 단순히 자신들의 능력을 과신한 나머지 지구에서도 인간들을 한데 모아놓고 통제할 수 있다고 믿는지도 몰랐다.

릴리스가 뭘 할 수 있을까? 인간들에게 '잘 배워뒀다가 달아나요!' 말고 무슨 얘기를 해줄 수 있을까? 그것 말고 탈출할 방법이 또 뭐가 있을까?

하나도 없었다. 릴리스가 몸소 실천할 수 있는 유일한 대안은 아무도 각성시키지 않는 것이었다. 오안칼리들이 그녀를 포기하고 더 고분고분한 실험 대상을 찾을 때까지 버티는 것이었다. 아마도 폴 타이터스 같은 남자가 한 명 더 있을 것 같았다. 인간성을 진심으로 벗어던지고 오안칼리들과 운명을 함께하기로 결심한 남자가. 그런 남자라면 타이터스가 내다본 미래를 제 손으로 실현할 만도 했다. 그는 자신이 각성시킨 인간들의 머릿속에 초라하게나마 남아 있을 문명을 너끈히 무너뜨릴 것이다. 그들을 악당으로 바꿔놓을 수도 있었다. 아니면 짐승 무리로 바꿔놓거나.

릴리스는 그들을 어떻게 바꿔놓을까?

침대 평상에 누운 채로, 릴리스는 한 남자의 사진을 물끄러미 바라봤다. 신상 자료에 따르면 남자의 키는 168센티미터였다. 몸무게는 63킬로그램이고 나이는 서른두 살, 왼손에 가운뎃손가락과 약손가락, 새끼손가락이 없었다. 어릴 적 사고로 잔디 깎는 기계에 손가락을 잃은 그는 불완전한 손 때문에 자격지심이 있었다. 이름은 빅터 도미닉. 원래 이름은 비도르 도몽코스였다. 그의 부모는 아들이 태어나기 직전에 헝가리에서 미국으로 이주했다. 그는 일찍이 변호사였다. 오안칼리들은 그가 실력 있는 변호사였으리라 추측했다. 그들이 보기에 그는 영리하고 말솜씨가 좋았으며, 당연히 정체 모를 심문자들을 수상쩍게 여겼기 때문에 그들에게 몹시 창의적인 거짓말을 들려줬다. 그는 그들의 정체를 쉬지 않고 조사했지만, 한편으로는 릴리스와 마찬가지로 그들이 외계인일지 모른다는 의심을 끝내 입 밖에 내지 않은 소수의 영어권 원어민 가운데 한 명이기도 했다.

빅터는 이미 세 번이나 결혼한 적이 있었지만 생물학적 문제 때문에 아이가 생기지 않았는데, 오안칼리들은 그 문제를 자신들이 해결했다고 생각했다. 아이가 생기지 않아서 몹시 괴로워했던 그는 번번이 아내만 탓할 뿐, 병원에 가서 본인의 문제가 아닌지 확인하는 일은 끝내 거절했다.

이와 별개로 오안칼리들은 빅터를 합리적이고 호락호락하지 않은 사람으로 여겼다. 그는 영문도 모르는 채로 독방에 갇혀 지내는 동안 정신이 무너진 적이 한 번도 없었고, 울거나 자살을 시도한 적도 없었다. 다만 언젠가 기회가 생기면 자신을 붙잡아 온 자들을 죽여버리겠다고 장담한 적은 있었다. 그 말을 단 한 번, 차분하게 했다. 그때 그는 진지하게 살해 협박을 하는 사람이 아니라 아무 말이나 지껄이는 사람처럼 보였다.

그런데도 빅터 도미닉의 심문을 담당한 오안칼리는 그 말에 동요했고, 즉시 그를 가사 상태로 되돌려 놨다.

릴리스는 그 남자가 마음에 들었다. 그는 머리가 좋았고 전처들에게 어리석게 군 것만 빼면 자제력도 있었다. 정확히 그녀에게 필요한 인재였다. 그러나 한편으로는 두렵기도 했다.

혹시라도 빅터가 릴리스를 보고 자신을 납치한 패거리 가운데 하나로 판단한다면? 키는 릴리스 쪽이 더 컸고 힘 또한 지금은 보나마나 그녀가 더 셌지만, 그런 것은 중요하지 않았다. 그녀가 방심한 틈을 노리면 공격할 기회는 셀 수 없이 많을 것이므로.

빅터는 나중에 아군을 만들고 나서 각성시키는 편이 더 나았다. 릴리스는 한쪽 옆에 있는 서류 더미 둘 가운데 덜 수북한 쪽에 빅터의 서류를 올려놨다. 마음에 쏙 들지만 차마 맨 먼저 각성시킬 엄두는 나지 않는 사람들의 서류가 그 작은 더미에 모여 있었다. 그녀는 한숨을 쉬며 다음 서류를 집어 들었다.

리아 비드. 말수가 적고, 신앙심이 깊고, 느릿느릿한 여성이었다. 움직임이 느릴 뿐 머리 회전은 느리지 않았지만, 그래봤자 오안칼리들이 눈여겨볼 수준의 지능은 아니었다. 그들에게 깊은 인상을 남긴 것은 리아의 인내심과 자급자족 능력이었다. 오안칼리들은 그녀를 굴복시키지 못했다. 우직하게 침묵을 지킨 그녀가 그들보다 더 오래 버텼다. 오안칼리보다 더 오래 버티다니! 그들이 음식을 끊으며 협조하라고 강요했을 때 그녀는 자진해서 굶다가 하마터면 죽을 뻔했다. 결국 그들은 그녀에게 약을 먹이고 원하는 정보를 얻은 다음, 체중과 체력을 회복할 시간을 얼마간 주고 나서 또다시 가사 상태에 빠뜨렸다. 어째서? 릴리스는 그 이유가 궁금했다. 오안칼리들은 왜 리아가 고집불통인 것을 알고 나서 곧바로 약을 쓰지 않았을까? 릴리스에게는 왜 약을 쓰지 않은 걸까? 어쩌면 어디까지 몰아붙여야 인간이 무너지는지 궁금했기 때문인지도 몰랐다. 어쩌면 아예 인간들 개개인이 어떻게 무너지는지 보고 싶었는지도 몰랐다. 아니면 오안칼리들의 성격이 인간의 관점에서 보면 극단적으로 집요한 탓에 그들의 인내심을 넘어선 인간이 거의 없었기 때문일 수도 있었다. 릴리스의 경우에는 넘어서지 못했다. 리아는 넘어섰다.

사진 속의 리아는 피부가 희고 마른 체격에 지쳐 보이는 표정을 한 여성이었지만, 서류에 적힌 어느 울로이의 메모에 따르면 그녀는 살찌기 쉬운 체질이었다.

릴리스는 망설이다가 리아의 서류철을 빅터의 서류철 위에 올려 놨다. 리아 역시 훌륭한 잠재적 아군이었지만, 맨 먼저 **각성시키기**에 적당한 인물은 아니었다. 언뜻 보면 굉장히 의리 있는 친구가 될 것 같았으나⋯ 그것도 리아가 릴리스를 보고 자신을 잡아온 패거리로 착각하지 않을 때의 이야기였다.

릴리스가 **각성시키는** 사람은 누구나 그러한 착각에 빠질 위험이 있었다. 그것은 릴리스가 벽을 열거나 바닥에서 새 벽이 솟게 하는 순간, 다시 말해 다른 인간에게 없는 능력이 자신에게는 있다는 사실을 입증하는 순간 거의 틀림없이 벌어질 일이었다. 오안칼리들은 그녀에게 정보를 제공했고, 그녀의 체력을 키워줬고, 기억력도 높여줬으며,

벽을 제어하는 능력과 가사 상태 유지용 식물을 조종하는 능력도 부여했다. 그러한 능력이 곧 그녀의 도구였다. 그리고 그 도구 하나하나 덕분에 그녀는 인간과 다른 존재로 보일 판이었다.

"우리가 또 뭘 주면 좋겠어요?" 마지막으로 만났을 때 아하자스가 릴리스에게 한 말이었다. 아하자스는 릴리스를 걱정했다. 그녀의 체격이 너무 작아서 위압적으로 보이지 않을 거라 생각했기 때문이었다. 인간들이 상대의 체격에 따라 다른 인상을 받는 것을 아하자스는 알고 있었다. 릴리스가 여느 여성들보다 키가 더 크고 몸무게도 더 나간다는 사실만으로는 부족해 보였다. 그녀는 여느 남자들보다 키가 크지 않고 몸무게도 덜 나갔다. 그러나 이를 바꿀 방법은 없었다.

"당신들이 뭘 준다고 해도 충분하진 않을 거예요." 릴리스가 대답했다.

디샤안이 그 말을 듣고 다가와 릴리스의 손을 쥐었다. "당신은 살고 싶어 하잖아요." 그가 말했다. "그러니까 삶을 낭비하진 않을 거예요."

릴리스의 삶을 낭비하는 장본인은 바로 그들이었다.

릴리스는 다음 서류철을 집어 들고 펼쳤다.

조지프 리친 싱. 전쟁 전에 아내를 여읜 홀아비. 오안칼리들이 파악하기로 그는 아내가 먼저 죽었다는 사실을 내심 다행으로 여겼다. 그는 자기 나름의 고집대로 얼마간 침묵을 지키다가, 나중에는 오안칼리들과 나누는 대화도 그리 께름칙하지 않다는 것을 깨달았다. 그는 일찍이 세계에 무슨 일이 일어났는지, 또 세계가 지금은 누구의 손에서 굴러가는지 알아내기 전까지는 자신의 삶이 본인 표현대로 '유예 상태'라는 현실을 받아들인 것처럼 보였다. 그러한 의문의 답을 그는 쉬지 않고 궁리했다. 본인이 인정한 기억 속에서 그는 전쟁이 끝나고 얼마 지나지 않았을 무렵에 이제는 죽을 때가 됐다고 판단했다. 그는 그때 자신이 자살을 시도하기 전에 포획됐다고 믿었다. 그는 이제 자신에게 살아야 할 이유가 생겼다고 말했다. 자신을 감금한 패거리가 누구인지, 그렇게 한 이유는 무엇인지, 또 그자들에게 어떤 식으로 복수할지 알아내기 위해서였다.

조지프는 마흔 살 남자였고 덩치가 작았으며, 직업은 전직 엔지니어, 국적은 캐나다, 태어난 곳은 홍콩이었다. 오안칼리들은 일찍이 자신들이 만들고자 했던 인간 집단의 부모로 조지프를 점찍은 적이 있었다. 그러나 그 계획은 그가 위협하는 바람에 취소됐다. 오안칼리 심문관이 보기에 그의 위협은 점잖으면서도 꽤 치명적일 가능성이 있었다. 그런데도 오안칼리들은 그를 릴리스에게 추천했다. 최초의 부모라면 누구든 검토해야 할 추천이었다. 오안칼리들이 말하길 조지프는 영리하고 성실하다고 했다. 의지할 만한 사람이라는 뜻이었다.

외모는 특별한 구석이 없군. 릴리스는 속으로 생각했다. 조지프는 작고 평범한 남자였는데도 오안칼리들은 그에게 관심이 매우 많았다. 그리고 그가 했다는 위협의 내용은 놀랍도록 점잖았다. 그는 자신이 처한 상황의 진실을 알고 나서부터 섬뜩한 위협을 입에 올리기 시작했다. 아마 그 진실이 마음에 안 들었겠지. 릴리스는 속으로 생각했다. 그러나 한편으로 그는 자신의 불만 때문에 뭔가 저지르려면 다 함께 지상에 내려간 후에 해야지, 이 배에 갇혀 있는 동안에는 안 된다는 것 정도는 파악할 만큼 영리한 인물이기도 했다.

릴리스가 맨 처음 느낀 충동은 조지프 싱을 **각성시켜야겠다**는 것이었다. 그를 당장 **각성시켜** 자신이 느끼는 고독을 끝장내고 싶었다. 그 충동이 하도 강해서 그녀는 잠시 가만히 앉아, 팔짱을 꼭 낀 채로, 스스로를 굳게 다잡아 그 충동에 맞섰다. 서류를 다 읽기 전에는 아무도 각성시키지 않겠다고, 시간을 들여 찬찬히 생각하지 않고서는 그러지 않겠다고 이미 속으로 다짐했기 때문이었다. 이제 와서 그릇된 충동을 따랐다가는 목숨을 잃는 수가 있었다.

서류 몇 건을 더 훑어보는 동안 조지프에 견줄 만하겠다 싶은 사람은 눈에 띄지 않았지만, 그중 반드시 **각성시켜야** 할 사람이 몇 명 있었다.

셀린 아이버스라는 여성은 길지 않은 심문 기간 동안 거의 내내 죽은 자기 남편과 쌍둥이 딸을 그리워하며, 아니면 영문도 모른 채 감금된 자기 신세와 캄캄한 미래를 걱정하며 엉엉 울었다. 그러면서 거듭거듭 죽고 싶어 했지만 정작 자살 시도는 한 번도 한 적이 없었다. 오안칼리들이 보기에 그녀는 매우 고분고분하고 남의 비위를 맞추려 애쓰는 인물이었다. 또는, 아예 남의 비위를 거스를까 봐 두려워하는 인물이었다. 오안칼리들은 그녀가 약하다고 했다. 약하고 슬픈 사람일 뿐 어리석지는 않지만, 너무 쉽게 겁에 질리는 탓에 어리석은 행동을 하게끔 유도당할 수도 있다는 말이었다.

무해하군. 릴리스는 속으로 생각했다. 유일하게 위협이 되지 않을 만한 인물이었다. 설령 자신을 감금한 장본인은 릴리스가 아닐까 하고 의심하는 마음이 아무리 강하다고 할지라도.

게이브리얼 리날디라는 남자는 배우였다. 그는 한동안 오안칼리들을 지독한 혼란에 빠뜨렸는데 이는 그가 자기 본모습을 보여주지 않고 갖가지 배역을 연기했기 때문이었다. 그는 인간의 진짜 본모습은 굶주림에 지쳤을 때 드러난다는 가설을 토대로 오안칼리들이 끝내 음식 제공을 중지한 또 다른 사례였다. 그들은 그 방법이 통했다고 전적으로 확신하지 못했다. 게이브리얼의 연기 실력이 훌륭했기 때문이었을 것이다. 그는 얼굴도 준수했다. 자해를 하거나 오안칼리를 해치겠다고 위협한 적은 한 번도 없었다. 그리고 어떤 이유에선지 그들은 그에게 약물을 투여한 적이 없었다. 오안칼리들의 말에 따르면 그는 스물일곱 살이었고 호리호리했으며, 보기보다 힘이 셌고, 고집스러운 성격에 자기 생각만큼 영리하지는 않았다.

릴리스가 보기에 마지막 묘사는 인간들 대부분에게 해당됐다. 게이브리얼은 오안칼리들을 이겼거나 거의 이길 뻔한 다른 이들과 마찬가지로 귀한 잠재력을 지닌 인재였다. 게이브리얼을 신뢰할 날이 과연 올지 어떨지는 분명 의심스러웠지만, 그의 서류철은 릴리스가 각성시키기로 마음먹은 이들의 것과 함께 남았다.

비어트리스 드와이어라는 여성도 있었는데 그녀는 알몸이었을 때는 의사소통이 전혀 되지 않았지만, 옷을 입고 나서부터는 밝고 호감가는 사람으로 변해 실제로 자신을 담당한 심문관과 친구 사이처럼 보일 정도였다. 노련한 울로이였던 그 심문관은 비어트리스가 최초의 부모로 인정받게 하려고 애썼다. 다른 심문관들은 그녀를 관찰한 후에 이유도 밝히지 않고 반대했다. 어쩌면 단지 극단적으로 수수한 그녀의 외모 때문인지도 몰랐다. 그럼에도 비어트리스의 심문관에게 설득당해 마음을 완전히 빼앗긴 울로이가 한 명 있었다.

힐러리 밸러드라는 여성은 시인이자 화가, 극작가, 배우, 가수였고, 곧잘 실업 급여 수령자가 되기도 했다. 그녀는 정말로 총명했다. 시와 희곡, 노래를 머릿속에 죄다 외우고 있을 정도였다. 직접 지은 작품도 있었고 더 유명한 작가들의 작품도 있었다. 그녀에게는 훗날 인간 어린이들로 하여금 자기네 정체성을 기억하도록 도와줄 자질이 있었다. 오안칼리들이 보기에 그녀는 불안정하기는 해도 위험하지는 않았다. 그런 그녀에게 약물을 투여한 까닭은 그녀가 스스로 '우리' 라고 부르는 곳에서 탈출하려다 제풀에 다쳤기 때문이었다. 양팔이 다 부러지는 중상이었다.

그런데도 위험할 만큼 불안정하지는 않다고?

그랬다. 아마도 위험하지는 않았을 것이다. 릴리스 본인도 감금당했다는 사실 때문에 공황에 빠진 적이 있었다. 그 밖의 수없이 많은 사람들도 마찬가지였다. 힐러리는 그저 보통 사람보다 더 극단적인 공황 상태에 빠졌을 뿐이었다. 중요한 임무는 맡기지 말아야 할 것 같았다. 그녀는 절대로 집단의 생사를 책임지면 안 될 사람이었지만 … 따지고 보면 그런 책임을 한 사람에게 맡기는 것 자체가 결코 일어나서는 안 되는 일이었다. 지금 여기서 실제로 한 사람이 그런 책임을 떠맡게 된 것은 인간들의 잘못이 아니었다.

'커트'라는 애칭으로 불리는 콘래드 로어라는 남자는 원래 뉴욕 경찰이었다. 그가 전쟁에서 살아남은 까닭은 오로지 아내가 그를 질질 끌다시피 하며 마침내 친정 식구들이 사는 콜롬비아로 여행을 갔기 때문이었다. 그들 부부로서는 오랜만에 떠나는 여행이었다. 커트의 아내는 마지막 미사일 공방전 직후에 일어난 폭동에 휘말려 살해당했다. 날씨가 추워지기도 전에 수천 명이 목숨을 잃었다. 수천 명이 공포에 휩싸인 나머지 말 그대로 서로를 짓밟거나 갈가리 찢어버렸다. 커트는 자신이 보호하던 어린이 일곱 명과 함께 붙잡혀 왔는데 그중 자기 아이는 한 명도 없었다. 미국의 친척들에게 맡기고 온 친자녀 넷은 모두 죽었다. 오안칼리들이 말하길 커트 로어는 보살필 사람이 필요한 남자였다. 그는 사람들에게서 안정감을 얻었고, 사명감을 느꼈다. 사람들이 없으면 그는 범죄자가 됐을지도 몰랐다. 아니면 죽었거나. 독방에 홀로 갇혀 지내는 동안 그는 있는 힘을 다해 자기 목을 손톱으로 찢어발겼다.

데릭 윌스키는 오스트레일리아에서 일하던 남자였다. 독신이었고 나이는 스물셋, 죽기 전에 이루고 싶은 간절한 꿈 따위는 없었고, 학교를 다니거나 임시직 또는 아르바이트를 한 것 말고는 이때껏 어떤 직업도 가져본 적이 없었다. 그는 햄버거 굽기, 배달 트럭 운전, 건설 노무직, 가재도구 방문 판매(실적은 형편없었다), 식료품점 포장 노동자, 사무용 건물 청소 보조 같은 일을 했고, 자연 사진을 찍는 프리랜서로 얼마간 활동하기도 했다. 야외 활동과 동물을 좋아하는 남자였다. 아버지는 그런 일을 허튼짓으로 여겼고 그 또한 아버지 생각이 옳을까 봐 불안해했다. 다만 전쟁이 시작됐을 때 그는 오스트레일리아의 야생 동물을 촬영하는 중이었다.

테이트 마라는 새로 구한 직장을 또다시 그만둔 직후에 붙잡혀 왔다. 그녀에게는 유전적 문제가 있었는데 오안칼리들은 이를 억제했을 뿐, 치료하지는 못했다. 그러나 그녀의 진짜 문제는 일을 지나치게 잘해서 금세 싫증을 내는 것인 듯했다. 아니면 일을 지나치게 못해서 자신이 무능하다는 사실을 누가 눈치채기 전에 그만둔 것일 수도 있었다. 그녀는 남들에게 만만찮은 인물로 보여야 했다. 명석하고, 우월하고, 부유한 사람으로.

테이트는 유복한 가정 출신이었다. 집안이 소유한 부동산 회사가 크게 성공한 덕분이었다. 오안칼리들이 보기에는 힘들여 일할 필요가 전혀 없었던 것 또한 그녀의 문제 가운데 일부였다. 그녀가 지닌 힘은 어마어마했지만, 그 힘을 집중하게 하려면 외부의 압력이, 도전이 필요했다.

그렇다면 '인간 종의 보존'이라는 임무는 어떨까?

테이트는 전쟁이 일어나기 전에 두 차례 자살 시도를 했다. 전쟁이 끝나고 나서는 살아남으려고 분투했다. 전쟁이 일어났을 당시 그녀는 리우데자네이루에서 홀로 휴가를 즐기는 중이었다. 그녀가 느끼기에 당시는 북아메리카 사람으로 살기가 편한 시절이 아니었지만, 그래도 그녀는 목숨을 건졌고 어렵게나마 남을 돕기도 했다. 그 점은 커트 로어와 똑같았다. 오안칼리들에게 심문당하는 동안 그녀는 치열한 말싸움과 교묘한 말장난을 펼친 끝에 울로이 심문관을 격분케 했다. 그러나 결국 그 울로이는 그녀에게 감탄했다. 그것은 그녀가 오안칼리로 치면 암컷이 아니라 울로이에 더 가깝다고 생각했다. 테이트는 남을 조종하는 실력이 뛰어났다. 사람들이 좀처럼 알아채지 못하는 방식으로 그런 짓을 했다. 과거에는 그런 일도 싫증이 나곤 했다. 그러나 싫증 때문에 손해를 본 사람은 다른 누구도 아닌 그녀 자신이었다. 자신이 품은 불만에서 비롯될지도 모르는 결과로부터 남들을 보호하고자 일부러 사람을 피하기도 했던 것이다. 그런 식으로 피한 남자가 몇 명이나 있었고, 때로는 그런 남자를 자신이 아는 친한 여성과 맺어줬다. 그녀가 짝지어 준 연인들은 대개 결혼에 이르렀다.

릴리스는 테이트 마라의 서류철을 천천히 내려놓다가 이내 침대 위에 외따로 놔뒀다. 그것 말고 따로 놔둔 서류철은 조지프 싱의 것 하나뿐이었다. 테이트의 서류철이 벌어지며 그녀의 조그맣고 하얗고 거짓말처럼 어려 보이는 얼굴이 다시 한 번 드러났다. 살짝 웃는 그 얼굴은 카메라 앞에서 포즈를 잡는 사람이 아니라 사진사의 됨됨이를 간파하려는 사람처럼 보였다. 사실, 테이트는 자기 사진을 찍는 자들이 있다는 것조차 알지 못했다. 그리고 서류철 속의 그녀 얼굴들은 사진이 아니었다. 그것은 그림이었고, 바깥으로 보이는 물리적 실체와 내면의 인간성에서 동시에 느껴지는 인상이었다. 그림 하나하나에 피사체의 기억을 담은 프린트가 포함돼 있었다. 오안칼리 심문관들이 감각 촉수나 감각 팔로 그림을 그릴 때 일부러 체액을 분비해 사용했기 때문이었다. 릴리스는 그 사실을 알았지만 그럼에도 테이트의 그림은 사진처럼 보였고, 심지어 사진처럼 느껴지기까지 했다. 그림을 그린 바탕은 종이가 아니라 일종의 플라스틱이었다. 그 그림들은 금방이라도 말을 할 것처럼 실감 나게 보였다. 그림 하나하나에는 회색 배경을 등진 피사체의 머리와 어깨까지밖에 담겨 있지 않았다. 스냅 사진이 가끔 자아내는 휑한 지명 수배 전단 같은 분위기는 어떤 그림에서도 느껴지지 않았다. 그 그림들을 보고 있으면 오안칼리가 아닌 관찰자도 매우 많은 것을 알 수 있었다. 피사체가 어떤 인물인지에 관해… 또는, 오안칼리들이 피사체를 어떤 인물로 여기는지에 관해서도.

오안칼리들이 생각하는 테이트 마라는 똑똑하고 어느 정도는 유연한 인물, 그리고 아마도 스스로를 제외하면 아무에게도 위험하지 않은 인물이었다.

서류철을 내려놓은 릴리스는 자신만의 칸막이 방에서 나온 다음, 그 방 옆에 방 한 칸을 더 짓기 시작했다.

릴리스를 내보내지 않으려고 꿈쩍 않던 벽들이 이제는 그녀의 손길에 반응했다. 그녀가 바닥에 땀이나 침을 흘려 기다란 선을 남기면 그 선의 안쪽을 따라 벽이 자라나는 식이었다. 이렇게 해서 오래된 벽은 새로운 벽을 만들어 냈고, 새로운 벽은 그녀가 지시하는 대로 열리고 닫히거나, 전진하고 후퇴했다. 니칸지는 그녀에게 벽을 조종하는 법을 아주 확실하게 가르쳤다. 다 가르치고 나서는 그것의 짝짓기 상대인 디샤안과 아하자스가 그녀에게 만약 동족인 인간들이 공격하면 벽을 세워 스스로를 단단히 감싸라고 일러줬다. 둘 다 독방에 감금된 인간을 심문한 경력이 있었는데 릴리스를 걱정하는 마음은 니칸지보다 그 둘이 더 커 보였다. 둘은 그녀에게 그곳에서 꺼내주겠다고 약속했다. 다른 인간의 착각 때문에 일어난 폭동에 휘말려 죽게 놔두지는 않겠다며.

릴리스가 소란을 제때 눈치채고 스스로를 벽으로 감싸 보호하면 벌어지지 않을 문제였다.

잘 맞는 사람을 고르고, 그렇게 고른 사람들을 이쪽으로 천천히 데려오고, 먼저 각성시킨 사람들에게 신뢰가 생겼을 때 비로소 다음 후보들을 각성시키는 편이 더 나았다.

릴리스는 두 벽을 잡아당겨 서로 50센티미터 정도 떨어진 지점에 고정시켰다. 이로써 좁다란 출입구가 만들어졌다. 여닫는 문 없이도 사생활을 최대한 보장해 줄 출입구였다. 릴리스는 벽 하나를 안쪽으로 틀어 사람들의 우연한 시선으로부터 방 자체를 가려줄 조그만 현관도 만들었다. 그녀가 각성시킨 이들은 어차피 가진 것이 없으니 뭔가 빌리거나 훔치러 기웃거리고 다닐 일도 없었고, 만에 하나 누군가 이 기회를 틈타 남을 훔쳐보려 했다가는 모두에게 따끔한 맛을 볼 터였다. 릴리스는 이제 힘이 셌기 때문에 자기 손으로 문제아들을 거뜬히 손봐줄 수도 있었지만, 피치 못할 경우가 아니라면 그런 일은 하고 싶지 않았다. 그런 짓은 사람들이 공동체를 이루는 데 도움이 되지 않기 때문이었다. 그리고 만일 그들이 단합을 이루지 못한다면 다른 어떤 일을 해도 무의미할 뿐이었다.

새로 만든 방 안에서 릴리스는 침대 평상과 테이블 평상을 바닥으로부터 솟아오르게 한 다음, 테이블 주위로 의자 평상 세 개를 솟아오르게 했다. 테이블과 의자는 사람들이 오안칼리식 독방에서 지내는 동안 익숙해진 것과 조금이기는 해도 모양이 달랐다. 이 방의 가구 배치가 더 인간적이었다.

방을 만드는 데는 시간이 꽤 걸렸다. 다 만들고 나서 릴리스는 열한 사람의 서류만 제외하고 서류철을 모두 모아 자기 방의 테이블 평상 안쪽에 꼭꼭 숨겨놨다. 그 열한 명 가운데 몇 명은 지도부가 될 운명이었다. 맨 먼저 각성할 사람들, 그리고 나중까지 살아남아 꼭 필요한 일을 완수할 가능성이 얼마나 될지 릴리스에게 맨 먼저 보여줄 사람들이었다.

맨 처음은 테이트 마라였다. 여성이 한 명 더. 성적 긴장감 같은 것은 생길 리 없었다.

릴리스는 테이트가 그려진 그림을 손에 들고 화장실이 늘어선 벽의 맞은편에 있는 기다랗고 밋밋한 벽 앞으로 간 다음, 잠시 가만히 서서 그림 속의 얼굴을 들여다봤다.

일단 사람들이 각성하면, 릴리스는 그들과 더불어 사는 것 말고는 선택지가 없었다. 그들을 다시 잠재울 수는 없었다. 그런데 어찌 보면 테이트 마라는 함께 살기 힘든 사람 같았다.

릴리스는 그림의 표면을 손으로 어루만지다가, 그림을 벽에 갖다 댔다. 그러고는 그림의 얼굴 쪽 면을 벽에 댄 채로, 벽 한쪽 끄트머리에서 걷기 시작해 멀찍이 떨어진 반대편 끄트머리 쪽으로 천천히 나아갔다. 움직이는 동안 눈을 감은 채로, 니칸지와 미리 연습했을 때의 기억을 떠올렸다. 그때 그녀는 다른 감각들을 최대한 무시해야 움직이기가 더 수월했다. 오로지 그림을 쥐고 벽에 밀착시킨 손에만 정신을 집중해야 했다. 오안칼리 수컷과 암컷은 이 과정에서 머리 촉수를 사용했다. 때로는 감각 팔을 사용하기도 했다. 두 가지 방법 모두 기억에 의존할 뿐, 프린트로 만들어 낸 초상화 그림은 사용하지 않았다. 그들은 인간의 프린트를 읽거나 인간을 조사한 후에 프린트를 만들면, 그 프린트를 기억했다가 복사하는 능력이 있었다. 프린트를 읽거나 복사하는 것은 릴리스로서는 꿈도 꾸지 못할 일이었다. 그런 일을 하려면 오안칼리들의 감각 기관이 있어야 했다. 그녀의 아이들에게는 그런 기관이 생길 것이라고 카가야트가 말한 적이 있었다.

릴리스는 이따금 멈춰 서서 땀에 젖은 손으로 그림을 문질렀다. 이로써 자신의 고유한 화학적 서명을 벽 표면에 고쳐 적었다.

방의 중간 지점을 조금 넘어간 곳에 이르렀을 때, 서서히 반응이 느껴졌다. 그림이 닿은 벽 표면이, 손이 닿은 그 표면이 살짝 불룩하게 솟아올랐다.

릴리스는 곧바로 멈춰 섰다. 처음에는 뭐가 느껴지기는 했는지조차 확실치 않았다. 뒤이어 불룩하게 솟은 자리가 또렷이 느껴졌다. 릴리스는 그 자리를 손으로 살짝 눌렀고, 그림과 닿은 벽 표면이 벌어지기 시작할 때까지 그 손을 떼지 않았다. 그러다가 뒤로 물러나자 전에 봤던 기다란 초록색 식물이 벽에서 불쑥 나왔다. 그녀는 커다란 방의 한쪽 끝에 있는 빈 공간으로 가서 벽을 열고 재킷과 바지를 꺼냈다. 그녀가 그랬듯이 그 사람들도 옷을 보고 열렬히 반가워할 듯싶었다.

초록색 식물은 바닥에 늘어진 채 천천히 꿈틀거렸고, 주위에는 벽 속에서부터 식물을 따라온 악취가 여태 맴돌았다. 굵직하고 통통한 식물의 줄기만 봐서는 어느 쪽 끄트머리에 테이트 마라의 머리가 숨겨졌는지 알 수 없었지만, 어차피 상관없었다. 릴리스가 식물의 줄기에 손을 대고 마치 지퍼를 내리듯 손을 아래쪽으로 내리자 식물의 표면이 스르륵 벌어졌다.

이 단계에 이른 식물이 사람을 집어삼킬 위험은 전혀 없었다. 식물에게 릴리스는 니칸지만큼이나 맛없는 먹이였다.

서서히, 테이트 마라의 얼굴과 몸이 눈에 들어왔다. 자그마한 가슴. 이제 막 사춘기에 들어선 여자애 같은 몸매. 속이 비칠 듯이 하얀 피부와 연한 금빛 머리카락. 아이처럼 앳된 얼굴. 그러나 테이트는 스물일곱 살이었다.

테이트는 가사 상태를 유지시키는 식물에서 완전히 벗어나야 비로소 깨어날 수 있었다. 그녀의 몸은 축축하고 미끄러웠지만 무겁지는 않았다. 한숨을 쉬며, 릴리스는 그녀를 들어 식물 바깥으로 완전히 꺼냈다.

2

"저리 가!" 테이트는 눈을 뜨기가 무섭게 외쳤다. "당신 누구야? 지금 뭐 하는 거야?"

"옷을 입혀주려고 이러는 거예요." 릴리스가 말했다. "이제 당신 손으로 입어도 돼요. 그럴 기운이 있다면요."

몸을 바들바들 떨면서, 테이트는 가사 상태에서 깨어난 부작용을 하나둘 겪기 시작했다. 몸이 부작용에 굴복하기 전에 단 몇 마디나마 멀쩡하게 말한 것 자체가 놀라운 일이었다.

테이트는 태아처럼 몸을 잔뜩 옹송그린 채 바닥에 누워 신음했다. 그러다 몇 번인가 질식할 것처럼 커컥거리며 마치 물을 들이켜듯 묵직하게 숨을 들이마셨다.

"젠장!" 한참 후, 몸의 부작용이 차츰 잦아들 무렵 테이트가 말했다. "어휴, 젠장. 꿈이 아니었던 거야. 이제 알겠어."

"옷을 마저 입어요." 릴리스가 테이트에게 말했다. "꿈이 아니란 건 진작부터 알았잖아요."

테이트는 릴리스를 한번 올려다보더니, 다시 반쯤 벗은 자기 몸을 내려다봤다. 바지는 릴리스가 입혀줬지만 재킷은 달랑 팔 한쪽만 소매에 꿰고 있었다. 테이트는 각성의 부작용 때문에 끙끙대며 재킷 소매 속의 팔을 가까스로 움찔움찔 움직였다. 그 상태로 재킷을 높이 들어 몸에 걸치더니 앞섶을 여미는 법을 곧장 터득했다. 그리고는 몸을 돌려 릴리스가 식물의 줄기를 닫고 바로 근처의 벽을 열어 식물을 속으로 집어넣는 광경을 말없이 지켜봤다. 몇 초 후, 그곳에 남은 흔적이라고는 빠르게 말라가는 바닥의 젖은 자국뿐이었다.

"당신 눈에는 대단해 보이겠지만." 릴리스는 테이트를 마주 보며 말했다. "그래봤자 나도 당신하고 똑같은 포로 신세예요."

"그보다는 대리 관리자에 더 가까운 것 같은데요."

"그쪽에 더 가깝다고 할 수 있죠. 내가 지금부터 서른아홉 명을 더 각성시키기 전까진 아무도 이 방에서 나가지 못해요. 당신은 내가 첫 번째로 고른 사람이에요."

"왜요?" 테이트는 믿기 힘들 정도로 침착했다. 적어도 겉으로는 그렇게 보였다. 이때껏 각성한 경험은 고작 두 번이었다. 집단의 부모로 선택받지 않은 평범한 인간치고는 평균적인 횟수였지만, 행동을 보면 마치 지금 벌어지는 일을 조금도 특이하지 않게 여기는 듯했다. 그 모습을 보며 릴리스는 안도했다. 테이트를 고른 자신이 옳았다는 증거였으므로.

"왜 당신을 첫 번째로 골랐냐고요? 나를 죽이려고 들 가능성이 가장 적어 보이는 사람, 제풀에 주저앉을 가능성이 가장 적어 보이는 사람, 다른 사람들이 각성하면 맨 먼저 나서서 도와줄 것처럼 보이는 사람이 바로 당신이었기 때문이에요."

테이트는 그 말을 곱씹는 눈치였다. 재킷을 만지작거리며 양쪽 앞섶이 어떻게 여며지고 또 어떻게 벌어지는지 다시 살펴봤다. 옷감의 감촉 자체를 느껴보고 표정을 찡그리기도 했다.

"여긴 대체 어디예요?" 테이트가 물었다.

"달 궤도 바깥쪽으로 조금 떨어진 곳에 있는 장소예요."

침묵이 흘렀다. 그러다 한참 만에 테이트가 입을 열었다. "아까 벽 속에 밀어 넣은 그 초록색 민달팽이처럼 생긴 커다란 건 뭐예요?

"그건… 식물이에요. 우릴 납치한 자들, 그러니까 우릴 구조한 자들은 그 식물을 이용해 사람을 가사 상태로 유지해요. 당신도 아까 그 식물 속에 들어 있었어요. 내가 꺼내줬죠."

"가사 상태라뇨?"

"우린 250년이 넘게 그 상태였어요. 지구는 이제 곧 우리가 다시 살 수 있는 환경이 될 거예요."

"그럼 우린 지구로 돌아가는 건가요?"

"예."

테이트는 널따랗고 텅 빈 방을 둘러봤다. "어디로 돌아가는데요?"

"열대 우림으로요. 아마존 분지 어디쯤이래요. 이제 도시는 어디에도 없어요."

"그래요. 그럴 줄 알았어요." 테이트는 심호흡을 하고 말을 이었다. "식사는 언제 해요?"

"당신을 각성시키기 전에 당신 방에 음식을 조금 갖다 뒀어요. 따라와요."

테이트는 릴리스의 뒤를 따라갔다. "배가 너무 고파서 저번에 각성했을 때 그자들이 먹으라고 줬던 깁스 찌꺼기도 먹어치울 것 같아요."

"석고 쪼가리 같은 건 이제 없어요. 과일, 견과, 스튜 비슷한 음식, 빵, 치즈 같은 것, 코코넛 밀크….."

"고기는요? 스테이크도 있어요?"

"뭐든 다 먹을 순 없어요."

테이트는 믿기 힘들 정도로 훌륭했다. 릴리스는 그녀가 느긋하게 자제하는 태도를 조만간 잃어버리지 않을까 하고 잠깐 동안 불안해했다. 금세 울음을 터뜨리거나 구역질을 하거나 악을 쓰거나, 아니면 벽에 머리를 찧을 것만 같았다. 그러나 무슨 일이 벌어진다고 해도 릴리스는 테이트를 도울 작정이었다. 단 몇 분 동안 평범해 보이는 대화를 주고받은 것만으로도 엄청난 고난을 감수할 가치는 충분했다. 실제로 다른 인간과 더불어 대화하고 이해받았기 때문이었다. *까마득히 오랜만에.*

테이트는 음식에 달려들어 허기가 다 가실 때까지 먹기만 했을 뿐, 말하느라 시간을 낭비하지는 않았다. 아주 중요한 한 가지 질문을 아직 꺼내지 않았어. 릴리스는 속으로 생각했다. 물론 테이트가 묻지 않은 것은 엄청나게 많았지만, 릴리스는 그중 한 가지 질문 때문에 유독 궁금증이 솟았다.

"그나저나, 이름이 뭐예요?" 테이트가 마침내 식사를 멈추고 물었다. 그러고는 코코넛 밀크를 머뭇머뭇 홀짝이다가 단숨에 들이켰다.

"릴리스 이야포예요."

"릴리스라. 그럼 애칭은 릴?"

"그냥 릴리스예요, 살면서 애칭으로 불린 적은 한 번도 없어요. 그러고 싶지도 않고요. 당신은 본명 말고 따로 불리고 싶은 이름이 있나요?"

"아뇨. 테이트면 돼요. 테이트 마라. 내 이름은 그자들이 가르쳐 줬겠죠?"

"예."

"그럴 줄 알았어요. 그 망할 놈들이 온갖 걸 다 물어봤으니까요. 그놈들은 날 각성시켜서는 독방에다… 분명 두세 달은 가뒀을 거예요. 그놈들이 그 얘기도 해줬나요? 아니면 당신도 같이 보고 있었어요?"

"그땐 나도 잠들었거나 독방에 갇혀 있었지만, 그래도 당신이 감금됐다는 건 알았어요. 당신이 각성한 기간은 다 합쳐서 석 달이었어요. 난 2년 조금 더 됐고요."

"그자들이 당신을 대리 관리자로 삼기까지 그렇게 오랜 시간이 걸렸다, 이거죠?"

릴리스는 찡그린 표정으로 견과 몇 개를 집어 먹었다. 그러고는 물었다. "무슨 뜻으로 한 말이에요?"

아주 잠깐, 테이트는 어딘가 불편해서 쭈뼛거리는 사람처럼 보였다. 그 몸짓은 너무나 빠르게 나타났다가 사라졌기 때문에 릴리스가 한순간만 정신을 딴 데로 돌렸어도 놓쳤을 법했다.

"글쎄요, 그자들이 왜 당신 혼자만 그렇게 오랫동안 각성시켜 뒀을까요?" 테이트가 따지듯 물었다.

"난 처음에는 그들과 얘기하지 않으려고 했어요. 그러다 나중에

조금씩 얘기를 나누다가, 그들 중 몇몇이 나한테 관심을 가졌나 봐
요. 그 무렵엔 그들도 나를 대리 관리자로 만들려고 하지 않았어요.
그때는 아직 내가 그런 일을 맡기기에 적합한지 어떤지 판단하는 단
계였죠. 만약 나도 그들의 결정에 한 표를 행사할 수 있었다면, 아마
난 지금도 잠들어 있을걸요.”

“왜 그자들하고 얘길 안 하려고 했는데요? 혹시 당신, 전에 군인
이었어요?”

“어휴, 그렇진 않아요. 그저 감금당하는 것도, 심문당하는 것도,
누군지도 모르는 상대한테 명령받는 것도 싫었을 뿐이에요. 그런데
테이트, 이제 그들이 누군지 당신도 알 때가 됐어요. 지금까지는 그들
에게 정체를 묻지 않으려고 조심했다고 해도 말이에요.”

테이트는 심호흡을 하고는 손으로 이마를 짚은 채 테이블을 빤히
내려다봤다. “그자들한테 정체가 뭐냐고 물어보긴 했어요. 대답을 안
하더군요. 얼마 후에는 나도 겁이 나서 더 물어보지 않았고요.”

“맞아요. 나도 그랬어요.”

“그자들 혹시… 소련인인가요?”

“그들은 인간이 아니에요.”

테이트는 꿈쩍도 하지 않았다. 입을 다문 시간이 너무 길어져서
릴리스가 대신 말을 이었다.

“스스로를 오안칼리라고 부르는데, 생긴 건 해양 생물 같아도 두
발로 걸어 다녀요. 그들은…. 내가 하는 말 알아들어요?”

“듣고 있어요.”

릴리스는 머뭇거렸다. "내가 하는 말을 믿어요?"

테이트는 고개를 들어 릴리스를 봤다. 살짝 웃는 것처럼 보였다. "그런 말을 어떻게 믿겠어요?"

릴리스는 고개를 끄덕였다. "그렇겠죠. 그래도 조만간 믿어야 할 거예요. 당연히 그래야죠. 그리고 당신이 마음의 준비를 하게끔 돕는 게 내 임무예요. 오안칼리들은 징그럽게 생겼거든요. 괴상망측하게요. 하지만 우린 그들에게 익숙해질 테고, 그들이 우릴 해치는 일도 없을 거예요. 그 사실을 잘 기억해 두세요. 때가 되면 아마 그 기억이 도움이 될 거예요."

3

이후 사흘 동안 테이트는 잔뜩 잤고, 잔뜩 먹었고, 릴리스에게 이런저런 질문을 던져 더없이 솔직한 대답을 들었다. 그리고 릴리스에게 전쟁 전에 자신이 어떻게 살았는지도 얘기해 줬다. 릴리스가 보기에 테이트는 그 이야기를 하는 동안 긴장을 풀고 평소에 걸치던 감정 조절의 갑옷을 벗은 것처럼 보였다. 이는 보람 있는 일이었다. 그녀의 이야기를 들은 릴리스 또한 자신에 관해, 그러니까 전쟁 전의 자기 과거에 관해 조금은 털어놔야겠다는 의무감을 느꼈기 때문이었다. 평소에는 그런 생각이 드는 경우가 매우 드물었다. 제정신을 유지하려면 현실을 보이는 대로 받아들여야 한다는 것을, 또한 기억을 떠올리면 사로잡혀 버릴 만한 과거의 환경은 무시하고 새 환경에 적응해야 한다는 것을 배워서 터득했기 때문이었다. 릴리스는 니칸지에게는 인류 전반에 관해 얘기하려 애썼고, 사적인 일화는 아주 가끔만 언급했다. 아버지 이야기, 형제, 자매, 남편과 아들 이야기… 이제 그녀는 대학으로 돌아가 공부를 계속한 이야기까지 테이트에게 털어놓기로 마음먹었다.

"인류학이라." 테이트는 깔보듯이 중얼거렸다. "뭐 하러 다른 사람들의 문화를 기웃거려요? 본인이 속한 문화에서는 원하는 걸 찾을 수가 없었나요?"

릴리스는 빙그레 웃다가 테이트의 찡그린 표정을 눈치챘다. 그 표정은 마치 릴리스의 웃음이 틀린 대답의 첫머리라고 말하는 듯했다.

“처음에는 바로 그런 걸 하고 싶어서 시작했어요.” 릴리스가 말했다. “기웃거리기. 탐색하기. 나한테는 내 문화가, 그러니까 우리 문화가 낭떠러지에서 거꾸로 곤두박질치는 것처럼 보였어요. 물론 나중에 알고 보니 내 생각이 옳았죠. 난 더 멀쩡한 정신으로 살아가는 방식이 틀림없이 있을 거라고 생각했어요.”

“그래서 뭘 좀 찾았나요?”

“그럴 기회가 별로 없었어요. 찾았어도 어차피 별로 중요하지 않았을 거예요. 결국 중요한 건 미국과 소련의 문화였으니까요.”

“궁금하네요.”

“뭐가요?”

“인간은 서로 다른 구석보다 닮은 구석이 더 많아요. 분명 우리가 인정하고 싶지 않을 만큼 많겠죠. 난 궁금해요. 만약 어떤 문화권이든 두 나라가 상대방을 세계의 나머지 부분과 함께 지워버릴 만큼 강력한 힘을 얻는다면, 결국엔 지난번 전쟁이랑 똑같은 일이 벌어지지 않을까요?”

테이트의 말에 릴리스는 쓸쓸한 표정으로 웃었다. “당신한테는 이곳이 잘 맞을지도 모르겠네요. 오안칼리들 사고방식이 당신하고 꽤 비슷하거든요.”

테이트는 갑자기 불안해 보이는 표정을 하고 돌아섰다. 그러고는 릴리스가 두 번째 화장실 양쪽에 지어놓은 세 번째와 네 번째 방 쪽으로 휘적휘적 걸어가 방을 여기저기 살펴봤다. 두 방 가운데 한 칸은 테이트의 방과 등을 맞댄 구조였고, 이 때문에 부분적으로 그녀 방의 벽 한쪽을 연장해 만든 셈이었다. 앞서 그녀는 벽이 자라나는 과정을 지켜봤다. 처음에는 현실로 믿지 못하다가, 이내 화를 내며 자신이 어떤 속임수에 넘어간 것이 아니라는 사실을 믿으려 하지 않았다. 그러다가 릴리스에게 슬금슬금 거리를 두며 릴리스를 경계하듯 주시했고, 불안한 듯 가만가만 행동했다.

그런 태도도 오래가지는 않았다. 테이트는 적어도 적응력 하나는 뛰어났다. "이해가 안 가요." 그녀는 나지막이 중얼거렸죠. 다만 그때는 이미 릴리스가 벽을 조종하는 능력과 특정인을 찾아 각성시키는 능력을 어떻게 얻었는지 이미 설명한 후였다.

이윽고 테이트가 돌아와 다시 말했다. "난 이해가 안 가요. 여긴 말이 되는 게 하나도 없다고요!"

"내 경우에는 믿기가 더 쉬웠어요." 릴리스가 말했다. "어떤 오안칼리가 내 독방에 제 발로 들어와 틀어박혀서는, 내가 자기한테 익숙해질 때까지 절대로 나가지 않았거든요. 그들을 실제로 보면 외계인이 아니라고 의심하기가 불가능해요."

"당신이나 불가능하겠죠."

"그 문제로 당신과 말다툼할 생각은 없어요. 나는 당신보다 훨씬 더 오래 각성한 상태였으니까요. 나는 오안칼리들과 더불어 살면서 그들을 있는 그대로 받아들였어요."

"기껏해야 그자들이 하는 말이나 그대로 받아들였겠죠."

릴리스는 대수롭잖다는 듯이 어깨를 으쓱했다. "이제 슬슬 사람들을 더 많이 각성시켜야겠어요. 오늘은 두 명을 새로 추가할 거예요.

도와줄래요?"

"누굴 각성시킬 건데요?"

"리아 비드랑 셀린 아이버스요."

"여자를 두 명 더요? 남자를 깨우지 그래요?"

"때가 되면 깨울 거예요."

"당신 짝이었던 그 폴 타이터스라는 남자 생각을 아직 못 떨친 거 군요?"

"그 남잔 내 짝이 아니었어요." 릴리스는 테이트에게 그 이야기를 하지 말걸 하고 후회했다.

"이번엔 남자를 각성시켜요, 릴리스. 아이들을 보호하다가 발견 된 그 남자요."

릴리스는 돌아서서 테이트를 마주 봤다. "말에서 떨어지면 곧바 로 다시 올라타라는 격언이 생각나네요. 한 번 실패해도 풀 죽지 말 고 원래 하던 대로 해라, 그거죠?"

"맞아요."

"테이트, 그 남자는 일단 깨어나면 계속 각성된 상태일 거예요. 키 는 185센티미터가 넘고 몸무게는 거의 100킬로그램에, 형사 생활을 7년이나 해서 남들을 지휘하는 데도 익숙하죠. 그 남자는 여기서 우 릴 구출하거나 보호할 순 없지만, 우릴 망쳐놓는 건 얼마든지 하고도 남아요. 그 남자가 단지 지금 여기가 우주선 안이라는 것만 안 믿으 려고 해도 우린 감정이 상할 거예요. 그러고 나면 그 남자가 하는 일 은 죄다 그릇되고 십중팔구 위험한 짓으로 보일걸요."

“그래서요? 여자들만 잔뜩 깨워서 여길 무슨 하렘같이 만든 후에 그 남자를 **각성**시킬 작정이에요?”

“아니요. 난 우선 리아하고 셀린을 깨워서 적당히 진정시킨 후에, 커트 로어하고 조지프 싱을 **각성**시킬 거예요.”

“그럼 당장 하면 되잖아요.”

“먼저 셀린부터 꺼낼게요. 그러고 나서 내가 리아를 꺼내는 동안 당신은 셀린이 괜찮은지 봐줘요. 내 생각에 셀린은 커트가 돌봐주기에 적당한 사람 같아요.”

릴리스는 자기 방으로 가서 두 여성의 사진을 들고 돌아왔다. 그러고는 벽에 손을 짚고 셀린을 찾는 일을 시작하려는 순간, 테이트가 그녀의 팔을 잡았다.

“우릴 감시하는 자들이 있는 거죠, 그렇죠?” 테이트가 물었다.

“맞아요. 늘 감시당하는지 어떤지는 모르겠지만, 우리 둘 다 **각성**해 있는 지금은 그래요. 틀림없이 보고 있을 거예요.”

“혹시 무슨 말썽이 생기면 우릴 도와줄까요?”

“꽤 심각하다고 판단할 경우에는요. 그들 중 일부는 아마 타이터스가 나를 강간하게 놔뒀을 거예요. 그래도 내가 그 사람 손에 죽게 놔뒀을 것 같진 않아요. 어쩌면 너무 늦게 막으려고 나섰을지도 모르지만요.”

“멋지네요.” 테이트는 쓸쓸하게 중얼거렸다. “우리 힘으로 헤쳐나가야 하다니.”

“바로 그거예요.”

테이트는 고개를 절레절레 흔들었다. "어떡해야 좋을지 모르겠어요. 문명이라는 제약을 다 벗어던지고 그저 살아남으려고 발버둥 칠 각오를 해야 할지, 아니면 우리 미래를 위해 그 제약을 지키고 더 발전시켜야 할지."

"필요한 일을 하면 돼요. 그러려면 조만간 살아남으려고 발버둥 쳐야겠지만요."

"차라리 당신이 틀렸으면 좋겠네요. 이제 와서 할 수 있는 일이 우리끼리 싸우는 것뿐이라면, 우린 아무 교훈도 배우지 못한 셈이니까요." 테이트는 멈칫하다가 말을 이었다. "당신은 아이가 없었겠죠, 릴리스?"

릴리스는 벽을 따라 천천히 걸음을 옮겼다. 눈을 감고서, 셀린의 얼굴이 담긴 그림을 쥔 손은 벽에 평평하게 댄 채로. 테이트는 곁에서 따라오며 그녀의 정신을 산만하게 했다.

"내가 말을 걸 때까지 기다려요." 릴리스가 테이트에게 말했다. "이렇게 찾는 동안 난 온 정신을 집중해야 한단 말이에요."

"전에 어떻게 살았는지 얘기하기가 진짜 힘든가 보네요." 테이트가 말했다. 연민이 깃든 그 목소리가 릴리스에게는 슬슬 미덥지 않게 들렸다.

"무의미할 뿐이에요. 힘든 게 아니라. 난 독방에 갇힌 2년 동안 그 시절의 기억 속에서 살았어요. 오안칼리들이 내 방에 나타났을 무렵에는 나도 현재로 넘어와서 쭉 현재를 살기로 마음먹은 상태였죠. 내 예전 삶은 방황의 연속이었어요. 뭘 찾는지 스스로도 모르는 채로 헤매기만 했으니까요. 그리고 아이라면, 아들이 하나 있었어요. 전쟁이 터지기 전에 교통사고로 죽었고요.” 릴리스는 깊이 숨을 들이쉬고 말을 이었다. “이제 방해하지 말아줘요. 셸린을 찾으면 그때 부를게요.”

테이트는 그 자리를 떠나 맞은편 벽의 화장실 가운데 한 칸으로 가서 벽에 기대어 섰다. 릴리스는 눈을 감고 다시 조금씩 걸음을 옮겼다. 시간이 얼마나 흘렀고 얼마만큼 걸었는지는 모두 잊어버린 채로, 벽을 따라 흘러가다시피 하는 느낌에 젖어들었다. 익숙한 환각이었다. 육체적 쾌락과 정서적 만족이 마치 마약 같았다. 지금 이 순간에 필요한 마약이었다.

“어차피 해야 할 일이라면 기분 좋게 하는 게 좋아요.” 전에 니칸지가 한 말이었다. 그것은 감각 팔 한 쌍이 다 자라고 나서부터 릴리스의 육체적 쾌락과 고통에 큰 관심을 보였다. 다행히도 고통보다는 쾌락에 더 관심이 많았다. 그것이 릴리스를 연구하는 방식은 그녀가 책을 읽을 때의 방식과 비슷했는데… 그것은 심지어 일정한 분량을 고쳐 쓰기까지 했다.

벽의 불룩한 부분은 손끝에 닿자마자 큼직하고 또렷하게 느껴졌다. 그러나 릴리스가 눈을 뜨고 벽을 살펴봤을 때는 특이한 부분이 전혀 보이지 않았다.

“거긴 아무것도 없어요!” 오른쪽 어깨 너머에서 테이트가 말했다.

릴리스는 깜짝 놀라 그림을 떨어뜨렸고, 돌아서서 테이트를 노려보고 싶은 충동을 지그시 억누르며 몸을 숙여 그림을 다시 주웠다. 그러고는 나직이 말했다. “저리 가요!”

테이트는 불만스러운 표정으로 몇 걸음 물러섰다. 릴리스는 굳이 집중하거나 테이트를 멀리 보내지 않아도 벽의 불룩한 지점을 얼마든지 찾아낼 수 있었지만, 당장은 벽을 조종할 때나 오안칼리 및 그들의 우주선과 관련된 일을 할 때에는 자신의 권위를 존중해야 한다는 것을 테이트에게 가르쳐 줘야 했다. 멋대로 다시 돌아와 등 뒤에서 살금살금 따라오다니, 도대체 생각이라는 걸 하기는 할까? 무슨 의도에서 그런 짓을 했을까? 일종의 장난이었을까?

릴리스는 그림의 얼굴 부분을 한 손으로 문지른 다음, 그림을 벽에 댔다. 불룩 솟은 지점은 단번에 찾아냈으나 아직 너무 야트막해서 눈에 띄지 않았다. 그림을 벽에서 떼자 솟아오르는 움직임도 멈췄지만, 그래도 불룩해진 지점은 도로 평평해지지 않았다. 이제 릴리스는 그림으로 그 지점을 부드럽게 문질러 더 솟아나게끔 유도했다. 마침내 불룩 튀어나온 부분이 눈에 띄게 또렷해지자 그녀는 뒤로 물러서서 기다리며 테이트를 손짓해 불렀다.

둘은 나란히 서서 기다랗고 반투명한 초록색 식물이 벽에서 밀려나오는 광경을 가만히 지켜봤다. 냄새가 스멀스멀 풍겨 오자 테이트는 역겨워하는 소리를 내며 뒷걸음질했다.

"내가 열기 전에 한번 보고 싶어요?" 릴리스가 물었다.

테이트는 식물 앞으로 다가가 가만히 내려다봤다. "왜 움직이는 거죠?"

"그렇게 해야 모든 부위가 잠깐씩 빛에 노출되거든요. 식물의 겉면 어딘가에 표시를 해두고 관찰해 보면 식물이 아주 천천히 회전한

다는 걸 알 수 있을 거예요. 그런 식의 운동은 안에 있는 사람에게도 좋아요. 근육 운동도 되고 자세도 바뀌니까요."

"별로 민달팽이처럼 보이진 않네요. 이제 안에 누가 있다는 걸 알았으니까요." 테이트는 식물에게 다가가 손가락 몇 개로 겉면을 어루만진 다음, 자신의 손끝을 살펴봤다.

"조심해요." 릴리스가 테이트에게 말했다. "셸린은 체격이 그렇게 크지 않으니까요. 이 식물은 다른 사람까지 냉큼 집어삼키려고 할 거예요."

"그렇게 되면 당신이 날 꺼내줄 건가요?"

"그럼요." 릴리스는 빙그레 웃었다. "맨 처음 이걸 보여준 오안칼리는 나에게 경고해 주지 않았어요. 그래서 무심코 손을 댔다가 식물한테 붙잡혀 어느새 덩굴이 내 손을 친친 감았는데, 난 그걸 뒤늦게 알아차리고 하마터면 기절할 뻔했죠."

테이트가 그 말대로 따라 하자 식물은 당연하다는 듯이 그녀의 손을 뒤덮어 갔다. 그녀는 냉큼 손을 뒤로 당기며 확연히 겁에 질린 표정으로 릴리스를 돌아봤다. "놓으라고 해요!"

릴리스가 테이트의 손이 붙잡힌 곳을 건드리자 식물은 그녀의 손을 놔줬다. "지금이에요." 릴리스가 말하며 식물의 한쪽 끄트머리 앞으로 이동했다. 그리고는 식물의 겉면에 손을 대고 아래쪽으로 쓸어내렸다. 식물은 여느 때처럼 천천히 벌어졌고, 릴리스는 셸린을 바깥으로 들어 올려 테이트가 보살피게끔 한쪽 바닥에 눕혔다.

"깨어나기 전에 옷을 좀 입혀줘요." 릴리스가 테이트에게 말했다.

그러나 셀린이 완전히 깨어났을 무렵, 릴리스는 이미 또 하나의 식물을 벽에서 꺼내어 리아 비드를 분리해 낸 참이었다. 그녀는 재빨리 리아에게 옷을 입혔다. 셀린과 리아 모두 릴리스가 두 식물을 벽 속으로 되돌려 놓기도 전에 완전히 깨어나 주위를 두리번거렸다. 식물을 제자리로 돌려놓은 릴리스는 방금 각성한 두 여성과 함께 둘러앉아 그들의 궁금증을 풀어줄 생각으로 뒤로 돌아서려 했다.

그러나 돌아서기는커녕, 릴리스는 느닷없이 등에 올라타 목을 졸라대는 리아의 체중 때문에 몸이 휘청했다. 그녀의 몸은 점점 뒤로 기울어 갔다. 시간이 느리게 흐르는 것만 같았다.

뒤로 자빠진 릴리스의 몸에 깔리면 리아는 십중팔구 허리나 머리를 다칠 판이었다. 겉만 살짝 다칠 수도 있었지만, 중상을 입을 위험도 있었다. 한 차례 어리석은 행동을 했다는 이유로 쓸 만한 잠재력을 지닌 인재를 희생시키는 것은 옳지 않았다.

릴리스가 간신히 옆으로 넘어진 덕분에 리아는 팔과 어깨만 바닥에 부딪혔다. 릴리스는 리아의 손을 더듬더듬 붙잡고 목에서 떼어 냈다. 어렵지는 않았다. 심지어 그녀는 리아가 다치지 않도록 줄곧 신경 쓸 만큼 차분했다. 이와 동시에 리아가 얼마나 가뿐하게 제압당했는지 눈치채지 않게끔 배려하기까지 했다. 숨이 막힐 정도로 괴로운 느낌이 전혀 없었으면서도 목에서 리아의 손을 떼어 내며 헉 소리를 낸 것 또한 그래서였다. 버둥대던 리아가 자신의 손을 붙잡으려 안간힘을 쓸 때에도 릴리스는 가만히 있었다.

"그만 좀 해요!" 릴리스가 외쳤다. "나도 당신하고 똑같은 포로 신세예요. 당신을 여기서 내보내 줄 수 없다고요. 나 스스로도 나가지 못해요. 무슨 말인지 알아요?”

버둥대던 리아가 멈칫했다. 그러고는 릴리스를 노려봤다. “나한테서 떨어져.” 리아의 목소리는 타고난 저음에 걸걸하기까지 했다. 이제는 거의 으르렁대는 소리처럼 들렸다.

“그럴 거예요. 하지만 다시는 나한테 덤벼들지 마요. 난 당신 적이 아니니까.”

리아는 입으로 뜻 모를 소리를 냈다.

“체력을 아껴둬요.” 릴리스가 말했다. “앞으로 재건할 게 잔뜩 있으니까요.”

“재건이라니?” 리아가 으르렁대듯 물었다.

“전쟁이 일어났잖아요. 잊어버렸어요?”

“차라리 잊어버리면 좋을 텐데.” 기세가 누그러진 목소리였다.

“지금 나를 죽이면 당신은 지금까지의 전쟁만으로 부족하다는 걸 증명하는 셈이에요. 당신이 재건에 한몫할 자격이 없다는 것도 증명하는 셈이고요.”

리아는 말이 없었다. 잠시 후, 릴리스가 그녀를 놔줬다.

두 여성은 서로 경계하며 나란히 일어섰다.

“나한테 자격이 있는지 없는지 누가 결정하는데? 당신?” 리아가 물었다.

“결정은 우리를 가둔 자들이 해요.”

아무도 예상치 못했던 셀린의 목소리가 나지막이 들려왔다. “그 사람들이 누군데요?" 그녀의 얼굴에는 이미 눈물 자국이 기다랗게 나 있었다. 그녀와 테이트는 대화에 합류하려고 소리 없이 다가온 참이었다. 아니면 둘의 싸움을 구경하러 왔거나.

릴리스가 흘긋 돌아보자 테이트는 고개를 가로저었다. "이런데도 여자보다 남자가 각성 후에 더 폭력적일까 봐 걱정했단 말이죠."

"그 걱정은 지금도 해요." 릴리스가 테이트에게 말했다. 그러고는 셀린을, 다음으로 리아를 돌아봤다. "같이 뭐 좀 먹으러 가요. 궁금한 걸 물어보면 내가 아는 대로 가르쳐 줄게요."

릴리스는 셀린이 머물 방으로 사람들을 데려간 다음, 평소처럼 정체 모를 음식이 담긴 대접을 예상했다가 익숙한 지구 음식이 나오자 눈이 동그래진 그들의 모습을 가만히 지켜봤다.

음식을 배부르게 먹고 나서 사람들은 어느 정도 경계를 풀고 느긋해졌고, 그러자 이야기를 나누기도 더 쉬워졌다. 그들은 이곳이 달 궤도 바깥의 우주선이라는 사실을 믿으려 하지 않았다. 리아는 그곳에 있는 사람들이 외계인에게 붙잡힌 신세라는 말을 듣고 깔깔 웃었다.

"당신은 거짓말쟁이야, 아니면 미쳤거나." 리아가 말했다.

"내 말은 사실이에요." 릴리스의 목소리는 나긋했다.

"개소리하고 있네."

"오안칼리들이 나를 개조했어요." 릴리스가 리아에게 말했다. "그래서 이곳의 벽과 가사 상태 유지용 식물을 제어하는 능력이 생긴 거예요. 그들만큼 잘하지는 못하지만, 그래도 난 사람들을 각성시키고, 먹이고, 입히고, 어느 정도 사생활을 보장해 줄 수 있어요. 당신들은 나에게 어떤 능력이 있는지 다 봤잖아요, 그러니까 나를 향한 의심에 굴복해 아무것도 못 본 척하진 마요. 그리고 내가 들려준 얘기 중 두 가지는 꼭 명심해요. 우선, 우리가 있는 이곳은 우주선 안이에요. 그 말을 안 믿는다고 해도 믿는 것처럼 행동하세요. 우주선 안에서는 달아날 곳이 없으니까요. 설령 이 방에서 나간다고 해도 여러분은 갈 곳도, 숨을 곳도, 자유를 누릴 곳도 없어요. 그런 반면에 우리가 여기서 보내는 시간을 꾹 참고 견뎌내면, 우리가 알던 세계를 되찾게 될 거예요. 우린 최초의 인간 정착민 귀환대가 돼서 지구에 내려갈 거니까요."

"그냥 시키는 대로 하면서 기다려라, 이거야?" 리아가 물었다.

"여기가 하도 마음에 들어서 쭉 눌러살고 싶은 게 아니라면요."

"난 당신이 하는 말 하나도 안 믿어."

"믿든 말든 마음대로 해요! 난 지금 당신한테 땅을 디디면서 걷는 기분을 다시 느끼고 싶으면 어떻게 행동해야 하는지 가르쳐 줄 뿐이니까요!"

셸린이 소리 죽여 흐느끼자 릴리스는 그녀 쪽을 보며 눈살을 찌푸렸다. "당신은 또 왜 그래요?"

셸린이 말했다. "뭘 믿어야 좋을지 몰라서요. 내가 왜 여태 살아 있는지조차 모르겠는걸요."

테이트는 그 말에 진저리가 났는지 한숨을 쉬며 고개를 절레절레 흔들었다.

"어쨌거나 당신은 지금 살아 있어요." 릴리스의 목소리는 싸늘했다. "그리고 여기엔 의약품이 없죠. 그러니까 만약 자살을 시도하면, 아마 성공할 거예요. 그런데 만약 여기 머물면서 지구가 다시 시작하도록 돕는다면… 뭐, 기왕 성공할 거라면 그쪽이 훨씬 더 보람찬 일 같은데요."

"당신은 아이를 낳은 적이 있나요?" 셀린이 물었다. 아니라는 답을 기대하는 빛이 역력했다.

"예." 릴리스는 이미 셀린이 마음에 들지 않았지만, 그래도 억지로 그녀의 말에 반응했다. "내가 **각성시켜야** 하는 사람들은 모두 혈혈단신으로 여기에 와 있어요. 우리 모두 외톨이인 거예요. 우리에겐 서로가 있을 뿐, 그 밖에는 아무도 없어요. 우린 공동체를 만들 거예요. 친구, 이웃, 남편, 아내가 되는 거죠. 안 그럴 수도 있지만요."

"남자들은 언제 생기는데요?" 셀린이 따지듯 물었다.

"하루나 이틀 후에요. 다음번엔 남자 둘을 각성시킬 거예요."

"지금 당장 하면 안 되나요?"

"안 돼요. 그 사람들이 쓸 방을 마련해야 하고, 음식에 옷까지 준비해야 하니까요. 당신이랑 리아를 위해 준비한 것처럼요."

"저 방들을 당신이 만들었단 말이에요?"

"만들었다기보다 자라게 했다는 게 더 정확해요. 나중에 보면 알 거예요."

"음식도 당신이 자라게 하는 거야?" 그렇게 묻는 리아는 한쪽 눈썹이 쫑긋 올라가 있었다.

"음식하고 옷은 이 커다란 방의 양 끄트머리에 있는 벽 안에 줄줄이 보관돼 있어요. 우리가 꺼낼 때마다 저절로 보충되는 식이에요. 나는 보관함은 열 수 있지만 그 뒤의 벽은 못 열어요. 오안칼리들만 열 수 있죠.”

잠시 침묵이 흘렀다. 릴리스는 자신이 먹은 과일의 껍질과 씨를 주섬주섬 모았다. “쓰레기는 죄다 변기에 버리면 돼요. 막힐까 봐 걱정할 필요는 없어요. 보기보다 성능이 좋거든요. 살아 있는 게 아니라면 뭐든 다 소화해 버려요.”

“소화라니!” 셀린이 겁에 질려 중얼거렸다. “변기가… 변기 자체가 살아 있단 말이에요?”

“맞아요. 이 우주선은 살아 있어요. 그 안의 거의 모든 것도 마찬가지고요. 오안칼리들은 우리가 기계를 사용하는 것과 같은 방식으로 생물을 사용해요.” 릴리스는 가장 가까운 화장실 쪽으로 걸어가다가 멈춰 섰다. “여러분이 명심해야 할 또 한 가지는.” 그녀는 리아와 셀린을 노려보며 말했다. “바로 우리가 감시당하고 있다는 거예요. 우리가 제각각 독방에서 감시당하던 시절과 똑같이 말이죠. 다만 이번에는 오안칼리들이 우릴 귀찮게 하지 않을 거예요. 우리가 마흔 명 또는 그보다 더 많이 각성해서 서로 그럭저럭 잘 지내는 한은요. 하지만 만일 우리가 서로 죽여대기 시작하면, 그들이 개입할 거예요. 그리고 살인 미수범이나 실제 살인범들은 남은 평생 동안 여기 이 우주선에 갇혀 살 거예요.”

“그러니까 당신은 우리한테서 보호받는 셈이군.” 리아가 말했다. “거 참 편리하네.”

"서로가 서로에게서 보호받는 셈이에요. 우린 멸종 위기종이니까요. 거의 씨가 마른 종이죠. 살아남으려면 우린 보호받아야 해요."

4

릴리스는 조지프 싱을 품은 가사 상태 유지용 식물이 커트 로어가 들어 있는 식물 옆에 나란히 멈춰 서고 나서야 커트를 꺼내기 시작했다. 먼저 두 식물 모두 재빨리 벌리고 조지프를 번쩍 들어 올려 꺼낸 다음, 뒤이어 커트를 식물에서 질질 끌어냈다. 그녀는 리아와 테이트를 시켜 커트에게 옷을 입혔고 조지프의 옷은 자기 혼자 도맡아 입혔다. 셀린이 벌거벗은 조지프에게 손끝도 대려 하지 않았기 때문이었다. 두 남자가 의식을 완전히 되찾아 비틀거릴 무렵에는 양쪽 모두 옷을 다 갖춰 입은 상태였다.

각성 후에 맨 먼저 찾아오는 고통이 가시고 나서, 두 남자는 일어나 앉아 주위를 두리번거렸다. "여긴 어디죠?" 커트가 물었다. "여기 책임자가 누구예요?"

릴리스는 그 말을 듣고 움찔했다. "나예요. 내가 당신을 각성시켰어요. 우리 모두 여기에 포로로 잡힌 신세지만, 난 사람들을 각성시키는 임무를 맡았어요."

"그런데 누구 밑에서 일하는 거요?" 조지프가 따지듯 물었다. 목소리에 특이한 억양이 조금 밴 탓에 그 말을 들은 커트가 돌아서서 조지프를 가만히 보다가, 이내 뚫어지게 노려봤다.

릴리스는 재빨리 그들을 인사시켰다. "이쪽은 뉴욕에서 온 콘래드 로어, 이쪽은 밴쿠버에서 온 조지프 싱이에요." 그러고는 여성들을 한 명씩 소개했다.

셸린은 이미 커트 곁에 자리를 잡고 있다가 릴리스의 소개가 끝나고 나서 자기소개를 덧붙였다. "세상이 아직 정상이었을 땐 다들 나를 셸이라는 애칭으로 불렀어요."

그 말에 테이트는 어이가 없다는 듯 하늘을 올려다봤고 리아는 표정이 일그러졌다. 릴리스는 비어져 나오는 웃음을 가까스로 참았다. 자신이 셸린을 제대로 봤기 때문이었다. 셸린은 커트가 승낙만 하면 자발적으로 그의 보호를 받을 사람이었다. 그렇게 하면 커트는 딴데 한눈을 팔 겨를이 없어졌다. 릴리스는 조지프의 얼굴에 스친 희미한 웃음을 놓치지 않았다.

"혹시 두 사람 다 배고프면 음식이 있으니까 먹어요." 릴리스는 슬슬 기본 안내문이 되어가는 문구를 재빨리 말했다. "먹으면서 궁금한 걸 물어보면 대답할게요."

"한 가지는 지금 대답해 줘요." 커트가 말했다. 그의 질문은 이러했다. "당신은 누구 밑에서 일하나요? 어느 쪽 진영이에요?"

커트는 앞서 릴리스가 그의 가사 상태 유지용 식물을 벽에 도로 넣는 광경을 목격하지 못했다. 그가 완전히 각성하고 나서부터 릴리스는 줄곧 그에게서 눈길을 떼지 않았다.

"저 아래 지구에는 말이죠." 릴리스는 조심스레 대답했다. "지도에 선을 긋고 그 선의 어느 쪽 진영이 정의의 편인지 말해줄 사람이 한 명도 남아 있지 않아요. 정부도 전혀 남아 있지 않고요. 아무튼, 인간이 만든 정부는요."

커트는 눈살을 찌푸리더니, 이내 앞서 조지프를 볼 때와 마찬가지로 릴리스를 노려봤다. "그러니까 당신 얘기는 지금 우리를 납치한 게… 인간이 아니라는 말인가요?"

"구조한 거라고 할 수도 있죠." 릴리스가 말했다.

조지프가 릴리스 앞으로 나섰다. "그자들을 봤어요?"

릴리스는 고개를 끄덕였다.

"당신은 그것들이 외계인이라고 믿어요?"

"예."

"그래서 당신이 보기에 지금 우리가 있는 여기는 일종의… 뭐라고 하죠? 우주선?"

"아주, 아주 커다란 우주선이에요. 거의 조그만 행성만큼 커요."

"그 증거로 뭘 보여줄 수 있나요?"

"당신이 끝까지 속임수로 치부한다면 내가 어떤 증거를 보여줘도 헛수고일 텐데요."

"그래도 뭐든 보여줘요."

릴리스는 흔쾌히 고개를 끄덕였다. 사람들을 한 번에 두 명 이상 깨우다 보면 다루는 방식도 조금씩 달라지는 듯싶었다. 릴리스는 자신의 신진대사에서 일어난 변화에 관해 아는 대로 설명한 다음, 두 남자가 보는 앞에서 방 한 칸을 자라나게 했다. 그러는 동안 두 차례 손을 멈추고 그들에게 벽을 살펴볼 시간을 줬다. 그녀는 벽이 자라게 하는 동안 두 남자가 끼어들어 벽을 조종하려 해도 아무 말도 하지 않았고, 그들이 벽을 부수려 했을 때도 마찬가지였다. 벽의 생체 조직은 두 남자에게 저항했고, 그들을 무시했다. 그들의 힘은 보잘것없었다.

결국 그들은 릴리스가 방을 완성할 때까지 말없이 구경만 했다.

"이 벽의 재료는 내가 전에 **각성했을** 때 갇혔던 방의 구성 물질하고 비슷하네요." 커트가 말했다. "대체 정체가 뭐죠? 무슨 플라스틱 같은 건가요?"

"살아 있는 생물이에요." 릴리스가 대답했다. "동물보다는 식물에 더 가깝고요." 그녀는 놀라서 말을 잃은 두 남자를 잠시 내버려뒀다가 이윽고 리아와 함께 음식을 차려놓은 방으로 그들을 안내했다. 테이트는 그 방에 먼저 도착해 쌀밥과 콩 요리를 먹는 중이었다.

셀린은 음식이 담긴 커다란 식용 그릇을 커트에게 건넸고 릴리스도 조지프에게 한 그릇을 건넸다. 그러나 조지프는 살아 있는 우주선이라는 주제에 정신이 단단히 팔린 상태였다. 그는 스스로 음식을 먹지 않은 것은 물론이고 릴리스마저 편히 식사하지 못하게 방해하며 그녀가 우주선의 작동 방식에 관해 아는 모든 지식을 자신도 알고자 했다. 나중에는 그녀가 아는 것이 너무 적어서 짜증이 난 기색을 보이기도 했다.

"저 사람이 하는 말을 믿어요?" 마침내 포기한 조지프가 자기 몫의 차게 식은 음식을 맛보려 할 때 리아가 물었다.

"릴리스 본인이 자기 말을 믿는다는 건 나도 믿어요. 그것 말고 뭘 믿어야 할지는 아직 판단이 안 서지만." 조지프는 멈칫하다가 말을 이었다. "그래도 우리가 우주선 안에 있다는 전제하에 행동하는 건 실제로 중요할 것 같아요. 여기가 우주선이 아닌 게 확실히 밝혀지지 않는 한은요. 우주에 떠 있는 배라면 기껏 이 방을 탈출해도 여전히 완벽한 감옥일걸요."

릴리스는 고맙다는 듯 고개를 끄덕였다. "바로 그거예요. 그 태도가 중요해요. 개개인의 생각이야 어떻든 간에 다들 이곳을 우주선으로 여기고 그에 맞게 행동하면서 버틴다면, 우린 끝까지 살아남아 지구로 보내질 거예요."

뒤이어 릴리스는 그들에게 오안칼리에 관해, 또 지구에 새로운 인간 공동체를 이식하는 계획에 관해 계속 이야기했다. 그러고 나서 유전자 거래에 관한 이야기도 들려줬는데 이는 그녀가 판단하기에 그들도 반드시 알아야 할 사안이기 때문이었다. 만약 시간을 너무 오래 끈 후에 그 사실을 밝힌다면 그들은 그녀의 침묵을 배신으로 느낄지도 몰랐다. 그러나 지금 밝혀놓으면 시간을 넉넉하게 주는 셈이므로 그들은 그 계획을 거절했다가 다시 천천히 검토한 다음, 계획의 진짜 의미를 깨달을지도 몰랐다.

테이트와 리아는 릴리스를 비웃으며 DNA를 조작해 인간과 외계인을 교배할 수 있다는 말을 결코 믿으려 하지 않았다.

"인간과 오안칼리의 결합은 나도 아직 본 적이 없어요. 내가 아는 한은요." 릴리스가 사람들에게 말했다. "하지만 내가 실제로 본 것과 오안칼리들이 *내* 안에서 일으킨 변화 때문에, 나는 그들이 우리를 유전적으로 조작할 수 있고 그렇게 할 의지도 있다고 믿어요. 그들이 우리와 융화하려 할지 아니면 우리를 파괴하려 할지… 그건 나도 모르지만요."

"음, 나는 *아무것도* 보질 못했는데요." 커트가 말했다. 그는 한참 동안 릴리스가 하는 말을 조용히 귀 기울여 듣다가 셸린이 겁먹은 표정으로 곁에 앉자 한쪽 팔로 그녀를 감쌌다. "내 눈으로 뭔가 보기 전에는, 그러니까 움직이는 벽 같은 것 말고 확실한 걸 보기 전까지는, 다 헛소리일 뿐이에요."

"난 뭘 보든 간에 진짜라고 믿을 자신이 없네요." 테이트가 말했다.

"우리를 납치한 자들이 유전자 조작 같은 짓을 할 작정이라는 건 영 못 믿을 소리는 아니에요." 그 말을 한 사람은 조지프였다. "그런 일은 인간이든 외계인이든 상관없이 할 수 있죠. 유전학 분야는 전쟁 전에 연구가 많이 이뤄졌으니까요. 그런 연구가 나중에 무슨 우생학 프로그램 같은 걸로 전락했을 수도 있어요. 만약 히틀러가 그런 기술을 보유한 채로 제2차 세계 대전에서 살아남았다면, 전쟁이 끝난 후에 똑같은 짓을 하려고 들었을걸요." 그는 숨을 깊이 들이쉬고 말을 이었다. "내 생각에 지금 우리의 가장 확실한 대책은 최선을 다해 배우는 거예요. 사실을 수집하고, 늘 주의 깊게 관찰하면서요. 그러다 보면 나중에 어떤 식으로든 탈출할 기회가 생겼을 때 최대한 활용할 수 있으니까요."

배워서 달아나자는 말이지. 릴리스는 속으로 생각하다가 거의 신이 날 지경이었다. 마음 같아서는 조지프를 안아주고 싶었다. 다만 실제로는 차게 식은 음식만 한 입 더 먹었다.

5

이틀 후, 릴리스는 커트가 (적어도 당장은) 말썽을 일으키지 않으리라는 것을 알고 나서 게이브리얼 리날디와 비어트리스 드와이어를 각성시켰다. 그녀는 조지프에게 자신과 함께 게이브리얼을 돌봐달라고 부탁했고 비어트리스는 리아와 커트에게 맡겼다. 셀린은 사람들에게 옷을 입히고 적응하게끔 도와주는 쪽으로는 여전히 재주가 없었다. 테이트는 사람들을 각성시키는 일에 싫증이 난 눈치였다.

"깨우는 사람의 수를 매번 두 배씩 늘려야겠어요." 테이트가 릴리스에게 말했다. "그러면 일하는 횟수도 줄고, 일 처리 속도도 빨라지고, 지구에 내려갈 날도 빨리 올 거 아니에요."

릴리스 생각에 테이트는 이제 적어도 자신이 지구에 있지 않다는 현실에는 적응하는 중이었다. 그 자체로 의미 있는 일이었다.

"내가 사람들을 각성시키는 속도는 지금도 너무 빠른 것 같아요." 릴리스는 테이트에게 말했다. "우리는 지구에 도착하기 전에 힘을 합쳐 일하는 법을 배워야 해요. 서로 죽이지 않고 참는 것만으로는 부족하거든요. 열대 우림에 내려가면 우리는 거의 아무도 경험하지 못한 수준으로 서로에게 더욱더 의존해야 할 거예요. 사람들을 새로 깨울 때마다 적응할 시간을 주고, 또 제각각 맞는 자리를 찾아서 들어갈 성장 구조도 제공하면, 우린 그 일을 조금 더 잘 해낼지도 몰라요."

"구조라니, 무슨 말이에요?" 테이트의 얼굴에 웃음이 번졌다. "설마 가족 같은 거예요…? 당신이 **엄마인**?"

릴리스는 테이트를 물끄러미 보기만 했다.

잠시 후, 테이트는 별일 아니라는 듯 어깨를 으쓱했다. "그냥 사람들 한 무리를 깨우고, 앉혀놓고, 무슨 일이 벌어지는지 얘기해 주고, 물론 당신 얘기를 안 믿겠지만, 그다음엔 질문을 받고, 음식을 먹이고, 이튿날이 되면 다음번 무리를 깨우는 거예요. 빠르고 간단하죠. 사람들은 일단 각성부터 해야 협력하는 법을 배울 수 있다고요."

"난 언제나 작은 집단이 큰 집단보다 더 효과적이라고 배웠어요. 이렇게 중요한 일은 서두르면 안 돼요."

릴리스와 테이트의 논쟁은 여느 때와 같은 방식으로 끝났다. 해결책은 나오지 않았다. 릴리스는 계속해서 사람들을 천천히 각성시켰고 테이트도 계속해서 반대했다.

사흘 후, 비어트리스 드와이어와 게이브리얼 리날디는 슬슬 현실에 적응하는 듯했다. 게이브리얼은 테이트와 짝을 이뤘다. 비어트리스는 성적인 면에서는 남자들을 피했지만 자신들의 상황을 둘러싸고 벌어지는 결론 없는 토론에는 참여했다. 그녀는 처음에는 현실을 믿지 않았지만, 끝내는 자신이 처한 현실과 그들 집단의 '배워서 달아나자' 정신을 함께 받아들였다.

릴리스는 이제 두 명을 더 각성시킬 때가 됐다고 판단했다. 2~3일에 두 명씩 각성시키는 사이에 심각한 문제는 전혀 일어나지 않았기 때문에 남자를 각성시키는 것도 이제는 불안하지 않았다. 그녀는 폭력 사태가 되도록 적게 일어나기를 바라며 의도적으로 남자보다 여성을 몇 명 더 각성시켰다.

그러나 머릿수가 늘면서 불화의 씨앗도 더 많이 퍼졌다. 짧지만 격렬한 주먹다짐이 몇 차례 벌어졌다. 그럴 때 릴리스는 사람들에게 간섭하지 않고 알아서 문제를 해결하도록 놔두려 했다. 오로지 싸움에서 크게 다치는 사람이 나오지 않는 것만이 그녀의 관심거리였다. 커트는 냉소적인 성격이었는데도 릴리스를 거들어 싸움을 말리곤 했다. 언젠가 피를 흘리며 드잡이하는 남자 둘을 함께 떼어놓았을 때 커트는 그녀에게 형사였으면 일을 꽤 잘했겠다고 말하기도 했다.

그런 릴리스조차도 싸움을 피하지 못한 적이 한 번 있었다. 싸운 이유는 늘 그렇듯이 어리석었다. 덩치가 크고 화가 많고 딱히 영리한 편은 아닌 진 펠러린이라는 여성이 고기가 없는 식단은 이제 그만두라고 요구했던 것이다. 그녀는 고기를 먹고 싶어 했고, 그것도 지금 당장 먹고 싶어 했다. 그러므로 릴리스는 다치고 싶지 않으면 고기를 대령해야 했다.

비록 몹시 아쉬워하기는 했지만, 진을 제외한 다른 모든 사람은 고기가 없는 식단을 받아들였다. "오안칼리들은 고기를 안 먹어요." 릴리스가 사람들에게 일러준 말이었다. "그리고 우리도 고기 없이 잘 살아가고 있으니까, 그들이 우리에게 고기를 줄 일은 없을 거예요. 그들이 말하길 우리가 지구로 돌아가면 다시 마음껏 동물을 기르고 죽여도 된다고 했어요. 우리에게 익숙한 동물들은 거의 멸종했지만요."

아무도 그 전망을 반기지 않았다. 이때껏 릴리스가 각성시킨 사람들 가운데 자발적 채식주의자는 한 명도 없었다. 그러나 진 펠러린이 나타나기 전에는 아무도 그 문제를 어떻게 해보려고 시도하지 않았다.

진은 릴리스에게 달려들어 주먹을 날리고 발길질을 했다. 상대의 기를 단숨에 꺾어놓으려는 의지가 노골적으로 드러났다.

릴리스는 놀라기는 했어도 기죽은 눈치는 전혀 없이 반격에 나섰다. 짧은 잽을 두 번, 재빨리 날렸다.

진은 의식을 잃고 쓰러져 입에서 피를 흘렸다.

화가 다 가라앉기도 전에 더럭 겁이 난 릴리스는 진이 숨을 쉬는지, 또 많이 다치지는 않았는지 살펴봤다. 그렇게 살펴보느라 다시 의식을 찾은 진이 자신을 쏘아볼 때까지도 그녀 곁을 떠나지 않았다. 진이 정신을 차리고 나서 릴리스는 말없이 그 자리를 떠났다.

자기 방으로 돌아간 릴리스는 가만히 앉아 니칸지에게서 받은 자신의 힘에 관해 잠시 생각했다. 앞서 주먹을 날릴 때 그녀는 진을 기절할 만큼 세게 때릴 의도는 없었다. 진이 무사할까 하는 걱정은 이미 사라졌지만, 이제 자신의 힘이 얼마나 센지 스스로도 알지 못한다는 점이 마음에 걸렸다. 그녀는 실수로 사람을 죽일 수도 있었다. 장애를 입힐 수도 있었다. 진은 머리가 어질어질하고 입술이 터진 정도로 끝난 자신의 운이 얼마나 좋은지 알지 못했다.

릴리스는 의자에서 미끄러지듯 바닥으로 내려와 재킷을 벗은 다음, 남아도는 에너지와 감정을 태워 없애고자 운동을 시작했다. 그녀가 운동을 한다는 것은 모두가 아는 사실이었다. 다른 사람들 몇 명도 덩달아 운동을 시작했다. 릴리스에게 운동이란 자신이 처한 상황을 바꾸기 위해 할 수 있는 일이 하나도 없을 때 머리를 쓰지 않고 느긋하게 시간을 보낼 수 있는 소일거리였다.

릴리스를 공격할 만한 사람들이 일부 있었다. 최악의 경우는 아직 일어나지 않았는지도 몰랐다. 어쩌면 사람을 죽여야 할 수도 있었다. 어쩌면 그녀가 사람들의 손에 죽을지도 몰랐다. 당장은 그녀를 받아들인 이들조차도 그녀가 남의 손에 중상을 입거나 반대로 남을 죽인다면, 그녀에게 등을 돌릴 수도 있었다.

그런데 한편으로, 릴리스가 달리 뭘 할 수 있었을까? 그녀는 스스로를 지켜야 했다. 그녀가 진을 때려눕혔을 때처럼 쉽게 남자를 때려눕힌다면 사람들은 뭐라고 할까? 니칸지는 그녀가 너끈히 그렇게 할 수 있다고 했다. 그 말이 사실인지 억지로 확인하게 만들 사람이 나타날 때까지 시간이 과연 얼마나 남았을까?

"들어가도 돼요?"

릴리스는 운동을 멈추고 재킷을 걸치며 말했다. "그래요."

조지프 싱이 새 곡선형 현관 칸막이를 돌아 방으로 들어섰을 때, 릴리스는 아직 바닥에 앉아 심호흡하며 근육에 남은 미세한 통증을 심술궂게 즐기는 중이었다. 그녀는 침대 평상에 등을 기대고 조지프를 올려다봤다. 찾아온 사람이 다름 아닌 그였기에 그녀는 빙긋 웃었다.

"하나도 안 다치고 멀쩡한 거예요?" 조지프가 물었다.

릴리스는 고개를 가로저었다. "두어 군데 멍들긴 했어요."

조지프는 릴리스 곁에 앉았다. "그 여자가 사람들한테 당신이 남자라고 말하고 다녀요. 그런 식으로 싸우는 건 남자밖에 못 한다면서.”

릴리스는 큰 소리로 깔깔 웃었다. 스스로도 놀랄 일이었다.

“그 말에 안 웃는 사람들도 있어요.” 조지프가 말했다. “새로 깨운 그 밴 비어든이라는 남자, 그 남자는 당신이 아예 인간이 아닌 것 같다고 하던데.”

릴리스는 조지프를 빤히 보다가 일어서서 방을 나서려 했지만, 그는 그녀의 손을 잡고 멈춰 세웠다.

“괜찮아요. 저 바깥에 서 있는 사람들이라고 해서 자기들끼리 쑥덕거리는 헛소리를 다 믿어버리진 않으니까. 사실, 밴 비어든이라는 친구도 정말로 그렇게 믿는 것 같진 않더라고. 그저 자기 불만의 과녁으로 삼을 사람이 필요한 거지.”

“난 그런 사람이 되기 싫은데요.” 릴리스가 중얼거렸다.

“선택할 여지는 있고?”

“없다는 건 나도 알아요.” 릴리스는 한숨을 쉬었다. 그러고는 자신을 당겨 곁에 다시 앉히는 조지프의 손길을 순순히 따랐다. 그녀는 조지프가 곁에 있으면 스스로를 속일 수 없다는 것을 알았다. 이 때문에 얼마나 괴로웠던지, 가끔은 자신이 왜 조지프를 부추겨 곁에 머물게 하는지 궁금할 때도 있었다. 그런 릴리스에게 한번은 테이트가 평소처럼 악의에 찬 말투로 이렇게 말했다. “그 남자는 늙었고, 키도 작고, 못생겼잖아요. 당신은 눈이란 게 아예 없어요?”

“그 사람은 마흔 살밖에 안 됐어요. 내 눈에는 못나 보이지 않고요. 그리고 그 사람이 내 체격을 받아들인다면, 나도 그 사람 체격을 받아들일 수 있어요.”

“더 나은 상대도 만날 수 있을 것 아니에요.”

“난 이대로도 좋아요.” 릴리스는 하마터면 조지프를 맨 처음 각성시킬 뻔했다는 말은 테이트 앞에서 끝까지 꺼내지 않았다. 한편으로 그녀는 조지프를 꼬드기려 하면서도 진심을 다하지 않는 테이트의 어정쩡한 태도를 보며 고개를 절레절레 흔들었다. 테이트는 조지프를 좋아해서 그러는 것은 아니었다. 단지 자신이 그를 가질 수 있다는 것을 남들에게 보여주고 싶을 뿐이었고… 한편으로는 그를 떠보고 싶은 마음도 있었다. 조지프는 그런 테이트의 일련의 행동을 싸잡아 우습게 여기는 눈치였다. 다른 사람들은 이와 비슷한 상황에서 그처럼 느긋하지 않았다. 바로 그 이유 때문에 가장 살벌한 싸움이 시작되곤 했다. 감금당해 지루해진 인간들은 수가 점점 더 늘어나면서 파괴적인 행동의 불씨를 찾지 않고는 배기지 못했다.

“있잖아요.” 릴리스가 조지프에게 말했다. “자칫하면 당신도 표적이 될 수 있어요. 어떤 사람들은 나한테 품은 앙심을 당신한테 풀기로 마음먹을지도 모른다고요.”

“난 쿵후를 배워서 괜찮아요.” 조지프는 릴리스의 멍든 주먹 관절을 살펴보며 말했다.

“진담이에요?”

조지프는 빙그레 웃었다. “아니, 그냥 운동 삼아 태극권만 조금 배웠어요. 땀도 별로 안 나는 운동이에요.”

릴리스는 자신에게서 땀 냄새가 난다는 말을 조지프가 돌려서 하는 거라고 판단했다. 그리고 실제로도 그랬다. 그녀는 씻으러 가려고 일어서려 했지만 조지프는 그녀를 보내주려 하지 않았다.

"그자들하고 얘기할 수 있어요?" 조지프가 물었다.

릴리스는 조지프 쪽을 돌아봤다. 턱에 까만 수염이 듬성듬성 돋아 있었다. 면도칼이 제공되지 않다 보니 남자들은 모두 수염을 길렀다. 단단하거나 날카로운 물건은 아무것도 주어지지 않았다.

"오안칼리들하고 얘기할 수 있냐고요?" 릴리스가 물었다.

"맞아요."

"그들은 우리 얘기를 늘 듣고 있어요."

"그래도 당신이 뭘 좀 달라고 하면, 그자들이 줄 것 같아요?"

"아마 안 줄걸요. 우리 모두에게 옷을 입혀준 것도 그들이 보기에는 큰 양보였을 거예요."

"그래요. 그렇게 말할 것 같더라니. 그럼 테이트가 하자는 대로 해야겠네요. 사람들을 한꺼번에 아주 많이 각성시키자, 이거죠. 지금 여기엔 할 일이 너무 없어요. 사람들이 서로 돕고 서로 가르치느라 바쁘게 지내게끔 만들어야 해요. 지금 우린 열네 명이에요. 내일 당신이 열 명을 더 각성시켜요."

릴리스는 고개를 가로저었다. "열 명을요? 하지만…."

"그러면 당신한테 쏟아지는 부정적인 관심이 조금은 줄어들걸요. 사람들은 바쁘게 살다 보면 망상을 키우고 다툼을 벌일 시간이 적어지니까."

릴리스는 몸을 움직여 조지프의 곁에서 떨어진 다음 그를 마주 봤다. "왜 그래요, 조? 무슨 일 있어요?"

"사람들은 원래 그런 법이다, 그냥 그런 얘기예요. 당신은 지금 당장은 하나도 안 위험할지 몰라도, 머잖아 위험에 처할 거예요. 그걸 알아야 한단 말이지."

릴리스는 고개를 끄덕였다.

"우리가 마흔 명이 되면 오안칼리들이 우릴 여기서 데리고 나가는 건가요? 아니면…."

"우리가 마흔 명이 되면, 그리고 오안칼리들이 보기에 우리가 준비를 다 마쳤다는 판단이 서면, 그들이 이 방에 들어올 거예요. 결국엔 우리를 데리고 가 지구에서 사는 방법을 가르쳐 주겠죠. 그들은… 이 배의 한 구역을 지구의 아주 작은 일부처럼 개조했어요. 그러고는 거기에 조그만 열대 우림을 가꿔놨죠. 우리가 보내질 지구의 숲하고 비슷하게요. 우린 거기서 훈련을 받을 거예요."

"거기 가본 적 있어요?"

"거기서 한 해 동안 살았어요."

"왜요?"

"처음에는 배우려고, 또 나중에는 내가 배운 걸 증명하려고요. 어떤 지식을 머리로 아는 것과 실제로 사용하는 건 다르니까요."

"안 되겠군." 조지프는 잠시 생각에 잠겼다. "오안칼리들이 나타나면 사람들이 하나로 뭉치기는 하겠지만, 어쩌면 그 이유 때문에 오히려 지금보다 더 심하게 당신을 적대시할지도 몰라요. 만약 사람들이 오안칼리를 보고 정말로 겁을 먹으면 아마 더더욱 그럴걸요."

"오안칼리를 보면 틀림없이 겁을 먹을 텐데요."

"그 정도로 심해요?"

"그 정도로 외계인 같아요. 그 정도로 징그럽고요. 그 정도로 강력하죠."

"그럼… 당신은 우리랑 같이 숲에 들어가면 안 되겠군. 되도록 숲 바깥에 있으려고 애써봐요."

릴리스는 애처로운 웃음을 지었다. "난 그들의 말을 할 줄 알아요, 조. 하지만 그들을 말로 설득해서 나한테 시키기로 한 일을 취소하게 한 적은 여태 한 번도 없어요."

"그래도 시도는 해봐요, 릴리스!"

조지프의 격렬한 기세에 릴리스는 깜짝 놀랐다. 그는 정말로 릴리스가 못 보고 놓친 어떤 것을 봤을까? 사람들에게서 어떤 낌새를 채고도 그녀에게 알려주지 않는 걸까? 아니면 그는 단지 그녀의 처지를 이제야 비로소 이해한 것일까? 그녀는 스스로가 비참한 최후를 맞을지도 모른다는 것을 오래전부터 알고 있었다. 그 사실에 익숙해지는 한편으로 자신이 인간 같지 않은 외계인들이 아니라 같은 인간들을 상대로 싸워야 한다는 사실을 이해할 시간이 그녀에게는 얼마든지 있었다.

"그자들하고 얘기해 볼 거예요?" 조지프가 물었다.

릴리스는 잠시 생각하고 나서야 조지프가 오안칼리들 얘기를 한다는 것을 알아차렸다. 그래서 고개를 끄덕였다. "할 수 있는 데까지 해볼게요. 그리고 사람들을 더 빨리 깨우자고 했던 당신이랑 테이트

말이 옳았는지도 모르겠어요. 이제 나도 그 방법을 써볼 준비가 된 것 같아요."

"잘됐군. 당신이 거느린 지도부는 머릿수가 적지 않아요. 새로 각성시키는 사람들은 숲에 도착하면 도움이 될 거예요. 거기엔 그 사람들이 할 일이 더 많을 테니까."

"어휴, 일이야 엄청나게 많겠죠. 당연히 그중에는 지루한 일도 있을 텐데… 나중에 내가 가르쳐 줄 테니까 한번 봐요. 바구니랑 해먹을 짜는 법이나, 밭일용 연장을 손수 만들어 그걸로 식량을 재배하는 법 같은 거요."

"필요한 일은 다 해야지. 안 그러면 살아남지 못할 테니." 조지프는 멈칫하더니 시선을 딴 곳으로 돌렸다. "난 평생 도시에서 살았는데. 살아남기 힘들지도 모르겠군."

"내가 해낸다면 당신도 해낼 거예요." 릴리스는 단호하게 말했다.

조지프는 나직한 웃음소리로 분위기를 누그러뜨렸다. "그런 바보 같은 소리를… 그래도 바보치고는 귀여워. 내가 당신에게 느끼는 감정도 바로 그거예요. 다 같이 갇힌 상태에서 할 일도 없이 시간을 보낸 결과가 어떤 건지 한번 봐요. 나쁜 것도 있지만 좋은 것도 있잖아요. 그래서, 내일은 몇 명이나 각성시킬 거예요?"

이때 릴리스는 몸을 거의 3분의 1 높이로 수그리고 있었다. 양 무릎은 구부려 양팔로 끌어안았고, 머리는 무릎에 뉜 상태였다. 즐거운 기색 없이 쿡쿡 웃는 소리와 함께 그녀의 몸이 흔들렸다. 어느 날 밤, 조지프는 갑자기 생각나서 하는 행동인 양 그녀를 깨우더니 침대에 같이 누워도 되냐고 물었다. 그때 그녀는 조지프를 붙잡고 침대로 끌어당기고 싶은 충동을 억누르기 위해 할 수 있는 일을 이미 다 해버린 상태였다.

그러나 두 사람이 자신들의 감정에 관한 이야기를 꺼낸 것은 이때가 처음이었다. 모두가 알고 있었다. 이곳에서는 모두가 모든 것을 다 알았다. 예컨대 릴리스는 사람들이 조지프가 특권을 누리려고, 또는 그들이 갇힌 이 감방에서 탈출하려고 그녀와 잤다는 식으로 쑥덕거린다는 것을 알고 있었다. 분명 그는 전쟁 전의 지구에서라면 그녀의 눈에 들 만한 남자가 아니었다. 그 역시 그녀를 눈여겨보지 않았을 것이다. 그러나 이곳에서는, 두 사람은 그가 **각성**한 순간부터 서로에게 끌렸다. 그 끌림은 강렬했고, 벗어날 수 없었고, 실제 행동으로 이어졌으며, 이제는 말이 되어 서로에게 전해졌다.

"당신 말대로 열 명을 **각성**시킬게요." 마침내 릴리스가 조지프에게 말했다. "수적으로 괜찮은 것 같아요. 그 정도면 내가 과감히 신뢰하는 사람들은 새로 **각성**된 사람들을 돌보느라 바빠서 다들 정신이 없을 거예요. 그리고 신뢰하지 않는 나머지는… 멋대로 돌아다니다가 말썽을 일으키거나, 자기들끼리 모여서 말썽을 일으키게 놔두고 싶진 않아요. 그 사람들은 나하고 당신, 테이트, 리아가 각자 맡아서 감시할 거예요."

"리아가?" 조지프가 물었다.

"리아는 괜찮아요. 퉁명스럽고, 변덕스럽고, 고집스럽기는 하죠. 그래도 부지런하고, 의리 있고, 겁이 없어요. 난 그 사람이 좋아요."

"리아가 당신을 좋아하는 것 같던데. 나한테는 뜻밖이었어요. 난 그 사람이 당신을 미워할 줄 알았으니까."

그 순간 조지프 뒤편의 벽이 스르르 벌어졌다.

릴리스는 얼어붙은 사람처럼 꼼짝도 않다가 이내 한숨을 쉬며 일부러 바닥만 뚫어지게 봤다. 그러다가 마치 조지프를 보려는 듯 다시 고개를 들었을 때, 그녀의 눈에 들어온 것은 열린 벽 틈으로 들어서는 니칸지의 모습이었다.

6

릴리스는 조지프 곁으로 움직였다. 침대 평상에 기대어 앉은 그는 무슨 일이 벌어지는지 전혀 눈치채지 못했다. 그녀는 그런 조지프의 손을 잡고 잠시 꼭 쥔 채로, 이제 곧 그와 헤어질 때가 오는 걸까 하는 궁금증을 떠올렸다. 그는 오늘 밤이 지나도 그녀 곁에 있을까? 내일이 돼도 그는 꼭 필요한 경우가 아니더라도 그녀에게 말을 걸려고 할까? 그가 혹시 그녀의 적들에게 가담해 그들이 당장은 추측만 하는 것들의 답을 확실히 알려주지는 않을까? 그나저나 니칸지는 대체 무슨 꿍꿍이일까? 관여하지 않겠다고 스스로 말해놓고서 어째서 자기 말을 지키지 않는 걸까. 바로 그거였다. 그것의 거짓말이 마침내 그녀에게 적발된 것이다. 만약 그 거짓말 때문에 그녀를 향한 조지프의 마음이 사그라지면, 그녀는 결코 그것을 용서하지 않을 터였다.

"왜 그래요?" 조지프가 그 말을 하는 사이에 니칸지는 아무 소리도 내지 않고 방을 가로질러 걸어가며 벽의 통로를 닫았다.

"무슨 까닭인지는 짐작도 안 가지만, 오안칼리들이 당신에게 미리 자기네 모습을 보여주기로 했나 봐요." 릴리스는 씁쓸한 목소리로 나직이 말했다. "신체적으로는 전혀 위험하지 않아요. 당신이 다치는 일은 없을 거예요." 혹시라도 그 말이 니칸지 때문에 거짓말이 된다면 릴리스는 그것이 자신을 가사 상태로 되돌리지 않고는 못 배기게 만들어 줄 작정이었다.

조지프는 냉큼 주위를 두리번거리다가 니칸지를 보고 몸이 딱 굳었다. 아마도 순수한 공포로 물들었을 한순간이 지나고 나서, 그는 벌떡 일어서더니 벽 쪽으로 비틀비틀 물러나 벽과 침대 평상 사이에 스스로 낀 상태가 됐다.

"뭐야!" 릴리스가 오안칼리어로 따져 물었다. 그러고는 일어서서 니칸지를 마주 봤다. "여긴 뭐 하러 왔어?"

니칸지는 영어로 대답했다. "이렇게 해야 이 사람이 지금 여기서 남몰래 두려움을 극복하고 나중에 당신의 조력자가 되니까요."

그것이 나직하고 중성적이며 인간처럼 느껴지는 목소리로 말하고 나서 잠시 후, 조지프는 자신이 서 있던 구석 자리에서 걸어 나왔다. 그러고는 릴리스 곁으로 가 우두커니 서서 니칸지를 빤히 바라봤다. 그는 한눈에 봐도 몸을 덜덜 떨고 있었다. 그러다가 중국어로 뭐라고 중얼거리더니, 어찌된 영문인지 떨리던 몸이 차분해졌다. 릴리스가 중국어로 말하는 그의 모습을 보기는 그때가 처음이었다. 그가 그녀 쪽을 돌아봤다.

"아는 외계인이에요?"

"카알니칸지 우 스다야테디인 카가야트 아지 딘소예요." 릴리스는 그 이름을 말하며 니칸지의 감각 팔을 물끄러미 봤다. 그 두 팔이 없었을 때 그것이 지금보다 얼마나 더 사람과 비슷해 보였는지가 떠올랐다. "니칸지라고 하면 돼요." 그녀는 조지프의 찡그린 표정을 보고 덧붙여 말했다.

"진짜일 거라고는 안 믿었는데." 조지프가 나직이 중얼거렸다. "믿을 수가 없었어요. 당신한테서 듣기는 했지만."

릴리스는 할 말이 떠오르지 않았다. 조지프가 예전의 그녀보다 더 능숙하게 이 상황에 대처했기 때문이었다. 물론 그는 미리 조언을 들었고 다른 인간들과 격리되어 혼자 갇혀 있지도 않았다. 그럼에도, 그는 잘하고 있었다. 릴리스가 예상한 대로 적응력이 뛰어난 사람이었다.

니칸지는 천천히 움직여 침대 앞으로 가더니 한 손을 짚고 침대 위로 올라가 책상다리를 하고 앉았다. 머리 촉수가 일제히 조지프 쪽을 날카롭게 가리켰다. "서두를 것 없어요." 그것이 말했다. "우리끼리 잠시 얘기를 나눌 거니까요. 혹시 배가 고프면 먹을 것을 갖다줄게요."

"난 배 안 고파요." 조지프가 말했다. "다른 사람들은 모르겠지만."

"그 사람들은 기다려야 해요. 릴리스를 기다리면서 시간을 조금 보내다 보면, 자신들이 그녀 없이는 아무 힘도 없다는 걸 깨달을 테니까요."

"그 사람들이 아무 힘도 없는 건 내가 같이 있는 지금도 마찬가지야." 릴리스는 나직이 말했다. "너희가 그 사람들을 나한테 의존하게 만들었잖아. 아마 그 이유 때문에 그 사람들은 나를 용서하지 않을걸."

"그들의 우두머리가 되면 아무것도 용서받지 않아도 돼요."

그 말에 조지프가 릴리스에게로 눈길을 돌렸다. 보아하니 그에게는 그 말이 괴상하게 생긴 니칸지의 몸에서 마침내 눈을 뗄 만큼 흥미롭게 들린 모양이었다.

"조." 릴리스가 말했다. "우두머리라고 해봤자 지도자가 되라는 게 아니에요. 염소 떼를 도살장으로 이끌고 가는 앞잡이 염소가 되라는 거예요."

"그 사람들은 당신 덕분에 더 편히 살 수 있어요." 니칸지가 말했다. "그들이 앞으로 벌어질 일을 받아들이게끔 당신이 도와줄 수 있으니까요. 하지만 당신이 그들을 이끌든 이끌지 않든 간에, 앞으로 일어날 일을 당신 힘으로 막지는 못해요. 설령 당신이 죽는다고 해도 일어날 일은 일어나니까요. 만약 당신이 그 사람들을 이끌어 주면 더 많은 사람이 살아남을 거예요. 그렇게 하지 않으면 당신 스스로도 살아남지 못할지도 모르고요."

릴리스는 그것을 물끄러미 바라보다가 떠올렸다. 약하고 무력해진 그것 곁에 자신이 누워 있던 기억을, 음식을 잘게 바숴 그 자잘한 조각들을 그것에게 천천히, 조심스레 먹여줬던 기억도.

잠시 후에 그것의 머리와 몸에 난 촉수들이 저절로 구부러지며 마디가 생기는가 싶더니, 그것이 감각 팔로 자기 몸을 감싸안았다. 그러고는 오안칼리어로 릴리스에게 말했다. "난 당신이 살았으면 좋겠어요! 당신 짝의 말이 옳아요! 그 사람들 중 일부는 이미 당신에 맞설 계략을 꾸미는 중이에요!"

"그 사람들이 계략을 꾸밀 거라고 내가 말했잖아." 릴리스는 영어로 말했다. "그 사람들이 십중팔구 나를 죽일 거라는 말도 했고."

"당신이 그들의 계략에 순순히 걸려들 거라는 말은 안 했어요!"

릴리스는 테이블 평상에 몸을 기대고 고개를 숙였다. "나도 살려고 애쓰고 있어." 목소리가 속삭이듯 나직했다. "그건 너도 알잖아."

"당신들은 우리를 복제할 수 있잖아요." 조지프가 말했다. "안 그래요?"

"맞아요."

"우리한테서 생식세포를 채취해 인공 자궁에서 인간 배아를 기를 수 있죠?"

"예."

"심지어 유전자 지도나 프린트 같은 걸 이용해 우리를 다시 만들 수도 있겠죠."

"그것도 가능해요. 그런 일을 이미 한 적도 있고요. 새로운 종을 더 잘 이해하려면 반드시 필요한 일이니까요. 우리는 그런 작업의 결과를 일반적인 인간의 임신 및 출산과 비교해야 해요. 우리가 만든 아이들을 지구에서 데려온 아이들과 비교해야 한다는 말이죠. 우리는 새로운 **반려종**이 망가지지 않게끔 매우 조심하는 편이에요."

"당신들은 그걸 그런 식으로 부르나 보죠?" 조지프는 혐오감이 잔뜩 밴 목소리로 중얼거렸다.

니칸지의 말투는 몹시도 부드러웠다. "우리는 생명을 숭상하거든요. 그래서 당신들이 반려 관계 속에서 살아가게 해줄 방법을 확실히 찾아야만 했어요. 당신들이 그 관계 때문에 죽어버리지 않을 방법을요."

"당신들한테는 우리가 필요하지 않잖아요!" 조지프가 말했다.

"당신들 손으로 만들어 낸 인간들이 있잖아요. 불쌍한 인간들. 그 인간들을 반려종으로 삼아요."

"우리는… 당신들이 정말로 필요해요." 니칸지는 조지프가 몸을 숙이고 들어야 할 만큼 조그마한 목소리로 말했다. "반려종은 우리가 보기에 생물학적으로 흥미롭고 매력적이어야 하는데, 당신들은 매혹적이에요. 당신들은 두려움과 아름다움의 희귀한 결합이거든요. 현실적으로 따지면 당신들이 우리를 사로잡았고, 우리는 당신들에게서 벗어나지 못하는 처지예요. 하지만 당신들은 육체의 구성 요소들과 작동 원리를 단순하게 결합한 것에 그치지 않아요. 당신들 스스로의 개성과 문화가 곧 당신들이에요. 우리는 그런 것들에도 관심이 있어요. 당신들을 힘닿는 데까지 많이 구하려고 했던 이유도 바로 그거예요."

그 말에 조지프는 진저리를 냈다. "우린 당신네가 우리를 어떤 식으로 구했는지 다 봤어요. 당신네가 만든 감방도, 가사 상태 유지용 식물도, 그리고 지금 이것도."

"그 정도는 우리가 하는 일 중에서 가장 간단한 것들이에요. 그리고 당신들을 비교적 덜 건드린 채 놔두는 방법이기도 하죠. 당신들은 지구에서 살던 시절의 모습 그대로예요. 거기서 질병이나 부상을 모두 제거한 상태죠. 훈련을 조금만 하면 지구로 돌아가 편안하게 지낼 수 있어요."

"우리 중에 이 방과 훈련장을 거치고 살아남은 사람들을 말하는 거겠죠."

“당신들 중에서 살아남은 사람들을 말하는 거예요.”

“다른 방식으로 할 수도 있잖아요!”

“다른 방법도 써봤어요. 이 방법이 최선이에요. 서로 해치지 않게 동기를 부여하니까요. 여기서 남을 죽이거나 남에게 중상을 입힌 사람은 아무도 두 번 다시 지구에 발을 붙이지 못하게 하는 거예요.”

“그런 사람은 여기에 계속 갇혀 지내는 건가요?”

“남은 평생 동안요.”

“설령….” 조지프는 릴리스를 흘깃 보고는 다시 니칸지를 마주 봤다. “설령 정당방위 도중에 일어난 살해 행위라고 해도요?”

“릴리스는 예외예요.”

“뭐라고요?”

“그건 릴리스도 아는 사실이에요. 우리는 당신들 중 적어도 한 명은 지녀야 할 능력들을 그녀에게 줬어요. 그녀는 그 능력 때문에 남다른 존재가 됐고, 이로써 사람들의 표적이 됐죠. 그녀가 자기 몸을 지키지 못하게 금지했다면 우리로서는 오히려 더 골치가 아팠을 거예요.”

“니칸지.” 릴리스가 그것의 이름을 불렀다. 그러고는 그것이 자신에게 주의를 돌린 것을 확인하고 나서 오안칼리어로 말했다. “이 사람도 예외로 해줘.”

“안 돼요.”

거절은 단호했다. 그것으로 끝이었고, 이는 릴리스도 아는 바였다. 그러나 릴리스는 다시 시도하는 수밖에 없었다. “이 사람도 나 때문에 표적이 됐어. 나 때문에 죽을지도 모른다고.”

니칸지는 오안칼리어로 대꾸했다. “그리고 나는 당신 때문에 그가 살기를 원해요. 하지만 살인을 저지른 인간들을 지구에서 떼어놓기로 한 결정은 내가 내린 게 아니에요. 그리고 당신을 예외로 삼자는 결정도 내가 내린 게 아니고요. 그건 합의의 결과였어요. 그를 예외로 삼는 건 내 마음대로 할 수 있는 일이 아니에요.”

“그러면… 네가 나한테 해준 것처럼 이 사람도 강하게 만들어줘.”

“그러면 이 사람은 더 쉽게 남을 죽이려 들걸요.”

“그리고 죽을 위험은 더 적어지겠지. 이 사람에게 부상을 더 잘 견디는 능력을 달라는 거야, 내 말은. 다쳤을 때 더 빠르게 회복하도록 도와줘. 이 사람한테도 기회를 달라고!”

“지금 무슨 얘기를 하는 거예요?” 조지프가 성난 목소리로 릴리스에게 물었다. “영어로 말해요!”

릴리스가 대꾸하려고 입을 열었지만 말은 니칸지가 먼저 꺼냈다. “그녀는 당신을 편들고 있어요. 당신을 보호하고 싶어서요.”

조지프는 그 말이 사실인지 확인해 달라는 표정으로 릴리스를 바라봤다. 그녀는 고개를 끄덕였다. “당신이 걱정돼서 그래요. 그래서 당신도 예외로 해주고 싶었어요. 저것 말로는 그렇게 해줄 수는 없대요. 그래서 내가 저것한테…” 릴리스는 말을 멈추고 니칸지를 보다가 다시 조지프에게 눈을 돌렸다. “저것한테 당신을 강하게 만들어 달라고 했어요. 당신에게 적어도 한 번의 기회는 달라고요.”

릴리스를 보던 조지프의 표정이 일그러졌다. "릴리스, 난 키는 안 커도 힘은 당신 생각보다 더 세요. 내 몸은 내 힘으로 지킬 수 있어요."

"당신이 그렇게 말하는 걸 듣기 싫어서 영어로 얘기하지 않았던 거예요. 당신 힘으로는 당신 몸을 하나도 지킬 수가 없다고요. 아무도 저 바깥에서 벌어질 일들에 자기 힘으로 맞서지 못해요. 난 그저 당신에게 지금보다 더 많은 기회를 주고 싶었을 뿐이에요."

"저 사람에게 당신 손을 보여줘요." 니칸지가 말했다.

릴리스는 망설였다. 자신이 앞으로 조지프의 눈에 외계인으로, 또는 외계인에 너무 가까운 존재로 비칠까 봐 두려워서였다. 그들 손에 너무 많이 변해버린 존재로 비칠지도 몰랐다. 그러나 이제 니칸지가 그녀의 손에 관심을 보인 이상, 손을 감출 수는 없는 노릇이었다. 그녀는 관절의 멍 자국이 이미 다 사라진 자신의 손을 들어 조지프에게 보여줬다.

조지프는 그 손을 꼼꼼히 살펴본 다음, 자신이 잘못 본 것은 아닌지 확인하려고 릴리스의 반대쪽 손을 살펴봤다. "이게 저들 덕분이라고요?" 그가 물었다. "이렇게 빨리 낫는 힘을 당신에게 준 거군요."

"예."

"또 뭘 해주던가요?"

"난 원래도 힘이 센 편이었는데, 그들 덕분에 전보다 힘이 더 세졌어요. 그리고 우주선 내부의 벽과 가사 상태 유지용 식물을 제어하는 능력도 줬어요. 그게 다예요."

조지프는 니칸지를 마주 봤다. "당신들은 그런 걸 다 어떻게 하나요?"

니칸지의 촉수가 꿈틀거리며 바스락거리는 소리가 났다. "벽에 관해 설명하자면, 나는 그녀의 신진대사를 조금 변형시켰어요. 다음으로 그녀의 힘은, 이미 있는 것을 더 효과적으로 사용하게 해줬죠. 원래부터 힘이 더 세야 마땅했거든요. 그녀의 선조들은 그녀보다 힘이 더 셌으니까요. 인간이 아닌 선조들의 경우는 더욱 그랬고요. 나는 그녀가 잠재력을 다 끌어내도록 거들었을 뿐이에요."

"어떻게요?"

"당신은 손에 달린 손가락들을 조화롭게 움직일 때 어떻게 하나요? 나는 인간들과 함께 일하도록 길러진 울로이예요. 내 도움을 받으면 인간들은 자기 몸이 감당하는 한 무슨 일이든 할 수 있어요. 나는 릴리스가 평상시 활동에서 원래보다 더 큰 효율을 내게끔 그녀의 신진대사를 변화시켰어요. 유전적 변화도 살짝 일으켰고요. 따로 더 하거나 뺀 건 하나도 없지만, 잠재력을 끌어내기는 했어요. 그녀는 이제 인류의 가장 가까운 동물 조상만큼이나 힘이 세고 민첩해요." 니칸지는 릴리스를 바라보는 조지프의 표정을 눈치챘는지 잠시 멈칫하더니 한마디를 덧붙였다. "내가 일으킨 변화는 후대까지 유전되지는 않아요."

"릴리스의 유전자를 바꿨다면서요!" 조지프가 으르렁댔다.

"체세포만 변화시켰어요. 생식세포는 아니에요."

"그래도 만약 릴리스를 복제하면…."

"나는 그녀를 복제하지 않을 거예요."

한참 동안 침묵이 이어졌다. 조지프는 니칸지에게서 눈을 돌려 릴리스를 물끄러미 바라봤다. 릴리스는 그 눈길을 참을 만큼 참았다는 생각이 들었을 때 마침내 입을 열었다.

"나가서 다른 사람들하고 합류하고 싶으면 내가 문을 열어줄게요."

"당신 생각엔 내가 그럴 것 같은가 보죠?" 조지프가 물었다.

"그렇게 될까 봐 두려워요." 릴리스는 나직이 말했다.

"당신한테 일어난 일을 막을 수는 없었나요?"

"막으려는 시도는 안 해봤어요." 릴리스는 긴장해서 마른침을 삼켰다. "그들은 내가 무슨 말을 해도 나한테 이 일을 맡길 작정이었으니까요. 나는 그들에게 차라리 당신들 손으로 나를 죽이라고 했어요. 그렇게까지 말했는데도 그들을 막진 못했죠. 그래서 니칸지와 그 짝들이 줄 수 있는 최대한을 주겠다고 제안했을 때, 난 고민할 필요조차 없었어요. 그저 환영하는 수밖에 없었으니까요."

잠시 시간이 흐르고 나서 조지프가 고개를 끄덕였다.

"릴리스에게 준 것 가운데 일부를 당신에게도 줄게요." 니칸지가 말했다. "당신의 힘을 더 강하게 해주지는 않겠지만, 더 빨리 치유되는 능력을 줘서 원래대로라면 죽을 수도 있는 부상에서도 회복하게 해줄게요. 내가 그렇게 해주기를 바라나요?"

"나한테 선택권을 주는 건가요?"

"예."

"변화는 한번 일어나면 돌이킬 수 없나요?"

"당신이 예전으로 돌아가고 싶다고 부탁하지 않는 한은요."

"부작용은요?"

"정신 쪽에 생길 수도 있어요."

조지프의 표정이 찡그려졌다. "정신적 부작용이라니, 그게 무슨… 아하. 그래서 내 힘을 더 강하게 해주지는 않는 거군요."

"맞아요."

"하지만 릴리스는… 당신은 릴리스는 신뢰하잖아요."

"그녀는 각성한 상태로 내 가족과 오랜 시간 동안 더불어 살았어요. 우리는 그녀가 어떤 사람인지 알아요. 그리고 물론, 그녀를 늘 지켜보고 있기도 하고요."

잠시 후, 조지프가 릴리스의 손을 잡았다. "이제 알겠어요?" 그의 목소리는 부드러웠다. "저들이 왜 당신을 택했는지 이해가 가요? 책임을 필사적으로 피하려고 하는 당신을, 우두머리가 되기 싫어하는 당신을, 여성인 당신을?"

조지프의 목소리에 깃든 우월감 때문에 릴리스는 처음에는 흠칫했다가, 이내 화가 치밀었다. "지금 나더러 알겠냐고 묻는 거예요, 조? 그럼요, 알고말고요. 나는 이때껏 살면서 그런 걸 깨우칠 기회가 아주 많았으니까요."

조지프는 자신의 말이 릴리스에게 어떻게 들렸는지 알아차린 눈치였다. "그래요, 그랬겠죠…. 그렇다고 해서 더 잘 알지는 못했겠지만."

니칸지는 두 사람을 번갈아 가며 유심히 지켜봤다. 이제 그것은 조지프에게 관심을 집중했다. 그러다가 물었다. "내가 당신을 변화시켜 줄까요?"

조지프는 릴리스의 손을 났다. "방법이 뭐죠? 수술? 피나 골수하고 무슨 관련이 있나요?"

"당신은 잠에 빠져들게 돼요. 나중에 깨어나 보면 변화가 이미 다 완료된 상태일 거예요. 통증이나 질병을 앓는 일은 결코 없어요. 일반적인 의미의 수술도 전혀 없고요."

"어떻게 할 건데요?"

"이게 나의 도구예요." 그것은 양쪽 감각 팔을 동시에 뻗었다. "나는 이걸 이용해 당신을 연구한 다음, 필요한 조정 작업을 할 거예요. 그 과정에서 필요한 물질은 모두 내 몸과 당신 몸에서 생성돼요."

조지프는 눈에 띄게 덜덜 떨었다. "나… 나는 당신 손에 몸을 맡기기 힘들 것 같네요."

릴리스는 그런 조지프가 자신 쪽으로 고개를 돌릴 때까지 그를 빤히 봤다. 그러고는 말했다. "난 저들 중 한 명과 며칠이나 함께 갇혀 지낸 후에야 저것의 몸에 손을 델 엄두가 났어요. 가끔은… 그런 경험을 다시 거치느니 차라리 얻어맞는 게 낫겠다는 생각까지 들었다니까요."

조지프는 릴리스에게 더 가까이 다가섰다. 그녀를 보호하려는 사람 같은 태도였다. 그는 남에게 위안받을 때보다 남을 위안할 때가 더 편한 사람이었다. 그런데 지금은 용케도 그 두 가지를 동시에 하는 중이었다.

"여기에는 언제까지 있을 작정이죠?" 조지프가 니칸지에게 따지듯 물었다.

"그리 오래는 아니에요. 다시 돌아올 거니까요. 다음에 다시 보면 아마 당신도 나를 덜 무서워하겠죠." 그것은 잠시 멈칫하다가 말을 이었다. "결국에는 당신이 내 몸을 만져야 해요. 내 손에 변화되기 전에 적어도 그 정도의 결의는 보여줘야 하니까요."

"글쎄요. 어쩌면 난 당신 손에 변화되는 게 싫은지도 모르겠어요. 난 당신이 그… 그 촉수들로 뭘 한다는 건지 잘 모르겠어요."

"영어로는 이걸 '감각 팔'이라고 해요. 팔보다는 더 많은, 그야말로 훨씬 더 많은 일을 하지만, 그래도 그렇게 부르는 게 편리하니까요." 그것은 릴리스에게 관심을 집중하고 오안칼리어로 물었다. "이 사람에게 시범을 보여주면 도움이 될까요?"

"내가 보기엔 징그러워할 것 같은데." 릴리스가 대답했다.

"이 사람은 보통 남자들하고는 달라요. 내 생각에 이 남자는 당신의 예상을 벗어날 것 같아요."

"아니야."

"당신은 나를 믿어야 해요. 나는 이 남자를 아주 잘 알거든요."

"안 돼! 이 사람은 나한테 맡겨."

그것은 침대에서 일어나 과장된 느낌이 나게 몸을 쭉 폈다. 그러던 그것이 떠날 채비를 했을 때, 릴리스는 거의 긴장이 풀린 상태였다. 뒤이어 그것은 휘몰아치듯 신속하게 움직여 단숨에 그녀에게 걸어오더니 감각 팔 한 짝을 그녀의 목에 감아 묘하게 편안한 느낌이 드는 올가미를 만들었다. 그녀는 겁먹지 않았다. 그런 일은 하도 자주 겪어서 이골이 났기 때문이었다. 맨 처음 떠오른 생각은 조지프를 향한 염려, 그리고 니칸지를 향한 분노였다.

조지프는 꼼짝도 하지 않았다. 릴리스는 그들 둘 사이에 서 있었다.

"괜찮아요." 릴리스가 조지프에게 말했다. "그냥 당신에게 보여 주고 싶었던 거예요. 당신이 이것과 해야 하는 접촉은 이 정도가 다예요."

조지프는 올가미 지은 감각 팔을 응시했다. 이내 그는 눈을 돌려 니칸지를 보다가, 다시 릴리스의 살 위에 놓인 그것의 팔로 눈을 돌렸다. 잠시 후에 그가 손을 들어 그것의 팔 쪽으로 뻗었다. 그러다가 우뚝 멈췄다. 이내 그가 손을 움찔움찔하다가 뒤로 당기더니, 다시 천천히 앞으로 뻗었다. 그러고는 아주 잠시 머뭇거린 다음, 감각 팔의 서늘하고 단단한 살에 손을 댔다. 그가 뿔처럼 생긴 그것의 감각 팔 끄트머리에 자기 손끝을 올려놓자, 팔 끄트머리가 구부러져 그의 손목을 붙잡았다.

이제 릴리스는 더 이상 그 둘 사이의 중재자가 아니었다. 조지프는 말없이 꼿꼿하게 서서 땀을 흘렸지만 몸을 떨지는 않았다. 그의 손은 위로 뻗어 있었고 손가락은 짐승의 발톱처럼 구부러져 있었으며, 손목은 감각 촉수로 만든 올가미에 아플 정도는 아니어도 벗어나지 못할 정도로는 단단하게 감싸여 있었다.

어쩌면 우렁찬 비명의 첫머리 같기도 한 소리를 내며 조지프는 허물어지듯 쓰러졌다.

릴리스가 재빨리 다가갔지만 니칸지가 먼저 조지프를 붙잡았다. 그는 의식이 없는 상태였다. 그녀는 입을 꾹 다문 채 니칸지와 함께 조지프를 침대에 눕혔다. 그러고 나서 그것의 어깨를 잡고 자기 쪽으로 돌려세웠다.

"내가 안 된다고 했잖아!" 릴리스가 따져 물었다. "여기 있는 사람들을 책임지는 건 내 일이잖아. 왜 이 사람을 나한테 맡겨두지 않은 거야?"

"그거 알아요?" 그것이 말했다. "약물을 주입받지 않은 상태로 방금 그 일을 한 인간은 이때껏 한 명도 없었어요. 우리를 만나고 나서 우연한 계기로 이렇게 일찍 우리 몸에 손을 댄 인간들도 일부 있기는 했지만, 자발적으로 그렇게 한 인간은 아무도 없었어요. 이 사람은 보통이 아니라고 내가 얘기했잖아요."

"왜 이 사람을 가만히 놔두지 않았냐고!"

그것은 조지프의 재킷 앞섶을 풀어 그의 몸에서 벗기기 시작했다. "왜냐면 벌써 인간 남자 둘이 이 사람의 험담을 하면서 다른 사람들도 이 사람을 적대시하게끔 꿍꿍이를 꾸미고 있기 때문이에요. 그중 한 명은 이 사람을 호모로 단정 지었고, 다른 한 명은 이 사람의 눈 모양을 못마땅하게 여겨요. 사실, 그 둘 모두 이 사람이 자진해서 당신과 한편이 됐다는 사실에 화가 났어요. 그들은 당신을 편들어 줄 사람이 없는 상황을 더 선호하니까요. 당신의 짝은 내가 지금 제공할 수 있는 추가적인 보호 조치가 절실하게 필요해요.”

릴리스는 그 말을 유심히 듣다가 경악했다. 조지프가 앞서 그녀에게 경고해 준 얘기였기 때문이었다. 그는 자기 몫의 위험이 얼마나 가까이 다가왔는지 이미 알았던 걸까?

니칸지는 재킷을 한쪽에 던져놓고 조지프 곁에 누웠다. 뒤이어 감각 촉수 한 가닥을 조지프의 목에 감고 다른 한 가닥은 허리에 감아 그의 몸을 당겨 자기 몸에 바짝 붙였다.

“네가 약물을 주입한 거야, 아니면 혼자 기절한 거야?” 릴리스가 물었다. 그게 뭐가 중요할까 하는 생각은 나중에야 떠올랐다.

“이 사람의 팔을 잡는 순간 곧바로 약물을 주입했어요. 어차피 한계점에 이른 상태였지만요. 어쩌면 제풀에 기절했을지도 모르죠. 이렇게 하면 이 사람도 약물에 당했다며 화낼 핑계가 생겼으니까 괜찮아요. 나 때문에 당신 앞에서 약하게 보였다며 화내는 것보다는 더 낫죠.”

그 말에 릴리스는 고개를 끄덕였다. “고마워.”

“그 ‘호모’라는 건 뭔가요?” 그것이 물었다.

릴리스는 그 말의 뜻을 설명해 줬다.

“하지만 그들은 이 남자가 그런 사람이 아니란 걸 알아요. 이 사람이 당신의 짝이 됐다는 것도 알고요.”

“알지. 뭐, 듣자 하니 나를 의심하는 소문도 몇 가지 돌던데.”

“그들 가운데 그런 걸 진짜로 믿는 사람은 한 명도 없어요.”

“그래도 도는 건 사실이야.”

"그들을 이끄는 것이 곧 그들에게 봉사하는 거예요, 릴리스. 당신이 우리를 도와줘야 그들을 최대한 많이 고향으로 돌려보낼 수 있어요."

한참 동안 그것을 물끄러미 바라보며, 릴리스는 두렵고 허전한 기분이 들었다. 그것이 하는 말은 너무나 진심같이 들렸으나… 그래봤자 무슨 중요한 의미가 있는 것은 아니었다. 그녀가 무슨 수로 자신을 교도관쯤으로 여기는 사람들의 지도자가 된단 말인가? 지도자라면 반드시 어느 정도의 신뢰는 얻어야 했다. 그러나 그녀는 스스로의 말이 사실이라는 것을 입증하는 행동 하나하나 때문에 오히려 사람들에게 진실성을 의심받았고, 심지어 인간성마저 의심받았다.

책상다리를 하고 바닥에 앉은 릴리스는 처음에는 초점 없이 멍한 눈을 하고 있었다. 그러다가 마침내, 침대 위에 조지프와 나란히 누운 니칸지에게로 눈길이 향했다. 그 둘은 꼼짝도 하지 않았지만 한번은 조지프의 한숨 소리가 그녀의 귓가를 스쳤다. 그렇다면 이제 의식을 완전히 잃은 상태는 아닌 걸까? 성인 울로이는 누구나 결국 얻게 되는 가르침을, 그도 이미 배우는 중일까? 고작 하루 만에 그토록 많은 일이 벌어지다니.

"릴리스?"

그 말에 릴리스는 화들짝 놀랐다. 조지프와 니칸지가 함께 그녀의 이름을 불렀지만, 멀쩡한 의식을 유지한 채 말하는 것은 분명 니칸지뿐이었다. 조지프는 약물에 취한 데다 신경마저 다중 연결된 상태였기 때문에, 니칸지가 따로 관심을 갖고 제지하지 않는 한 니칸지의 말과 행동을 하나하나 따라 할 뿐이었다. 니칸지는 그런 조지프에게 별 관심을 갖지 않았다.

"내가 이 남자의 능력을 조정하고 힘도 조금 더 세게 만들어 줬지만, 그걸 최대한 활용하려면 본인이 직접 연습해야 해요. 이 남자는 전보다 더 적게 다치고, 더 빨리 낫고, 원래 상태대로라면 죽었을지도 모를 부상을 입어도 거뜬히 살아남아 회복할 거예요." 조지프는 스스로도 알지 못한 채 니칸지가 하는 말을 고스란히 따라 했다.

"그 입 좀 다물게 해!" 릴리스가 날카롭게 외쳤다.

니칸지는 잠시도 지체하지 않고 신경 연결 상태를 변경했다. "여기 와서 우리와 함께 누워요." 이제 그것의 목소리만 들려왔다. "당신 혼자 거기 있을 필요는 없잖아요?"

릴리스는 저 특별한 말투로 저 특별한 제안을 할 때의 울로이야말로 세상 무엇보다 더 유혹적이라고 생각했다. 그러다 문득 정신을 차려보니 자기 의지와 상관없이 일어서서 침대 쪽으로 한 걸음 내디딘 상태였다. 그녀는 멈춰 서서 침대 위의 둘을 가만히 바라봤다. 조지프의 숨소리는 이제 잔잔한 코골이 소리로 바뀌어 있었고, 니칸지에게 밀착해 편안하게 잠든 듯한 그의 모습은 릴리스가 자다가 깨어 여러 번 목격했던, 그녀의 몸에 밀착해 편안히 잠든 그의 모습 그대로였다. 그녀는 겉으로도 그리고 내면의 자신에게도 니칸지의 권유를 거절할 것처럼 가식을 떨지 않았다. 아예 거절하려는 척도 하지 않았다. 니칸지는 평범한 인간은 경험하지 못할 수준의 농밀한 관계를 그녀와 조지프에게 선사할 능력이 있었다. 그리고 그것은 자신이 선사하는 것을 스스로도 함께 경험했다. 폴 타이터스는 바로 거기에 사로 잡혔던 거야. 릴리스는 속으로 생각했다. 상실감 때문에 슬퍼서나 원시 상태가 된 지구 때문에 두려워서가 아니라, 바로 거기에.

릴리스는 두 주먹을 불끈 쥐고 굳게 버티며 말했다. "이래봤자 나한테는 도움 될 게 없어. 이러면 난 네가 곁에 없을 때 견디기가 더 힘들어질 뿐이야."

니칸지는 조지프의 허리를 감싼 감각 팔 한쪽을 풀어 릴리스를 향해 내밀었다.

릴리스는 움직이지 않고 제자리에 조금 더 머물며 아직은 자신의 행동을 제어할 수 있다는 것을 스스로에게 입증했다. 그러다가 재킷을 훌렁 벗더니 징그러운, 그 징그럽기 짝이 없는 코끼리 코처럼 생긴 기관을 붙잡았고, 그 기관이 자기 몸을 친친 감는데도 아랑곳하지 않고 침대로 올라갔다. 그녀가 조지프와 더불어 니칸지의 몸을 양옆에서 포위하자 니칸지는 울로이로서는 처음으로 두 인간 사이에 낀 체위를 취했다. 이 때문에 그녀는 한순간 겁에 질렸다. 언젠가 그녀는 바로 이 방법을 이용해 인간이 아닌 아이를 임신할지도 몰랐다. 니칸지가 그녀에게 다른 일을 시키려 하는 한 당장은 그렇지 않다 해도, 언젠가는 그럴지도 몰랐다. 일단 그녀의 중추 신경계와 연결되기만 하면 그것은 그녀를 조종해 뭐든 마음대로 시킬 수 있었다.

릴리스는 그것의 몸이 자기 몸에 닿아 덜덜 떤다는 느낌을 받았고, 이내 그것이 몸속에 들어왔다는 것을 알았다.

7

릴리스는 의식을 잃지 않았다. 니칸지가 스스로 느끼는 감각을 포기하지 않았기 때문이었다. 조지프마저도 의식을 유지했다. 다만 그는 니칸지에게 철저히 조종당했고, 그것의 영향을 받아 진정된 상태였기에 두려워하는 기색도 없었다. 릴리스는 조종당하지 않았다. 그녀는 한 손을 자유롭게 들어 올린 다음 니칸지 너머로 뻗어 조지프의 서늘한 손을, 마치 생명이 빠져나간 듯한 그 손을 잡았다.

"안 돼요." 니칸지는 릴리스의 귀에 대고 부드럽게 속삭였다. 어쩌면 청각 신경을 직접 자극했는지도 몰랐다. 그것에게는 그렇게 할 능력이 있었다. 그녀의 감각을 개별적으로 자극하든 아니면 어떤 식으로 조합해 자극하든, 그것은 완벽한 환각을 만들어 냈다. "나를 통해서만 그렇게 할 수 있어요." 그것의 목소리는 단호했다.

손이 따끔거렸다. 릴리스는 조지프의 손을 놓았다. 그러고는 곧바로 그가 따뜻하고 포근하게 감싸주는 존재이자 믿음직스럽고 튼튼한 존재라는 느낌이 들었다.

릴리스는 도무지 알 수가 없었다. 자신이 받는 느낌이 니칸지가 추측한 조지프의 기분인지, 조지프가 실제로 느끼는 기분이 자신에게 전해진 것인지, 진실과 추측을 조합한 것인지, 아니면 그저 기분 좋은 허구인지.

조지프는 릴리스에게서 어떤 느낌을 받았을까?

릴리스가 보기에 자신은 원래부터 조지프와 함께였던 것 같았다.

중간에 분위기가 바뀐 듯한 기분은 전혀 들지 않았고, 지금의 '함께하는 시간'과 대비되는 '혼자였던 시간'도 기억나지 않았다. 그는 원래부터 거기에 있는, 그녀의 일부인, 없어서는 안 될 존재였다.

니칸지는 두 사람이 서로에게 더욱 강하게 끌리도록, 또 서로 더욱 강하게 결합하도록 하는 데에만 집중했다. 그 밖의 다른 감각은 릴리스에게 전혀 허용하지 않았다. 마치 니칸지 스스로도 사라져 버린 것만 같았다. 릴리스는 오로지 조지프의 존재만을 감지했고, 그 또한 자신만을 의식하리라는 느낌이 들었다.

이제 그들은 서로에게서 느끼는 기쁨으로 불타올랐다. 그들은 함께 몸을 움직이며 터무니없이 강렬한 흥분을 유지했다. 두 사람 다 지칠 줄도 모르고 완벽한 조화를 이루며, 관능으로 활활 타오르며, 서로의 안에서 무아지경에 빠졌다. 그들은 위를 향해 치솟아 올라가는 것처럼 보였다. 시간이 한참 흐르고 나서는 부유하듯 천천히, 그리고 조금씩 하강하며 아직 남은 몇몇 순간들을 함께 만끽하는 듯했다.

한낮이 가고, 오후가 저물고, 노을이 지고, 어둠이 내렸다.

릴리스는 목이 아팠다. 맨 처음 느낀 혼자 몫의 감각은 통증이었다. 이때껏 고함치고 악쓰기라도 한 것 같았다. 고통을 참으며 침을 삼키고 손을 들어 목에 갖다 대려 했지만, 니칸지의 감각 팔이 앞질러와 그녀의 손을 밀어냈다. 그것은 겉으로 드러난 감각 손을 그녀의 목에 얹었다. 그녀는 그 손이 목에 자리를 잡는 느낌을 받았다. 감각 손가락이 쭉 펴져 목을 움켜쥐는 느낌이었다. 그것의 몸에서 나온 가느다란 덩굴들이 살을 뚫고 들어와 감각을 조작하는 느낌은 들지 않았지만, 그래도 목의 통증은 곧바로 사라졌다.

"그 많은 일을 겪으면서 비명은 한 번만 지르더군요." 그것이 릴리스에게 말했다.

"어떻게 나한테 비명까지 지르게 한 거야?"

"의외였어요. 당신이 나 때문에 비명을 지른 적은 이때껏 없었으니까요."

릴리스는 그것이 목에서 손을 떼게 놔둔 다음, 나른해진 몸을 움직여 그것을 쓰다듬었다. "방금 그 경험에서 얼마만큼이 조지프랑 나의 몫이지? 네가 지어낸 건 얼마만큼이야?"

"나는 당신의 경험 가운데 어떤 것도 지어내지 않았어요. 저 남자를 위해서도 그런 일은 하지 않을 거예요. 당신들은 둘 다 경험으로 채워진 기억을 지니고 있으니까요."

"난 방금 했던 그런 건 겪어본 적이 없는데."

"조합해서 만든 거예요. 당신은 당신 나름의 경험이 있고 저 남자와 함께한 경험도 있어요. 저 남자 또한 자기 몫의 경험과 더불어 당신과 함께한 경험이 있고요. 당신들 둘 모두 덕분에 나는 방금 그 경험을 다른 사람들의 경우보다 훨씬 더 오래 지속시켰어요. 처음부터 끝까지… 압도적으로요."

릴리스는 주위를 두리번거렸다. "조지프는 괜찮아?"

"자요. 아주 깊이 잠들었어요. 내가 유도한 건 아니에요. 지쳐서 그래요. 그래도 무사해요."

"그 사람도… 내가 느낀 걸 고스란히 다 느꼈어?"

"감각의 차원에서는요. 지적 차원에서 보면, 그는 그 나름의 해석을 했고 당신은 당신 나름대로 해석했어요."

"나 같으면 그걸 지적 활동이라고 하진 않을걸."

"무슨 말인지 알잖아요."

"그래." 릴리스는 그것의 가슴을 손으로 쓸어내렸다. 그것의 촉수가 꿈틀거리다가 손 밑에서 납작해지자 뒤틀린 쾌감이 느껴졌다.

"왜 이러는 건가요?" 그것이 물었다.

"이러는 게 싫어?" 릴리스는 손을 멈추고 물었다.

"아니요."

"그럼 가만있어. 나도 전에는 이런 거 잘 안 했어."

"난 가야 해요. 당신은 몸을 씻고 당신네 사람들에게 가서 식사를 챙겨줘요. 당신 짝은 여기서 나가지 못하게 단속해 두고요. 명심해요, 저 사람이 깨어났을 때 맨 먼저 얘기하는 상대는 반드시 당신이어야 해요."

릴리스가 가만히 지켜보는 사이에 그것은 그녀의 몸 위를 지나 관절을 온통 이상한 방향으로 굽힌 채 바닥으로 내려섰다. 그녀는 그것이 한쪽 벽을 향해 걸음을 떼기 전에 그것의 손을 잡았다. 머리 촉수가 그녀를 향해 느릿하게 회전하는 모습이 꼭 무언의 질문 같았다.

"넌 이 남자를 좋아해?" 릴리스가 물었다.

잠시 대화의 초점이 조지프에게로 옮겨 갔다. 그것이 말했다. "아하자스와 디샤안은 혼란에 빠졌어요. 그 둘은 당신이 덩치가 크고 피부가 검은 남자를 상대로 고를 거라 예상했거든요. 그런 남자들이 당신과 비슷하다는 이유로요. 나는 당신이 이 남자를 택할 거라고 했어요. 왜냐면 이 남자는 당신을 닮았으니까요."

"뭐라고?"

"실험을 거치는 동안 이 남자가 보여준 반응은 내가 아는 다른 어떤 사람보다 더 당신과 비슷했어요. 생김새는 비슷하지 않지만, 이 남자는 당신을 닮았어요."

"아마 이 사람은….." 릴리스는 머릿속의 생각을 억지로 목소리에 담아냈다. "네가 나를 끌어들여 하려는 일이 뭔지 알고 나면, 아마 이 사람은 나를 상대도 안 하려고 할 거야."

"화를 내겠죠. 두려워할 테고, 그러면서도 다음번을 고대할 테고, 그러다가 또 다음번은 절대 없을 거라고 다짐하겠죠. 얘기했다시피 난 이 남자가 어떤 사람인지 알아요."

"어떻게 그렇게 잘 알아? 전에 이 사람이랑 어떤 사이였길래?"

그것의 머리와 몸의 표면이 매끈해졌다. 그러자 감각 팔 한 쌍이 달려 있는데도 불구하고 그것은 날씬하고 털이 없는 중성적인 인간과 비슷해 보였다.

"이 남자는 내가 성인이 되기 위해 맨 처음 책임지고 수행한 일의 대상이었어요. 그때쯤 당신이라는 사람을 알게 되면서, 나는 당신에게 짝을 찾아주기로 했죠. 폴 타이터스와 비슷한 남자가 아니라 당신이 원할 만한 남자를요. 남자 쪽에서도 당신을 원해야 했고요. 그래서 남성 수천 명의 기억 자료를 살펴봤어요. 이 남자는 직접 다른 집단의 부모가 되게끔 교육받을 수도 있었지만, 내가 다른 울로이들에

게 이 남자와 당신의 일치도를 보여줬더니 다들 둘을 짝지어야 한다
는 데 동의하더군요.”

“그러니까… 나를 위해 이 사람을 골랐다고?”

“난 그저 당신들을 서로에게 소개했을 뿐이에요. 선택은 당신들
둘이 직접 했고요.” 그것은 벽을 열고 릴리스를 혼자 남겨둔 채 방을
떠났다.

8

릴리스가 큰 소리로 식사 시간을 알리자 사람들은 적대감을 내뿜으며 조용히 모여들었다. 대부분은 일찌감치 방 바깥에 나와 부루퉁하고 허기진 표정으로 초조하게 그녀를 기다렸다. 릴리스는 그런 사람들의 짜증을 일부러 못 본 척했다.

"밥 한번 일찍도 주네." 릴리스가 벽 속의 여러 수납장을 열고 사람들이 앞으로 나와 음식을 받는 동안 피터 밴 비어든이 중얼거렸다. 돌이켜 보면 그녀는 인간이 아니라고 주장한 남자가 바로 그였다.

"떡 치느라 바빴겠지, 뭐." 진 펠러린이 한마디를 덧붙였다.

말썽쟁이들. 드러내 놓고 말썽을 부리는 사람은 아직까지는 그 둘뿐이었다. 이 상태가 얼마나 더 지속될까?

"내일 열 명을 더 **각성시킬** 거예요." 자리를 뜨는 사람이 나오기 전에 릴리스가 말했다. "여러분 모두 혼자, 아니면 둘씩 짝을 지어 그 사람들을 도와줘야 해요." 그녀는 음식이 든 벽 앞을 서성거리며 동그란 수납장 문 둘레를 따라 무의식적으로 손가락을 움직였고, 이로써 사람들이 원하는 음식을 꺼내는 동안 문이 닫히지 않게 막았다. 맨 나중에 깨어난 사람들도 이미 익숙해진 배급 방식이었지만 게이브리얼 리날디는 가벼운 불평을 늘어놨다.

"꼭 그렇게 바보 같은 짓을 해야 한다니 말도 안 되잖아요, 릴리스. 그냥 열려 있게 놔둬요."

"바로 그 이유 때문이에요. 이 문은 2~3분쯤 열려 있다가 내가 다시 건드리지 않으면 닫혀버리거든요." 릴리스는 손을 멈추고 수납장에서 따뜻하고 매운 콩이 담긴 그릇을 마지막으로 꺼낸 다음, 문이 그대로 닫히게 놔뒀다. 벽 안쪽의 수납장은 벽이 닫히고 나서야 비로소 내용물이 저절로 채워졌다. 그녀는 콩이 든 그릇을 나중에 먹을 자기 몫으로 바닥 한쪽에 따로 놔뒀다. 사람들은 바닥에 앉아 식용 그릇에 담긴 음식을 함께 먹었다. 함께 먹는 행위에는 위안이 깃들어 있었다. 그들이 누리는 몇 안 되는 위안 가운데 하나였다. 사람들은 군데군데 무리지어 앉아 자기들끼리 두런두런 얘기를 나눴다. 릴리스가 자기 몫의 과일을 꺼내려 할 때 근처에 앉은 사람들 쪽에서 피터의 목소리가 들려왔다. 피터 곁에 진과 커트 로어, 셸린 아이버스가 함께 있었다.

"내 생각엔 말이죠, 저 벽은 우리를 여기 가둔 일당한테 복수하겠다는 생각을 우리가 감히 품지도 못하게 하려고 저런 식으로 만들어진 것 같아요." 피터가 말했다.

릴리스는 자신을 편들어 주려고 나서는 사람이 있을지 궁금해하며 기다렸다. 아무도 나서지 않았다. 그저 다른 무리들까지 하나둘 조용해질 뿐이었다.

릴리스는 숨을 한 번 깊이 들이쉬고 피터의 무리 쪽으로 걸어갔다. "상황은 변하기도 해요." 그녀의 목소리는 나직했다. "아마 당신은 여기 있는 모두가 나를 적대하게 만들 수도 있을 거예요. 그러면 나는 임무에 실패한 사람이 되겠죠." 나직한 목소리도 멀리까지 잘 들렸지만, 그녀는 살짝 목소리를 키웠다. "그 말은 곧 여러분 모두 다시 가사 상태로 돌아가 뿔뿔이 흩어진 다음, 모르는 사람들과 함께 이 과정을 처음부터 다시 겪어야 한다는 뜻이에요." 그녀는 멈칫하다가 말을 이었다. "여러분이 원하는 게 그거라면… 그러니까 다시 뿔뿔이 흩어져서, 다시 혼자 시작해서, 지금 이 과정을 끝까지 다 마칠 때까지 몇 번이고 똑같이 반복하는 거라면, 지금껏 하던 대로 계속하세요. 아마 원하는 대로 이룰 테니까요."

릴리스는 피터를 내버려두고 음식을 챙겨 테이트와 게이브리얼, 리아가 있는 무리에 합류했다.

"잘했어요." 사람들이 다시 자기들끼리 두런거리자 테이트가 말했다. "다들 똑똑히 알아들었을 거예요. 진작 그랬어야 하는데."

"안 통할걸요." 리아의 말이었다. "여기 있는 사람들은 서로 누가 누군지도 모르는 사이예요. 다시 시작해야 한다고 해서 눈이나 깜빡하겠어요?"

"하고말고요." 게이브리얼이 리아에게 말했다. 그는 턱에 검푸른 수염이 자란 와중에도 릴리스가 평생 본 남자들 가운데 가장 잘생긴 축에 들었다. 그런데도 여전히 테이트하고만 잠자리를 함께했다. 릴리스는 그가 마음에 들었지만, 그가 자신을 그다지 신뢰하지 않는다는 것은 이미 알고 있었다. 이따금 그녀를 주시하는 그의 모습이 눈에 띨 때 그의 표정에 그러한 기색이 드러났기 때문이었다. 그럼에도 그는 조심스레 행동했다. 그녀가 보이는 호의를 잃지 않으려고… 또한 어떻게 행동할지 선택할 순간을 나중으로 미루려고.

"사람들은 이곳에서 사적인 유대 관계를 만들었어요." 게이브리얼이 리아에게 말했다. "저 사람들이 여기 오기 전에 어떤 경험을 했는지 생각해 봐요. 전쟁에, 난리통에, 식구와 친구가 죽었어요. 그다음엔 독방 신세였고요. 감방에 갇혀 먹고 싸는 게 다였어요. 저 사람들은 서로를 아주 소중하게 여겨요. 당신이 그러는 것처럼."

리아는 성난 표정으로 게이브리얼을 노려보려고 입을 벌린 채 얼굴을 돌렸지만, 잘생긴 얼굴 앞에서 그만 무장 해제를 당한 눈치였다. 그녀는 한숨을 쉬고는 울적하게 고개만 끄덕였다. 한순간 울음을 터뜨릴 것처럼 보이기도 했다.

"사람들을 죄다 빼앗기고 나서 꿋꿋이 다시 시작하는 걸 당신이 몇 번이나 되풀이할 수 있을까요?" 테이트가 중얼거렸다.

필요하다면 몇 번이든. 릴리스는 머릿속으로 힘없이 중얼거렸다. 인간의 두려움과 의심과 고집 때문에 어쩔 수 없이 되풀이해야 한다면, 몇 번이든. 오안칼리들은 저 아래서 기다리는 지구만큼이나 참을성이 강하니까.

릴리스는 게이브리얼이 자신을 물끄러미 보고 있다는 것을 알아차렸다.

"지금도 저 사람들 걱정을 하는 거죠?" 게이브리얼이 물었다.

릴리스는 고개를 끄덕였다.

"내가 보기엔 사람들이 당신 말을 믿는 것 같아요. 밴 비어든하고 진만이 아니라, 모두 다요."

"알아요. 당분간은 내 말을 믿을 거예요. 그러다가 일부 사람들이 단정 짓겠죠. 내 말이 거짓말이라고, 아니면 내가 거짓말에 속아 넘어갔다고."

"속아 넘어가지 않은 거 확실해요?" 테이트가 물었다.

"그런 적이 있긴 해요." 릴리스는 쓸쓸한 목소리로 말했다. "적어도 그때는 생략된 내용에 속아서 그랬지만요."

"하지만 그렇다면…."

"난 이것만은 확실히 알아요. 우리를 구조한 자들, 또 우리를 납치한 자들은 외계인이에요. 여기는 지금 그자들의 우주선 안이고요. 난 무중력 상태를 포함해 볼 만큼 보고 느낄 만큼 느꼈기 때문에, 여기가 우주선 안이라고 확신해요. 우린 지금 우주에 나와 있는 거예요. 그리고 우리가 연필과 붓을 다룰 때만큼이나 자연스럽게 DNA를 조작하는 자들의 손아귀에 붙잡힌 상태이기도 하죠. 내가 여러분 모두에게 해준 얘기가 바로 그거예요. 그리고 혹시라도 여러분 가운데 누가 내 얘기를 거짓말로 여기고 멋대로 행동할 마음을 먹을 경우에는, 뿔뿔이 흩어져 다시 잠드는 정도로 끝나는 것도 우리 모두 운이 좋을 때의 얘기일걸요."

릴리스는 세 사람의 표정을 보고 억지로 피곤해 보이는 미소를 지었다. "내 얘기는 여기까지예요. 이제 조지프한테 뭐라도 좀 갖다줘야겠어요."

"이리로 나오라고 하지 그랬어요." 테이트가 말했다.

"이 정도는 별거 아니에요." 릴리스가 테이트에게 말했다.

"당신도 가끔은 나한테 식사를 좀 갖다주고 그래요." 릴리스가 자리를 뜨는 사이에 게이브리얼이 테이트에게 말했다.

“참 좋은 모범을 보이고 다니네요!” 테이트는 릴리스의 등 뒤에 대고 소리쳤다.

릴리스는 수납장에서 음식을 더 꺼내며 자신도 모르게 진심에서 우러난 미소를 지었다. 그녀가 각성시킨 사람들 중 일부가 그녀를 믿지 않고, 그녀를 좋아하지 않고, 그녀에게 의심까지 품는 것은 어쩔 수 없는 일이었다. 그녀에게는 적어도 긴장을 풀고 얘기를 나눌 수 있는 다른 사람들이 있었다.

의심하는 무리가 스스로를 파괴하지 못하도록 릴리스가 막기만 하면, 희망은 있었다.

9

한동안 조지프는 릴리스와 말을 하지 않거나 그녀가 먹여주는 음식을 받아먹으려 하지 않았다. 그런 낌새를 알아차린 릴리스는 그의 곁에 앉아 기다렸다. 앞서 방으로 돌아왔을 때 그녀는 조지프를 깨우지 않았고, 방을 꼭꼭 닫은 채 그의 곁에 누워 자다가 그의 기척을 느끼고 눈을 떴다. 이제 그의 곁에 앉은 그녀는 불안하기는 했지만, 그에게서 진심 어린 적대감은 전혀 느껴지지 않았다. 조지프는 곁에 있는 그녀 때문에 화가 난 것 같지는 않았다.

자기가 느끼는 감정의 정체를 파악하려고 하는구나. 릴리스는 속으로 생각했다. 조지프는 방금 무슨 일이 일어났는지 이해하려고 애쓰는 중이었다.

릴리스는 조지프와 자신 사이의 침대 위에 과일 몇 개를 놔뒀다. 그러고는 그가 대꾸하지 않으리라는 것을 알면서도 말을 꺼냈다. "그건 감각 신경의 착각이었어요. 니칸지는 우리 신경을 직접 자극했고, 우리는 우리가 느끼는 감각에 맞게 경험을 기억해 내거나 만들어 냈어요. 신체적 차원에서 니칸지는 우리가 느끼는 걸 느껴요. 그렇다고 우리 생각까지 읽지는 못해요. 우리만 다치게 할 수도 없고요. 스스로도 똑같이 고통스러워할 각오가 돼 있다면 모를까." 그녀는 머뭇거리다가 말을 이었다. "니칸지가 당신의 능력을 조금 키워줬다고 했어요. 처음에는 조심스럽게 연습해야 해요. 웬만해선 다치는 일은 없을 거예요. 혹시 무슨 일이 생겨도 내가 그랬듯 회복될 테고요."

조지프는 대꾸는커녕 돌아보지도 않았지만, 릴리스는 그가 자기 말을 들었다는 것을 알았다. 그에게서 멍한 기색은 전혀 보이지 않았다.

릴리스는 조지프 곁에 앉아 기다리는 동안 묘하게 편안한 기분을 느꼈고, 이따금 과일을 집어 야금야금 먹었다. 잠시 후, 그녀는 바닥에 발을 댄 채 침대에 누워 몸을 쭉 뻗었다. 그렇게 움직이는 기척에 그가 관심을 보였다.

조지프는 몸을 돌려 릴리스를 물끄러미 봤다. 마치 그녀가 곁에 있었던 것을 깜박 잊은 사람 같았다. "이제 일어나요." 그가 말했다. "이제 슬슬 동이 틀 거예요. 아침이라고요."

"나한테 할 얘기가 있을 텐데요." 릴리스가 말했다.

조지프는 멋쩍은 듯 머리를 긁적였다. "그게 진짜가 아니었어요? 전부 다?"

"우린 서로 건드리지도 않았어요."

조지프는 릴리스의 손을 계속 쥐고 있었다. "그게… 혼자서 다 한 거군요."

"신경 자극이에요."

"무슨 수로?"

"그들은 모종의 방법으로 우리 신경계에 간섭해요. 우리보다 더 민감하거든요. 우리가 살짝 느끼는 걸 그들은 많이 느껴요. 그리고 어떤 느낌이든 우리가 감지하기도 전에 그들이 미리 느끼는 거나 마찬가지죠. 그래서 고통스러운 느낌은 우리가 알아차리기도 전에 그들이 막아주는 거예요.”

“전에 당신한테도 그런 걸 한 적이 있나요?”

릴리스는 고개를 끄덕였다.

“다른… 남자하고?”

“나 혼자, 아니면 니칸지의 짝들이랑 했어요.”

조지프는 느닷없이 침대에서 일어나 방을 서성거렸다.

“그 짝들도 인간이 아니에요.” 릴리스가 말했다.

“그럼 어떻게…? 신경계가 우리와 다를 거 아니에요. 그자들이 어떻게 우리한테… 내가 느낀 그 기분을 느끼게 할 수가 있죠?”

“전기 화학적 자극을 꼭 맞게 입력하는 방식으로요. 내가 그들의 방법을 다 이해한다는 말은 아니에요. 그건 그들이 특별한 재능을 타고난 덕분에 구사하는 언어 같은 거예요. 그들은 우리 몸을 우리보다 더 잘 알아요.”

“당신은 왜 그자들이… 당신 몸에 손을 대게 놔뒀어요?”

“변화를 일으키려고요. 힘을, 더 빠른 회복력을 얻으려고….”

조지프는 릴리스 앞에 멈춰 서서 그녀를 마주 봤다. “그게 다예요?” 그가 따지듯 물었다.

릴리스는 조지프를 물끄러미 봤다. 비난하는 빛을 띤 그의 눈을 보며, 변명하기를 거부했다. “나는 그게 좋았어요.” 나지막한 목소리였다. “당신은 안 그랬어요?”

“난 다시는 그 괴물이 내 몸을 건드리게 놔두지 않을 거예요.”

릴리스는 그 말에 반박하지 않았다.

“그런 기분은 내 평생 한 번도 느껴본 적 없어요!” 조지프가 외쳤다.

릴리스는 깜짝 놀랐지만, 아무 말도 하지 않았다.

“그런 걸 병에 담을 수만 있으면 시중에 유통되는 어떤 불법 약물보다도 더 불티나게 팔릴걸요.”

“오늘 아침에 열 명을 각성시킬 거예요.” 릴리스가 말했다. “당신이 좀 도와줄래요?”

“아직도 그걸 할 작정이에요?”

“그래요.”

조지프는 깊이 숨을 들이쉬었다. “갑시다, 그럼.” 말은 그렇게 했지만, 그는 꿈쩍도 하지 않았다. 가만히 서서 릴리스를 지켜볼 뿐이었다. 그러다가 물었다. “그거… 무슨 마약 같은 건가요?”

“나더러 중독됐냐고 물어보는 거예요?”

“맞아요.”

“그런 것 같진 않아요. 난 당신하고 같이 있을 때 좋았거든요. 차라리 니칸지가 안 왔으면 더 좋았을 거예요.”

“난 그놈을 여기서 다시는 보고 싶지 않아요.”

“니칸지는 수컷이 아닌데… 우리 둘 중 어느 쪽이 뭘 바라든 그게 관심이나 있을지 모르겠네요.”

“그놈이 당신 몸을 건드리게 놔두지 마요! 만약 당신한테 선택권이 있다면 그놈한테서 떨어져요!”

니칸지의 성별을 받아들이려 하지 않는 조지프의 모습을 보며 릴리스는 폴 타이터스가 떠올라 더럭 겁이 났다. 그녀는 조지프에게서 폴 타이터스를 보고 싶지는 않았다.

"그건 수컷이 아니에요, 조지프."

"그렇다고 해서 뭐가 달라지는데요!"

"스스로를 속인다고 해서 달라지는 건 또 뭔데요? 우리는 그들을 있는 그대로의 모습으로 알아야 해요. 설령 인간과 유사한 점이 하나도 없다고 해도 말이에요. 그리고 장담하는데, 울로이의 경우에는 인간과 비슷한 구석이 손톱만큼도 없어요." 릴리스는 앉아 있던 침대에서 일어섰다. 자신이 조지프가 바라는 약속을 해주지 않았다는 생각이, 또 끝내 답하지 않은 자신의 모습을 그가 기억하리라는 생각이 머릿속에 맴돌았다. 그녀는 밀봉된 출입구를 열고 방을 나섰다.

10

새로 깨어난 사람 열 명.

그들이 다치지 않도록 돌보고 눈앞의 상황을 조금이나마 이해하게끔 안내하느라 모두가 바쁘게 움직였다. 피터가 돌본 여성은 그의 면전에 대고 깔깔 웃으며 미쳤다고 했는데 그때 그가 한 말은 이런 식이었다. "우리를 가둔 자들이 어쩌면 외계인일지도 모르는데요…."

리아가 맡은 키 작은 금발 남자는 그녀를 붙들고 매달렸다. 만약 체격이 더 큰 남자였거나 반대로 리아가 더 작은 여자였다면 그는 그녀를 강간했을지도 몰랐다. 리아는 남자가 난폭한 짓을 못하도록 막기는 했지만, 몸에서 떼어 낼 때는 게이브리얼에게 도와달라고 부탁하는 수밖에 없었다. 그녀는 행패를 부리는 남자에게 놀랄 만큼 관대했다. 화가 났다기보다 재미있어하는 눈치였다.

새로 깨어난 사람들이 처음 몇 분 동안 보이는 행동은 진지하게 여겨지거나 그들을 비난할 근거로 쓰이지는 않았다. 리아를 덮치려한 남자는 그저 사람들에게 붙잡혀 있다가 마침내 그녀에게 달려들기를 포기했고, 차츰 얌전해지는 한편으로 주위에 있는 수많은 인간들의 얼굴을 천천히 살피는가 싶더니, 끝내 울음을 터뜨렸다.

남자의 이름은 레이 오드웨이였다. 그리고 각성한 날로부터 며칠 후, 레이는 리아의 완전한 동의하에 그녀와 동침하는 사이가 됐다.

그로부터 이틀 후, 피터 밴 비어든이 졸개 여섯 명을 데리고 릴리스를 붙잡아 제압한 사이에 일곱 번째 졸개, 즉 데릭 볼스키라는 남자가 음식 수납장 한 곳에 남아 있던 비스킷 여남은 개를 쓸어 담더니, 문이 닫히기 전에 입구로 기어 올라가 수납장 안으로 들어갔다.

릴리스는 데릭이 무슨 짓을 하는지 깨닫고 버둥거리기를 그만뒀다. 누구도 다치게 할 필요는 없었다. 데릭은 오안칼리들이 알아서 처리할 문제였다.

"도대체 무슨 생각으로 저러는 거예요?" 릴리스는 커트에게 물었다. 그는 릴리스를 제압한 무리에 끼어 있었지만, 셀린까지 그들과 한 패인 것은 물론 아니었다. 커트는 이때까지도 릴리스의 한쪽 팔을 붙들고 있었다.

그런 커트를 주시하며, 릴리스는 몸을 흔들어 다른 사람들을 떨쳐 버렸다. 데릭이 보이지 않는 곳으로 사라지자 사람들은 릴리스를 붙들려고 애쓰지 않았다. 이제 그녀는 자신이 남을 기꺼이 해치거나 죽일 마음을 먹었다면 사람들에게 제압당하지 않았으리라는 것을 깨달았다. 그녀의 힘은 여섯 명 몫을 다 합친 것보다는 세지 않았지만, 그들 중 누구든 둘을 합친 것보다는 더 셌기 때문이었다. 그리고 그들 가운데 누구보다도 더 민첩했다. 그런 사실을 알면 마음이 놓여야 마땅했지만 생각만큼은 아니었다.

"뭘 하려고 저 안에 들어간 거죠?" 릴리스가 다시 물었다.

커트는 릴리스가 뿌리칠 생각도 하지 않은 팔을 놔줬다. "지금 실제로 벌어지는 일이 어떤 건지 살펴보는 중이에요. 저 수납장 안에 음식을 보충해 놓는 사람들이 있는지, 있다면 대체 누군지 알아보고 싶어서요. 그 사람들이 우리 앞에 나설 준비를 마치기 전에 먼저 한번 보고 싶어요. 자기네가 화성인이라고 우리한테 우길 준비를 마치기 전에 말이에요."

릴리스는 한숨이 나왔다. 커트에게는 수납장이 자동으로 채워진다는 얘기를 이미 해줬기 때문이었다. 이 또한 그가 믿지 않기로 마음먹은 또 하나의 사실일 뿐이었다. "그들은 화성인이 아니에요." 릴리스가 말했다.

그 말에 입꼬리가 올라간 커트의 표정은 웃음과 거리가 멀었다. "그럴 줄 알았어요. 당신이 들려준 동화 같은 얘기는 처음부터 안 믿었으니까."

"그들은 다른 태양계에서 왔어요." 릴리스가 말했다. "어딘지는 나도 몰라요. 중요한 문제도 아니고요. 그들은 자기네 고향을 떠난 지가 하도 오래돼서 그곳이 아직 남아 있는지 어떤지조차 알지 못해요."

커트는 릴리스에게 욕을 퍼붓고 돌아섰다.

"이제 어떻게 되는 거예요?" 다른 사람의 목소리였다.

릴리스는 주위를 두리번거리다가 셀린을 발견하고 한숨을 쉬었다. 커트가 어디에 있든, 셀린은 그의 근처에서 떨고 있었다. 릴리스는 자신과 조지프를 짝지어 준 니칸지처럼 그 둘을 짝지어 줬다. "나도 몰라요. 오안칼리들이 데릭을 해치진 않겠지만, 이리로 다시 돌려보낼지 어떨지는 모르겠어요."

조지프가 척 봐도 걱정스러운 표정으로 릴리스에게 성큼성큼 다가왔다. 누군가 그의 방에 가서 무슨 일이 일어나는지 알려준 모양이었다.

"난 괜찮아요." 릴리스가 말했다. "데릭이 오안칼리들을 살펴보러 바깥으로 나갔어요." 그녀는 조지프의 불안해하는 표정을 보고 대수롭잖다는 듯이 어깨를 으쓱했다. "그들이 데릭을 여기로 돌려보내면 좋겠어요. 아니면 직접 데리고 오든가요. 이 사람들도 자기 눈으로 직접 확인해야 할 테니까요."

"그랬다간 다들 겁에 질려 아수라장이 될 거예요!" 조지프가 나직이 말했다.

"상관없어요. 시간이 지나면 다들 회복할 테니까요. 하지만 이런 바보 같은 짓을 자꾸 되풀이하다가는 끝내 제 손으로 제 발등을 찍는 신세가 될걸요."

데릭은 다시 돌아오지 않았다.

결국 릴리스가 벽으로 가 수납장을 열고 데릭이 안에서 질식사하지 않았다는 것을 확인시켜 주자 피터와 진조차도 이의를 제기하지 않았다. 그녀는 데릭이 들어간 수납장을 포함해 널찍한 면적을 수색 범위로 잡고 그 안의 모든 수납장을 열었는데, 이는 아무 표시도 없이 널따랗게 이어진 벽에서 개별 수납장의 위치를 파악한 사람이 거의 없었기 때문이었다. 릴리스는 수납장 하나하나의 위치를 쉽고 정확히 파악하는 자신의 능력에 스스로도 놀랐다. 일단 수납장을 찾기만 하면 그녀는 각각의 칸이 바닥과 천장으로부터, 또 오른쪽 벽과 왼쪽 벽으로부터 얼마나 떨어졌는지 단번에 기억했다. 어떤 이들은 자신들이 그렇게 하지 못한다는 이유로 그녀의 그런 능력을 수상쩍게 여겼다.

또 어떤 이들은 그녀의 모든 것을 수상쩍게 여겼다.

"데릭을 도대체 어떻게 한 거야!" 진 펠러린이 따져 물었다.

"데릭은 바보 같은 짓을 했어요." 릴리스가 진에게 말했다. "그리고 데릭이 그 짓을 하는 동안 당신들은 힘을 합쳐 나를 붙들고 있었죠. 나는 사실 그 사람을 구하려고 했는데."

진은 뒤로 조금 물러서더니 더 큰 목소리로 말했다. "그래서 데릭은 어떻게 됐는데?"

"나도 몰라요."

"거짓말쟁이!" 진의 목소리가 더욱 커졌다. "네 패거리들이 데릭을 어떻게 한 거야? 죽였어?"

"그 사람이 무슨 일을 당했든 부분적으로는 당신들 책임이에요." 릴리스가 말했다. "자기 죄책감은 자기가 알아서 감당해요." 그녀는 다른 사람들의 얼굴을 둘러봤다. 절반은 죄책감으로, 절반은 비난조의 표정으로 물들어 있었다. 진은 불만을 제기할 때 결코 남몰래 하지 않았다. 그녀에게는 관중이 필요했다.

릴리스는 돌아서서 자기 방으로 갔다. 방에 혼자 있고 싶어서 출입구를 밀봉하려는 순간, 테이트와 조지프가 찾아왔다. 잠시 후에 게이브리얼도 둘의 뒤를 따라 방에 들어섰다. 그는 방에 있는 테이블 평상의 모서리에 앉아 릴리스를 마주 봤다.

"이러다간 지고 말 거예요." 게이브리얼이 딱 잘라 말했다.

"지는 건 당신이겠죠." 릴리스가 대꾸했다. "만약 내가 지면, 우리 모두 지는 거예요."

"그래서 우리가 이렇게 왔잖아요."

"좋은 생각이 있으면 말해봐요, 경청할 테니까."

"사람들한테 볼거리를 더 주는 거예요. 당신 친구들한테 말해서 감동적인 구경거리를 만들어 달라고 부탁해 봐요."

"내 친구들이라뇨?"

"저기요, 난 편견 같은 거 없어요. 그들이 외계인이라고 당신이 그랬잖아요. 알았어요. 외계인이라고 쳐요. 그런데 혹시라도 아까 그 멍청한 패거리 손에 당신이 죽기라도 하면, 그 외계인들한테 무슨 이득이 있겠어요?"

"동감이에요. 난 그들이 데릭을 돌려보내거나 직접 데려다줬으면 했어요. 지금도 늦지 않았고요. 하지만 저쪽이 워낙 타이밍을 못 맞춰서."

"조지프 말로는 당신이 그들하고 얘기할 수 있다던데요."

릴리스는 배신감과 충격을 함께 느끼며 몸을 돌려 조지프를 빤히 봤다.

"당신의 적들은 지금 세력을 모으고 있어요." 조지프가 말했다. "당신만 혼자서 싸울 필요는 없잖아요?"

뒤이어 릴리스가 테이트 쪽으로 눈길을 돌리자 그녀는 별일 아니라는 듯 어깨를 으쓱했다. "저 바깥의 패거리는 다 멍청이들이에요. 머리가 잘 돌아가는 사람이 끼어 있었으면 다들 입은 꾹 다문 채 잘 보고 잘 들으면서, 무슨 일이 벌어지는지 제대로 파악하려고 했겠죠."

"그게 내가 바라는 전부였어요." 릴리스가 말했다. "그렇게 될 거라는 생각은 안 했지만, 그래도 희망을 품기는 했죠."

"저 사람들은 겁에 질려서 자기네를 구해줄 사람이 나타나기를 바랄 뿐이에요." 게이브리얼이 말했다. "저 사람들은 이유나 논리나 당신이 품었던 희망이나 기대 같은 건 없어도 돼요. 그저 『출애굽기』의 모세 같은 사람이 나타나 납득할 수 있는 삶 속으로 자기네를 이끌어 주기만 바라니까요."

"밴 비어든이 그렇게 하진 못할 텐데요." 릴리스가 말했다.

"그야 당연하죠. 하지만 지금 저 사람들은 피터가 할 수 있다고 믿고 그를 따르고 있어요. 이다음 단계로 피터는 저 사람들에게 여기서 탈출하려면 비밀을 죄다 털어놓을 때까지 릴리스 당신을 두들겨 패는 수밖에 없다고 말할 거예요. 당신이 탈출구를 안다고 말하겠죠. 그리고 탈출구를 모른다는 사실이 분명해졌을 즈음에는 당신은 이미 숨이 끊어진 후일 거예요."

과연 그럴까? 게이브리얼은 릴리스를 고문해 죽이려면 시간이 얼마나 오래 걸릴지 전혀 알지 못했다. 그녀뿐 아니라 조지프도. 그녀는 암울한 눈빛으로 조지프를 바라봤다.

"빅터 도미닉." 조지프가 말했다. "그리고 리아, 또 리아가 고른 그 남자랑, 비어트리스 드와이어도⋯."

"우리 편이 될 만한 사람들인가요?" 릴리스가 물었다.

"맞아요, 그런데 서둘러야 돼요. 오늘 아침에 비어트리스가 저쪽 편 남자 한 명하고 같이 있는 걸 봤거든요."

"의리라는 건 같이 자는 사람이 누구냐에 따라 변하기도 하죠."

릴리스가 말했다.

"그래서 어쩌겠다는 건데요!" 게이브리얼이 따져 물었다. "그래서 아무도 안 믿겠다는 거예요? 갈기갈기 찢겨서 바닥에 나뒹구는 꼴이 되겠다고요?"

릴리스는 고개를 저었다. "편을 가르는 게 꼭 필요한 일이라는 건 나도 알아요. 하지만 정말이지, 너무 어리석은 짓이에요. '미국과 소련의 싸움 놀이를 해보자. 다시 한번.' 이거랑 다를 바가 없잖아요."

"당신 친구들하고 얘기해 봐요." 게이브리얼이 말했다. "그자들이 생각했던 구경거리는 아마 이런 게 아닐 거예요. 어쩌면 당신이 시나리오를 다시 쓰게 저쪽에서 도와줄지도 몰라요."

릴리스는 찡그린 표정으로 그를 빤히 봤다. "꼭 그런 식으로 말해야겠어요?"

"뜻만 통하면 상관없잖아요."

　오안칼리들은 릴리스에게 친구 노릇을 해주고 싶어 하지 않았다. 그녀가 자기 방에 틀어박혀 말을 걸었을 때 그들은 나타나기는커녕 부르는 소리에 응답하지도 않았다. 그리고 데릭을 계속 붙잡아 뒀다. 릴리스가 보기에 그는 아무래도 다시 가사 상태에 빠진 모양이었다.

　그 사실들 가운데 어떤 것도 놀랍지는 않았다. 릴리스는 인간들을 조직해 단결된 집단으로 만들거나, 아니면 그들을 조직하는 다른 누군가의 손에 희생양이 될 운명이었다. 니칸지와 그것의 짝들은 할 수만 있으면 그녀의 목숨을 구해줄 테지만… 이는 그녀의 목숨이 당장 위태로운 것처럼 보일 때의 얘기였다. 그런 경우를 제외하면 그녀는 혼자 힘으로 버티는 수밖에 없었다.

　그러나 릴리스에게는 실제로 힘이 있었다. 사람들은 그녀가 벽과 가사 상태 유지용 식물로 수행하는 일들을 다름 아닌 그녀 본인의 힘으로 여겼다. 그런 반면에 피터 밴 비어든에게는 아무런 힘도 없었다. 어떤 사람들은 피터 때문에 데릭이 사라졌다고, 어쩌면 죽었을지도 모른다고 믿었다. 다행히도 그는 말재간도 훌륭하지 않고 카리스마도 그리 강하지 않았기 때문에 이러한 비난을 릴리스에게 돌리지 못했는데… 그래도 애쓰기는 했다.

　피터가 실제로 해낸 일은 데릭을 영웅이자 그들 집단을 대신해 행동에 나선 순교자로, 적어도 뭔가 해보려 애쓴 사람으로 포장하는 것이었다. 릴리스는 도대체 뭘 하는 걸까? 그는 사람들에게 묻곤 했다.

그 여자 패거리는 지금 무슨 꿍꿍이를 꾸밀까? 손 놓고 앉아서 계속 얘기만 하잖아, 우릴 가둔 놈들이 다음에는 또 뭘 시킬지 기다리면서.

행동파는 피터 편에 붙었다. 리아와 레이, 테이트, 게이브리얼처럼 때를 기다리는 사람들, 정보를 더 모으거나 확실한 탈출 기회가 올 때까지 기다리고 싶은 이들은 릴리스 편에 섰다.

어떠한 행동도 두려워하는 동시에 스스로의 운명을 조금이나마 통제할 수 있다는 희망조차 잃어버린 비어트리스 드와이어 같은 이들도 있었다. 그런 사람들은 삶이 평온하게 지속되기를 바라며 릴리스 편에 섰다. 릴리스가 보기에 그들은 단지 혼자 있고 싶을 뿐이었다. 전쟁 전에도 많은 이들이 오로지 그것만을 원했다. 그때나 지금이나 그들이 얻지 못할 단 하나가 바로 그것이었다.

그럼에도 릴리스는 그런 사람들마저 신입으로 받아들였고, 열 명을 새로 각성시켰을 때는 그런 신입들만 불러서 돌보게 했다. 피터 패거리는 이들에게 빈정거리고 조롱하는 게 고작이었다. 새로 깨어난 사람들은 그런 피터 패거리에게서 말썽꾼이라는 첫인상을 받았다.

어쩌면 피터가 자기 부하 한 명에게 여자를 붙여줌으로써 패거리를 감동시켜야겠다는 마음을 먹은 것 역시 이 때문인지도 몰랐다.

앨리슨 자이글러라는 여자는 아직 마음에 드는 남자를 만나지는 못했지만, 일찌감치 피터 패거리가 아니라 릴리스 무리에 속하는 쪽을 택했다. 피터가 새로 깨어난 그레고리 세바스테스라는 남자를 거느리고 앨리슨과 말다툼을 하다가 그레고리의 방으로 끌고 가기로 마음먹었을 때, 앨리슨은 악을 쓰며 릴리스의 이름을 외쳤다.

자기 방에 혼자 있었던 릴리스는 방금 들은 소리의 정체가 짚이지 않아 눈살을 찌푸렸다. 또 누가 싸움을 벌였을까?

지친 표정으로, 릴리스는 같은 편이 될 사람을 몇 명 더 찾아보려 뒤적이던 서류철을 내려놨다. 그러고 나서 밖으로 나가자마자 문제의 광경을 목격했다.

남자 둘이 버둥거리는 여성 한 명을 양쪽에서 붙잡고 있었다. 그들 세 사람은 릴리스의 동료들이 앞을 막아선 탓에 어느 방으로도 들어가지 못했다. 그리고 릴리스의 동료들 또한 피터 패거리에게 가로막혀 그 세 사람에게 다가가지 못했다.

팽팽한 대치 상황이었다. 자칫 죽는 사람이 나올지도 몰랐다.

"무슨 유난을 그렇게 떨면서까지 몸을 사린대?" 진이 따져 물었다. "짝을 찾아서 함께하는 건 마땅히 해야 할 의무잖아. 이제 남은 사람이 몇 명 되지도 않는데."

"내가 마땅히 해야 할 일은 지금 여기가 어디고 또 여기서 어떻게 벗어날지 알아내는 거야." 앨리슨이 외쳤다. "당신은 우릴 포로로 붙잡은 정체 모를 놈들한테 장난감으로 삼을 인간 아기를 주고 싶은지 몰라도, 난 안 그래!"

"우린 짝을 지으려는 거야!" 커트가 지른 고함이 하도 커서 앨리슨의 목소리가 묻히고 말았다. "남자 한 명에 여자 한 명이야. 당신을 따로 떼어놓고 예외로 취급할 권리는 아무한테도 없어. 그래봤자 더 난처해질 뿐이야."

"난처해지기는 누가!" 누군가 따지듯 물었다.

"네가 뭔데 우리 앞에서 권리가 어쩌고저쩌고 설교야!" 또 다른 누가 외쳤다.

"이 여자가 너랑 무슨 상관인데!" 그레고리는 비어 있는 한쪽 손으로 앨리슨에게 다가오는 사람을 후려쳐 물러나게 했다. "네 여자는 네가 알아서 찾아!"

그 순간 앨리슨이 그레고리를 주먹으로 쳤다. 그는 욕을 지껄이며 그녀를 때렸다. 그녀는 비명을 지르며 사납게 몸부림쳤다. 코에서 피가 줄줄 흘렀다.

릴리스는 사람들 쪽으로 다가갔다. "그만해요. 앨리슨을 놔줘요!" 그러나 그녀의 목소리는 많은 이들의 목소리에 묻히고 말았다.

"*이런 망할, 그만하라고요!*" 릴리스는 그렇게 외치고는 자신의 목소리에 스스로도 흠칫 놀랐다.

근처에 있던 사람들은 우뚝 얼어붙어 릴리스를 멍하니 바라봤지만, 앨리슨을 둘러싼 무리는 다툼에 하도 열중한 나머지 릴리스가 곁에 도착하고 나서야 그녀가 온 것을 알아차렸다.

너무나 익숙한 꼬락서니였다. 폴 타이터스가 했던 말, 그리고 그가 했던 행동과 너무나 비슷했다.

릴리스는 앨리슨 주위에 빽빽이 모여 선 사람들에게 다가갔다. 머리끝까지 화가 난 나머지 자신을 막아선 그들을 걱정해 줄 여유가 없었다. 그들 중 두 명이 릴리스의 팔을 잡았다. 그녀는 누구인지 얼굴도 확인하지 않고 그 둘을 옆으로 던져버렸다. 그녀가 사람들이 다치든 말든 아랑곳하지 않기는 이번이 처음이었다. 원시인들 같으니. 멍청이들!

릴리스는 자신에게 주먹을 휘두르려 하는 피터의 팔을 붙잡았다. 그러고는 그 팔을 꽉 쥐고 비틀었다.

피터는 비명을 지르며 무릎을 풀썩 꿇었고, 그 바람에 앨리슨을 붙잡은 반대쪽 손이 느슨해지는 것도 깜박 잊고 말았다. 잠깐 동안 릴리스는 그를 바라봤다. 그는 쓰레기였다. 인간쓰레기. 어쩌자고 저런 인간을 각성시키는 실수를 저질렀을까? 그리고 이제 그를 어쩌면 좋을까?

릴리스는 피터를 한쪽으로 던져버렸다. 휙 날아간 그가 근처의 벽에 부딪혔지만 거들떠보지도 않았다.

남은 남자, 즉 그레고리 세바스테스는 물러서지 않고 버텼다. 커트는 그와 나란히 서서 릴리스와 대치했다. 둘은 그녀가 피터를 어떻게 했는지 보고도 그 일을 현실로 믿지 않는 눈치였다. 그래서 그녀가 자신들 앞으로 걸어오는데도 가만히 있었다.

릴리스가 커트의 배를 주먹으로 힘껏 치자 커트가 몸을 숙이고 고꾸라졌다.

그레고리는 앨리슨을 놔주고 릴리스에게 달려들었다.

릴리스는 그레고리를 후려쳤고, 그녀의 주먹에 정통으로 맞은 그는 머리가 뒤로 휙 꺾여 기절한 채로 바닥에 널브러졌다.

순식간에 사방이 조용해지자 들리는 것이라고는 커트의 컥컥대는 숨소리와 피터의 신음 소리뿐이었다. "내 팔! 아아, 맙소사, 내 팔!"

릴리스는 피터 패거리의 얼굴을 하나하나 돌아보며 덤벼보라고 도발했고, 속으로는 그들이 덤벼줬으면 하고 바라다시피 했다. 그러나 이제 그들 패거리의 다섯 명이 부상을 입은 반면 릴리스는 털끝 하나 다치지 않은 상태였다. 심지어 같은 편 사람들조차도 그녀에게서 물러서 있었다.

"이곳에서 강간은 용납되지 않아요." 릴리스의 목소리는 담담했다. 그녀가 목소리를 높였다. "이곳에서는 누구도 물건이 아니에요. 이곳에서는 누구도 다른 사람의 몸을 이용할 권리가 없어요. 석기시대로 돌아가 원시인으로 살겠다는 식의 허튼수작은 꿈도 꾸지 마요!" 그녀의 목소리가 평소처럼 누그러졌다. "우리는 인간으로 남을 거예요. 서로를 사람답게 대하면서, 이 상황을 사람답게 헤쳐나갈 거예요. 인간 이하가 되고 싶은 사람이 있다면 나중에 숲에서 기회가 생길 테니 기다려요. 거긴 광활한 곳이니까 달아나서 유인원 흉내나 내며 놀 공간이 충분할 거예요."

릴리스는 돌아서서 자기 방 쪽으로 걸어갔다. 다 가시지 않은 분노와 불만 때문에 몸이 부들부들 떨렸다. 그녀는 자신의 떨리는 몸을 남들에게 보여주고 싶지 않았다. 하마터면 자제력을 잃을 뻔한 적은, 그래서 사람을 죽일 뻔한 적은 이번이 처음이었다.

조지프가 릴리스의 이름을 나직이 불렀다. 싸울 준비를 하고 돌아선 그녀는 목소리의 주인이 누군지 알고 나서 경계를 늦췄다. 우뚝 서서 그를 바라보는 동안 그에게 다가가고 싶은 마음이 간절했지만, 그녀는 그 마음을 꾹 눌렀다. 조지프는 방금 그녀가 한 일을 어떻게 받아들였을까?

"도움받을 자격이 없는 패거리란 건 나도 알아요, 하지만." 조지프가 말했다. "그래도 치료해 줘야 할 사람들이 있어요. 피터는 팔이 부러졌잖아요. 다른 사람들도…. 오안칼리들한테 도와달라고 좀 부탁해 줄래요?"

그 말에 화들짝 놀란 릴리스는 자신이 빚은 참극의 현장을 돌아봤다. 그녀는 심호흡을 하며 간신히 떨리는 몸을 진정시켰다. 그러고는 오안칼리어로 나직이 말했다.

"누구든 지켜보는 담당자가 있다면 와서 이 사람들을 살펴보세요. 일부는 심하게 다쳤을 수도 있어요."

"그렇게 심하지는 않아요." 어딘지 모를 곳에서 들려온 목소리가 오안칼리어로 대답했다. "바닥에 쓰러진 사람들은 치료받지 않아도 나을 거예요. 내가 바닥을 통해 지금 접촉하고 있으니까요."

"팔이 부러진 사람은요?"

"그 사람은 우리가 치료할게요. 데려가도 되겠어요?"

"그쪽에서 데려가 주면 나야 고맙죠. 하지만 안 돼요, 우리한테 맡겨둬요. 당신들은 이미 살인자로 의심받는 판이니까요."

"그 데릭이라는 사람은 다시 잠든 것뿐이에요."

"그럴 줄 알았어요. 피터는 어떻게 하는 게 좋을까요?"

"그냥 놔둬요. 자기가 한 짓을 곰곰이 생각해 보라고 해요."

"아하자스?"

"예?"

릴리스는 한 번 더 심호흡을 했다. "당신 목소리를 들으니까 얼마나 기분이 좋은지, 나도 놀랄 지경이네요."

대꾸는 없었다. 더 할 말도 없었다.

"그놈이 뭐라고 하던가요?" 조지프가 궁금해했다.

"여자예요. 크게 다친 사람은 없다고 하네요. 피터의 경우에는 자기가 한 짓을 반성하게 놔뒀다가 오안칼리들 쪽에서 돌봐주겠다고 했어요."

"그때까지 우린 피터를 데리고 뭘 하면 되나요?"

"아무것도 할 필요 없어요."

"난 저쪽이 당신 말에 대꾸도 안 할 줄 알았어요." 게이브리얼이 말했다. 의심을 감출 생각도 없는 목소리였다. 그와 테이트를 비롯한 몇 명이 릴리스를 보러 와 있었다. 그들은 조심스레 그녀에게서 거리를 유지했다.

"그들은 얘기할 마음이 생기면 얘기해요." 릴리스가 말했다. "이번엔 상황이 위중해서 저쪽도 얘기할 마음을 먹은 거예요."

"그 외계인하고 아는 사이죠, 맞죠?"

릴리스는 게이브리얼을 돌아봤다. "맞아요, 내가 아는 여자예요."

"그럴 줄 알았어요. 그 여자하고 얘기할 때 당신 말투나 표정이⋯ 더 편하게 느껴졌어요. 거의 동경하는 것 같기도 했고."

"내가 이런 일을 맡기 싫어했다는 건 그 여자도 알아요."

"둘이 친구 사이였어요?"

"서로 아예 종種이 다른 사이치고는 꽤 친했어요." 릴리스는 웃음기 없이 쿡쿡 웃었다. "인간은 같은 인간들끼리도 친구로 지내기가 힘든데 말이죠."

다만 릴리스는 진심으로 아하자스를 친구로 여겼다. 아하자스, 디샤안, 니칸지까지…. 그러나 그들에게 그녀는 무엇이었을까? 도구? 비뚤어진 즐거움? 자기네 가정에 추가로 받아들인 구성원? 받아들였다면 어떤 존재로? 의문은 꼬리에 꼬리를 물고 이어졌다. 고민하지 않는 쪽이 더 편했다. 나중에 지구로 내려간 후에는 중요할 문제도 아니었다. 오안칼리들은 자기네 나름의 목적을 위해 릴리스를 인정사정없이 이용해 먹었고, 그래서 그녀는 외계인들에게 자신이 어떤 존재로 여겨질지 불안했다.

"어떻게 그렇게 힘이 세요?" 테이트가 물었다. "아까 그런 걸 다 어떻게 하는 거예요?"

릴리스는 지친 표정으로 물든 얼굴을 한 손으로 힘없이 쓸어내렸다. "벽을 열 수 있는 거랑 같은 이치예요. 오안칼리들이 나를 조금 바꿔준 덕분이죠. 나는 강해졌어요. 움직임도 더 민첩해졌고요. 회복 속도도 빨라요. 그리고 그 모든 능력의 원래 용도는 지금 이 과정을 통과한 후에 지구로 돌아갈 때까지 당신들의 머릿수를 되도록 많이 유지하는 거예요." 릴리스는 주위를 둘러봤다. "앨리슨은 어디 있죠?"

"여기요." 앨리슨이 앞으로 나섰다. 얼굴에서 흐른 피는 거의 다 닦은 상태였고 이제는 아무 일도 없었던 척하려고 애쓰는 눈치였다. 앨리슨은 그런 사람이었다. 꼭 필요한 경우가 아니라면 완벽에서 조금이라도 부족한 모습은 잠시도 보여주지 않으려 했다.

릴리스는 고개를 끄덕였다. "뭐, 보니까 괜찮은 것 같네요."

"그래요. 고마워요." 앨리슨은 망설이다가 말을 이었다. "저기요, 나중에 뭐가 진실로 판명 나든 간에 당신한테는 정말로 고맙게 생각하고 있어요. 하지만…."

"하지만 뭐요?"

앨리슨은 고개를 숙였다. 그러고는 억지로 힘을 내는 사람처럼 고개를 들어 다시 릴리스를 마주 봤다. "듣기 좋게 돌려 말할 방법이 하나도 생각이 안 나지만, 그래도 물어보는 수밖에 없겠어요. 당신, 진짜 인간 맞아요?"

릴리스는 앨리슨을 빤히 보며 화를 내려 애썼지만, 기껏해야 지긋지긋한 기분만 느껴질 뿐이었다. 그 질문에 몇 번이나 더 대답해야 하는 걸까? 그리고 왜 굳이 대답해야 할까? 그녀의 대답을 듣고 의심을 누그러뜨리는 사람이 있기는 할까?

"차라리 내가 인간이 아니었다면 이 일을 하기가 훨씬 더 수월했을 거예요. 한번 생각해 봐요. 만약 내가 인간이 아니었다면 당신이 강간당하든 말든 콧방귀나 뀌었겠어요?"

그 말을 하고 나서 릴리스는 다시금 자기 방 쪽으로 몸을 돌렸다. 그러고는 우뚝 멈춰 서더니, 머릿속에 떠오른 말을 들려주려고 사람들 쪽으로 돌아섰다. "내일 열 명을 더 각성시킬 거예요. 마지막 열 명이에요."

사람들이 자리를 바꿨다. 어떤 이들은 릴리스가 두려워서 슬슬 피했다. 그녀가 인간이 아닐까 봐서, 또는 인간인 부분이 얼마 되지 않을까 봐서 두려웠던 것이다. 다른 이들은 그녀가 이길 거라 믿었기 때문에 그녀에게 접근했다. 그녀의 승리가 무엇을 의미하는지는 알지 못했지만, 그들은 그녀를 적으로 돌리느니 차라리 같은 편이 되는 쪽이 낫다고 생각했다.

조지프와 테이트, 게이브리얼, 리아, 레이로 이루어진 릴리스의 핵심 집단은 구성원이 바뀌지 않았다. 피터의 지도부는 구성원이 바뀌었다. 빅터가 무리에 추가됐다. 그는 강단 있는 성격이었고 모두를 통틀어 가장 먼저 각성한 축에 들었다. 비교적 최근에 깨어난 사람 몇 명은 이 점을 눈여겨보고 빅터의 뒤를 따랐다.

피터 본인은 커트에게 우두머리 자리를 내줬다. 피터는 부러진 팔 때문에 말수가 줄었고 태도도 시무룩했으며, 보통은 방에 혼자 틀어박혀 지냈다. 어차피 커트 쪽이 성격도 더 밝고 신체 조건도 더 매력적이었다. 만약 더 일찍 행동에 나섰다면 아마도 그가 처음부터 무리를 이끌었을 듯싶었다.

피터는 부러진 팔이 퉁퉁 붓고 아파서 이틀 동안 제대로 쓰지 못했다. 그러다가 이틀째 날 밤에 팔이 나았다. 밤늦게 잠자리에 드는 바람에 이튿날 아침때를 놓치기는 했지만, 잠에서 깨어보니 팔은 이제 부러지지 않은 상태였다. 그리고 그는 몹시 겁먹은 사람이 되어 있었다. 심신을 갉아먹다시피 한 이틀 동안의 고통을 그저 환각이나 속임수로 치부할 수는 없었기 때문이었다. 그의 팔은 부러졌다. 그것도 아주 심각한 골절상이었다. 그 팔을 본 사람은 누구나 뼈의 자리가 어긋나고, 팔이 퉁퉁 붓고, 아예 피부마저 변색된 것을 목격했다. 피터가 손을 쓰지 못하는 모습 또한 모두가 목격했던 것이다.

이제 모두의 눈앞에 비틀어진 곳 하나 없는 평범하고 온전한 팔이, 또 가뿐하고 능숙하게 움직이는 손이 보였다. 피터와 한패인 사람들조차 미심쩍은 듯 그를 곁눈질했다.

피터의 팔이 다 나은 날 점심시간이 끝난 후, 릴리스는 오안칼리들과 함께 살아온 자기 사연을 부분부분 신중하게 삭제해 사람들에게 들려줬다. 피터는 이야기를 듣지 않으려고 자리를 떴다.

"내가 한 이야기를 누구보다 더 귀 기울여 들었어야 할 사람은 바로 당신이에요." 나중에 릴리스가 피터에게 한 말이었다. "미리 마음의 준비를 한 사람도 오안칼리를 보면 충격을 받게 마련이니까요. 그들이 당신 팔을 치료하면서 당신이 잠든 틈을 이용한 까닭은 도와주려 하는 자신들을 보고 겁에 질려 맞서 싸우는 걸 원치 않았기 때문이에요."

"그쪽에 내가 아주 고마워한다고 전해줘요." 피터가 중얼거렸다.

"그들이 바라는 건 감사 인사가 아니라 맑은 정신이에요. 당신이 멀쩡한 정신을 유지해 살아남기를 바란다고요. 그들도, 나도."

그 말을 듣고 릴리스를 쳐다본 피터의 경멸 어린 눈빛이 얼마나 처절했던지, 숫제 다른 사람의 얼굴처럼 보일 지경이었다.

릴리스는 고개를 가로저으며 나직이 말했다. "내가 당신을 다치게 한 건 당신이 남을 해치려 했기 때문이에요. 나 말고 다른 사람은 아무도 당신을 다치게 하지 않았어요. 오안칼리들은 당신을 구해줬고요. 최종적으로 그들은 당신을 지구로 돌려보내 혼자 힘으로 새 삶을 살게 해줄 거예요." 그녀는 멈칫하다가 말을 이었다. "조금만 더 생각하면 돼요, 피트. 조금만 더 맑은 정신으로."

릴리스는 피터 곁을 떠나려고 일어섰다. 그는 입을 꾹 다문 채 그저 미워하고 경멸하는 눈빛으로 그녀를 주시할 뿐이었다. "이제 우리 편은 마흔세 명이에요." 그녀가 말했다. "오안칼리들이 언제 나타날지는 아무도 몰라요. 그들이 당신을 이곳에 혼자 놔두게 할 만한 짓은 절대 하지 마요."

릴리스는 피터가 슬슬 생각해 보기를 바라며 자리를 떴다. 그러기를 바랐지만, 그러리라 믿지는 않았다.

피터의 팔이 낫고 나서 닷새 후, 약을 탄 저녁 식사가 나왔다.

릴리스는 미리 경고를 받지 못했다. 그래서 한쪽 구석에 조지프와 나란히 앉아 다른 이들과 함께 저녁을 먹었다. 식사를 하며 마음이 차츰 느긋해지는 사이에 그녀는 특이한 종류의 편안함을 감지했다. 그리고 그 편안함과 함께 떠오른 것은….

릴리스는 허리를 펴고 똑바로 앉았다. 지금 느끼는 그 감각은 전에 니칸지와 함께 있을 때 말고는 느껴본 적이 없었다. 그것과 자신의 신경계가 연결됐을 때.

그렇게 생각하자 달콤한 안개 같았던 기대감은 사라졌다. 마치 몸이 기대감을 털어 내는 듯한 느낌이 들었고, 다시 경계심이 발동됐다. 릴리스 근처의 다른 사람들은 여전히 두런두런 얘기를 나눴고 웃는 사람들도 전보다 더 많았다. 이때껏 사람들 사이에서 웃음소리가 아예 사라진 적은 없었지만, 가끔은 드물어질 때도 있었다. 지난 며칠 동안은 싸움이 전보다 더 잦았고 잠자리 상대를 바꾸는 사람도 더 많았으며, 웃음소리는 더 드물었다.

이제 남자들과 여자들은 하나둘 손을 잡고 더 바짝 다가앉았다. 서로 어깨에 팔을 두르고 함께 모여 앉은 모습으로 미루어 보아 아마도 각성한 이후로 가장 기분이 좋은 모양이었다. 그들 가운데 릴리스가 한 것처럼 스스로 그 기분을 떨쳐 낼 수 있는 사람은 없을 터였다. 어떤 울로이도 그들을 개조해 주지 않았기 때문이었다.

릴리스는 주변을 둘러보며 혹시 오안칼리들이 이미 들어오지 않았는지 확인했다. 그들의 모습은 어디에도 보이지 않았다. 그녀는 자신의 곁에 앉아 찡그린 표정을 하고 있는 조지프 쪽으로 몸을 돌렸다.

"조?"

조지프가 그녀를 돌아봤다. 그는 굳은 표정을 풀고 그녀에게 손을 뻗었다.

릴리스는 조지프의 손에 순순히 이끌려 그에게 다가간 다음, 그의 귀에 대고 소곤거렸다. "오안칼리들이 이제 곧 들어올 거예요. 우린 지금 약에 취한 상태예요."

조지프는 고개를 흔들어 약기운을 떨쳐 내려 했다. "난 또 무슨 …." 그가 손으로 얼굴을 문질렀다. "난 또 무슨 다른 문제가 생긴 줄 알았지 뭐예요." 숨을 몰아쉬던 그가 주위를 둘러봤다. 그러고는 나직이 말했다. "저기 봐요."

릴리스는 조지프의 시선을 눈으로 좇다가 음식 수납장 사이사이의 벽 여러 곳이 물결처럼 출렁이며 벌어지는 것을 목격했다. 적어도 여덟 군데에서, 오안칼리들이 들어오는 중이었다.

"이런, 젠장." 조지프는 굳은 표정으로 눈을 돌렸다. "내가 약기운에 편히 취해 있게 그냥 놔두지 그랬어요?"

"미안해요." 릴리스는 조지프의 팔에 머리를 기댔다. 그는 고작 오안칼리 한 명과 단 한 차례 짧게 접촉한 경험이 다였다. 지금 벌어지는 일이 어떤 것이든, 그 또한 다른 이들과 별다를 바 없이 힘들 터였다. "당신은 이미 개조됐어요." 그녀가 말했다. "그래서 아까 상황이 흥미롭게 돌아가기 시작했을 때 당신한테는 약기운이 안 통했을 줄 알았지 뭐예요."

벽의 구멍을 통해 방으로 들어오는 오안칼리의 수가 점점 더 늘었다. 릴리스가 세어보니 모두 합쳐 스물여덟 명이었다. 그 정도면 약기운이 다 떨어지고 나서 겁에 질린 인간 마흔세 명을 상대하기에 부족하지 않을까?

사람들은 인간이 아닌 존재들에게 반응하느라 느릿느릿 움직이는 듯했다. 테이트와 게이브리얼은 나란히 서서 몸을 기댄 채 오안칼리들을 물끄러미 바라봤다. 울로이 하나가 가까이 다가오자 둘은 뒤로 물러났다. 그들은 옴짝달싹도 못 할 만큼 공포에 질리지는 않았지만, 그래도 두려워하기는 마찬가지였다.

그 울로이가 두 사람에게 말을 걸자, 릴리스는 그것이 카가야트라는 것을 알아차렸다.

릴리스는 일어서서 그들 셋을 바라봤다. 카가야트가 무슨 말을 하는지 단어 하나하나까지 알아듣지는 못했지만, 말투 자체는 그녀가 아는 카가야트와 어울리지 않았다. 그것의 말투는 나직하고, 차분하고, 묘하게 강압적이었다. 릴리스가 일찍이 깨우친 바에 따르면 그 말투가 어울리는 울로이는 니칸지였다.

방 안 어딘가에서 실랑이가 벌어졌다. 커트가 약에 취한 와중에도 자신에게 다가오는 울로이를 공격했던 것이다. 방 안에 있던 오안칼리들은 모두 울로이였다.

피터는 커트를 도우러 가려 했지만, 그의 뒤쪽에 있던 진이 비명을 지르자 그녀를 구하려고 다시 돌아섰다.

비어트리스는 자신에게 다가오는 울로이를 피해 달아났다. 간신히 몇 걸음을 뗀 그녀를 울로이가 붙잡았다. 그것이 한쪽 감각 팔로 몸을 감싸자 그녀는 정신을 잃고 쓰러졌다.

방 이곳저곳의 다른 사람들도 쓰러졌다. 맞서 싸우던 이들 모두, 달아나던 이들도 모두. 어떤 형태의 소란도 용납되지 않았다.

테이트와 게이브리얼은 아직 깨어 있었다. 리아도 깨어 있었지만 레이는 의식이 없었다. 울로이 하나가 리아를 진정시키는 듯했다. 아마도 레이는 무사하다고 안심시키는 모양이었다.

진은 일시적 공황 상태에 빠진 채로도 여전히 의식이 있었지만, 피터는 쓰러진 상태였다.

셀린은 깨어 있는 채로 얼어붙은 듯 꼼짝하지 않았다. 울로이 하나가 그녀를 건드리더니 마치 통증을 느낀 것처럼 움찔하며 물러섰다. 셀린은 기절했다.

빅터 도미닉과 힐러리 밸러드는 이때껏 서로에게 관심을 보인 적이 전혀 없었지만, 지금은 둘 다 깨어 있는 상태로 끌어안고 있었다.

앨리슨은 자신에게 다가오는 울로이를 향해 악을 쓰며 음식을 던지다가 돌아서서 달아났다. 그 울로이는 금세 앨리슨을 붙잡았지만 그녀를 깨어 있는 상태로 놔뒀다. 아마도 벗어나려고 버둥거리지 않아서인 듯했다. 그녀는 긴장해서 몸이 뻣뻣하게 굳기는 했으나 자신을 붙잡은 울로이가 달래듯 부드럽게 말하는 동안 그것의 애기를 유심히 듣는 것처럼 보였다.

그 밖에도 방 안 여기저기서 몇 명 안 되는 사람들이 무리를 지어 서로를 지켜주면서, 우왕좌왕하는 기색 없이 울로이들과 대치하는 중이었다. 그들은 약기운 덕분에 간신히 그만큼 진정한 상태였다. 그 방은 고요하고 묘하게 평온한 혼란의 현장이었다.

릴리스는 테이트와 게이브리얼을 데리고 있는 카가야트를 가만히 지켜봤다. 이제 그 울로이는 바닥에 앉아 두 사람을 마주 보며 이야기했고, 심지어는 잠시 짬을 내어 자기 몸의 관절이 구부러지는 모습과 감각 촉수가 대상의 움직임을 좇아 움직이는 모습까지 보여줬다. 두 사람 앞에서 몸을 움직일 때 그것의 동작은 몹시도 느릿느릿했다. 그것이 말을 했을 때, 릴리스가 이때껏 익숙하게 들었던 위압적인 경멸조나 흥미로워하는 관용조의 말투는 전혀 들리지 않았다.

"저 외계인이 누군지 알아요?" 조지프가 물었다.

"예. 니칸지의 부모 중 한쪽이에요. 나하고는 전혀 친한 사이가 아니었어요."

방 건너편에 있던 카가야트의 머리 촉수가 릴리스 쪽을 향해 잠시 휙 움직이자 릴리스는 그것이 자신의 말을 들었다는 것을 알아차렸다. 그러자 한마디 더 할까 하는 생각에 이어 아예 귀가 따갑게 퍼부어 줄까 하는 생각이 들었다. 물론 비유적인 표현이었다.

그러나 릴리스가 미처 입을 열기도 전에 니칸지가 도착했다. 그것은 조지프 앞에 서서 마치 품평이라도 하듯이 찬찬히 그를 내려다보다가 말했다. "아주 잘하고 있군요. 기분은 어때요?"

"괜찮은데요."

"당신은 앞으로도 괜찮을 거예요." 그것은 테이트와 게이브리얼을 힐긋 봤다. "당신 친구들은 그럴 것 같지 않네요. 그래도 둘 다는 아니지만요."

"뭐라고요? 어째서요?"

니칸지의 촉수가 꿈틀꿈틀 움직였다. "카가야트가 시도할 거라서요. 그러지 말라고 내가 경고도 했고, 카가야트도 인간을 다루는 쪽으로는 내가 능숙하다는 걸 인정하지만, 그래도 카가야트는 저 둘을 간절히 원해요. 여자 쪽은 살아남겠지만, 남자는 안 그럴지도 몰라요."

"어째서!" 릴리스가 따지듯 물었다.

"저 남자가 살아남지 않는 쪽을 선택할 수도 있거든요. 하지만 카가야트는 능숙하죠. 저 두 인간은 당신 둘을 제외하면 이 방 안에서 가장 차분해요." 그것은 잠시 조지프의 손을 뚫어지게 내려다봤다. 그가 한 손으로 다른 손을 너무 힘껏 쥐는 바람에 손톱이 살을 파고 들어 피가 바닥에 뚝뚝 떨어졌기 때문이었다.

니칸지는 관심을 다른 곳으로 돌렸다. 아예 몸까지 돌려 조지프를 외면했다. 남을 돕는 일, 부상을 치유하는 일, 고통을 멈추는 일은 그 것의 본능이었다. 그럼에도 그것은 당장은 조지프가 스스로를 상처 입히게끔 놔둬야 한다는 것 정도는 알았다.

"지금 뭐 하는 거예요, 앞일을 예언이라도 하는 거예요?" 조지프가 물었다. 거칠게 속삭이는 목소리였다. "게이브가 자살할 거라고요?"

"우회적인 방식으로 그렇게 될지도 몰라요. 나는 안 그러기를 바 라지만요. 나는 아무것도 예언하지 못해요. 어쩌면 카가야트가 그를 구해줄지도 모르죠. 그 남자는 구해줄 가치가 있으니까요. 하지만 과 거 행적을 보면 함께 일하기 힘든 사람일 거예요." 그것은 손을 뻗어 조지프의 양손을 잡았다. 손톱이 손을 파고드는 광경을 더는 참기 힘 든 모양이었다.

"당신들의 음식에는 울로이의 영향을 중화시키는 약한 약물만 들 어 있었어요." 그것이 조지프에게 말했다. "내가 더 나은 걸 줄 수 있 어요."

조지프는 손을 뿌리치려 했지만, 니칸지는 버둥거리는 그를 무시 했다. 그것은 그의 다친 손을 살펴보고 나서 그를 한층 더 진정시켰 고, 그러는 동안 내내 그에게 나직이 얘기했다.

"내가 해치지 않는다는 걸 당신도 알잖아요. 당신은 부상이나 고통을 두려워하지 않아요. 그리고 나의 낯선 모습 때문에 느끼는 공포도 결국에는 사그라질 거예요. 아니, 가만있어요. 몸이 축 늘어지게 가만둬요. 긴장을 풀어요. 몸이 이완되면 공포를 다스리기가 더 쉬워져요. 바로 그거예요. 이 벽에 몸을 기대요. 나는 당신의 지적 능력을 흐트러뜨리지 않고 이 상태를 유지하게 도와줄 수 있어요. 자, 내 말이 맞죠?"

조지프는 니칸지를 보려고 고개를 돌렸다가 이내 그것을 외면했다. 고개를 돌리는 움직임이 거의 나른해 보일 만큼 느릿해서 그의 감정을 제대로 파악하기가 힘들었다. 니칸지는 잡은 손을 놓지 않은 채 그의 곁으로 가서 앉았다. "당신이 느끼는 공포는 아까보다 더 줄었어요." 그것이 말했다. "그리고 지금 느끼는 공포도 금세 사라질 거예요."

릴리스는 니칸지가 하는 일을 지켜보며 그것이 조지프에게 가벼운 약물만 투입한다는 것을 알아차렸다. 어쩌면 그에게 원래부터 있었던 엔도르핀이 분비되도록 자극해 이완된 동시에 살짝 고양된 상태를 유지시키는지도 몰랐다. 니칸지가 나직하고 자신 있는 목소리로 들려주는 말은 새로이 느끼는 안정감과 행복감을 한층 더 강화하는 수단일 뿐이었다.

조지프의 입에서 한숨이 흘러나왔다. "내가 당신의 외모 때문에 왜 이렇게 겁을 먹는지 모르겠어요." 그의 목소리에 겁먹은 기색은 보이지 않았다. "그렇게 무섭게 생기지도 않았는데 말이에요. 그냥…

많이 다를 뿐인데.”

“대다수 생물종에게 ‘다름’이란 곧 위협이에요.” 니칸지가 대답했다. “다른 것은 위험하죠. 당신을 죽일지도 몰라요. 그건 동물로 살았던 당신의 선조들과 당신의 가장 가까운 동물 친척들에게 똑같이 적용되는 진실이에요. 그리고 당신에게도 진실이죠.” 니칸지의 머리 촉수가 매끈해졌다. “당신네 인간들은 다르다는 느낌을 큰 집단의 구성원이 아니라 개인의 차원에서 극복하는 편이 더 안전해요. 우리가 지금 상황을 이런 식으로 처리하는 이유도 바로 그거예요.” 그것은 주위에 홀로 또는 둘씩 짝지어 있는 인간들을 둘러봤다. 제각각 울로이 하나가 붙어 있었다.

니칸지는 릴리스에게 관심을 돌렸다. “당신에게도 이렇게 했더라면 일이 더 수월했을 거예요… 약물을 사용하고, 성인 울로이가 담당했다면.”

“왜 나한테는 이렇게 해주지 않았지?”

“그때 당신은 나를 맞이하려고 준비하는 중이었어요, 릴리스. 어른들은 내가 준☀성인기를 거치는 동안 당신이 내 최고의 짝이 될 거라 믿었거든요. 스다야는 자신이 약물을 쓰지 않고 당신을 내게 데려올 수 있을 거라 믿었는데, 그 믿음이 옳았어요.”

릴리스는 몸이 부르르 떨렸다. “난 그런 경험은 두 번 다시 하고 싶지 않아.”

“안 할 거예요. 당신 친구 테이트를 봐요.”

릴리스가 고개를 돌리자 테이트가 카가야트에게 손을 내미는 모습이 눈에 들어왔다. 게이브리얼이 그 손을 잡고 자신 쪽으로 당기는가 싶더니 말다툼이 시작됐다.

게이브리얼은 테이트가 몇 마디 말하는 동안 쉬지 않고 떠들었지만, 이윽고 그녀를 놔줬다. 카가야트는 움직이지도, 말하지도 않았다. 가만히 기다리기만 했다. 그것은 테이트가 다시 자신을 보게 했다. 아마도 그녀에게 다시금 용기를 북돋워 주려는 모양이었다. 그녀가 다시 손을 내밀었을 때, 그것은 감각 팔로 올가미를 지어 그 손을 잡았다. 감각 팔의 움직임은 터무니없이 빨랐지만 한편으로는 부드러웠고, 조금도 위협적이지 않았다. 그 팔은 마치 공격에 나선 코브라처럼 움직이는데도 기묘하게 온화해 보이는 구석이 있었다. 테이트는 놀란 기색조차 보이지 않았다.

"어떻게 저렇게 움직일 수가 있지?" 릴리스가 중얼거렸다.

"카가야트는 방금 그 손짓을 끝까지 마무리할 용기가 저 여성에게 있을지 없을지 몰라서 불안했던 거예요." 니칸지가 말했다. "그 생각이 옳았던 것 같아요."

"나는 수없이 여러 번 물러났는데."

"스다야는 당신이 모든 걸 혼자 힘으로 해내도록 놔둬야 했어요. 그로서는 도울 방법이 없었죠."

"이제 어떻게 되는 거예요?" 조지프가 물었다.

"우리는 며칠 동안 당신들과 함께 머물 거예요. 일단 당신들이 우리에게 익숙해지면, 우리는 당신들을 우리가 만든 훈련장으로 데려갈 거예요. 숲으로 말이에요." 니칸지는 릴리스에게 관심을 돌렸다.

"당신은 한동안 아무 임무도 맡지 않을 거예요. 그사이에 내가 당신과 당신 짝을 잠시 바깥으로 데리고 나갈 수도 있어요. 이 사람에게 배의 다른 부분들을 구경시켜 줄 겸."

릴리스는 실내를 둘러봤다. 이제는 버둥거리는 사람도, 드러내 놓고 두려워하는 사람도 없었다. 스스로를 다스리지 못한 사람들은 의식을 잃었다. 다른 이들은 저마다 자신을 담당한 울로이에게 완전히 집중한 채로, 약물이 불러온 행복감과 공포가 뒤섞인 혼란스러운 상태를 겪는 중이었다.

"지금 무슨 일이 일어나는지 아는 인간은 나 혼자뿐이에요." 릴리스가 말했다. "저 사람들 중에 나랑 얘기하고 싶어 하는 사람이 있을지도 몰라요."

침묵이 흘렀다.

"그렇지. 당신은 어때요, 조? 이 방 바깥을 둘러보고 싶어요?"

조지프의 표정이 찡그려졌다. "방금 당신이 빼먹고 말 안 한 게 있는 것 같은데, 뭐죠?"

릴리스는 한숨을 쉬었다. "여기 있는 사람들은 당분간 우리 근처에도 안 오려고 할 거예요. 실은, 당신도 그들이 가까이 오는 걸 싫어할 거예요. 그건 울로이들의 약물에 대한 반응이에요. 그러니까 우린 여기 있으면서 투명 인간 취급을 당하든가, 그게 싫으면 바깥으로 나가야 해요."

니칸지는 감각 팔 끄트머리를 릴리스의 손목에 친친 감은 다음, 제3의 가능성을 고려하게끔 유도했다. 그녀는 말이 없었지만, 느닷없이 마음속에 치솟은 열정이 너무나 강렬해서 어딘가 미심쩍다고 느꼈다.

"이거 놔!" 릴리스가 말했다.

그것은 릴리스의 손목을 놔줬지만, 이제는 그녀를 뚫어지게 마주 봤다. 그녀의 몸이 펄쩍 뛰며 반응한 것을 느꼈기 때문이었다. 그것이 건넨 무언의 제안… 또는, 화학적 제안에.

"방금 그거 네가 한 짓이야?" 릴리스가 따지듯 물었다. "나한테 뭔가… 주입했지."

"아무것도 아니에요." 그것은 아무것도 쥐지 않은 반대쪽 감각 팔을 릴리스의 목에 감았다. "아, 그런데 내가 당신에게 '뭔가 주입' 하기는 할 거예요. 바깥에는 나중에 나가기로 하죠." 그것은 자리에서 일어서며 두 사람도 함께 일어서게 했다.

"뭐지?" 조지프는 끌어 올려지듯 일어서며 중얼거렸다. "내가 왜 이러는 거죠?"

니칸지는 릴리스의 목에 감긴 감각 팔을 스르륵 풀며 말했다. "잠깐만요." 그리고는 조지프를 지긋이 보며 그의 정신도 함께 풀어줬지만, 두 사람에게서 떨어지려 하지는 않았다. "이제부터 시작될 두 번째 시도가 당신들에게는 가장 힘들 거예요. 나는 첫 번째 시도 때 당신들에게 선택지를 주지 않았어요. 선택할 게 있는지 어떤지조차 당신들이 이해하지 못했으니까요. 그런데 이제는 조금이나마 이해하겠죠. 그리고 선택의 여지도 생겼고요."

조지프는 이제야 그것의 말을 이해했다. "안 돼!" 그가 딱 잘라 말했다. "다시는 안 해."

침묵이 흘렀다.

"난 차라리 진짜로 하고 싶어!"

"릴리스하고요?"

"당연하지." 조지프는 할 말이 남은 표정이었지만 릴리스를 흘긋 보더니 입을 다물었다.

"나와 하는 것보다는 상대가 누구든 인간과 하는 쪽이 더 낫겠죠." 니칸지가 그를 대신해 부드러운 목소리로 말했다.

조지프는 그것을 그저 빤히 바라볼 뿐이었다.

"그래도 나는 당신에게 쾌락을 선사했어요. 아주 큰 쾌락을요."

"그건 환각이었어!"

"환각이 아니라 해석이에요. 나는 당신 뇌의 특정 부위, 특정한 신경에 전기 화학적 자극을 가했고… 이로써 일어난 일은 진짜였어요. 당신 몸은 그 일이 얼마나 생생했는지 알아요. 그걸 당신은 환각으로 해석하는 거죠. 그때의 감각은 완전히 진짜였어요. 다시 느낄 수도 있어요. 아니면 다른 감각을 느껴볼 수도 있고요."

"난 싫어!"

"그리고 당신의 모든 감각을 릴리스와 함께 나눌 수도 있어요."

침묵이 흘렀다.

"릴리스 역시 자신이 느끼는 모든 감각을 당신과 공유할 거예요." 그것은 올가미 지은 감각 팔을 뻗어 조지프의 손을 잡았다. "나는 당신을 해치지 않아요. 그리고 합일됨을 제공하죠. 당신네 종족이 갈망

하고 꿈꾸지만, 혼자 힘으로는 진정하게 얻지 못하는 그것을요."

조지프는 팔을 당겨 니칸지의 감각 팔에서 빼냈다. "나한테 선택
지가 있다고 했지. 난 이미 마음의 선택을 내렸어!"

"그랬죠, 맞아요." 그것은 손가락이 잔뜩 달린 자신의 진짜 손으
로 조지프의 재킷을 벗겼다. 도중에 그가 뒤로 물러서려고 했을 때는
그의 몸을 붙잡아 세우기도 했다. 그것은 용케도 억지로 끌고 가는
느낌이 나지 않게 그를 데리고 침대 위에 나란히 누웠다. "봐요. 당신
의 몸은 마음과 다른 선택을 내렸잖아요."

조지프는 몇 초 동안 격렬하게 버둥대다가 멈췄다. 그러고는 따지
듯 물었다. "도대체 왜 이러는 거야?"

"눈을 감아요."

"뭐?"

"잠시 눈을 감고 나랑 같이 여기 누워 있어요."

"뭘 어쩌려고?"

"아무것도 하지 않아요. 눈을 감아요."

"난 그 말 못 믿어."

"당신은 나를 겁내지 않잖아요. 눈을 감아요."

침묵이 흘렀다.

시간이 한참 흐르고 나서, 조지프는 눈을 감았고 둘은 나란히 누
워 있었다. 그는 처음에는 몸을 뻣뻣하게 유지한 채 버텼지만 아무 일
도 일어나지 않자 차츰 긴장을 누그러뜨렸다. 시간이 조금 더 흐르자
그는 호흡이 고르게 변해서 언뜻 잠든 사람처럼 보였다.

릴리스는 테이블 앞에 앉아 둘을 가만히 보며 기다렸다. 그녀는 끈기가 있었고 호기심도 있었다. 울로이가 누군가 유혹하는 광경을 눈앞에서 지켜볼 기회는 지금 한 번뿐일지도 몰랐다. 그녀는 이 경우에 그 '누군가'가 조지프라는 사실 때문에 자신의 마음이 언짢을 거라 생각했다. 지금 그가 강제로 겪는 엄청나게 모순된 감각이 어떤 것인지 그녀 자신이 스스로도 원치 않을 만큼 잘 알기 때문이었다.

그러나 이 문제에 관한 한 릴리스는 니칸지를 전적으로 신뢰했다. 그것은 자진해서 조지프와 쾌락을 만끽하고 있었다. 그를 다치게 하거나 재촉해서 그 쾌락을 망치려 할 리는 없었다. 조지프 또한 어딘가 비뚤어진 방식으로 그 나름의 쾌락을 만끽할지도 몰랐지만, 자기 입으로 그렇다고 말할 처지는 아니었다.

니칸지가 조지프의 어깨를 쓰다듬어 잠에서 깨울 때 릴리스는 꾸벅꾸벅 졸고 있었다. 그러다가 조지프의 목소리에 잠에서 깼다.

"무슨 짓을 하는 거야?" 조지프가 따지듯 물었다.

"당신을 잠에서 깨우는 거예요."

"난 안 잤어!"

침묵이 흘렀다.

"맙소사." 잠시 후에 조지프가 말했다. "난 안 잤어, 그렇지? 네가 나한테 약물을 주입한 거야."

"그렇지 않아요."

조지프는 손으로 눈을 비볐지만 몸을 일으키려 하지는 않았다.

"왜 그냥… 하지 않은 거지?"

“말했잖아요. 이번엔 당신이 선택할 수 있다고.”

“선택은 이미 했잖아! 네가 무시했을 뿐이지.”

“당신 몸이 하는 얘기는 다른걸요. 당신이 하는 말과 달라요.” 그것은 한쪽 감각 팔을 조지프의 목 뒤쪽으로 움직여 그의 목을 팔로 느슨하게 한 바퀴 감았다. 그러고는 말했다. “바로 이 체위예요. 당신이 원한다면 여기까지만 하고 멈출게요.”

짧은 침묵이 흐른 후에 조지프가 긴 한숨을 내쉬었다. “내 입으로 당신에게… 아니면 나에게… 허락할 수는 없어요. 내가 어떤 감각을 느끼든, 그럴 수는 없어요.”

니칸지는 머리와 몸이 거울처럼 매끈해졌다. 바뀐 모습이 너무나 딴판이라서 조지프는 화들짝 놀라 물러났다. “그런 모습을 하면 뭔가… 재미있기라도 해요?” 그는 씁쓸한 목소리로 물었다.

“나는 이러면 기분이 좋아요. 내가 기대한 게 바로 그거예요.”

“그럼… 이제 어떻게 되는 거죠?”

“당신은 고집이 아주 세요. 그래서 목표를 이루거나 신념을 지키기 위해서라면 본인이 필요하다고 생각하는 만큼 심하게 스스로를 상처 입히기도 하죠.”

“나한테서 손 떼요.”

그것은 자신의 촉수를 다시 매끈하게 만들었다. “고마운 줄 알아요, 조. 난 당신을 놔주지 않을 거니까요.”

릴리스는 조지프의 몸이 뻣뻣하게 굳었다가 버둥거리다가 이내 축 늘어지는 모습을 봤고, 이로써 니칸지가 그를 제대로 간파했다는 것을 알았다. 그는 니칸지가 그의 몸을 움직여 자기 몸에 더 편안한 체위로 밀착시키는 동안에도 뻗대거나 저항하지 않았다. 릴리스가 본 그는 다시 눈을 감고 있었고, 표정도 평온했다. 이제 그는 처음부터 원했던 것을 받아들일 준비가 된 상태였다.

릴리스는 조용히 일어서서 재킷을 벗은 다음, 침대로 향했다. 그러고는 침대 앞에 서서 아래를 내려다봤다. 잠깐 동안 그녀는 언젠가 스다야를 봤을 때와 똑같은 기분으로 니칸지를 봤다. 완전히 이질적인 존재, 단순히 징그러운 정도를 넘어 기괴하고 역겨웠다. 거대한 지렁이처럼 생긴 그것의 몸통 촉수가, 뱀처럼 생긴 머리 촉수가, 그리고 그 둘을 쉬지 않고 움직이며 관심과 감정을 표시하는 그것의 성향까지도.

릴리스는 서 있는 자리에 얼어붙은 듯 꼼짝도 하지 않은 채로, 돌아서서 달아나고 싶은 충동을 필사적으로 억눌렀다.

한순간의 충동이 지나가자 질식할 것만 같았다. 그러다 니칸지가 감각 팔 끄트머리로 몸을 건드리자 릴리스는 화들짝 놀랐다. 그러고는 잠깐 동안 그것을 내려다보며 그런 존재에 대한 공포심을 자신이 어쩌다 잃어버렸는지 궁금해했다.

이윽고 릴리스는 침대에 누웠다. 마음속으로는 그것이 자신에게 줄 법한 어떤 것을 집요하게 탐냈다. 그녀는 그것의 몸에 자기 몸을 딱 맞게 밀착시켰고, 믿기 힘들 만큼 가볍게 어루만지는 감각 손의 손길과 자기 몸에 닿은 채 떨리는 울로이의 몸을 감지한 후에야 비로소 만족감을 느꼈다.

인간들은 며칠 동안 약물을 투여당했다. 약에 취한 채 감시당했고, 한 명 한 명 또는 한 쌍 한 쌍에게 울로이가 하나씩 붙어 있었다.

"저들이 하는 일에 가장 잘 어울리는 말은 '각인'이에요." 니칸지가 조지프에게 말했다. "화학적 각인이자 사회적 각인이죠."

"당신이 나한테 하는 짓이잖아요!" 조지프가 비난하듯 말했다.

"내가 당신에게 하는 일은 릴리스에게도 이미 한 일이에요. 꼭 해야 하는 일이죠. 이렇게 하지 않은 사람은 지구로 돌아가지 못해요."

"언제까지 저 사람들한테 약을 투여할 거죠?"

"이제 그들 중 일부는 약에 심하게 취한 상태가 아니에요. 테이트마라의 경우가 그렇죠. 게이브리얼 리날디는 아직 취해 있지만요." 그것은 조지프를 지긋이 봤다. "당신도 약기운이 없어요. 이미 알겠지만요."

조지프는 시선을 돌렸다. "그런 상태여도 되는 사람은 없어요."

"결국에 가면 아무도 그럴 필요가 없을 거예요. 우리는 당신들이 낯선 이와의 차이에 대해 느끼는 타고난 공포를 무뎌지게 했어요. 당신들이 우리 또는 당신들 스스로를 다치게 하거나 죽이지 않게끔요. 우리는 당신들에게 그보다 더 즐거운 일들을 가르쳐 줄 거예요."

"그게 다가 아니잖아요!"

"이제 시작일 뿐이에요."

피터의 울로이는 울로이도 실수를 한다는 사실을 보여줬다. 약기운에 취한 상태의 피터는 다른 사람이었다. 아마도 각성한 이후 처음으로 온화하게 행동했다. 혼자 성이 나서 씩씩대지도 않았고, 자기 능력을 과시하려 애쓰지도 않았으며, 진과 자신을 맡은 울로이에게 전에 벌어진 싸움에서 자기 팔이 부러졌던 이야기를 농담 삼아 들려주기도 했다.

나중에 그 이야기를 들은 릴리스는 자신이 휘말렸던 싸움이 과연 농담거리인지 의아해했다. 그러나 울로이가 만든 약물은 효과가 강력해 보였다. 그런 약에 취한 상태였으니 피터는 무엇이든 우스갯소리로 삼을 만했다. 약에 취한 상태에서 그는 결합과 쾌락을 받아들였다. 나중에 약기운이 시들해지고 사고력이 차츰 회복됐을 때, 피터는 자신이 모욕을 겪고 노예 취급을 당했다고 판단한 모양이었다. 그가 보기에 외계인의 약물은 무시무시한 비非인간 존재에게 익숙해지는 과정의 고통을 줄여주는 것이 아니라 그로 하여금 스스로를 적대케 하고, 외계인과의 변태적 행위로 스스로를 비하케 하는 수단이었다. 그는 인간성을 훼손당했다. 남성성마저 박탈당했다.

피터의 울로이는 분명 어느 시점부터인가 피터의 말과 표정이 그의 몸이 하는 이야기와 일치하지 않는다는 것을 알아차렸을 것이다. 어쩌면 그것은 피터 같은 사람을 잘 다룰 만큼 인간에 관한 지식이 풍부하지 않은지도 몰랐다. 그 울로이는 니칸지보다 나이가 많아서 오히려 카가야트와 비슷한 또래였다. 그러나 통찰력은 그 둘 모두보다 못했고… 머리도 영리하지 않은 모양이었다.

굳게 닫힌 피터의 방 안에서 피터와 단둘이 머물다니, 사실상 공격을 자초한 셈이었다. 피터는 맨주먹으로 울로이를 난타했다. 불행히도 그가 힘껏 뻗은 첫 번째 주먹이 민감한 급소에 꽂히면서 울로이의 방어 본능이 반사적으로 발동했다. 그것은 자기 몸을 똑바로 가누기도 전에 피터에게 치명적인 일격을 날렸고, 촉수에 찔린 그는 바닥에 쓰러져 마구 경련했다. 근육이 어찌나 강하게 수축했던지 뼈가 몇 군데나 부러진 그는 이내 쇼크 상태에 빠졌다.

스스로도 극심한 고통에 빠졌던 울로이가 간신히 정신을 차리고 피터를 구하려 했지만, 헛수고였다. 피터는 죽었다. 울로이는 머리와 몸의 촉수가 똘똘 말려 단단한 덩어리가 된 상태로 그의 시체 곁에 앉아 있었다. 그것은 움직이지도, 말하지도 않았다. 원래부터 서늘한 느낌이 나는 그것의 살은 더욱 서늘해져서, 애도의 대상인 인간과 똑같이 죽은 상태 같았다.

천장 쪽에서 이들을 감시하는 오안칼리는 없었다. 만약 있었다면 피터는 목숨을 건졌을지도 몰랐다. 그러나 그때 피터의 방 바깥에는 오안칼리가 잔뜩 있었다. 굳이 천장 쪽에 감시자를 따로 배치할 필요는 없었다.

방 안의 울로이들 가운데 하나가 밀폐된 작은 방 앞에 홀로 쓸쓸히 앉아 있던 진을 발견했지만, 이미 늦은 후였다. 피터의 시체를 작은 방에서 꺼낸 다음 울로이의 짝들을 불러오는 것 말고는 할 일이 없었다. 그 울로이는 여전히 전전긍긍하는 상태였다.

아직 약기운이 조금 남은 진은 겁에 질려 있었고, 방 주위에 모여든 사람들을 피해 혼자 있었다. 사람들이 피터의 시체를 바깥으로 나르는 동안 그녀는 한쪽에 서서 그 광경을 지켜봤다. 릴리스는 그런 진을 발견하고 다가갔다. 도울 방법이 없다는 것은 알았지만, 적어도 위로 정도는 해주고 싶어서였다.

"싫어요!" 진은 벽 쪽으로 뒷걸음질 쳤다. "저리 가요!"

릴리스는 한숨이 나왔다. 진이 울로이가 유발한 지속적 은둔 상태에 빠졌기 때문이었다. 많은 양의 약물을 주입당한 인간은 모두 같은 상태였다. 그런 이들은 본인의 인간 짝과 약물을 주입한 담당 울로이를 제외하고 다른 누가 곁에 있는 상황을 아예 받아들이지 못했다. 릴리스와 조지프의 경우에는 어느 쪽도 그렇게 극단적으로 반응한 적이 없었다. 릴리스는 니칸지가 성숙해져서 자신과 이어진 상태가 됐을 때 카가야트에 대한 혐오감이 커졌던 정도를 제외하면 별 반응을 보이지 않았다. 그보다 더 최근의 경우인 조지프는 그저 이삼일 동안 릴리스와 니칸지에게 가까이 붙어 지내는 정도로밖에 반응하지 않았다. 그러다가 그런 반응마저도 사라졌다. 그런 반면에 진이 하는 행동은 좀처럼 사라질 기미가 보이지 않았다. 이제 그녀는 어떻게 되려는 걸까?

릴리스는 니칸지를 찾아 주위를 두리번거렸다. 그러다가 울로이 무리 속의 그것을 발견하고 다가가 그것의 어깨에 손을 올렸다.

그것은 릴리스에게 관심을 집중하면서도 그녀 쪽으로 고개를 돌리지 않았고, 여러 감각 촉수 및 감각 팔을 이용해 다른 이들과 맺은 접속 상태 또한 끊지 않았다. 그녀는 가느다란 원뿔처럼 생긴 머리 촉수 끄트머리에 대고 말했다.

"진을 좀 도와줄 수 없어?"

"지금 도와줄 사람들이 오는 중이에요."

"저 여자 상태를 좀 봐! 누가 오기 전에 죽을 것 같단 말이야."

원뿔 모양 머리 촉수가 진 쪽을 똑바로 가리켰다. 그녀는 벽과 벽이 만나는 한쪽 구석 깊숙이에 혼자 앉아 있었다. 이제는 소리 없이 흐느끼며 어리둥절한 표정으로 주위를 두리번거렸다. 원래는 키가 크고 체격도 당당한 여성이었다. 그런데 이제는 몸만 훌쩍 커버린 어린애 같았다.

니칸지가 울로이 무리에서 떨어져 나왔다. 보아하니 방금 전까지 진행하던 뭔지 모를 의사소통 행위는 끝마친 모양이었다. 다른 울로이들도 뿔뿔이 흩어졌다. 그러고는 서로 멀찍이 떨어진 곳에 한두 명씩 서서 기다리는 자기 몫의 인간에게로 향했다. 사람이 죽었다는 소식이 퍼지자마자 릴리스와 진을 제외한 인간들 모두에게 강력한 약물이 투여됐다. 니칸지는 릴리스에게 약물을 주입하지 않겠다고 했다. 니칸지는 그녀가 스스로의 행동을 통제하리라 믿었고 다른 울로이들도 그런 니칸지를 믿었다. 진의 경우에는, 그녀를 다치게 하지 않고 약물을 주입할 만큼 숙련된 울로이가 현장에 하나도 없었다.

니칸지는 진에게서 3미터쯤 떨어진 거리까지 다가갔다. 그러고는 그 자리에 멈춰 서서 그녀가 자신을 볼 때까지 기다렸다.

진은 몸을 부들부들 떨었지만, 구석으로 더 깊이 움츠러 들지는
않았다.

"당신에게 더 가까이 다가가지는 않을게요." 니칸지의 목소리는
부드러웠다. "다른 이들이 와서 당신을 봐줄 거예요. 당신은 혼자가
아니에요."

"하지만… 하지만 난 혼잔걸요." 진이 나직이 중얼거렸다. "사람
들이 죽었어요. 내가 봤어요."

"죽은 사람은 한 명이에요." 니칸지는 진의 말을 바로잡아 줬다.
목소리를 나직이 유지한 채로.

진은 양손에 얼굴을 파묻고 고개를 절레절레 흔들었다.

"피터는 죽었어요." 니칸지가 진에게 말했다. "하지만 테샤트는
그냥… 다친 것뿐이에요. 그리고 형제자매들이 당신을 돌보러 지금
오고 있어요."

"뭐라고요?"

"그들이 당신을 돌봐줄 거예요."

진은 바닥에 앉아 고개를 숙였다. 그러고는 웅얼거리는 목소리로
말을 꺼냈다. "난 평생 형제자매 같은 건 없었어요. 전쟁이 일어나기
전에도."

"테샤트에게 짝들이 있어요. 그들이 당신을 돌봐줄 거예요."

"아뇨. 그들은 나를 비난할 거예요… 테샤트가 다쳤으니까요."

"그들이 당신을 돌봐줄 거예요." 몹시도 부드러운 목소리였다.
"그들이 당신과 테샤트를 모두 돌봐줄 거예요. 그들이 도와줄 거예요."

표정까지 찡그린 채 그 말을 이해하려 애쓰는 진의 얼굴은 전에 없이 어린애처럼 보였다. 이윽고 그녀의 표정이 바뀌었다. 한편 커트는 약기운에 잔뜩 취한 상태로 벽을 따라 주춤주춤 움직이며 그녀 쪽으로 향했다. 그는 니칸지에게서는 충분히 거리를 유지했지만, 진에게는 조금 지나치게 가까운 거리까지 다가갔다. 그런 커트의 모습을 보고 그녀는 움찔하며 물러났다.

커트는 고개를 가로저으며 뒤로 한 걸음 물러났다. "지니?" 그가 진을 불렀다. 굵은 목소리가 너무 커다랗게, 술 취한 사람의 목소리처럼 들렸다.

진은 화들짝 놀랐지만 아무 말도 하지 않았다.

커트는 니칸지 쪽으로 고개를 돌렸다. "이 사람은 우리 편이야! 돌봐주는 건 우리가 할 일이라고!"

"그건 불가능한 일이에요." 니칸지가 말했다.

"가능하고말고! 당연히 가능해야지! 왜 안 된다는 건데?"

"이 여성과 담당 울로이의 유대 관계는 너무나 튼튼하고, 너무나 두텁게 보강됐어요. 당신과 당신 울로이의 유대 관계가 그런 것처럼요. 나중에 그 유대 관계가 더 느슨해지면 다시 그녀에게 접근할 수 있을 거예요. 나중에요. 지금은 안 돼요."

"젠장, 이 여자한테는 우리가 당장 필요하단 말이야!"

"그렇지 않아요."

커트의 울로이가 커트에게 다가와 그의 팔을 잡았다. 커트는 잡힌 팔을 빼내려 했지만, 느닷없이 몸에서 힘이 쭉 빠지는 듯했다. 그러고는 비틀거리다가 바닥에 풀썩 무릎을 꿇었다. 근처에 있었던 릴리스는 그에게서 눈을 돌렸다. 피터가 그랬듯이 커트 또한 어떠한 수모도 잊어버리지 않았다. 그리고 언제까지나 약기운에 취해 있을 것 같지도 않았다. 그는 훗날 지금의 기억을 떠올릴 사람이었다.

커트의 울로이는 커트를 일으켜 세운 다음, 그를 부축해 그와 셀린과 자신이 함께 머무는 방으로 데려갔다. 커트가 자리를 뜨는 사이에 방 건너편의 벽이 열리더니 암컷과 수컷 오안칼리가 하나씩 들어왔다.

니칸지가 손짓하자 두 오안칼리가 다가왔다. 둘은 어디를 다치기라도 했는지 서로 부축하듯 꼭 붙어 걸었다. 그들은 셋이어야 하는 순간에 둘뿐이었다. 꼭 있어야 할 부분이 빠진 채로.

오안칼리 수컷과 암컷은 니칸지 앞까지 온 다음, 그것을 지나쳐 진에게로 향했다. 겁에 질린 진은 몸이 딱 굳고 말았다. 그러다가 인상을 찌푸렸다. 마치 누가 그녀에게 무슨 말을 했는데 그 말을 제대로 듣지 못한 것처럼 보였다.

릴리스는 서글픈 심정으로 그 광경을 지켜봤다. 진이 처음 감지한 자극이 말이 아니라 후각 신호라는 것을 그녀는 알기 때문이었다. 수컷과 암컷 오안칼리에게서는 좋은 냄새가 났다. 가족의 냄새였다. 구성원 모두가 한 울로이에게 이끌려 이룩한 가족. 그들이 손을 잡았을 때 릴리스는 안정감을 느꼈다. 거기에는 화학 물질이 빚은 진짜 친밀감이 있었다.

진은 두 낯선 외계인을 여전히 두려워하는 듯했지만, 한편으로는 마음이 놓인 눈치였다. 그 둘이 바로 니칸지가 말한 존재들이었다. 돌봐줄 사람들. 가족.

진은 그 둘을 따라 테샤트가 우두커니 앉아 있는 방으로 들어갔다. 말은 한마디도 오가지 않았다. 다른 종에 속하는 낯선 이들이 가족으로 받아들여졌다. 친구이자 같은 편인 인간은 거부당했다.

릴리스는 가만히 서서 진의 뒷모습을 물끄러미 보느라 조지프가 다가와 곁에 서는데도 알아차리지 못할 뻔했다. 그는 약기운에 취해 있었지만, 그저 성미만 조금 급해졌을 뿐이었다.

"피터가 옳았어요." 조지프가 씩씩대며 말했다.

릴리스는 눈살을 찌푸렸다. "피터가요? 울로이를 죽이려고 한 게 옳았다고요? 그러다가 죽어버린 게?"

"그래도 인간으로 죽었잖아요! 그리고 한 놈이나마 저세상에 같이 데리고 갈 뻔했고!"

릴리스는 조지프를 빤히 봤다. "그래서요? 그래서 뭐가 바뀌었는데요? 지구에 내려가면 우린 많은 걸 바꿀 수 있어요. 여기선 그러지 못하지만."

"그때가 되면 우리한테 그럴 마음이 있기나 할까요? 난 그때쯤 우리가 뭐가 돼 있을지 궁금해요. 인간은 아니에요. 더 이상 인간은 아닐 거예요."

4부

훈련장

1

훈련장으로 쓰는 방은 갈색과 초록색과 파란색이었다. 갈색은 여기저기 얇게 쌓인 나뭇잎 사이로 드문드문 보이는 진흙땅이었다. 갈색은 뭍을 지나 흘러가며 태양처럼 보이는 광원의 빛에 번득이는 진흙탕 물이었다. 물은 부유물이 너무 많이 떠다녀서 파랗게 보이지 않았지만 그 위의 천장, 즉 하늘은 진하고 선명한 파란색이었다. 연기도, 스모그도 없었다. 그저 구름 몇 무리뿐이었다. 얼마 전에 내린 비의 흔적이었다.

널따랗게 흐르는 강 너머 맞은편 기슭에는 환각으로 만든 나무들이 줄지어 서 있었다. 초록색 선이었다. 강에서 멀어지면 초록색이 가장 눈에 잘 띄었다. 머리 위쪽, 숲속 나무들의 잎이 우거진 임관林冠 부분은 몹시도 진짜 같은 초록색이었다. 온갖 크기의 나무가 있었고 대부분 다른 생명체들을 잔뜩 달고 있었다. 파인애플과에 속하는 기생 식물, 야생 난초, 양치식물, 이끼, 지의식물, 칡, 기생 덩굴, 또 그런 식물에 풍부하게 서식하는 곤충류와 몇몇 개구리, 도마뱀, 뱀까지.

릴리스가 훈련 기간 초기에 맨 먼저 배운 교훈 한 가지는 나무에 몸을 기대면 안 된다는 것이었다.

나무 위 높다란 가지에 드물게 핀 꽃은 주로 파인애플과 식물의 꽃이나 야생 난초였다. 땅 위에서 꼼짝도 않는 색색의 물체는 풀 이파리이거나 일종의 균류 같았다. 온 사방이 다 초록색이었다. 덤불은 키가 작아서 쉽게 밟으며 걸어 다닐 수 있었지만 강기슭의 몇몇 장소는 벌목용 칼을 반드시 지니고 가야 했다. 그리고 그런 곳은 아직 접근이 허락되지 않았다.

"도구는 나중에 생길 거예요." 니칸지가 릴리스에게 말했다. "지금은 인간들이 이곳에 적응하게 놔둬요. 자신들이 지금 어느 섬의 숲 속에 있다는 걸 스스로 탐험해 알아내게끔요. 여기서 사는 게 어떤 기분인지 그들이 조금씩 느끼게 해주세요." 그것은 멈칫하다가 말을 이었다. "그들 각자가 자기 몫의 울로이를 받아들여 삶에 더 단단히 정착시키도록 하세요. 이제 그들은 서로를 용인할 수 있어요. 서로 더불어 사는 것도, 또 우리와 더불어 사는 것도 부끄러운 일이 아니란 걸 가르쳐 줘요."

앞서 그것은 릴리스를 데리고 강기슭의 한 장소를 찾아갔다. 지반이 약해져 널따란 땅덩어리가 강으로 떨어지면서 나무 몇 그루와 많은 덤불이 함께 추락한 곳이었다. 그곳에서는 쉽게 물가에 닿을 수 있었지만 한쪽에는 경사가 3미터쯤 되는 가파른 비탈이 있었다. 비탈 가장자리에 그 섬의 커다란 지형지물 가운데 하나가 자리 잡고 있었다. 거대한 나무 한 그루가 릴리스의 키보다 훨씬 더 높게 땅 위로 불

거진 판근[※] 여러 갈래에 의지해 서 있었고, 나무 주위의 땅은 벽처럼
솟은 그 뿌리들 때문에 칸칸이 나뉘어 있었다. 나무에는 더부살이하
는 생물들이 무척이나 많았지만, 릴리스는 벌레 따위 아랑곳없이 전
체 높이의 3분의 2가 나뭇가지에 가려진 판근 두 갈래 사이에 서 있었
다. 순수하게 지구에 속한 것들로 둘러싸인 느낌이 들었다. 이웃한 생
물들이 그랬듯이 딛고 선 땅이 머잖아 무너질 것들, 강으로 떨어져 숨
을 거둘 것들이었다.

"있잖아, 그 사람들이 나무를 잘라버릴 거야." 릴리스의 목소리는
나긋했다. "그걸로 배나 뗏목을 만들겠지. 자기네가 지구에 있다고
생각하니까."

"여기가 우주선 안이라고 믿는 사람들도 있어요." 니칸지가 릴리
스에게 말했다. "그들이 그렇게 믿는 건 당신이 그렇게 믿기 때문이에
요."

"고작 그 정도 믿음으로는 배 만들기를 막지 못할걸."

"아니요. 우리는 막지 않을 거예요. 그들이 배를 타고 노를 저어
벽까지 갔다가 돌아오게 놔두세요. 여기서 나갈 길은 우리가 제공하
는 것 말고는 없으니까요. 그들은 바로 이곳에서 스스로의 힘으로 식
량과 보금자리를 마련하는 법을 배워야 해요. 자급자족하는 존재가
되는 거죠. 그러면 우리는 그들을 지구로 데려가 자유롭게 풀어줄 거
예요."

인간들이 달아나리란 걸 아는구나. 릴리스는 속으로 생각했다.

※　板根, 습지 수목의 뿌리가 수직 방향으로 성장해 지면 위에 판자 모양을 이룬 상태.

분명히 알았을 것이다. 그런데도 그것은 인간과 오안칼리가 섞여 사는 정착 방식에 관해 얘기했다. 울로이가 임신을 통제해 두 집단이 '섞인' 아이들을 만드는, 거래 상대들의 공동 정착 방식에 관해.

릴리스는 비스듬히 서 있는 쐐기 모양 판근을 올려다봤다. 가지와 잎으로 반쯤 둘러싸여 있다 보니 니칸지도 강물도 보이지 않았다. 그저 갈색과 초록색 숲뿐이었다. 야생에 혼자 있다는 착각은 그렇게 생겨났다.

이날 니칸지는 릴리스가 그 착각에 잠시 빠져 있게 내버려뒀다. 아무 말도 걸지 않았고, 아무 소리도 내지 않았다. 발이 아파지자 그녀는 앉을 곳을 찾아 주위를 두리번거렸다. 다른 사람들 곁으로 굳이 일찍 돌아가고 싶은 마음은 전혀 없었다. 이제 그들은 다시 서로를 용납할 수 있었다. 그들이 맺은 유대 관계의 가장 어려운 단계가 끝났기 때문이었다. 전처럼 약물을 사용하는 경우는 아주 드물었다. 커트와 게이브리얼은 다른 몇몇과 함께 지금도 약에 취해 지냈다. 릴리스는 그들이 걱정됐다. 길들여지지 않으려 저항할 여력이 있는 그들에게 묘한 존경심도 들었다. 저항할 수 있는 건 그들이 강하기 때문일까? 아니면 단순히 적응할 능력이 없어서일까?

"릴리스?" 니칸지가 부드러운 목소리로 불렀다.

릴리스는 대답하지 않았다.

"이제 돌아가죠."

앞서 릴리스는 사람이 앉아도 될 만큼 굵다란 마른 덩굴 뿌리를 발견했다. 그 덩굴은 꼭 그네처럼 수관˚에서 아래로 길게 내려왔다가 다시 위쪽으로 올라가 근처에 있는 더 작은 나무의 가지에 구불구불 얽혀 자라다가, 다시 땅으로 내려와 땅속으로 뿌리를 뻗은 모양새였다. 덩굴 뿌리는 다른 몇몇 나무보다 더 굵었고 뿌리 표면에 붙은 곤충들은 해롭지 않아 보였다. 구불구불하고 딱딱해서 앉기 불편한 자리였지만 릴리스는 그 덩굴을 떠나기가 아직 아쉬웠다.

"적응하지 못하는 인간들은 어떡할 거야?" 릴리스가 물었다.

"폭력을 휘두르지 않는다면 다른 인간들과 함께 지구로 데려갈 거예요." 니칸지가 뿌리를 돌아 다가오자 릴리스가 느끼던 쓸쓸함과 고향에 온 느낌은 사라지고 말았다. 고향에는 그것처럼 생겨서 그것처럼 움직이는 존재가 없기 때문이었다. 그녀는 지친 듯 천천히 일어서서 그것과 나란히 걸었다.

"개미한테 물리지는 않았나요?" 그것이 물었다.

릴리스는 고개를 저었다. 그것은 그녀가 자잘한 상처를 숨기는 걸 좋아하지 않았다. 그녀의 건강을 거의 자기 일처럼 중요하게 여기며 매일 밤 벌레에 물린 상처, 특히 모기에 물린 상처를 치료해 줬다. 그녀가 보기에는 조그맣게 재현한 이 지구에서 모기를 추방하는 편이 차라리 더 쉬울 듯했다. 그러나 오안칼리들의 생각은 달랐다. 지구의 열대 우림을 재현한 환경은 뱀과 지네, 모기를 비롯해 릴리스가 같이 살고 싶어 하지 않는 여러 동물들이 있어야 완전해졌다. 오안칼리들이 걱정할 이유가 뭐가 있겠어. 릴리스는 냉소적으로 생각했다. 그들

˚ 樹冠, 나무에서 가지와 잎이 달린 위쪽 부분.

이 벌레에게 물릴 일은 결코 없었다.

"당신들은 수가 너무 적어요." 둘이 나란히 걷는 동안 니칸지가 말했다. "우리는 그중 한 명도 포기하지 않을 거예요."

릴리스는 그것이 무슨 얘기를 하는지 파악하느라 앞서 했던 생각을 되짚어야 했다.

"우리 가운데 일부는 먼저 당신들을 이곳으로 데려온 후에 당신들과 유대관계를 맺어야 한다고 생각했어요." 그것이 릴리스에게 말했다. "여기서는 당신들이 무리를 짓고 가족을 이루기가 더 쉬울 테니까요."

릴리스는 불편한 표정으로 니칸지를 흘깃 봤지만 입은 꾹 다문 채였다. 가족에는 아이가 생기게 마련이었다. 니칸지는 인간들이 여기서 아기를 임신해 낳아야 한다는 얘기를 하는 걸까?

"하지만 우리 대부분은 기다릴 수 없었어요." 그것이 이어서 얘기했다. 그러면서 감각 팔 한쪽을 릴리스의 목에 느슨하게 감았다. "우리가 당신들에게 그토록 강하게 끌리지 않았더라면 우리 둘의 동족들 양쪽 모두에게 더 나았을 텐데."

2

마침내 지급받은 도구는 방수포, 벌목용 칼, 도끼, 삽, 괭이, 금속 냄비, 밧줄, 해먹, 바구니, 깔개 따위였다. 릴리스는 가장 위험한 인간들에게 도구가 지급되기 전에 그들을 한 명씩 따로 불러 얘기를 나눴다.

한 번 더 해봐야지. 릴리스는 맥없이 생각했다.

"당신이 날 뭐로 보든 난 상관없어요." 릴리스가 커트에게 한 말이었다. "인류가 지구로 다시 내려가려면 당신 같은 사람이 반드시 동행해야 해요. 내가 당신을 깨운 이유가 바로 그거예요. 난 당신이 살아서 지구로 내려가면 좋겠어요." 그녀는 망설이다가 덧붙였다. "피터가 갔던 길을 따라가면 안 돼요, 커트."

커트는 릴리스를 물끄러미 봤다. 바로 얼마 전에 약을 끊은 그가, 바로 얼마 전에 폭력을 휘두를 가능성을 보여준 그가, 그녀를 빤히 봤다.

"그 사람을 다시 재워!" 릴리스는 니칸지에게 말했다. "그동안의 일은 다 잊어버리게 해! 벌목용 칼도 주지 마, 줬다간 나중에 다른 사람을 해칠 거야!"

"야흐자히한테 듣기로는 괜찮을 것 같다던데요." 니칸지가 말했다. 야흐자히는 커트를 담당하는 울로이였다.

"그래? 그럼 전에 피터의 울로이는 뭐라고 했는데?"

"그것은 자기 생각을 아무에게도 밝히지 않았어요. 그 결과 아무도 그것이 곤경에 처한 걸 알지 못했죠. 믿기 힘든 짓이었어요. 우리가 당신들에게 너무 강하게 끌리지 않았다면 차라리 더 나았을 거라고 내가 말했잖아요.”

릴리스는 고개를 절레절레 흔들었다. “만약 야흐자히가 커트의 상태를 보고도 괜찮다고 여겼다면, 스스로를 기만한 거야.”

“우리는 커트와 야흐자히를 함께 관찰해 왔어요. 커트는 지금부터 위태로운 시기를 거치겠지만, 야흐자히는 준비된 상태예요. 심지어 셀린도 준비를 마쳤어요.”

“셀린이!” 릴리스는 가소롭다는 듯이 말했다.

“당신이 그 둘을 짝지어 준 건 잘한 일이에요. 피터와 진보다 훨씬 더 잘 맞는 짝이니까요.”

“피터와 진은 내가 짝지어 준 사이가 아니야. 자기네끼리 성질이 맞아서 그렇게 됐으니까… 불과 기름처럼.”

“…그랬군요. 아무튼, 셀린은 또다시 짝을 잃었다가는 버티기 힘들어요. 커트에게 매달리려고 하겠죠. 그리고 커트는 셀린을 실제보다 훨씬 더 약한 여성으로 보기 때문에, 자진해서 위험에 뛰어들 이유가 없다고 보는 게 타당해요. 자칫 셀린을 혼자 남겨둘 수도 있으니까요. 그들은 무사할 거예요.”

“무사하지 못할걸요.” 나중에 게이브리얼이 릴리스에게 한 말이었다. 그 또한 마침내 약물의 힘에서 벗어난 상태였다. 다만 그의 경우에는 중독에서 벗어나기가 남들보다 더 수월했다. 카가야트는 릴리스를 담당했을 때는 그토록 압박하고 강요하고 비웃었으면서 테이트와 게이브리얼에게는 무한한 참을성을 발휘하는 모양이었다.

"지금 상황을 커트의 관점에서 한번 봐요." 게이브리얼이 말했다. "그 사람은 자기 몸이 뭘 하고 뭘 느끼는지조차 마음대로 통제하지 못한다고요. 그러는 와중에 여자처럼 취급당하면서… 아뇨, 설명은 됐어요!" 그는 한 손을 들어 릴리스가 말을 끊지 못하게 막았다. "울로이가 남자가 아니란 건 그 사람도 알아요. 섹스가 처음부터 끝까지 자기 머릿속에서 일어났다는 것도 알고요. 그런 건 중요하지 않아요. 하나도 중요하지 않다고요! 뭔가 다른 존재가 커트의 행동을 하나하나 조종하고 있어요. 그 사람은 그걸 용납할 수가 없는 거예요."

릴리스는 진심으로 두려워하며 물었다. "당신은 어떻게… 그걸 편한 마음으로 받아들였어요?"

"내 마음이 편하다고 누가 그래요?"

릴리스는 게이브리얼을 빤히 봤다. "게이브, 우리에겐 당신도 없어서는 안 될 소중한 사람이에요."

게이브리얼은 빙긋 웃었다. 흠잡을 데 없이 아름답고 하얀 이가 드러났다. 그 이를 보며 릴리스는 어떤 육식동물이 떠올랐다. "난 다음 단계로 넘어가지 않을 거예요." 그가 말했다. "지금 여기가 어딘지 알기 전까지는요. 여기가 지구가 아니라는 말을 내가 아직도 안 믿는 건 당신도 알죠."

"알아요."

"우주선 안에 열대 숲이 있다니. 이런 걸 누가 사실로 믿겠어요?"

"그렇게 따지면 오안칼리들은요? 그들이 지구에서 오지 않았다는 건 당신도 알잖아요."

"당연하죠. 하지만 그들이 지금 있는 여기는 보이는 것도, 들리는 것도, 풍기는 냄새도 지구 같잖아요."

"그렇지 않아요."

"당신이야 그렇게 말하겠죠. 난 조만간 내 손으로 진실을 밝힐 작정이에요."

"당신이 확신할 만한 증거는 카가야트가 당장이라도 보여줄 수 있어요. 심지어 커트도 설득될걸요."

"커트는 아무도 설득 못 해요. 아무것도 안 받아들일 테니까."

"당신 생각엔 그 사람이 피터의 행동을 따라 할 것 같은가요?"

"피터보다 더할 것 같은데요."

"세상에. 그들이 진을 다시 가사 상태로 되돌려 놓은 거 알아요? 진은 다시 일어났을 때 피터를 기억도 못 할 거예요."

"나도 들었어요. 그 덕분에 진은 나중에 다른 남자하고 짝지어질 때 적응하기가 더 쉬울 것 같은데요."

"게이브, 나중에 테이트도 그렇게 되면 좋겠어요?"

릴리스의 말에 게이브리얼은 알 바 아니라는 듯이 어깨를 으쓱하더니 돌아서서 가버렸다.

3

릴리스는 인간들 모두에게 풀을 엮어 이엉을 만든 다음 빗물이 새지 않게끔 서까래 위에 줄줄이 겹쳐 얹는 법을 가르쳤다. 집의 바닥을 깔고 틀을 세울 때 어떤 나무가 가장 좋은지도 가르쳐 줬다. 그들은 다 함께 며칠에 걸쳐 일한 끝에 강의 최고 수위 지점보다 훨씬 더 높은 곳에 기둥 받침 구조의 커다란 초가지붕 오두막을 세웠다. 오두막은 그들 모두가 이때껏 비좁게 부대끼며 살던 오두막과 쌍둥이처럼 똑같았다. 원래 살던 오두막은 그들이 울로이들을 따라 기나긴 통로를 지나 훈련장에 도착한 후에 릴리스와 울로이들이 함께 지은 집이었다.

울로이들은 이 두 번째 오두막 공사를 오롯이 인간들에게 맡겼다. 그들은 현장을 구경하거나 자기네끼리 잡담하거나 저마다 할 일을 하러 사라졌다. 그러나 공사가 다 끝났을 때는 조그만 연회를 열어 축하해 줬다.

"우리가 음식을 제공할 날도 이제 얼마 안 남았어요." 울로이 하나가 인간 무리에게 말했다. "여러분은 여기서 나는 것들로 살아가는 법과 텃밭 일구는 법을 배울 거예요."

그 말을 듣고 놀라는 사람은 없었다. 원래 있던 나무에서 초록빛이 도는 바나나 다발을 따다가 대들보나 포치 난간에 널어놓는 일 정도는 이미 시작한 참이었다. 인간들은 바나나가 익어가는 동안 벌레와 먹이를 놓고 경쟁해야 한다는 사실을 발견했다.

몇몇 사람은 원래 있던 수풀에서 파인애플을 수확하고 파파야나 빵나무 열매를 땄다. 빵나무 열매는 사람들 대부분이 싫어했는데 릴리스가 씨가 많이 들어 있는 비슷한 종, 즉 종자빵나무 열매를 보여주자 사정이 달라졌다. 사람들은 그녀가 가르쳐 준 대로 열매의 씨앗을 구워서 먹어본 후에 자신들이 그 거대한 방에서 지내는 동안 내내 그 열매의 씨앗을 먹고 지냈다는 사실을 깨달았다.

그들은 단맛이 나는 카사바 뿌리를 땅에서 뽑아냈고, 릴리스가 예전에 훈련을 받을 때 심어둔 참마를 캐기도 했다.

이제는 그들이 자신들의 힘으로 작물을 재배할 때였다.

그리고 어쩌면, 이제는 울로이들이 인간 작물 가운데 어떤 것을 수확할지 슬슬 확인할 때인지도 몰랐다.

남자 두 명과 여사 한 명이 배정받은 도구를 들고 숲속으로 사라졌다. 자신들의 힘만으로 살아가기에는 아직 지식이 모자랐지만, 그래도 그들은 가버렸다. 그들의 울로이는 그들을 따라가지 않았다.

울로이 한 무리가 잠깐 동안 머리 촉수와 감각 팔을 하나로 모으더니 매우 빠르게 의견이 일치한 것처럼 보였다. 그중 어떤 것도 사라진 세 인간에게는 전혀 관심을 보이지 않았다.

"탈출한 사람은 한 명도 없어요." 니칸지는 이제 그 사람들은 어떻게 되는 거냐고 묻는 조지프와 릴리스에게 그렇게 대답했다. "사라진 사람들은 아직 섬에 있어요. 감시받는 중이고요."

"저 많은 나무를 뚫고 감시한다고요?" 조지프가 물었다.

"이 배가 그들을 계속 추적하고 있어요. 혹시 다치면 치료해 줘야 하니까요."

　다른 인간들도 정착지를 떠났다. 하루하루 지나는 사이에 일부 울로이들은 심기가 몹시 불편해 보였다. 자기네끼리만 어울리며 바위에 우두커니 앉아 있었고, 머리와 몸의 촉수가 똘똘 말려 굵다랗고 시커먼 덩어리로 변했다. 그 모양새가 리아 말마따나 기괴하게 생긴 종양과 비슷했다. 그런 울로이들은 누가 눈앞에 와서 소리를 쳐도, 비가 내려도, 누가 발에 걸려 넘어져도 아랑곳하지 않았다. 전혀 꼼짝하지 않았다. 그것들의 머리 촉수가 주위 사람들의 움직임을 좇다가 멈춰서면 짝들이 와서 돌봐줬다.

　그 짝들, 즉 오안칼리 암컷과 수컷은 숲에서 나와 자기네 울로이를 돌봤다. 릴리스는 그들이 호출을 받는 모습을 한 번도 보지 못했지만, 오안칼리 한 쌍이 도착하는 광경은 목격한 적이 있었다.

　열매가 잔뜩 열린 종자빵나무가 서 있는 강기슭의 한 장소에 홀로 들렀을 때의 일이었다. 릴리스는 빵나무 열매도 딸 겸, 아름다운 나무를 감상하며 호젓한 시간도 보낼 겸 그 나무 위에 올라갔다. 그녀는 어린 시절에조차도 나무를 즐겨 타지 않았지만 이곳에서 훈련을 받는 사이에 나무 타는 기술과 자신감이 몸에 뱄고… 땅의 기운을 잔뜩 품은 존재와 그토록 밀착해 있다는 기분 또한 몹시 좋아하게 됐다.

　그 나무 위에서 릴리스는 물에서 나오는 오안칼리 둘을 목격했다. 그들은 헤엄치지 않고 그저 기슭 가까이서 불쑥 솟아 물가로 걸어 올라왔다. 둘 다 릴리스를 잠시 쳐다보더니 이내 정착지가 있는 섬 안쪽을 향해 걸어갔다.

릴리스는 숨소리조차 내지 않고 지켜봤지만, 그들은 그녀가 그곳에 있다는 사실을 알았다. 또 한 쌍의 암컷과 수컷이 병들고 버려진 울로이를 구하러 온 것이었다.

울로이를 병들고 버려진 기분에 빠뜨릴 능력이 자신에게 있다는 것을 알았다면, 인간들은 권능을 얻은 느낌이 들었을까? 울로이는 자신의 고유한 체취, 즉 자신의 고유한 화학적 징표를 지닌 이들을 모두 잃어버리고 나면 좀처럼 버티지 못했다. 살아 있기는 했다. 다만 신진대사가 느려지는 동시에 의식 또한 자기 내면 속으로 깊이 빠져들었고, 가족이 찾아오거나 아니면 조금 아쉽기는 해도 일종의 의사 노릇을 하는 다른 울로이가 와서 깨울 때까지 그 상태에 머물렀다. 그렇다면 어째서 울로이들은 자신이 담당한 인간이 사라진 후에도 자신의 짝들에게 돌아가지 않았을까? 어째서 이곳에 남아 병에 걸렸을까?

릴리스는 조잡하게 만든 기다란 바구니에 종자빵나무 열매를 담아 등에 지고 정착지로 돌아왔다. 아까 본 수컷과 암컷 오안칼리가 자신들의 울로이를 양옆에서 부축하고 살펴보는 모습이, 또 얽히고 설킨 그들 셋의 머리 촉수와 몸통 촉수가 그녀의 눈에 들어왔다. 그들 셋이 만지는 곳마다 촉수가 따라와 함께 뭉쳤다. 이는 사적인 동시에 공격받기 쉬운 자세였기 때문에 다른 울로이들이 근처에 가만히 서서 지키는 티를 내지 않고 이들을 지켜줬다. 이 광경을 지켜보는 인간도 몇 명 있었다. 릴리스는 정착지를 둘러보며 이날 숲을 쏘다니거나 식량을 채집하러 나간 인간들 가운데 몇 명이나 돌아오지 않을지 상상했다. 떠난 사람들은 섬의 다른 곳에서 모였을까? 그 사람들도 보금자리를 마련했을까? 배를 만드는 중일까? 엉뚱한 생각이 머릿속을 스쳤다. 만약 그들이 옳았다면? 이유야 어찌 됐든 만약 지금 이곳이 지구라면? 배를 타고 노를 저어 자유를 찾아 떠나는 일이 가능하다면? 혹시라도, 그녀가 이때껏 보고 느낀 그 많은 것들에도 불구하고, 지금 이 상황이 일종의 사기라면? 이런 짓을 어떻게 벌였을까? 왜 이런 짓을 벌였을까? 오안칼리들은 어째서 이토록 번거로운 일을 사서 하는 걸까?

그렇지 않았다. 오안칼리들이 하는 일 중에는 납득이 가지 않는 것도 일부 있었지만, 그래도 릴리스는 기본 전제는 진실이라고 믿었다. 우주선 얘기도. 지구에 관한 얘기, 그 행성이 인간들이 다시 돌아와 정착하기를 기다린다는 것도. 오안칼리들이 한 줌밖에 남지 않은 인류를 구하려고 어떤 대가를 치르는지도.

그러나 정착지를 떠나는 사람은 점점 더 늘었다. 그들은 어디에 있을까? 만약…. 릴리스가 스스로 무엇을 안다고 생각하든 간에, 그 '만약'이라는 생각은 그녀를 가만히 내버려두지 않았다. 만약 다른 사람들이 옳았다면?

그 의심은 어디서부터 비롯됐을까?

그날 저녁 릴리스가 땔감을 한 아름 모아 돌아왔을 때, 테이트가 그녀의 앞길을 막아섰다.

"커트랑 셸린이 사라졌어요." 테이트의 목소리는 나직했다. "셸린이 나한테 자기들은 떠난다고 미리 귀띔해 줬어요."

"난 그 사람들이 이렇게 오래 버틴 게 더 신기하네요."

"난 커트가 떠나기 전에 오안칼리를 한 놈 붙잡아 머리를 박살 내지 않은 게 더 신기한데요."

릴리스는 그 말에 동의하는 뜻으로 고개를 끄덕이고는 테이트를 빙 돌아 걸어간 다음, 땔감을 땅바닥에 내려놨다.

테이트는 릴리스를 뒤따라와 다시 그녀 앞을 가로막고 섰다.

"왜 그래요?" 릴리스가 물었다.

"우리도 떠날 거예요. 오늘 밤에." 테이트는 목소리를 몹시도 조그맣게 낮췄지만… 그녀의 말을 들은 오안칼리는 분명 둘 이상이었다.

"어디로요?"

"우리도 몰라요. 다른 사람들을 찾든가 못 찾든가, 둘 중 하나겠죠. 뭐든 찾아낼 거예요. 못 찾으면 우리 손으로 만들든가요."

"당신들 둘만 가는 거예요?"

"넷이서 가요. 어쩌면 더 많을지도 몰라요."

릴리스는 자신이 느끼는 감정의 정체를 파악하지 못해 인상을 찡그렸다. 그녀와 테이트는 이미 친구 사이였다. 테이트가 어디를 가든 탈출할 길은 없었다. 만약 스스로 다치거나 남을 다치게 하는 일이 없다면 아마도 이곳으로 돌아올 터였다.

"내 말 잘 들어요." 테이트가 말했다. "이 얘기를 당신한테 괜히 해주는 게 아니에요. 당신도 우리랑 같이 가면 좋겠어요."

릴리스는 테이트를 데리고 정착지의 중심부에서 떨어진 곳으로 갔다. 무슨 수를 써도 오안칼리들은 그들의 말을 듣고 있을 테지만, 다른 인간들까지 말려들게 할 필요는 없었다.

"게이브랑 조지프는 이미 얘기를 끝냈어요." 테이트가 말했다. "우린 당신도 같이…"

"게이브가 어쨌다고요!"

"조용히 해요! 남들이 다 듣게 할 작정이에요? 조지프도 가겠다고 했어요. 자, 당신은 어쩔 거예요?"

릴리스는 적의 어린 눈으로 테이트를 봤다. "어쩔 거냐니요?"

"당장 답을 들어야겠어요. 게이브리얼이 곧 떠나고 싶어 해서."

"나도 같이 가길 바란다면, 내일 아침 식사를 마친 후에 출발하기로 해요."

테이트는 테이트답게 아무 말도 하지 않았다. 그저 빙긋 웃었다.

"난 같이 가겠다는 말은 아직 안 했어요. 내 말은 그저 밤에 몰래 나갔다가 산호뱀 같은 걸 밟거나 하면 안 된다는 뜻이에요. 밤에는 바깥이 칠흑처럼 깜깜하니까요."

"게이브는 우리가 사라진 게 탄로 나려면 시간이 꽤 걸릴 거라고 생각하던데요."

"도대체 정신이 있는 사람인지… 당신은 또 무슨 생각이에요? 오늘 밤에 떠나면 그들은 내일 아침이면 당신이 사라진 걸 알아차릴 거예요. 그것도 나가는 길에 뭘 발로 차거나 누구 발에 걸려 넘어져서 사람들을 죄다 깨우지 않았을 때의 얘기죠. 하지만 내일 아침에 떠나면 저녁때가 돼서야 당신네가 없어진 게 표가 날 거 아니에요." 릴리스는 고개를 절레절레 흔들었다. "어차피 그들이 신경 쓸 것 같진 않아요. 여태 그랬으니까요. 하지만 빠져나갈 작정이라면 적어도 캄캄해지기 전에 쉴 곳을 찾는 게 좋아요. 비가 올 경우를 대비해서라도요."

"비를 대비하라니, 비야 툭하면 오잖아요. 우린… 일단 여길 벗어나서, 아마도 강을 건너 북쪽으로 갈 것 같아요. 기후가 더 건조하고 서늘한 곳이 나올 때까지 계속, 북쪽으로요."

"테이트, 만약 여기가 지구라면, 지금 어떻게 돼 있을지 한번 상상해 봐요. 특히 북반구가 어떤 상태일지를요. 차라리 남쪽으로 가는 게 더 나을 거예요."

테이트는 알 바 아니라는 듯 어깨를 으쓱했다. "우리랑 같이 간다면 또 모를까, 당신이 말을 보텔 일은 아니죠."

"내가 조지프한테 얘기할게요."

"하지만…."

"그리고 게이브한테 당신 연기 연습 좀 도와달라고 해요. 내가 방금 얘기한 것들은 당신이랑 게이브의 머릿속에 고스란히 다 들어 있잖아요. 당신들 두 사람 다 바보가 아니니까요. 게이브는 몰라도 테이트 당신은 남을 속이는 쪽으론 소질이 없네요."

테이트는 평소 성격대로 웃음을 터뜨렸다. "전에는 있었는데." 그녀의 목소리는 진지했다. "그래요, 알았어요. 제일 좋은 방법이 어떤 건지는 우리도 거의 알아냈어요… 내일 아침에, 남쪽으로, 그리고 아마도 오안칼리들을 빼면 이 땅에서 살아남는 법을 최고로 잘 아는 사람과 같이 갈 것."

침묵이 흘렀다.

"당신도 알 테지만, 우리가 있는 곳은 진짜 섬이에요." 릴리스가 말했다.

"아뇨, 난 알지는 못해요. 그래도 당신이 하는 말이니까 기꺼이 믿어볼게요. 그렇다면 우린 강을 건너야겠군요."

"그런데 강 건너편처럼 생긴 곳에 뭐가 보이든 간에, 그쪽으로 가다 보면 아마 장벽이 나올 거예요."

"하늘에 해, 달, 별이 떠 있는데도요? 비가 내리고, 딱 봐도 수백 년 동안 제자리를 지켰을 나무들이 있는데도요?"

릴리스는 한숨이 나왔다. "그래요."

"다 오안칼리들이 그렇게 말했기 때문이겠죠."

"그리고 내가 당신을 각성시키기 전에 보고 느낀 것들 때문이기도 해요."

"오안칼리가 시켜서 보고 느낀 것들이겠죠. 카가야트가 나한테 느끼게 한 것 중엔 당신은 아예 믿을 엄두도 못 낼 것들도 있어요."

"안 믿을 것 같아요, 내가?"

"그들이 우리 감각을 가지고 하는 짓을 믿으면 안 된다는 뜻이에요, 내 말은!"

"난 니칸지가 너무 어려서 나한테 들키지 않고서는 내 감각을 조작하지 못할 때부터 서로 아는 사이였어요."

테이트는 고개를 돌려 아직 반짝이는 물빛이 보이는 강 쪽을 바라봤다. 인공이든 진짜든 해는 아직 다 기울기 전이었고, 강물은 어느 때보다도 더 갈색으로 보였다. "있잖아요." 테이트가 말했다. "별 뜻은 없지만, 그래도 얘기는 해야겠어요. 당신이랑 니칸지는….." 그녀는 말끝을 흐리더니 느닷없이 답을 요구하듯 릴리스를 바라봤다. "어때요?"

"어떠냐니, 뭐가요?"

"당신이랑 그 사람, 그러니까 그것은, 우리랑 카가야트보다 더 가까운 사이잖아요. 당신은…."

릴리스는 입을 다문 채 테이트를 빤히 봤다.

"젠장, 난 그냥, 우리랑 같이 가기 싫으면 적어도 우리가 못 가게 그것들한테 고자질할 생각은 하지 말라는 거예요."

"당신들이 못 떠나게 누가 막기라도 했나요?"

"그냥 아무 말도 하지 마요. 그거면 돼요."

"어쩌면 당신은 그냥 바보인지도 모르겠네요." 릴리스의 목소리는 가냘팠다.

테이트는 다시 릴리스의 눈길을 피해 시선을 돌리며 알 바 아니라는 듯 어깨를 으쓱했다. "게이브랑 약속했어요. 당신한테서 고자질하지 않겠다는 약속을 받아오겠다고요."

"어째서요?"

"그 사람 생각에 당신은 약속을 하면 지키는 사람이거든요."

"그렇지 않았다면 당장 뛰어가서 고자질했겠죠?"

"당신이 뭘 하든 이제 별 관심도 안 생기네요."

릴리스는 알아서 하라는 듯 어깨를 으쓱하고는 돌아서서 정착지 쪽으로 걸음을 옮겼다. 테이트는 몇 초가 지나서야 비로소 릴리스가 진심으로 관심을 거두려 한다는 걸 깨달은 모양이었다. 이내 테이트는 릴리스를 뒤쫓아 뛰어가더니 그녀를 붙잡고 정착지에서 떨어진 곳으로 데려갔다.

"알았어요, 모욕감을 느끼게 해서 미안해요." 테이트가 헐떡이며 말했다. "그래서, 갈 거예요, 말 거예요?"

"강기슭에 종자빵나무가 있는 거 알죠? 그 커다란 나무 말이에요."

"알죠."

"나도 동행하길 바란다면, 내일 아침을 먹은 후에 그 나무 앞에서 만나요."

"우린 오래 기다리지 않을 거예요."

"알았어요."

릴리스는 돌아서서 다시 정착지 쪽으로 걸어갔다. 방금 그 대화를 들은 오안칼리가 몇이나 될까? 하나? 여럿? 상관없었다. 니칸지는 곧 알게 될 터였다. 그렇다면 아하자스와 디샤안에게 연락할 시간도 충분했다. 그것은 다른 오안칼리들과 달리 자신이 맡은 인간이 떠난 후에도 긴장증에 걸린 것처럼 가만히 앉아 꼼짝 않고 괴로워할 필요가 없었다.

사실, 릴리스는 다른 오안칼리들이 어째서 미리 연락을 주고받지 않았는지 여전히 이해가 가지 않았다. 그들은 틀림없이 자기네가 선택한 인간이 떠나리라는 것을 알았다. 카가야트도 알 것이다. 그렇다면 그것은 어떻게 하려 할까?

느닷없이 머릿속에 뭔가 떠올랐다. 남성성을 시험할 목적으로 아들을 숲이나 사막 같은 곳으로 보내 한동안 혼자 살게 하는 어느 부족에 관한 기억이었다.

그러한 환경에서 살아남는 법을 배운 소년은 일정한 나이가 되면 시험장으로 보내져 자신이 배운 것을 몸소 증명해야 했다.

그런 것이었을까? 인간들에게 기초 훈련을 시켜놓은 다음, 준비가 되면 알아서 떠나게끔 놔두는 걸까?

그렇다면 울로이들이 긴장해서 어쩔 줄 모르는 까닭은 뭘까?

"릴리스?"

릴리스는 화들짝 놀라더니 이내 걸음을 멈추고 조지프가 곁에 다가올 때까지 기다렸다. 이윽고 둘이 나란히 걷다가 도착한 모닥불 앞에서는 사람들이 참마와 누군가 우연히 발견한 나무에서 따온 브라질너트를 구워 나눠 먹는 중이었다.

"테이트랑 얘기해 봤어요?" 조지프가 물었다.

릴리스는 고개를 끄덕였다.

"테이트한테 뭐라고 했어요?"

"당신하고 얘기해 보겠다고 했어요."

침묵이 흘렀다.

"당신은 어떻게 하고 싶어요?" 릴리스가 물었다.

"가고 싶어요."

릴리스는 걸음을 멈추고 조지프를 돌아봤지만, 그의 표정에는 어떤 감정도 비치지 않았다.

"날 두고 갈 건가요?" 릴리스는 소곤거리듯 나직이 물었다.

“당신은 왜 남으려고 하죠? 니칸지하고 같이 있으려고?”

“날 두고 갈 거예요?”

“당신은 왜 남으려고 하는데요?” 소곤거리는 말이 고함처럼 강력하게 들렸다.

“왜냐면 여긴 배니까요. 달아날 곳이 없으니까요.”

조지프는 환하게 빛나는 반달과 점점이 반짝이는 이른 별들을 올려다봤다. “내 눈으로 직접 봐야겠어요.” 그는 부드럽게 말했다. “여긴 고향 같은 느낌이 나요. 난 열대 우림에는 평생 한 번도 안 가봤지만, 이 땅은 냄새도 맛도 풍경도 고향 같아요.”

“…무슨 말인지 알아요.”

“그래서 내 눈으로 봐야겠어요!”

“그래요.”

“내가 당신을 두고 가게 하지 마요.”

릴리스는 금방이라도 탈출하려는 짐승을 붙잡듯이 조지프의 손을 잡았다.

“우리랑 같이 가요!” 조지프가 속삭였다.

릴리스는 눈을 감았다. 숲과 하늘이, 불 가에 둘러앉아 도란도란 얘기하는 사람들이, 몸으로 연결되어 침묵의 대화를 나누는 몇몇 오안칼리들이, 모두 눈꺼풀 속의 어둠에 가려 사라졌다. 그녀와 조지프가 나눈 얘기를 얼마나 많은 오안칼리가 들었을까? 그들 가운데 누구도 두 사람의 대화를 들은 티를 내지 않았다.

“알았어요.” 릴리스가 부드럽게 말했다. “나도 갈게요.”

4

이튿날 아침 식사 후에 조지프와 릴리스가 찾아간 종자빵나무 앞에는 그들을 기다리는 사람이 한 명도 없었다. 앞서 릴리스는 게이브리얼이 큼지막한 바구니에 도끼와 벌목용 칼을 챙겨 마치 나무하러 가는 사람처럼 정착지를 나서는 모습을 목격했다. 사람들은 생필품이 바닥났을 때 그렇게 하곤 했는데 릴리스 역시 먹을 것이 떨어진 걸 알아차리면 자기 몫의 벌목용 칼과 도끼와 바구니를 챙겨 식량을 채집하러 숲으로 향했다. 그럴 때 남들에게 뭔가 가르쳐 줄 것이 있으면 사람들을 함께 데려갔지만 생각에 잠기고 싶을 때면 혼자서 갔다.

이날 아침 릴리스 곁에는 조지프뿐이었다. 테이트는 아침 식전에 정착지를 나섰다. 릴리스는 테이트가 릴리스 자신과 니칸지네 가족이 함께 일군 텃밭 한 곳으로 향했을지도 모른다고 생각했다. 거기서는 카사바나 참마를 캘 수도 있고 파파야나 바나나, 파인애플 따위를 딸 수도 있었지만, 크게 도움이 될 것 같지는 않았다. 그들은 조만간 숲에서 구한 식량으로 살아가야 할 처지였다.

릴리스는 구운 종자빵나무 열매 씨앗을 챙겨 갔다. 이는 그녀가 좋아하는 음식인 동시에 훌륭한 단백질 공급원이기도 했다. 참마와 콩, 카사바도 같이 챙겼다. 바구니 맨 밑에는 여분의 옷과 오안칼리의 가볍고 튼튼한 천으로 만든 해먹, 바싹 마른 불쏘시개 몇 가닥이 들어 있었다.

"여기서 오래 기다릴 순 없어요." 조지프가 말했다. "다들 여기 있어야 하는데. 혹시 이미 왔다가 갔을지도 모르겠네요."

"아마 그보다는 우리한테 미행이 안 붙었다는 판단이 서면 곧장 이리로 올 거예요. 그 사람들은 내가 오안칼리들에게 고자질해서 자기네를 팔아넘기지 않았다는 걸 확실히 알고 싶을 테니까요."

조지프는 릴리스를 보며 인상을 썼다. "테이트랑 게이브가요?"

"예."

"그럴 것 같진 않은데."

릴리스는 알 바 아니라는 듯 어깨를 으쓱했다.

"게이브는 당신이 스스로를 위해 여기서 나가야 한다고 했어요. 그 친구 말이, 사람들이 또 당신 험담을 하는 걸 들었다더군요. 이제 다시 자기네 머리로 생각할 수 있게 됐다, 이거죠."

"난 위험한 사람들에게 다가갈 거예요, 조지프. 그 사람들에게서 멀어지는 게 아니라요. 당신도 마찬가지고요."

조지프는 강물을 물끄러미 바라보다가 한 팔로 릴리스의 어깨를 감쌌다. "다시 돌아가고 싶어요?"

"예. 하지만 우리가 함께 돌아가는 일은 없겠죠."

조지프는 대꾸하지 않았다. 릴리스는 침묵하는 그를 보며 화가 났지만, 그래도 그 침묵을 받아들였다. 떠나고 싶어 하는 그의 마음은 그 정도로 간절했다. 자신이 있는 이곳이 지구라는 느낌이 그토록 강렬했던 것이다.

얼마 후, 게이브리얼이 테이트와 리아, 레이, 엘리슨을 데리고 종자빵나무 앞으로 다가왔다. 그는 도중에 멈춰 서서 잠시 릴리스를 빤히 봤다. 그녀는 방금 자신이 한 말을 그가 들었으리라 확신했다.

"이제 출발하죠." 릴리스가 말했다.

아무도 정착지 방향으로 돌아가려 하지 않았기 때문에 그들은 서로 합의한 끝에 강 상류 쪽으로 향했다. 길을 잃는 사태는 다들 피하고 싶었기에 강기슭을 따라 걸었다. 이따금 덤불이나 허공에 뻗은 뿌리를 베어 내며 길을 뚫어야 했지만, 불평하는 사람은 없는 듯했다.

습도가 높다 보니 다들 땀을 뻘뻘 흘렸지만 남의 눈을 의식하는 사람은 없었다. 이윽고 빗방울이 후드득 떨어졌다. 모두가 진흙탕 속을 더 조심조심 나아갈 뿐, 그 이상은 아무것도 신경 쓰지 않았다. 극성스럽던 모기떼는 어느새 기세가 꺾였다. 릴리스는 끝까지 앵앵거리던 모기를 손으로 후려쳐 잡았다. 이날 밤에는 벌레 물린 곳을 봐줄 니칸지도, 이곳저곳을 부드럽게 어루만져 줄 감각 촉수와 감각 손도 기대할 수 없었다. 그런 것을 그리워한 사람이 오로지 릴리스뿐이었을까?

마침내 비가 그쳤다. 일행은 해가 중천에 이를 때까지 쉬지 않고 걸었다. 그러고는 쓰러진 나무의 축축하게 젖은 그루터기에 앉아 쉬었다. 버섯이 자라 있었지만 아랑곳하지 않았고 벌레는 손으로 훑어 쫓아냈다. 그들은 종자빵나무 열매의 씨앗과 테이트가 챙겨 온 바나나 가운데 가장 잘 익은 것들을 골라 함께 먹었다. 물은 강에서 떠 마셨는데 강물에 섞인 불순물을 무시하는 요령쯤은 터득한 지 오래였다. 손으로 한 움큼 떠 마시는 물에는 설령 더러운 부유물 같은 것이 있다 해도 크게 해롭지는 않았다.

오가는 말은 이상할 정도로 적었다. 릴리스가 잠시 볼일을 보러 한쪽에 떨어져 있는 나무 뒤로 갔다가 다시 나왔을 때, 모두의 눈길이 그녀에게로 쏠렸다. 그러다 갑자기 모두들 다른 곳으로 눈길을 돌렸다. 서로에게로, 나무로, 음식 한 조각으로, 자기 손톱으로.

"어휴, 정말." 릴리스가 중얼거렸다. 그러고는 더 큰 목소리로 말했다. "서로 얘기 좀 나눠요, 다들." 그녀는 일행들이 앉거나 몸을 기대고 있는 쓰러진 나무 앞으로 가서 섰다. "왜들 그래요? 내가 당신들을 버리고 오안칼리들에게 돌아가길 기다리는 거예요? 아니면 내가 무슨 마법을 써서 여기서 그들에게 신호라도 보낼 것 같아요? 내가 뭘 했다고 의심하는 거예요?"

침묵.

"무슨 일 있어요, 게이브?"

게이브리얼은 릴리스의 시선을 똑바로 마주 봤다. "아무것도 아니에요." 그는 자기 말이 사실이라고 강조하듯 양손을 펼쳤다. "우린 그냥 불안할 뿐이에요. 앞으로 무슨 일이 벌어질지 모르니까요. 두려운 거죠. 우리가 느끼는 감정을 당신이 받아줘야 하는 건 아니지만, 그게… 당신은 다르니까요. 얼마나 다른지 아무도 모를 정도로요."

"이렇게 우리랑 같이 있잖아요!" 조지프가 말했다. 그러고는 릴리스 곁으로 와 나란히 섰다. "그것만 봐도 우리하고 얼마나 비슷한지 알 수 있어요. 우리가 어떤 위험을 무릅쓰든, 이 사람도 우리하고 같이 무릅쓰는 거예요."

쓰러진 나무의 줄기 위에 앉아 있던 앨리슨이 미끄러지듯 내려왔다. "우리가 뭘 무릅쓰는데요?" 그녀가 따지듯 물었다. 릴리스에게 직접 던진 질문이었다. "우리는 어떻게 되는 거죠?"

"나도 몰라요. 짐작은 해봤지만, 내 짐작은 잘 맞는 편이 아니라서요."

"말해줘요!"

릴리스는 다른 사람들을 둘러봤다. 모두가 그녀의 대답을 기다렸다. "내 짐작에 이건 우리의 마지막 시험인 것 같아요." 그녀가 말했다. "사람들은 스스로 준비됐다고 생각하면 정착지를 떠나요. 그러고는 최선을 다해 살아가죠. 이곳에서 자급자족하며 살아남는 사람은 지구에서도 살아남을 수 있어요. 그래서 사람들이 정착지를 떠나도 막지 않은 거예요. 아무도 그 사람들을 뒤쫓지 않은 이유가 바로 그거예요."

"뒤쫓지 않는지 어떤지는 모를 일이죠." 게이브리얼이 말했다.

"아무도 우릴 쫓아오지 않잖아요."

"그것도 모르기는 마찬가지고요."

"이미 다 알면서 도대체 언제 인정할 작정이죠?"

게이브리얼은 말이 없었다. 그는 초조한 표정으로 강 상류를 물끄러미 바라봤다.

"게이브, 나더러 왜 같이 가자고 했죠? 왜 굳이 사사로운 고집을 부려가면서 나를 여기까지 데려온 거예요?"

"그런 게 아니에요. 난 그냥⋯."

"거짓말쟁이."

게이브리얼은 일그러진 표정으로 릴리스를 쏘아봤다. "난 그냥, 당신이 오안칼리들한테서 벗어날 자격이 있다고 생각했을 뿐이에요 … 당신이 그러고 싶다면요."

"내가 쓸모 있을 거라고 생각했잖아요! 내가 있으면 이 바깥에서도 더 잘 먹고 더 편하게 살 수 있을 거라고 생각했겠죠. 당신은 나를 생각해서 그렇게 한 게 아니에요, 스스로를 챙길 생각에 그런 거죠. 그리고 그렇게 될 수도 있었어요." 릴리스는 주위의 다른 사람들을 둘러봤다. "하지만 이젠 아니에요. 다 같이 둘러앉아 내가 배신자 노릇을 하길 기다리는 한은, 그렇게 되지 않을 거예요." 그녀는 한숨을 쉬고 말을 이었다. "자, 출발합시다."

"잠깐만요." 사람들이 하나둘 일어서는 사이에 앨리슨이 말했다. "당신은 지금도 여기가 우주선 안이라고 생각하죠, 그렇죠?" 그녀가 릴리스에게 던진 질문이었다.

릴리스는 고개를 끄덕였다. "우린 지금 우주선 안에 있어요."

"그렇게 생각하는 사람이 이 중에 또 있나요?" 앨리슨이 물었다.

침묵이 흘렀다.

"지금 우리가 있는 곳이 어딘지는 모르겠어요." 리아가 말했다. "이 모든 게 어떻게 우주선 안에 존재할 수 있는지도 잘 모르겠고요. 하지만 뭐든 간에, 어디든 간에, 우리가 앞으로 탐험해서 알아낼 거예요. 이제 곧 알게 될 거예요."

"하지만 이 사람은 이미 안다잖아요." 앨리슨은 꿋꿋이 말했다. "뭐가 진짜든 간에 릴리스는 여기가 우주선이란 걸 이미 안다잖아요.

그런 사람이 여기서 뭘 하고 있는 거죠?"

릴리스가 대답하려 했지만 조지프가 더 빨랐다. "릴리스가 여기 있는 건 내가 그러길 바라기 때문이에요. 이곳을 탐험하고 싶은 마음은 나도 당신들하고 똑같이 간절하거든요. 그래서 난 이 사람이 나랑 같이 있으면 좋겠어요."

릴리스는 방금 전 나무 뒤에서 나왔을 때 모두의 시선과 모두의 침묵을 모른 척했으면 좋았을 텐데 하고 생각했다. 그리고 모두의 의심도.

"그게 다예요?" 게이브리얼이 물었다. "당신은 그저 조지프가 와 달라고 해서 온 건가요?"

"그래요." 릴리스의 목소리는 부드러웠다.

"안 그랬으면 오안칼리들하고 쭉 같이 있었겠군요?"

"정착지에 머물렀겠죠. 아무튼, 난 내가 이 바깥에서도 살 수 있다는 걸 알아요. 만약 마지막 시험 같은 게 있다고 해도 난 내 몫의 시험을 이미 통과했어요."

"그런데 오안칼리들이 점수는 몇 점이나 주던가요?" 이는 아마도 게이브리얼이 릴리스에게 던진 가장 솔직한 질문 같았다. 그리고 적대심과 의심과 경멸이 가득한 질문이기도 했다.

"그 시험에는 합격 아니면 불합격밖에 없었어요, 게이브. 생사가 걸린 시험이었으니까요." 릴리스는 돌아서서 강 상류 쪽을 향해 걸음을 옮기며 몸소 길을 텄다. 잠시 후, 다른 이들이 뒤에서 따라오는 소리가 들렸다.

5

강 상류는 섬에서 가장 오래된 지역이자 거대한 고목나무가 엄청나게 많은 곳이었는데 그중에는 널따란 판근을 지닌 나무가 많았다. 그 일대는 한때 본토와 이어진 땅이었다. 그러다가 강의 경로가 바뀌어 연결부가 물에 잠기면서 처음에는 반도가 되었다가, 다시 섬으로 변했다. 원래대로라면 그렇게 됐어야 했다. 그게 오안칼리들이 인간에게 부여한 환각이었으니까. 아니면 환각이라는 생각 자체가 환각이었을까?

걷는 동안 릴리스는 의심스러운 순간이 점점 더 자주 찾아온다는 사실을 깨달았다. 이 일대의 강기슭을 따라 걷기는 이번이 처음이었다. 오안칼리들과 마찬가지로 그녀도 길을 잃을까 봐 걱정한 적은 없었다. 니칸지와 함께 섬 안쪽을 몇 차례 돌아본 적이 있었거니와, 초록빛 잎이 우거진 수관 부분을 올려다보면 이곳이 거대한 방 안이라는 것을 믿기가 더 쉬워졌다.

그러나 강은 너무나 넓어 보였다. 일행이 강기슭을 따라 걷는 동안 맞은편 기슭의 풍경은 차츰 변해갔다. 아까보다 더 가까워 보일 때도 있었고, 이쪽 숲은 원래보다 더 빽빽해 보이는가 하면, 저쪽 지형은 더 깊이 침식된 것처럼 보였으며, 수면에 비친 풍경 속에는 야트막한 절벽부터 강기슭으로 평탄하게 이어지는 범람원까지 다양한 지형들이 거의 흠잡을 데 없이 자연스럽게 어우러졌다. 나무 한 그루 한 그루의 모양도 구별이 갔다. 적어도 우듬지 부분, 즉 수관 부분 위쪽으로 높다랗게 솟은 나무 꼭대기는 분간이 갔다.

"여기서 하룻밤 묵고 가야겠어요." 기울어 가는 해를 보고 날이 곧 저물겠다고 생각한 릴리스가 말했다. "우선 여기서 야영하면서 내일부터 배를 만들어야 해요."

"전에 여기 와본 적 있어요?" 조지프가 물었다.

"아뇨. 하지만 이 근처까지는 와봤어요. 이대로 계속 나아가면 강 건너편 기슭에 점점 더 가까워져요. 지붕을 세울 수 있을지 한번 보죠. 비가 또 올 테니까요."

"잠깐만요." 게이브리얼이 말했다.

릴리스는 게이브리얼을 돌아보고 무슨 일이 벌어질지 알아차렸다. 자신도 모르게 그만 우두머리 행세를 하는 버릇이 나오고 만 것이었다. 이제 방금 한 짓에 대한 평가를 들어야 했다.

"우리한테 이래라저래라 할 사람이 필요해서 당신한테 같이 가자고 한 게 아니에요." 게이브리얼이 말했다. "이제 우린 감방에 갇힌 신세가 아니에요. 당신한테 명령을 받을 처지가 아니라고요."

"당신들이 나랑 같이 가려고 하는 건 당신들은 모르는 지식을 나는 알기 때문이잖아요. 이제 어쩔 거예요? 밤이 깊을 때까지 계속 걷다가 쉴 곳을 만들 건가요? 아니면 오늘 밤에 진흙탕에서 잘 거예요? 그다음엔 혹시 강폭이 넓디넓은 곳을 골라 맞은편 기슭으로 건너갈 건가요?"

"난 다른 사람들을 찾아보고 싶어요. 자유롭게 다니는 사람들이 아직 남아 있다면요."

릴리스는 놀라서 잠시 말을 잇지 못했다. "그런데 만약 그 사람들이 한데 모여서 지낸다면." 릴리스의 입에서 한숨이 나왔다. "여기 있는 다른 사람들도 거기에 합류하고 싶은 건가요?"

"난 오안칼리들에게서 되도록 멀리 떨어지고 싶어요." 테이트가 말했다. "그자들이 나를 만질 때의 느낌을 머릿속에서 지워버리고 싶다고요."

릴리스는 손을 뻗어 강 건너편을 가리켰다. "저기 있는 게 무슨 환각이 아니라 땅이 맞다면, 바로 저기가 당신들의 목적지예요. 적어도 맨 처음 도착해야 할 목적지라고 할 수 있죠."

"우린 다른 사람들부터 먼저 찾아야 해요!" 게이브리얼이 고집을 부렸다.

릴리스는 흥미로워하며 게이브리얼을 바라봤다. 그는 이제 내숭을 떨 생각이 없었다. 아마도 그는 머릿속으로 릴리스와 권력 다툼 비슷한 것을 벌이는 모양이었다. 그는 우두머리가 되고 싶었고, 그녀는 그럴 생각이 없었다. 다만 그녀는 그렇게 해야만 했다. 그가 우두머리가 되면 사람들을 죽을 곳으로 이끌 것이 뻔했다.

"지금 쉴 곳을 지으면 내가 내일 다른 사람들을 찾아볼 여유가 생길 거예요. 그 사람들이 혹시 이 근처에 있다면요." 반박당할 게 뻔했기에 릴리스는 한 손을 들어 미리 상대의 말문을 막았다. "한 명이든 다 함께든 상관없으니까, 나를 감시하고 싶으면 내가 사람들을 찾아보러 갈 때 같이 따라와도 좋아요. 난 단지 길을 잃고 싶어도 잃지 않을 뿐이니까요. 만약 내가 혼자 길을 나선 후에 당신들이 이곳에서 꼼짝 않고 기다린다면, 난 거뜬히 이곳으로 다시 돌아올 거예요. 만약 우리 모두 함께 돌아다닌다면 내가 당신들을 데리고 이곳으로 돌아올 테고요. 어쨌거나 먼저 떠난 사람들은 일부든 모두든 이미 강을 건넜을지도 몰라요. 시간은 충분히 있었으니까요.”

사람들은 그 말에 수긍한 듯 고개를 주억거렸다.

“야영지는 어디다 차리죠?” 앨리슨이 물었다.

“그러기엔 아직 너무 일러요.” 리아가 반박했다.

“내가 보기엔 안 이른데.” 레이가 말했다. “모기가 난리인 데다 발도 아파서, 난 당장이라도 여기서 쉬고 싶어요.”

“오늘 밤엔 모기가 더 극성을 부릴 거예요.” 릴리스가 레이에게 말했다. “울로이 곁에서 자는 건 어떤 모기 기피제보다 더 효과가 좋거든요. 오늘 밤엔 아마 모기들이 우릴 산 채로 뜯어 먹으려고 할 거예요.”

“그 정도는 참을 수 있어요.” 테이트가 말했다.

테이트는 카가야트가 그렇게나 싫었을까? 릴리스는 궁금했다. 아니면 테이트는 그때가 슬슬 그리워진 나머지 스스로의 감정에 지지 않으려고 그렇게 말했을 뿐일까?

“여길 치우면 되겠어요.” 릴리스가 큰 소리로 말했다. “그쪽에 있는 어린 나무 두 그루는 베지 마세요. 잠깐만요.” 그녀는 두 나무 모두 혹시 사람을 무는 개미들의 집이 아닌지 확인했다. “그래요, 괜찮겠네요. 높이가 이만하거나 조금 더 큰 나무를 찾아 베어 오세요. 그리고 땅 위로 자란 나무뿌리도 잘라 와요. 밧줄로 쓸 거니까 가느다란 걸로요. 그리고 다치지 않게 조심하세요. 혹시라도 뭐에 쏘이거나 물려도… 여기엔 우릴 구해줄 존재가 없어요. 자칫 죽을 수도 있다는 말이에요. 그리고 이곳이 안 보일 정도로 멀리까지는 가지 마세요. 금세 길을 잃을지도 모르니까요.”

“하지만 당신은 능력이 워낙 출중해서 길을 잃지 않는 거군요.” 게이브리얼이 말했다.

“그건 능력 같은 거하곤 상관없어요. 난 기억이 사진처럼 선명한 데다 숲에 익숙해질 시간도 더 길었을 뿐이에요.” 릴리스는 자신이 어쩌다 사진처럼 선명한 기억력을 갖게 됐는지 아무에게도 털어놓지 않았다. 오안칼리에 의해 바뀐 점을 얘기할 때마다 그녀에 대한 사람들의 신뢰가 조금씩 깎여나갔기 때문이었다.

“능력이 너무 출중해도 믿기가 힘들죠.” 게이브리얼의 목소리는 부드러웠다.

그들 일행은 눈에 띄는 장소 가운데 가장 높은 땅을 골라 쉼터를 지었다. 적어도 며칠은 사용할 거라 생각하며 지은 구조물이었다. 쉼터에 벽은 없었다. 그저 지붕을 얹은 뼈대에 지나지 않았다. 사람들은 그 지붕에 해먹을 매달거나 지붕 밑의 땅바닥에 나뭇잎과 나뭇가지로 만든 매트리스를 깔고 그 위에 요를 깔았다. 쉼터의 넓이는 사람들이 비를 피하려고 다 함께 들어와 있으면 꽉 차는 정도였다. 지붕은 누군가 챙겨 온 방수포로 덮었다. 그런 다음 지붕 밑의 땅바닥을 나뭇가지로 쓸어 나뭇잎과 잔가지, 버섯 따위를 깨끗이 치웠다.

레이는 리아가 챙겨 온 활송곳을 사용해 가까스로 불을 피웠지만,

끝난 후에 다시는 불 피우기를 하지 않겠노라 맹세하며 말했다. "너무 힘들어요."

리아에게는 텃밭에서 따 온 옥수수가 있었다. 일행이 그 옥수수에 릴리스가 가져온 참마를 조금 곁들여 구워 먹었을 무렵에는 사방이 캄캄했다. 그들은 마지막 남은 종자빵나무 씨앗도 함께 먹었다. 식사는 성에 차지는 않아도 든든하기는 했다.

"내일은 낚시를 할 거예요." 릴리스는 일행들에게 말했다.

"안전핀도, 실도, 막대기도 없는데요?" 레이가 말했다.

릴리스는 빙그레 웃었다. "그 정도면 다행이게요. 오안칼리들은 나한테 생물을 죽이는 법은 가르쳐 주려고 하지 않았어요. 그래서 내가 잡은 거라곤 작은 개울 몇 군데의 물가로 떠내려온 물고기가 고작이었죠. 난 가늘고 곧은 어린 나무의 줄기를 잘라 한쪽 끄트머리를 날카롭게 다듬었고, 다시 불을 쪼여 단단하게 만든 다음 그걸로 고기를 꿰어 잡는 법을 혼자 연습했어요. 실제로도 성공했고요. 그 막대기를 창으로 삼아 몇 마리나 잡았죠."

"활이랑 화살은 써본 적 없어요?" 레이가 물었다.

"예. 난 창 다루는 솜씨가 더 좋았거든요."

"나도 그 방법을 한번 써볼게요." 레이가 말했다. "아니면 아예 밀림 방식으로 안전핀하고 실로 낚싯대를 만들어 볼 수도 있고요. 내일 다른 일행들이 먼저 떠난 사람들을 찾는 동안 난 낚시하는 법을 연구할까 해요."

"우리 둘이 같이 할 거예요." 리아가 말했다.

레이는 빙긋 웃으며 리아의 손을 잡았다가… 거의 곧바로 손을 놔버렸다. 얼굴에서 웃음기가 사라지는 동안 그는 모닥불을 물끄러미 바라봤다. 리아는 캄캄한 숲 쪽으로 눈을 돌렸다.

릴리스는 굳은 표정으로 두 사람을 지켜봤다. 무슨 일일까? 그냥 둘 사이의 문제일까… 아니면 뭔가 다른 일이 있는 걸까?

갑자기 빗방울이 후드득 떨어졌고, 일행은 한데 모여 앉아 바깥의 어둠과 소음에 둘러싸인 채 비를 피했다. 비가 하도 거세게 퍼부은 탓에 벌레들마저 쉼터에서 함께 비를 피하며 인간을 물었고, 가끔은 저녁 준비를 마치고 나서 빛을 밝히고 아늑한 분위기를 내려고 다시 피워놓은 모닥불에 날아드는 놈들도 있었다.

릴리스는 대들보 두 개에 해먹을 묶고 그 위에 누웠다. 조지프도 그녀 가까이에 자기 해먹을 걸었다. 둘 사이의 간격은 누가 와서 눕지 못할 만큼 좁았다. 그러나 조지프는 릴리스의 몸을 만지지 않았다. 사생활이 보장되지 않는 공간이기 때문이었다. 릴리스는 그곳에서 사랑을 나눌 거라고는 기대하지 않았다. 그러나 일부러 자신을 만지지 않으려 하는 조지프의 배려가 마음에 걸렸다. 그녀는 손을 뻗어 그의 얼굴을 건드려 자신 쪽을 돌아보게 했다.

그러나 돌아보기는커녕, 조지프는 몸을 피했다. 그보다 더 끔찍한 사실은 만약 그가 몸을 피하지 않았다면 릴리스가 피했으리라는 것이었다. 그의 살갗은 어째선지 닿으면 안 될 듯한 느낌이 났다. 묘하게 역한 느낌이었다. 그들 사이에 니칸지가 끼기 전에는 그가 다가올 때 이런 느낌이었던 적이 한 번도 없었다. 원래 조지프의 손길은 단순히 반가운 정도가 아니었다. 그는 아주 오래 이어진 가뭄 끝의 홍수였다. 그랬는데 니칸지가 끼어들어 눌러앉았다. 그것이 두 사람과 함께 빚은 강력한 삼중 결합은 오안칼리식 삶의 방식에서 가장 이질적인 특징이었다. 그 결합이 이제는 그들의 인간적인 삶의 방식에도 없어서는 안 될 특징이 된 걸까? 만약 그렇다면, 그들은 이제 어떻게 해야 할까? 시간이 흐르면 그것의 효과가 사라질까?

번식에서 제 몫을 다하고자 하는 울로이는 암컷과 수컷이 한 쌍 필요했지만, 그 둘이 쌍방향 접촉을 반드시 해야 하는 것은 아니었고 울로이 또한 이를 바라지 않았다. 오안칼리 암컷과 수컷은 성적 목적을 띠고 서로를 만지는 일이 결코 없었다. 그들은 그래도 아무렇지 않았다. 다만 인간에게는 아마도 통하지 않을 방법인 듯싶었다.

릴리스는 손을 뻗어 조지프의 손을 잡았다. 그는 반사적으로 손을 빼려다가, 뭔가 이상한 낌새를 챈 모양이었다. 그는 오랫동안, 점점 더 커지는 불편함을 무릅쓰고 오랫동안 그녀의 손을 잡았다. 마침내 손을 당겨 뺀 쪽은 그녀였다. 혐오감과 안도감으로 몸을 덜덜 떨면서.

6

이튿날 아침, 동트기가 무섭게 커트가 이끄는 무리가 쉼터를 찾아냈다.

릴리스는 뭔가 잘못된 낌새를 채고 부스스 일어났다. 그러고는 해먹에 엉거주춤 앉아 땅바닥에 발을 디뎠다. 조지프 근처에 빅터와 그레고리가 보였다. 릴리스는 그들 쪽을 돌아보며 안도했다. 이제 먼저 떠난 사람들을 찾아 나설 필요가 없기 때문이었다. 다 함께 부지런히 배나 뗏목을 지어 강을 건너면 그만이었다. 그러면 강 건너편이 숲인지 아니면 환각인지 모두가 확실히 알 터였다.

릴리스는 또 누가 도착했는지 보려고 주위를 두리번거렸다. 그 순간 커트가 그녀의 눈에 들어왔다.

다음 순간, 커트는 손에 든 커다란 벌목용 칼의 칼등 부분으로 릴리스의 관자놀이를 후려쳤다.

릴리스는 머릿속이 하얘진 채 땅바닥에 떨어졌다. 가까이서 그녀의 이름을 부르는 조지프의 목소리가 들려왔다. 사람 몸을 때리는 소리가 몇 차례 더 들렸다.

게이브리얼이 욕을 지껄이는 소리, 앨리슨이 지르는 비명 소리가 귓가를 스쳤다.

릴리스는 필사적으로 일어서려 했고, 그러는 사이에 누군가 그녀를 또 후려쳤다. 이번에는 그녀도 의식을 잃고 말았다.

릴리스는 고통 속에서 홀로 눈을 떴다. 그녀는 자신이 힘을 보태어 세운 조그마한 쉼터에 혼자 있었다.

지끈거리는 머리의 통증을 있는 힘껏 무시하며 릴리스는 일어섰다. 통증은 곧 멈출 터였다.

다들 어디에 간 걸까?

조지프는 어디 있을까? 다른 사람은 몰라도 그만은 릴리스를 버리지 않을 텐데.

그들이 조지프를 강제로 끌고 갔을까? 만약 그랬다면, 어째서? 그 또한 릴리스처럼 부상당한 채로 버려졌을까?

쉼터에서 걸어 나온 릴리스는 주위를 둘러봤다. 아무도 없었다. 아무것도.

릴리스는 사람들이 어디로 갔을지 추측할 단서를 찾아봤다. 사냥감을 뒤쫓는 기술 따위는 전혀 알지 못했지만, 진흙땅에 실제로 사람의 발자국이 남아 있었다. 그녀는 그 발자국을 따라 야영지를 나섰다. 그러다 끝내는 발자국도 사라져서 보이지 않았다.

앞쪽을 응시하며 릴리스는 일행들이 어디로 갔을지 필사적으로 추측했고, 그들을 찾으면 어떻게 할지도 궁리했다. 이 시점에 그녀의 진심 어린 소원은 오로지 무사히 잘 있는 조지프를 보는 것뿐이었다. 만약 그녀가 커트에게 맞는 광경을 목격했다면 조지프는 틀림없이 커트를 막아섰을 것이기 때문이었다.

조지프를 적대시하는 사람들이 있다던 니칸지의 말이 이제야 떠올랐다. 커트는 원래부터 조지프를 좋아하지 않았다. 전에 머물던 거대한 방이나 정착지에서는 그 둘 사이에 아무 일도 일어나지 않았다.

그러나 지금 무슨 일이 벌어진다면 어떻게 될까?

정착지로 돌아가 오안칼리들에게 도와달라고 부탁해야 했다. 릴리스는 지구일 수도 아닐 수도 있는 곳에서 인간이 아닌 존재들의 도움을 받아 같은 인간들에게 맞서야 했다.

그들은 어째서 릴리스가 사랑하는 조지프를 두고 가지 않았을까? 그들은 그녀의 벌목용 칼과 도끼와 바구니를 가져갔다. 해먹과 여분의 옷만 빼고 모조리 가져가 버렸다. 적어도 조지프는 쉼터에 남겨두고 그녀가 무사한지 살펴보게 해줄 수도 있었다. 그들이 허락만 했다면 조지프는 남아서 그렇게 했을 텐데.

릴리스는 다시 쉼터로 돌아가 옷과 해먹을 챙긴 다음, 강으로 흘러드는 작고 깨끗한 개울에서 목을 축이고 정착지 쪽을 향해 걸음을 옮겼다.

니칸지가 아직 여기에 있으면 얼마나 좋을까. 아마 그것은 인간들 몰래, 싸우지 않고 그들의 야영지를 염탐할 수 있을 텐데. 그러면 그곳에 있을지도 모르는 조지프를 자유롭게 풀어줄 텐데… 그런데 그는 과연 풀려나고 싶어 할까? 아니면 다른 인간들과 함께 머물며 릴리스가 늘 하라고 했던 일을 다 함께 하는 쪽을 택할까? *배워서 달아나요. 이 땅에서 살아가는 법을 배운 다음, 이 땅에서 몸을 감추는 거예요. 오안칼리들의 손이 닿지 않는 곳으로 가요. 인간답게 서로를 어루만지는 법을 다시 배워요.*

만약 이곳이 그들의 믿음대로 지구라면, 기회가 있을지도 몰랐다. 만약 이곳이 우주선 안이라면, 모든 것이 헛수고였다.

만약 이곳이 우주선 안이라면, 조지프는 분명 릴리스 곁으로 무사히 돌아올 터였다. 그러나 만약 이곳이 지구라면….

릴리스는 전날 닦아놓았던 길을 이용해 서둘러 걸어갔다.

뒤쪽에서 무슨 소리가 들려오자 릴리스는 황급히 돌아섰다. 울로이 몇이 강물에서 나와 강가에 빽빽하게 우거진 덤불을 헤치고 기슭으로 성큼성큼 올라왔다.

돌아서서 그것들에게 다가가는 사이에 릴리스는 니칸지와 카가야트를 알아봤다.

"사람들이 어디로 갔는지 알아?" 릴리스가 니칸지에게 물었다.

"알아요." 그것이 대답했다. 그러고는 한쪽 감각 팔로 그녀의 목을 감았다.

릴리스는 그 감각 팔에 손을 올려 단단히 고정시켰고, 그러는 사이 자신도 모르게 반가움을 느꼈다. "조지프는 무사해?"

그것이 대답하지 않자 릴리스는 더럭 겁이 났다. 그것은 그녀의 목에서 감각 팔을 푼 다음 그녀를 이끌고 숲속을 향해 빠르게 나아갔다. 다른 울로이들도 따라왔다. 모두 한마디도 하지 않았지만 목적지가 어디인지, 또 그곳에 도착하면 무엇을 보게 될지 모두 아는 기색이 또렷했다.

릴리스는 더 이상 아무것도 알고 싶지 않았다.

니칸지 곁에 바짝 붙어 걸은 덕분에 릴리스는 울로이들의 빠른 걸음에 쉽게 보조를 맞췄다. 그러다가 쓰러진 나무 근처에서 그것이 경고도 없이 멈춰 서는 바람에 하마터면 그것에게 부딪힐 뻔했다.

그 나무는 거대했다. 옆으로 누워 있는데도 기어 올라가야 할 만큼 굵다랬고, 표면이 썩어서 버섯으로 뒤덮여 있었다. 니칸지는 릴리스가 엄두도 못 낼 만큼 날렵하게 나무 위로 뛰어오르더니 다시 건너편으로 뛰어내렸다.

"잠깐만요." 릴리스가 나무줄기를 올라가기 시작하자 니칸지가 말했다. "거기 그냥 있어요." 그러고 나서 그것은 카가야트에게 정신을 집중했다. "여러분은 계속 가세요." 그것이 카가야트를 재촉했다. "여기서 저와 함께 기다리고 있으면 문제가 더 커질 수도 있어요."

카가야트를 비롯한 다른 울로이들은 꼼짝하지 않았다. 릴리스는 그들 가운데 커트의 울로이를 알아봤고, 앨리슨의 울로이도, 그리고 또….

"이제 이쪽으로 넘어와요, 릴리스."

릴리스는 나무줄기 위로 올라가 반대편으로 뛰어내렸다. 그런데 거기에 조지프가 있었다.

도끼로 공격당한 모습으로.

릴리스는 할 말을 잃고 멍하니 보다가 조지프에게 달려갔다. 그는 한 번만 공격당한 것이 아니었다. 머리와 목에 내려찍힌 자국이 여러 군데 나 있었다. 머리는 몸에서 거의 분리된 상태였다. 몸은 이미 차게 식어 있었다.

조지프에게 이 정도의 증오심을 품을 만한 사람은…. "커트야?" 릴리스는 니칸지에게 따지듯 물었다. "커트가 한 짓이야?"

"우리 때문이에요." 니칸지의 목소리는 몹시도 부드러웠다.

잠시 후, 릴리스는 끔찍한 시체에게서 간신히 눈을 돌려 니칸지를 마주 봤다. "뭐라고?"

"우리 때문이에요." 니칸지가 되뇌었다. "당신과 나, 우리가 조지프를 무사히 지키고 싶어서 한 일 때문이에요. 그들에게 끌려갈 때 그는 가벼운 부상을 입은 상태였어요. 당신을 지키려고 싸우다가 다쳤죠. 그런데 그의 부상이 치유됐어요. 커트는 그의 살이 아무는 걸 목격했고요. 그는 조지프가 인간이 아니라고 생각했어요."

"왜 안 구해줬어!" 릴리스가 외쳤다. 그러고는 울음을 터뜨렸다. 그녀는 다시 돌아서서 조지프의 처참한 상처를 봤고, 그러는 동안 자신이 어떻게 그의 갈가리 찢긴 주검을 똑바로 볼 수 있는지 이해가 가지 않았다. 그녀는 그의 유언을 듣지 못했고, 그의 곁에서 싸운 기억도 없었고, 그를 지켜줄 기회도 갖지 못했다. 남아 있는 마지막 기억은 너무나 인간적인 그녀의 손길을 피해 흠칫 몸을 빼는 그의 모습이었다.

"이 사람보다는 내가 더 인간 같지 않은데." 릴리스는 나직이 중얼거렸다. "커트는 왜 나를 죽이지 않았을까?"

"누굴 죽일 작정은 아니었을 거예요." 니칸지가 말했다. "그는 화가 났고, 두려워했고, 고통에 시달렸어요. 그가 당신을 때린 후에 조지프가 그에게 부상을 입혔거든요. 그런데 그는 조지프의 몸이 치유되는 걸 봤어요. 조지프의 살이 저절로 아무는 광경을 눈앞에서 본 거예요. 놀라서 비명을 지르더군요. 인간이 그런 비명을 지르는 건 처음 봤어요. 그러더니 그가… 도끼를 휘둘렀어요."

"넌 왜 구해주지 않았어?" 릴리스가 따지듯 물었다. "뭐든 다 보고 뭐든 다 들을 수 있다면서, 그런데 왜…."

"이 근처에는 우리가 사용하는 출입구가 없어요."

릴리스는 분노와 절망이 담긴 신음 소리를 냈다.

"그리고 커트에게서 살인을 저지를 조짐은 보이지 않았어요. 그는 거의 모든 일에서 당신을 비난했지만, 당신을 죽이지는 않았어요. 여기서 벌어진 일은… 철저히 우발적이었어요."

릴리스는 더 들으려 하지 않았다. 그녀는 니칸지가 하는 말이 이해가 가지 않았다. 조지프는 죽었다. 커트의 손에 토막이 나서. 전부 일종의 오해 때문이었다. 미칠 노릇이 아닌가!

릴리스는 시체 옆의 땅바닥에 앉아 처음에는 어찌 된 일인지 파악하려 애쓰다가, 나중에는 다 그만둬 버렸다. 아무 생각도 하지 않았고, 더는 울지도 않았다. 벌레들이 그녀의 몸 위로 기어 올라가자 니칸지가 손으로 쓸어 쫓아냈다. 그녀는 그것의 기척을 알아차리지도 못했다.

얼마 후 니칸지가 릴리스를 일으켜 세웠다. 그것에게 그녀의 몸무게쯤은 아무런 부담도 되지 않았다. 그녀는 그것을 밀어내고 혼자 있으려 했다. 그것이 조지프를 구해주지 않았기 때문이었다. 이제 그녀는 그것에게서 아무것도 바라지 않았다. 다만 실제로는 그것의 손에 잡힌 채 버둥거릴 뿐이었다.

그것이 손을 놔주자 릴리스는 다시 조지프 쪽으로 비틀비틀 걸어갔다. 커트는 조지프를 무슨 짐승의 주검처럼 내버려둔 채 이곳을 떠났다. 조지프를 묻어줘야 했다.

니칸지가 다시 곁에 다가왔다. 아마도 릴리스의 머릿속을 읽은 모양이었다. "나중에 돌아가는 길에 이 사람을 데려가 지구로 보내줄 까요? 자기 고향 행성의 일부가 되어 끝을 맞게끔요."

조지프를 지구에 묻어준다고? 그의 육신이 새 출발을 하는 그 별 의 일부가 되도록? "그래." 릴리스는 나직이 중얼거렸다.

그것은 한쪽 감각 팔로 마치 떠보듯이 릴리스를 건드렸다. 그녀는 그것을 노려봤다. 혼자 있고 싶은 마음이 간절했다.

"안 돼요!" 그것의 목소리는 부드러웠다. "안 돼, 난 이미 한 번 당 신을 혼자 뒀어요. 당신들 둘만 내버려둔 거죠, 그렇게 하면 서로 돌 볼 줄 알았으니까요. 이제는 당신을 혼자 놔두지 않을 거예요."

릴리스는 심호흡을 한 다음, 목을 감아 오는 감각 팔의 익숙한 느 낌을 받아들였다. "약물은 쓰지 마. 적어도 내가… 내가 그 사람을 떠올리며 느끼는 감정은 건드리지 말고 놔둬."

"나는 공유하고 싶어요. 억누르거나 왜곡하지 않은 채로."

"공유한다고? 지금 내가 느끼는 감정을 공유하겠다고?"

"예."

"왜?"

"릴리스…." 그것이 걷기 시작하자 릴리스도 저절로 그것과 나란 히 걸었다. 다른 울로이들은 말없이 그들 앞에서 걸어갔다. "릴리스, 조지프는 나의 것이기도 했어요. 당신이 그를 내게 데려왔으니까요."

"네가 그 사람을 나한테 데려왔잖아."

"당신이 그를 거절했다면 난 그를 만지지 않았을 거예요."

"차라리 내가 거절했더라면. 그랬으면 지금 살아 있을 텐데."

니칸지는 말이 없었다.

"네가 느끼는 감정을 나한테 공유해 줘." 릴리스가 말했다.

그것은 놀랍도록 인간 같은 손짓으로 릴리스의 얼굴을 만졌다. "우선 당신의 왼쪽 힘쓰는 손의 열여섯째 손가락을 움직여 봐요." 그것의 목소리는 부드러웠다. 이 또한 오안칼리식 전지성全知性의 한 가지 사례였다. 우리는 당신의 감정을 이해하고, 당신이 먹는 음식을 먹고, 당신의 유전자를 조작할 수 있어요. 하지만 우리는 너무 복잡해서 당신이 이해하기는 무리죠.

"내가 알아먹게 표현해 봐!" 릴리스는 따지듯 말했다. "거래하자고! 넌 입만 열면 거래 얘기만 하잖아. 나한테 너 자신만의 것을 달란 말이야!"

다른 울로이들이 뒤로 돌아 이쪽을 빤히 보자 니칸지의 머리와 몸통에 난 촉수들이 저절로 뭉쳐져 부정적 정서를 뜻하는 덩어리로 변했다. 부끄러움일까? 아니면 분노? 릴리스는 어느 쪽이든 상관없었다. 그것이 조지프를 향한 릴리스의 감정에 기생하며 아무 부담도 느끼지 않게끔 배려할 이유가 뭐란 말인가? 딱히 조지프만이 아니라 어떤 것에 대한 감정이라도 마찬가지 아닌가? 그것은 인체 실험의 준비 과정을 거들었다. 그리고 거기 참여한 인간들 가운데 한 명이 목숨을 잃었다. 그것은 어떤 기분을 느꼈을까? 귀한 실험체를 더 조심스럽게 다루지 못했다는 죄책감? 아니, 그 실험체들이 귀하기는 할까?

녀칸지는 릴리스의 목덜미를 감각 손으로 눌렀다. 넌지시 보내는 신호 같은 압박이었다. 그렇다면 뭔가 줄 거라는 뜻이었다. 둘은 상호 합의하에 걸음을 멈추고 서로 마주 봤다.

그것이 릴리스에게 준 것은… 새로운 색깔이었다. 완전히 이질적이고 독특해서 이름 붙일 수 없는 것, 절반은 눈으로 보고 절반은 몸으로 느끼거나… 맛봐야 하는 것이었다. 뭔가 두렵지만 한편으로 압도적이고 강렬한 것이 이글이글 타올랐다.

그러다가 꺼져버렸다.

절반만 밝혀진 수수께끼는 아름답고 복잡했다. 심오한, 터무니없이 관능적인 약속이었다.

그런데 깨져버렸다.

사라졌다.

죽었다.

주위를 둘러싼 숲이 시야에 다시 천천히 나타나자 릴리스는 자신이 여전히 니칸지와 함께 서 있다는 사실을 깨달았다. 둘은 서로 마주 보고 있었고 릴리스의 등 뒤로 다른 울로이들이 기다리고 있었다.

"내가 당신에게 줄 수 있는 건 그게 다예요." 니칸지가 말했다. "그게 내가 느끼는 감정이에요. 인간의 언어 가운데 그걸 표현할 말이 있는지 어떤지조차 모르겠군요."

"아마 없을걸." 릴리스는 나직이 중얼거렸다. 잠시 후, 그녀는 그것을 안아줬다. 서늘한 회색 살에서도 조금은 위안이 느껴졌다. 슬픔은 똑같이 슬픔이구나. 그녀는 속으로 생각했다. 그것은 고통과 상실과 절망이었다. 마땅히 계속돼야 했던 것의 갑작스러운 종결이었다.

이제 릴리스는 더 기꺼워진 마음으로 니칸지와 나란히 걸었고, 다른 울로이들도 이제는 앞이나 뒤에서 따로 가는 식으로 그 둘을 따돌리지 않았다.

7

커트 일행이 야영지에 세운 쉼터는 릴리스 일행의 것보다 더 컸지만, 만듦새는 그만큼 튼튼하지 않았다. 지붕은 수북이 쌓인 야자수 이파리였다. 촘촘하게 엮어 이엉을 짠 것이 아니라 이파리의 방향을 바꿔가며 한 장 한 장 겹쳐놓았을 뿐이었다. 비가 샐 게 뻔했다. 벽은 있었지만 바닥이 없었다. 구조물 안에 불을 피워놓아 덥고 연기가 매캐했다. 거기 있는 사람들도 그렇게 보였다. 더워 보였고, 연기를 쐬어 거뭇해 보였고, 꾀죄죄했으며, 화가 나 보였다.

그들은 도끼와 벌목용 칼, 몽둥이 따위를 들고 쉼터 바깥에 모여 서서 울로이 무리에 맞섰다. 릴리스는 자신도 모르는 사이에 외계인들과 나란히 서서 적대적이고 위험한 인간들을 마주하고 있었다.

릴리스는 뒤로 물러났다. "난 저 사람들하곤 못 싸워." 그녀가 니칸지에게 말했다. "그래, 커트하고는 싸우겠지만, 다른 사람들은 안 돼."

"저들이 공격하면 싸우는 수밖에 없을걸요." 니칸지가 말했다. "하지만 당신은 물러나 있어요. 우리는 저들에게 강력한 약물을 주입할 거예요. 비록 저들이 무기를 들기는 했지만, 죽이지 않고 진압하는 방식으로 싸워야 하니까요. 위험한 싸움이 될 거예요."

"그 이상 가까이 오지 마!" 커트가 외쳤다.

오안칼리들이 멈춰 섰다.

"여긴 인간의 땅이야!" 커트의 말이 이어졌다. "당신과 당신의 짐승들은 들어올 수 없는 곳이라고.” 그는 금방이라도 휘두를 것처럼 도끼를 쳐들고 릴리스를 응시했다.

릴리스도 지지 않고 마주 노려봤다. 그녀는 도끼가 무서웠지만, 그래도 커트를 잡고 싶었다. 그를 죽이고 싶었다. 그의 손에서 도끼를 빼앗고 자신의 맨손으로 죽을 때까지 두들겨 패고 싶었다. 이 자리에서 숨이 끊어져 그가 조지프를 버려뒀던 이 낯선 땅에서 썩어가게 해주고 싶었다.

“아무것도 하지 마요.” 니칸지가 릴리스에게 나직이 말했다. “커트는 지구에 갈 희망을 모조리 잃었어요. 셀린도 잃었고요. 셀린은 커트 없이 지구로 보내질 거예요. 그래서 그는 정신적으로도 정서적으로도 자유롭지 않아요. 그러니까 우리한테 맡겨요.”

릴리스는 처음에는 그 말이 무슨 뜻인지 이해가 가지 않았다. 말 그대로 그것이 하는 말 자체를 파악하지 못했다. 그녀의 세상에는 죽은 조지프와, 가당찮게 살아 있는 커트뿐이었다.

니칸지가 릴리스를 붙잡고 한참 동안 놔주지 않자 그녀는 어쩔 수 없이 그것마저 자기 세상의 일부로 받아들였다. 그것은 그녀가 자신을 보고 있다는 것을 알아차렸다. 그리고 그녀가 단지 커트를 향해 달려가려고 버둥거리는 것이 아니라 자신에게서 벗어나려고 버둥거린다는 것을 깨닫고 나서, 그것은 그녀가 자신의 말을 들을 때까지, 그 말이 그녀의 머릿속에 스며들 때까지, 그래서 그녀가 얌전해질 때까지 같은 말을 반복했다. 그녀에게 약물을 주입하려는 시도는 결코 하지 않았고 그녀를 놔주려고도 하지 않았다.

한편 거기서 한쪽으로 조금 떨어진 곳에서는 카가야트가 테이트에게 말을 거는 중이었다. 테이트는 그것에게서 멀찍이 떨어진 곳에 벌목용 칼을 들고 서 있었고, 바로 곁에는 도끼를 든 게이브리얼이 서 있었다. 테이트에게 릴리스를 버리라고 설득한 사람은 게이브리얼이었다. 분명 그랬을 터였다. 그렇다면 리아는 무엇에 설득됐을까? 현실적으로 생각하라는 말에? 아니면 릴리스처럼 따돌림당한 끝에 혼자 버려질까 봐 두려웠을까?

릴리스는 리아를 발견하고 그녀를 물끄러미 보며 머릿속으로 궁리했다. 그러다 이내 눈길을 돌렸다. 그녀의 관심은 다시 테이트에게로 향했다.

"저리 가요." 테이트는 평소와 다른 목소리로 애원했다. "우린 당신들 필요 없어요! 난 당신들이 싫다고요! 우릴 그냥 놔둬요!" 그녀의 목소리는 금방이라도 울음으로 바뀔 것만 같았다. 사실, 뺨에는 이미 눈물이 흘러내렸다.

"나는 당신에게 거짓말을 한 적이 없어요." 카가야트가 테이트에게 말했다. "만약 당신이 끝내 그 벌목용 칼로 누구를 다치게 한다면, 당신은 지구를 잃게 될 거예요. 고향 행성을 다시는 못 보는 거예요. 심지어 이곳에서도 당신은 머물 곳을 얻지 못할 거예요." 그것은 테이트 쪽으로 다가갔다. "이러지 마요, 테이트. 우리는 당신이 가장 간절히 원하는 걸 주려고 이러는 거예요. 자유와 돌아갈 고향을요."

"그런 건 여기에도 있어." 게이브리얼이 말했다.

커트가 와서 거들었다. "너희한테선 아무것도 더 바라지 않아!"

그가 외쳤다.

뒤에 있던 다른 사람들도 목청껏 동의했다.

"당신들은 여기 있으면 굶주릴 거예요." 카가야트가 말했다. "여기 온 지 얼마 안 됐는데도 식량을 구하느라 애먹었잖아요. 이 일대에는 먹을 게 부족해요. 그나마 있는 것도 어떻게 활용해야 할지 당신들은 아직 모르죠." 카가야트는 모두에게 들리게끔 목소리를 높였다. "당신들이 떠나고자 했을 때 우리가 막지 않았던 건 그렇게 해야 이미 배운 기술을 실제로 활용할 수 있고, 릴리스에게서 더 많은 기술을 배울 수도 있을 거라 기대했기 때문이었어요. 우리는 당신들이 우리 곁을 떠난 후에 어떻게 행동할지 알았어야 했어요. 다칠지도 모른다는 생각은 했지만, 서로 죽일 거라는 예상은 못 했으니까요."

"우린 인간을 죽이지 않았어." 커트가 악을 썼다. "우리가 죽인 건 너희 짐승 가운데 한 마리야!"

"우리라고요?" 카가야트가 부드러운 목소리로 말했다. "누가 당신이 그를 죽이는 걸 도왔나요?"

커트는 대답하지 않았다.

"당신은 그를 때렸어요." 카가야트의 말이 이어졌다. "그러고는 그가 기절하자 도끼로 그를 죽였어요. 그건 당신 혼자서 한 일이에요. 그리고 그렇게 함으로써 당신은 스스로를 지구에서 영원토록 추방시켰어요." 그것은 다른 사람들을 향해 말했다. "여러분도 저 사람과 함께할 작정인가요? 이 훈련장에서 끌려 나가 토아트 가정에 배정되어, 남은 평생을 이 배에서 보내고 싶은가요?"

다른 사람들의 표정이 하나둘 변해갔다. 의심이 싹트거나 자라나는 중이었다.

앨리슨의 울로이가 그녀에게 다가갔다. 이로써 그것은 자신이 데리러 온 인간을 어루만진 첫 울로이가 됐다. 그것은 몹시 나직한 목소리로 말했다. 릴리스는 그것이 하는 말을 알아듣지 못했지만, 잠시 후 앨리슨이 한숨을 쉬더니 들고 있던 벌목용 칼을 그것에게 건넸다.

그것은 한쪽 감각 팔을 흔들어 칼을 사양하는 동시에 반대편 감각 팔을 앨리슨의 목에 감았다. 그러고는 릴리스와 니칸지가 나란히 서 있는 오안칼리 대열의 뒤편으로 그녀를 이끌었다. 릴리스는 앨리슨을 바라보며 그녀가 어떻게 자신을 배신할 수 있었는지 궁금해했다. 그저 두려웠기 때문일까? 커트가 겁을 주려고 작정했을 때 태연하게 버틸 사람은 거의 없었다. 그리고 이곳에서 커트는 손에 도끼를 들고 지냈고… 그 도끼를 한 남자에게 사용한 적도 있었다.

앨리슨은 릴리스와 눈이 마주쳤을 때 시선을 돌리더니, 이내 다시 릴리스를 마주 봤다. "미안해요." 그녀는 기어들어 가는 목소리로 말했다. "저 사람들을 따라가면 피를 보는 일은 피할 수 있을 줄 알았어요. 저 사람들이 시키는 대로 하면요. 우린… 미안해요."

릴리스는 고개를 돌렸다. 눈물이 차올라 또다시 눈앞이 뿌예졌다. 그녀는 조지프가 죽었다는 사실을 잠시나마 마음 한쪽에 가까스로 묻어뒀다. 그런데 앨리슨이 그 사실을 다시 일깨웠다.

카가야트가 테이트를 향해 한쪽 감각 팔을 내밀었지만 게이브리얼이 그녀를 잡아당겼다.

"여기서 당장 꺼지라고!" 게이브리얼이 거친 목소리로 외쳤다. 그러고는 테이트를 뒤쪽으로 세게 밀쳤다.

커트가 고함을 질렀다. 말이 되지 못한 분노의 함성이자 공격을 알리는 신호였다. 그가 카가야트를 향해 돌진하자 일행 몇 명이 공격에 합세했다. 그들은 저마다 무기를 들고 다른 울로이들에게 달려들었다.

니칸지는 릴리스를 앨리슨 쪽으로 밀고 나서 싸움에 뛰어들었다. 앨리슨의 울로이는 잠시 짬을 내어 오안칼리어로 빠르게 말했다. "이 사람을 싸움에 끌어들이지 마요!" 그러고는 자신도 싸움에 가담했다.

일이 너무나 급박하게 돌아가는 바람에 상황을 파악하기가 거의 불가능했다. 안전한 곳으로 피하고 싶은 마음이 무엇보다 간절해 보이는 테이트와 몇 안 되는 다른 인간들은 어느새 싸움의 한복판에 갇혀 있었다. 레이와 리아가 서로 부축하다시피 하며 비틀비틀 빠져나온 곳에서는 벌목용 칼을 휘두르는 인간 셋이 울로이 한 쌍을 금방이라도 내려찍을 것만 같았다. 릴리스는 리아가 피 흘리고 있다는 걸 퍼뜩 알아채고는 그녀를 위험에서 구하려고 달려갔다.

인간들은 함성을 질렀다. 울로이들은 아무 소리도 내지 않았다. 릴리스는 게이브리얼이 니칸지에게 휘두른 도끼가 아슬아슬하게 빗나가는 광경을 목격했고, 그가 다시 도끼를 치켜들어 이번에는 분명히 치명타가 될 일격을 날리려 하는 모습도 목격했다. 그때 카가야트가 뒤에서 그에게 약물을 주입했다.

게이브리얼은 조그맣게 헉 소리를 냈다. 비명을 내지를 힘조차 남지 않은 모양이었다. 그는 허물어지듯 쓰러졌다.

테이트가 비명을 지르며 게이브리얼을 붙잡고 그를 싸움판에서 끌어내려 했다. 이미 벌목용 칼을 떨어뜨린 그녀는 조금도 위험해 보이지 않았다.

커트는 그때껏 자신의 도끼를 놓치지 않았다. 그 덕분에 그는 멀리까지 치명적인 일격을 날릴 수 있었다. 무게가 적잖이 나가는 도끼였는데도 그가 마치 손도끼처럼 자유자재로 휘두른 탓에 어떤 울로이도 그것에 맞을까 봐 선뜻 앞으로 나서지 못했다.

다른 곳에서는 어떤 남자가 도끼를 휘둘러 울로이의 가슴 한쪽을 가까스로 베어 쫙 벌어진 상처를 남겼다. 그 울로이가 땅에 쓰러지자 남자는 확인 사살을 하려고 다가갔고, 벌목용 칼을 든 여자가 그에게 합세했다.

또 다른 울로이가 뒤쪽에서 나타나 그 둘에게 약물을 주입했다. 두 사람이 쓰러지는 사이에 앞서 부상당한 울로이가 몸을 일으켰다. 그것은 가슴에 생긴 부상을 무릅쓰고 릴리스 일행이 기다리는 곳으로 걸어왔다. 그러고는 땅에 철퍼덕 주저앉았다.

릴리스는 앨리슨과 레이, 리아를 바라봤다. 세 사람은 울로이를 노려보기만 할 뿐 가까이 갈 낌새는 전혀 없었다. 릴리스는 울로이에게 다가갔고, 그것이 다쳤는데도 불구하고 그녀를 날카롭게 주시하고 있다는 것을 눈치챘다. 아마도 그것은 위협을 느낄 경우에는 부상을 입었어도 적에게 약물을 주입해 의식을 잃게 하거나 아예 죽일 수 있으리라 짐작했다.

"내가 도와줄 일이 있을까요?" 릴리스가 물었다. 그것의 상처는 인간이었다면 정확히 심장이 위치했을 자리에 나 있었다. 상처에서 걸쭉하고 맑은 액체와 함께 너무 선명한 붉은색이라서 오히려 가짜처럼 보이는 피가 조금씩 배어 나왔다. 영화에 나오는 피. 영화 포스터에 사용하는 물감 같은 피였다. 그렇게 심한 상처를 입었다면 당연히 체액이 콸콸 쏟아져야 했지만, 울로이들은 출혈량이 아주 적은 모양이었다.

"나는 저절로 나을 거예요." 그것의 목소리는 당황스러울 만큼 차분했다. "이 상처는 심각하지 않아요." 그것은 잠시 멈칫했다. "저들이 우리를 죽이려고 할 줄은 생각도 못 했어요. 저들을 죽이지 않기가 얼마나 힘들지도 알지 못했고요."

"당연히 알았어야죠." 릴리스가 말했다. "우리를 연구할 시간이 충분히 있었잖아요. 당신들은 우리 아이들을 유전적으로 조작해 인간이라는 종을 멸종시키겠다고 우리한테 얘기했잖아요, 그래놓고선 무슨 일이 벌어질 거라고 생각한 거예요?"

울로이는 다시 릴리스를 주시했다. "만약 당신이 무기를 사용했다면 아마 우리 가운데 적어도 하나는 죽였을 거예요. 다른 인간들은 못 했지만, 당신이라면 할 수 있었겠죠."

"난 당신들을 죽이고 싶지 않아요. 당신들한테서 벗어나고 싶을 뿐이죠. 당신들도 알잖아요."

"당신이 그런 생각을 한다는 건 나도 알아요."

그것은 릴리스에게서 관심을 돌려 자신의 감각 팔로 상처에 뭔가 조치를 취했다.

"릴리스!" 앨리슨이 외쳤다.

릴리스는 앨리슨 쪽을 돌아봤고, 이내 그녀가 가리키는 쪽으로 시선을 옮겼다.

니칸지가 땅바닥에 쓰러져 몸부림치고 있었다. 이때껏 어떤 울로이도 보인 적 없는 모습이었다. 카가야트는 커트와 치고받던 싸움을 즉시 멈추고 그의 도끼 아래로 몸을 날려 들이받은 다음, 그에게 약물을 주입했다. 커트가 쓰러지자 이제 똑바로 서 있는 인간은 한 명도 남아 있지 않았다. 테이트는 아직 의식을 유지한 채 게이브리얼을 안고 있었고, 게이브리얼은 카가야트에게 약물을 주입당해 기절한 상태였다. 조금 떨어진 곳에 있는 빅터는 의식이 있었고, 무기는 없었으며, 릴리스 근처의 부상당한 울로이를 향해 기어가는 중이었다. 알고 보니 그것은 빅터의 울로이였다.

그 둘이 어떤 식으로 만날지는 릴리스의 관심사가 아니었다. 둘 모두 서로를 돌볼 능력이 있기 때문이었다. 그녀는 혹시라도 자신을 찌를지 모르는 다른 울로이들의 감각 팔을 피해가며 니칸지에게 달려갔다.

카가야트는 이미 니칸지 옆에 무릎을 꿇고 나지막한 목소리로 얘기하는 중이었다. 릴리스가 니칸지의 반대쪽 옆에서 무릎을 꿇자 그것은 말을 멈추고 조용해졌다. 그녀는 니칸지가 다친 곳이 어디인지 한눈에 알아차렸다. 왼쪽 감각 팔이 거의 잘리다시피 한 상태였다. 그 팔은 기다랗게 너덜거리는 질긴 회색 피부로 간신히 몸통과 연결된 듯 보였다. 맑은 액체와 피가 상처에서 뿜어져 나왔다.

"세상에!" 릴리스가 말했다. "니칸지는… 니칸지는 나을 수 있을까요?"

"아마도요." 카가야트는 특유의 무시무시하게 차분한 목소리로 대답했다. 릴리스는 울로이들의 그런 목소리가 끔찍이도 싫었다. "하지만 당신이 도와줘야 해요."

"그럼요, 당연하죠, 도울게요, 내가 어떻게 하면 돼요?"

"니칸지 곁에 누워요. 니칸지의 몸을 잡은 다음, 잘린 감각 팔을 원래 붙었던 자리에 대고 있어요. 그러면 니칸지가 팔을 다시 달 수 있을 거예요… 그럴 마음이 있다면."

"팔을 다시 단다고요?"

"옷을 벗어요. 니칸지가 너무 약해져서 옷을 뚫을 힘도 없을지 모르니까요."

릴리스는 옷을 벗었다. 아직 의식을 유지하는 인간들에게 자신이 어떻게 보일까 하는 생각은 하지 않으려 애썼다. 그들은 이제 그녀를 배신자로 확신할 것이다. 이 전쟁터에서 적과 나란히 누워 옷을 벗다니. 그녀를 받아들인 몇 안 되는 사람들조차 이제 그녀에게 등을 돌릴지도 몰랐다. 그러나 그녀는 방금 조지프를 잃었다. 니칸지마저 잃을 수는 없었다. 그것이 죽는 꼴을 가만히 보고만 있을 수는 없었다.

릴리스가 옆에 와서 눕자 니칸지는 소리 없이 안간힘을 쓰며 그녀 쪽으로 기어갔다. 그녀는 이제 어떻게 할지 알려달라는 뜻으로 카가야트를 올려다봤지만, 카가야트는 이미 게이브리얼의 상태를 살펴보러 가버린 후였다. 그것이 신경 쓸 만큼 중요한 일은 이곳에 없었다. 단지 그것의 아이가 있을 뿐이었다. 처참하게 다친 채로.

니칸지는 릴리스에게 닿을 만큼 기다란 머리 촉수와 몸통 촉수를 모조리 뻗어 그녀의 몸에 꽂았고, 전과 다르게 이번에는 그녀가 늘 상상했던 그대로의 느낌이 났다. 이렇게 아플 수가! 느닷없이 바늘꽂이 신세가 된 것만 같았다. 릴리스는 숨이 턱 막혔지만 그래도 간신히 몸을 빼지 않고 버텼다. 참을 만한 통증이었고, 니칸지가 느끼는 고통에 비하면 아무것도 아닐 것이었다. 그것이 고통을 어떤 식으로 겪든 간에.

릴리스는 거의 잘린 감각 팔을 향해 손을 뻗었으나 두 번이나 실패한 끝에 비로소 그 팔을 만질 수 있었다. 팔은 걸쭉한 체액으로 뒤덮여 있었고 대롱거리며 붙어 있는 신체 조직은 하얀색과 청회색, 적회색이었다.

릴리스는 그 팔을 있는 힘껏 붙잡은 다음 뭉툭하게 남은 절단면에 대고 눌렀다.

그러나 그 정도로 충분할 리가 없었다. 무겁고 복잡한 근육 기관이 다른 도움 없이 사람 손의 압력만으로 다시 저절로 붙을 리는 없었다.

"심호흡을 해요." 니칸지가 잠긴 목소리로 말했다. "계속 심호흡을 해요. 양손을 다 써서 내 팔을 계속 들고 있어요."

"네 촉수가 내 왼팔에 꽂혀 있잖아." 릴리스는 숨을 헐떡였다.

니칸지가 귀에 거슬리는 거친 소리를 냈다. "난 그걸 조종할 능력이 없어요. 당신을 완전히 놔준 다음, 다시 시작해야 할 것 같아요. 할 수 있다면."

몇 초 후, 릴리스의 몸에서 '바늘' 수백 개가 뽑혔다. 릴리스는 최대한 조심스럽게 니칸지의 자세를 바꿔 그것의 머리를 자기 어깨로 받친 다음, 양손을 뻗어 그것의 잘린 팔을 잡았다. 이로써 잘린 팔을 받쳐 들어 원래 붙었던 자리에 갖다 댈 수 있었다. 뒤이어 그녀는 자신의 한쪽 팔을 땅에 대고 반대쪽 팔은 쭉 뻗어 니칸지의 몸통에 가로로 얹었다. 누가 방해하지 않으면 한동안 쉽게 유지할 수 있는 자세였다.

"됐어." 릴리스는 또 닥쳐올 바늘꽂이 효과에 대비해 마음의 준비를 하고 말했다.

니칸지는 꼼짝도 하지 않았다.

"니칸지!" 겁에 질린 릴리스가 나직이 말했다.

그것은 몸을 달싹거리더니 이내 릴리스의 온몸 곳곳을 너무나 갑작스럽게, 또한 너무나 고통스럽게 찔러댔고, 릴리스는 그만 비명을 지르고 말았다. 그러나 맨 처음 반사적으로 몸을 꿈틀한 것을 빼면 그녀는 가까스로 움직이지 않고 버텼다.

"심호흡해요." 그것이 말했다. "나는… 당신이 더 이상 다치지 않게 조심할게요."

"그렇게 많이 아프진 않았어. 난 그저 이렇게 하는 게 너한테 무슨 도움이 되는지 모를 뿐이야."

"당신의 몸이 나에게 도움이 돼요. 계속 심호흡해요."

그것은 더 이상 아무 말도 하지 않았고 자신의 고통을 소리로 표현하지도 않았다. 릴리스는 그것의 곁에 누워 있는 동안 거의 내내 눈을 감은 채로 시간만 흘려보냈고, 시간이 얼마나 흘렀는지조차 잊어버리려 했다. 이따금 손 여러 개가 그녀를 만지곤 했다. 처음 손길을 느꼈을 때 그녀는 뭘 하는 손인지 보려다가 손 주인이 오안칼리들인 것을 알아차렸다. 그것들은 그녀의 몸에 앉은 벌레를 손으로 떼어주는 중이었다.

한참 나중에 시간이 얼마나 흘렀는지 잊어버렸을 때, 릴리스는 눈을 떴다가 사방이 캄캄한 것을 알고 깜짝 놀랐다. 누군가 그녀의 머리를 들어 올리더니 뒤통수 밑에 뭔가 집어넣었다.

누가 릴리스의 몸에 천을 덮어줬다. 남는 옷일까? 또 다른 누가 그녀 몸에서 불편해 보이는 부위 밑에 천을 끼워줬다.

릴리스는 말소리가 들리는지, 인간의 목소리가 들리는지 보려고 귀를 쫑긋 세웠지만 아무 소리도 찾지 못했다. 몸 이곳저곳이 마비되는가 싶더니, 그녀 스스로는 아무 노력도 하지 않았는데도 몸이 알아서 다시 깨어나는 고통스러운 과정을 거쳤다. 양팔이 아프다가 편안해졌지만 그녀는 애초에 자세를 바꾼 적이 없었다. 누가 물로 입술을 축여주자 그녀는 숨을 헐떡거리는 사이사이에 물을 받아 마셨다.

릴리스의 귀에 자신의 숨소리가 들려왔다. 심호흡을 하라고 누가 따로 일깨워 줄 필요는 없었다. 그녀의 몸이 심호흡하라고 요구했다. 그녀는 이미 입으로 숨을 쉬는 중이었다. 그녀를 돌보는 누군지 모를 사람은 그 사실을 알고 그녀에게 물을 더 자주 줬다. 입안을 적시기만 할 정도로 적은 양의 물이었다. 물을 마시는 사이에 그녀는 만약 화장실에 갈 일이 생기면 어떻게 해야 할지 궁금해졌지만, 그런 일은 일어나지 않았다.

입에 음식 조각이 들어왔다. 릴리스는 그 음식의 정체를 알지 못했고 맛도 느끼지 못했지만, 그 덕분에 기운이 나는 것 같았다.

어느 시점이 되자 릴리스는 자신에게 음식과 물을 준 손의 주인이 아하자스, 즉 니칸지의 암컷 짝이라는 사실을 알아차렸다. 처음에는 혼란스러웠던 나머지 자신이 숲 바깥으로 옮겨져 오안칼리 가족이 함께 사는 집으로 다시 돌아온 것은 아닌지 궁금해졌다. 그러나 날이 환해지자 여전히 숲의 무성한 임관이 보였다. 진짜 나무에 착생 식물과 덩굴 식물이 빼곡하게 자라 있었다. 그녀 바로 위의 가지에는 크기가 농구공만 한 흰개미 집이 붙어 있었다. 자동으로 깔끔하게 정리되는 오안칼리들의 거주 구역에 그런 것은 결코 존재하지 않았다.

릴리스는 다시금 정신이 몽롱해졌다. 나중에 그녀는 그때를 돌이켜 보고 가끔씩 의식을 잃은 시간이 있었다는 것을 깨달았다. 다만 잠을 잔 듯한 느낌은 한 번도 들지 않았다. 그리고 니칸지를 놓은 적도 결코 없었다. 그녀는 그것을 놓을 수가 없었다. 그것이 그녀의 손을 꼼짝 못 하게 굳혀버린 탓이었다. 그녀의 근육은 그것이 치유되는 동안 붙들어 주는 생체 깁스 같은 자세로 고정됐다.

이따금 릴리스는 심장이 빠르게 두근거렸다. 전력 질주를 할 때처럼 심장이 박동하는 소리가 귓속에서 요란하게 쿵쾅거렸다.

디샤안은 릴리스에게 음식과 물을 주고 벌레를 쫓아주는 일을 아하자스에게서 넘겨받았다. 디샤안은 니칸지의 상처를 볼 때마다 머리와 몸통의 촉수가 매끈하게 펴졌다. 릴리스는 무엇이 그를 기쁘게 하는지 보려고 니칸지 쪽으로 어렵사리 시선을 돌렸다.

처음에는 기뻐할 만한 구석이 전혀 없어 보였다. 상처에서 흘러나오는 체액은 이제 검은색으로 변해 악취를 풍겼다. 릴리스는 그 상처에 무슨 감염이 일어나지는 않았는지 두려웠지만 손쓸 방법이 없었다. 적어도 그 근처에 사는 벌레는 어떤 종도 그 상처에 끌리지 않는 모양이었고… 주변의 미생물 역시 마찬가지인 듯했다. 상처의 감염원은 훈련장에 원래 있었다기보다 니칸지가 달고 왔을 가능성이 더 컸다.

감염은 마침내 다 치유된 듯했지만, 상처에서는 맑은 액체가 계속 새어 나왔다. 그 액체가 멎고 나서야 니칸지는 비로소 릴리스를 풀어 줬다.

릴리스는 천천히 깨어났고, 자신이 오랫동안 완전히 깨어 있는 상태가 아니었다는 사실을 슬슬 깨달았다. 마치 또다시 가사 상태에서 각성하는 듯했는데 이번에는 고통이 느껴지지 않았다. 그토록 오랫동안 꼼짝 않고 누워 있다가 움직였으니 근육이 비명을 질러야 마땅했지만 근육통 같은 것은 전혀 느껴지지 않았다.

릴리스는 천천히 움직이며 팔을 쭉 폈고, 다리도 쭉 편 다음, 등을 땅바닥에 댄 채 둥그렇게 구부렸다. 그러나 뭔가 허전한 느낌이 들었다.

릴리스는 주위를 둘러보다가 깜짝 놀랐다. 니칸지가 곁에 앉아 그녀를 지그시 보고 있었기 때문이었다.

"당신은 괜찮아요." 그것의 목소리는 평소처럼 담담했다. "처음 에는 조금 어지럽겠지만, 그래도 괜찮아요."

릴리스는 그것의 왼쪽 감각 팔을 바라봤다. 아직 치유가 다 끝나 지는 않은 상태였다. 심하게 베인 듯한 상처가 여전히 눈에 띄었다. 마 치 누가 팔에 날붙이를 휘둘렀는데 다행히 살만 베인 것처럼 보였다.

"넌 괜찮아?" 릴리스가 물었다.

그것은 다친 팔을 가뿐하게, 정상적으로 움직여 릴리스의 얼굴을 쓰다듬는 데 사용했다. 이는 그것이 인간들을 관찰하며 습득한 몸짓 이었다.

릴리스는 빙긋 웃으며 몸을 일으켜 앉은 다음, 잠시 정신을 가다 듬고 일어서서 주위를 둘러봤다. 눈길이 닿는 범위 안에 인간은 한 명 도 없었고 오안칼리도 니칸지와 아하자스, 디샤안뿐이었다. 디샤안 이 재킷과 바지를 릴리스에게 건넸다. 옷은 위아래 모두 깨끗했다. 릴 리스보다 더 깨끗했다. 릴리스는 옷을 받아 들고 마지못해 몸에 걸쳤 다. 그녀의 몸은 생각만큼 지저분하지 않았지만 그래도 씻고 싶은 마 음은 굴뚝같았다.

"다른 사람들은 어디 있어요?" 릴리스가 물었다. "다들 괜찮아 요?"

"사람들은 정착지로 돌아갔어요." 디샤안이 말했다. "이제 곧 지 구로 보내질 거예요. 우리가 이 훈련장의 벽을 보여줬어요. 이제 그 사람들도 여기가 우주선 안이라는 걸 알아요."

"그 사람들이 이곳에 도착한 첫날에 보여줬어야 했어요."

"다음번엔 그렇게 할게요. 그것도 이번 인간 집단에서 우리가 배워야 했던 한 가지 교훈이에요."

"아니면 차라리 사람들을 각성시키자마자 여기는 우주선 안이라고 알려주는 게 더 나을 거예요." 릴리스가 말했다. "착각으로 얻은 안락함은 오래가지 못하니까요. 그 상태에선 혼란에 빠져 위험한 실수를 저지르기 일쑤예요. 나도 전에 여기가 도대체 어디인지 점점 더 고민스러워졌어요."

침묵이 흘렀다. 완고한 침묵이었다.

릴리스는 아직 치유가 다 끝나지 않은 니칸지의 감각 팔을 보며 말했다. "내 말 좀 들어봐. 너희가 우리를 더 잘 알도록 내가 도와줄게. 안 그러면 더 많은 사람이 다치고 죽을 거야."

"숲속을 지나 걸어갈 건가요?" 니칸지가 물었다. "아니면 훈련장 지하에 있는 지름길로 같이 갈래요?"

릴리스는 한숨을 쉬었다. 그녀는 그리스 신화에 나오는 카산드라 같은 존재였다. 경고와 예언을 들려주려 할 때마다 귀를 꽉 막아버리는 이들에게 쉬지 않고 경고하고 예언하는 것이 그녀의 운명이었다. "숲속을 지나 걸어가는 걸로 할게." 그녀가 말했다.

그것은 꼼짝 않고 서서 릴리스를 유심히 바라봤다.

"왜 그래?" 릴리스가 물었다.

그것은 다친 감각 팔을 릴리스의 목에 감았다. "우리는 방금 여기서 이때껏 아무도 하지 못한 일을 해냈어요. 내가 입었던 것처럼 위중

한 부상을 이렇게 빠르고 완전하게 치유한 경우는 이번이 처음이에
요."

"넌 죽거나 장애를 입을 이유가 하나도 없었어. 조지프는 구하지
못했지만… 널 구할 수 있어서 다행이야. 내가 무슨 수로 그렇게 했
는지는 모르겠지만."

니칸지는 아하자스와 디샤안을 주시했다. "조지프의 시신은?" 그
것이 부드러운 목소리로 물었다.

"냉동시켰어." 디샤안이 대답했다. "지구로 보내질 때까지 대기
중이야."

니칸지는 감각 팔의 서늘하고 딱딱한 끄트머리로 릴리스의 목덜
미를 문지르며 말했다. "난 내가 조지프를 충분히 보호한 줄 알았어
요. 그렇게 방심하지 말았어야 했는데."

"커트는 지금도 다른 사람들하고 같이 있어?"

"그는 잠들었어요."

"가사 상태인 거야?"

"예."

"그럼 그 사람은 여기 남아? 지구로 돌아가지 않고?"

"절대로요."

릴리스는 고개를 끄덕였다. "그걸론 부족하지만, 그래도 아무것
도 안 하는 것보다는 낫겠지."

"그 남자에게도 당신과 비슷한 재능이 있어요." 아하자스가 말
했다. "울로이들이 그 남자를 이용해 그 재능을 연구하고 계발할 거

예요.”

“재능이라뇨…?”

“당신은 쓸 줄 모르는 재능이에요.” 니칸지가 말했다. “하지만 우리는 제어할 수 있죠. 당신의 몸은 일부 세포를 배아 단계로 되돌리는 방법을 알아요. 또 인간들 대부분이 태어난 후에 한 번도 사용하지 않는 유전자를 각성시키는 능력도 있죠. 우리에게도 이와 비슷한 유전자가 있는데, 변이가 끝나면 휴면 상태에 들어가요. 당신의 몸은 나에게 그런 유전자를 각성시키는 방법과 웬만해서는 재생되지 않는 세포에 자극을 가해 성장시키는 방법을 보여줬어요. 과정 자체는 복잡하고 고통스러웠지만, 그래도 배우는 보람이 아주 충만했어요.”

“네 얘기는 그러니까….” 릴리스의 표정이 찡그려졌다. “우리 집안의 암 가족력을 말하는 거 맞지?”

“그건 이제 문제가 아니에요.” 니칸지가 말하는 사이에 몸통 촉수가 매끈해졌다. “오히려 타고난 재능이죠. 난 그것 덕분에 목숨을 되찾았어요.”

“너 죽을 뻔했던 거야?”

침묵이 흘렀다.

잠시 후에 아하자스가 말했다. “니칸지는 우리를 떠났을 거예요. 토아트나 아크자이의 일원이 돼 이곳, 그러니까 지구를 떠났겠죠.”

“왜요?” 릴리스가 물었다.

“당신의 재능이 없었으면 니칸지는 감각 팔의 기능을 완전히 회복하지 못했을 거예요.” 아하자스는 망설이다가 말을 이었다. “무슨 일이 벌어졌는지 들었을 때, 우린 니칸지가 죽을 줄 알았어요. 함께 한 시간이 그토록 짧았는데 말이에요. 우리는… 아마 당신 짝이 죽었을 때 당신이 느낀 것과 비슷한 감정을 느꼈던 것 같아요. 오오안 니칸지가 당신에게서 도움을 받은 덕분에 완전히 회복할 거라고 얘기해 줬을 때까지 우리는 앞길이 전혀 안 보이는 것처럼 막막하기만 했어요.”

“카가야트는 별일 없는 것처럼 굴던데요.” 릴리스가 말했다.

“카가야트는 나 때문에 겁에 질려 있었어요.” 니칸지가 말했다. “그것은 당신이 자기를 싫어하는 걸 알고 있었어요. 그래서 반드시 필요한 것 이상의 지시를 하나라도 했다가는 당신을 화나게 하거나 당신 몸의 치유 작용을 지체시킬지도 모른다고 생각했죠. 그 정도로 심하게 겁먹었던 거예요.”

릴리스는 씁쓸하게 웃었다. “알고 보니 명배우였군.”

니칸지가 촉수를 바스락거렸다. 그러고는 릴리스의 목에 감긴 감각 팔을 푼 다음, 일행을 이끌고 정착지로 향했다.

릴리스는 자신도 모르게 그들을 따라갔다. 머릿속에서는 니칸지에게서 조지프를 거쳐 커트에게로 생각이 이어졌다. 커트의 몸은 울로이들에게 암에 관해 가르치는 교재가 될 운명이었다. 릴리스는 그런 식의 실험이 이루어지는 동안 커트가 깨어 있는 상태로 현실을 인식할지 어떨지 차마 물어볼 엄두가 나지 않았다. 그가 부디 깨어 있는 상태였으면 좋겠다고 바랄 뿐이었다.

8

정착지에 도착했을 때는 날이 거의 어두컴컴했다. 사람들은 불가에 둘러앉아 얘기를 나누며 저녁을 먹었다. 니칸지와 그것의 짝들은 오안칼리들에게서 신이 난 침묵과 비슷한 형태의 환영을 받았다. 감각 팔과 촉수가 얽히고설키며 신경을 직접 자극하는 방식으로 서로의 경험이 전달됐다. 그들은 서로에게 온전한 경험을 전해준 다음, 비언어적 대화를 통해 그 경험에 관해 토론하는 일이 가능했다. 그들에게는 말을 대신할 감각 이미지와 인증 신호로 이루어진 완전한 언어가 있었다.

릴리스는 그런 오안칼리들을 부러워하며 지켜봤다. 감각 언어에는 거짓말하는 습관을 용인할 여지가 없었기 때문에 그들은 인간에게 거짓말하는 경우가 드물었다. 기껏해야 정보를 제공하지 않거나 접촉을 거부하는 정도가 고작이었다.

그 반면에 인간들은 거짓말을 쉽게, 또 자주 했다. 그들은 서로를 신뢰하지 못했다. 외계인과 너무 가까워 보이는 사람, 또는 옷을 벗고 자신을 감금하는 자와 나란히 땅바닥에 눕는 사람은, 같은 인간일지라도 신뢰하지 못했다.

릴리스가 찾아가 앉은 모닥불 앞에는 침묵이 감돌았다. 거기에는 앨리슨과 리아, 레이, 게이브리얼과 테이트가 있었다. 테이트는 릴리스에게 구운 참마를 건넸고, 생각지도 못했던 구운 생선도 함께 건넸다. 릴리스는 레이를 돌아봤다.

레이는 별것 아니라는 듯 어깨를 으쓱했다. "내가 손으로 잡았어요. 말도 안 되는 짓을 했죠. 물고기 크기가 내 덩치의 반만 했으니까요. 하지만 그놈이 꼭 잡아달라고 비는 것처럼 내 바로 앞까지 헤엄쳐 왔지 뭐예요. 오안칼리들 말로는 강에서 헤엄치는 것들 중엔 나를 잡아먹을 만한 놈들도 있대요. 전기뱀장어, 피라냐, 카이만… 지구에서 제일 지독한 놈들을 데려다 놨다지 뭐예요. 그래도 난 눈도 깜박 안 했지만요."

"빅터는 거북이를 두 마리 잡았어요." 앨리슨이 말했다. "거북이 요리법을 아는 사람이 없어서 그냥 고기를 잘라 구웠대요."

"맛은 어땠는데요?" 릴리스가 물었다.

"빅터 쪽 일행들만 먹었어요." 앨리슨이 빙그레 웃었다. "그리고 그 사람들이 요리하고 먹는 동안 오안칼리들은 멀찍이 떨어져 있었어요."

레이는 함박웃음을 지으며 말했다. "오안칼리들이 안 보인 건 이 불 가 근처에서도 마찬가지 아니에요?"

"글쎄요." 게이브리얼이 대답했다.

침묵이 흘렀다.

릴리스가 한숨을 쉬었다. "좋아요, 게이브, 하고 싶은 말이 뭐예요? 질문이에요, 고발이에요, 아니면 비난이에요?"

"아마 세 가지 다일걸요."

"그래서요?"

"당신은 싸우지 않았어요. 오안칼리 편에 서는 쪽을 택했죠!"

"내가 당신들한테 맞섰다는 말인가요?"

분노로 물든 침묵이 흘렀다.

"커트가 조지프를 난도질해 죽일 때 당신들은 어디 있었나요?"

테이트가 릴리스의 팔에 손을 얹었다. "커트는 그냥 미쳐서 그런 거예요." 그녀의 목소리는 몹시도 부드러웠다. "그 사람이 그런 짓을 할 줄은 아무도 몰랐어요."

"그 사람이 한 짓이에요." 릴리스가 말했다. "당신들 모두가 지켜보는 동안에요."

그들은 잠시 말없이 음식만 깨지락거렸다. 더는 생선 요리에 관해 신나게 떠들지 않았고, 다른 곳에 모닥불을 피운 사람들이 브라질너트나 과일 몇 개, 구운 카사바 따위를 들고 와 먹으라고 권했을 때 받아서 주위에 나눠 주는 일도 없었다.

"옷은 왜 벗었어요?" 레이가 난데없이 따지듯 물었다. "왜 한창 싸우다 말고 울로이랑 나란히 땅바닥에 누운 거예요?"

"그때는 싸움이 끝난 후였어요." 릴리스가 말했다. "당신도 알잖아요. 그리고 내 옆에 누운 울로이는 니칸지였어요. 커트가 그것의 감각 팔 한 짝을 거의 잘라버렸죠. 아마 거기까지도 다들 알 테지만요. 난 그것이 내 몸을 이용해 자기 몸을 치유하게 했어요."

"그런데 왜 굳이 그것을 도우려고 한 거죠?" 게이브리얼의 목소리는 나직하지만 거칠었다. "그냥 죽게 놔두지 그랬어요?" 그 일대의 모든 오안칼리가 그의 목소리를 들었을 터였다.

"그렇게 해봤자 무슨 소용이 있는데요?" 릴리스가 물었다. "나는 니칸지를 아이였을 때부터 알고 지냈어요. 그런 내가 왜 니칸지를 죽게 놔두고 모르는 오안칼리와 함께 살아야 하죠? 그렇게 하는 게 나나 당신이나 여기 있는 누구에게 무슨 도움이 되겠어요?”

게이브리얼은 릴리스에게서 멀찍이 물러났다. “당신은 언제나 대답이 준비돼 있군요. 그런데 진실처럼 들리는 대답은 하나도 없어요.”

릴리스는 어떤 상황에서도 솔직하게 굴지 않는 게이브리얼 본인의 성향에 관해 쏘아붙여 줄 만한 말들을 머릿속으로 짚어봤다. 그런 다음 그 말들을 모조리 무시하고 이렇게 물었다. “무슨 말이에요, 게이브? 내가 지금 뭘 하면, 또는 진작 뭘 했으면 당신이 1분이라도 더 일찍 지구에 풀려날 수 있을까요?”

게이브리얼은 대답하지 않고 고집스레 화난 상태만 유지했다. 그는 무력했고 스스로 보기에 견디기 힘든 상황에 빠져 있었다. 누군가 비난할 대상이 있어야만 했다.

릴리스는 테이트가 게이브리얼에게 손을 내밀어 그의 손을 잡는 모습을 봤다. 서로 손끝이 맞닿은 두 사람을 바라본 몇 초 동안 릴리스의 머릿속에 떠오른 것은, 다름 아닌 매우 예민한 사람이 뱀을 건네받아 손에 들고 있는 광경이었다. 두 사람은 혐오감에 움찔하는 일 없이 무사히 서로의 손을 놔줬지만, 그들이 어떤 심정일지는 주위의 모두가 알고 있었다. 방금 그 둘의 모습을 모두가 봤기 때문이었다. 이 또한 말할 것도 없이 릴리스가 대답해야 할 또 한 가지 문제였다.

“이건 또 어떻고요!” 테이트가 매섭게 물었다. 그녀는 방금 게이브리얼이 만진 자신의 손을 뭔가 털어 내기라도 하려는 것처럼 흔들어 댔다. "이건 어떻게 해야 멀쩡해지는 거예요?"

릴리스의 어깨가 축 처졌다. "나도 모르겠어요. 그 일은 조지프랑 나도 똑같이 겪었으니까요. 우리한테 무슨 짓을 한 거냐고 니칸지에게 물어볼 생각은 끝내 하지 못했어요. 당신이 카가야트한테 물어보는 게 좋을 것 같아요."

그 말에 게이브리얼이 고개를 가로저었다. "난 그에게… 그것에게 뭘 물어보기는커녕 아예 꼴도 보고 싶지 않아요."

"진심이에요?" 앨리슨이 물었다. 목소리에 순수한 궁금증이 어찌나 가득했던지 게이브리얼도 그저 노려보기만 할 뿐이었다.

"아뇨." 대답한 사람은 릴리스였다. "그 말은 진심이 아니에요. 이 사람은 카가야트를 미워하고 싶어 해요. 미워하려고 애써보기도 했죠. 하지만 싸움이 일어났을 때 이 사람이 죽이려고 한 건 니칸지였어요. 그리고 지금 여기서는 나를 비난하고 불신하고 있죠. 이렇게 오안칼리들은 나를 비난과 불신의 표적으로 만들었는데, 난 니칸지가 밉지 않아요, 젠장. 아마도 미워할 수 없는 거겠죠. 우린 모두 조금씩 엮여 있어요. 적어도 우리 각자의 울로이들이 관련된 일에서는요."

게이브리얼이 일어섰다. 그는 릴리스 앞에 버티고 서서 이글거리는 눈으로 내려다봤다. 야영지는 이미 고요했고, 모두가 그를 지켜보고 있었다.

"당신이 느끼는 감정 따위 난 개뿔도 관심 없어!" 게이브리얼이 말했다. "당신이 지금 얘기하는 건 당신의 감정이지, 내 감정은 아니야. 아예 이 자리에서 홀딱 벗고 모두 지켜보는 앞에서 당신의 니칸지랑 붙어먹지 그래. 당신이 저놈들의 창녀라는 건 우리도 다 알아! 여기 있는 모두가 아는 사실이야!”

릴리스는 게이브리얼을 올려다봤다. 갑자기 피로감이 느껴졌고, 다 지긋지긋하다는 느낌도 함께 들었다. “그럼 카가야트와 동침하는 당신은 뭔가요?”

릴리스는 게이브리얼이 자신에게 덤벼들리라는 생각이 언뜻 들었다. 그리고 잠깐 동안, 그가 정말 덤벼주기를 바랐다.

덤비기는커녕, 게이브리얼은 돌아서서 쉼터 쪽으로 성큼성큼 걸어갔다. 테이트는 잠시 릴리스를 노려보다가 그를 뒤쫓아 갔다.

카가야트가 오안칼리들이 모여 있는 모닥불 앞을 떠나 릴리스에게 다가왔다. “그렇게까지 하지 않아도 됐을 텐데요.” 그것의 목소리는 부드러웠다.

릴리스는 그것을 올려다보지 않았다. “난 지쳤어요. 이제 그만둘게요.”

“뭐라고요?”

“그만둔다고요! 이제 당신들의 희생양 노릇은 그만할 거예요. 내 동족인 인간들한테 유다 염소※ 취급을 당하는 것도 이제 사양할게요. 난 이런 취급을 당할 이유가 없어요.”

그것은 릴리스 앞에 잠시 서 있다가, 이내 게이브리얼과 테이트를

※　자기 목숨을 보장받는 대가로 다른 염소들을 도축장까지 몰고 가는 훈련을 받은 늙은 염소를 가리키는 말.

뒤쫓아 갔다. 릴리스는 그것의 뒷모습을 바라보다가 고개를 절레절레 흔들고는 쓸쓸하게 웃었다. 그녀는 조지프를 떠올렸다. 그가 곁에 있는 것처럼 느껴졌고, 조심하라고 말하는 그의 목소리가 들리는 듯했다. 마치 두 종족 모두를 적으로 돌리는 게 무슨 의미가 있냐고 그녀에게 묻는 듯했다.

아무 의미도 없었다. 릴리스는 그저 피곤할 뿐이었다. 그리고 조지프는 그곳에 없는 사람이었다.

9

사람들은 릴리스를 피했다. 그녀가 보기에 사람들은 그녀를 배신자나 시한폭탄쯤으로 여겼다.

릴리스는 혼자 있는 시간이 만족스러웠다. 아하자스와 디샤안은 그곳을 떠날 때 릴리스에게 같이 집으로 돌아가자고 했지만, 그녀는 거절했다. 지구로 돌아갈 때까지 지구와 비슷한 환경에 머물고 싶어서였다. 당장은 인간들을 사랑하지 않았지만, 그래도 그녀는 인간들과 함께 있고 싶었다.

릴리스는 장작을 패 불을 피웠고, 야생 열매를 채집해 식사나 간식으로 먹었으며, 전에 책에서 읽고 기억해 둔 방법을 이용해 물고기도 잡았다. 그녀는 질긴 풀의 줄기와 가늘게 쪼갠 대나무 가닥을 몇 시간 동안 엮어 기다랗고 느슨한 원뿔 모양을 만들었다. 조그만 물고기가 헤엄쳐 들어갈 수는 있어도 빠져나오지는 못하는 통발이었다. 그렇게 강으로 흘러드는 좁은 개울에서 낚시를 한 끝에 마침내 일행들이 먹는 물고기 대부분을 공급하기에 이르렀다. 시험 삼아 훈제 생선을 만들기도 했는데 결과물은 놀랍도록 훌륭했다. 그녀가 잡았다는 이유로 물고기를 거부하는 사람은 한 명도 없었다. 한편으로 아무도 그녀에게 통발 만드는 법을 물어보지 않았다. 그래서 그녀도 그들에게 방법을 알려주지 않았다. 이제 그녀는 사람들이 찾아와 물어보지 않는 한 아무것도 가르쳐 주지 않았다. 스스로가 남을 가르치기를 좋아한다는 사실을 그녀가 깨달았기 때문에 이는 오안칼리들이 아니라 그녀 스스로에게 더 아쉬운 일이었다. 그러나 그녀는 원망을 품은 학생 열 명보다 기꺼이 배우고자 하는 학생 한 명을 가르칠 때 만족 감이 더 컸다.

마침내 사람들이 하나둘 릴리스를 찾아왔다. 고작 몇 명이었다. 앨리슨과 레이, 리아, 빅터 같은 이들이었고… 릴리스는 결국 레이에게 통발 만드는 법을 가르쳐 줬다. 테이트는 그녀를 피했다. 어쩌면 게이브리얼에게 잘 보이고 싶어서, 또 어쩌면 게이브리얼의 사고방식에 물들어서인 듯했다. 테이트는 원래 릴리스의 친구였다. 그녀는 테이트가 그리웠지만, 어째선지 섭섭한 느낌은 조금도 들지 않았다. 테이트의 자리를 대신할 만큼 가까운 친구는 한 명도 없었다. 물어볼 것이 있어서 찾아오는 사람들조차도 릴리스를 신뢰하지는 않았다. 그런 존재는 니칸지밖에 없었다.

니칸지는 릴리스에게 지금까지와 다르게 행동하라고 강요한 적이 한 번도 없었다. 그녀는 자신이 사람들을 해치지만 않는다면 그것의 반대에 부닥치는 일은 없으리라는 느낌을 받았다. 밤이면 그녀는 그것과 그것의 짝들 곁에 함께 누웠고 그럴 때면 조지프를 만나기 전에 알았던 즐거움을 똑같이 느꼈다. 처음에는 그럴 마음이 들지 않았지만, 나중에는 오히려 반갑게 동참했다.

이로써 릴리스는 자신이 다시금 남자를 어루만지는 일에서 즐거움을 느낄 수 있다는 것을 깨달았다.

"그렇게 나를 다른 사람하고 짝짓고 싶어?" 릴리스는 니칸지에게 물었다. 이날 그녀는 밭에 심을 카사바 모종 한 아름을 빅터에게 건

네주다가 그와 손이 마주 닿은 짧은 순간에 쾌감을 느끼고 깜짝 놀랐다. 그의 손은 그녀의 손과 똑같이 따뜻했다.

"당신은 다른 짝을 찾을 자유가 있어요." 니칸지가 말했다. "우리는 조만간 다른 인간들을 더 각성시킬 거예요. 난 당신에게 짝짓기를 할지 말지 선택할 자유를 주고 싶었어요."

"조만간 우릴 지구에 내려보낼 거라고 했잖아."

"당신은 여기서 가르치는 일을 중단했어요. 그래서 사람들이 배우는 속도가 더 느려졌죠. 하지만 그들도 곧 준비를 마칠 거예요." 릴리스가 뭔가 더 질문하기 전에 다른 울로이들이 같이 수영하자며 니칸지를 불렀다. 아마도 훈련장을 잠시 떠난다는 뜻 같았다. 울로이들은 기회만 있으면 수중 출입구를 즐겨 이용했기 때문이었다. 인간을 이끌고 이동하는 경우가 아니면 매번 그랬다.

릴리스는 야영지를 둘러봤지만 이날은 하고 싶은 일이 아무것도 눈에 띄지 않았다. 그녀는 훈제 생선과 구운 카사바를 바나나나무 잎으로 싼 다음, 잘 익은 바나나 몇 개와 함께 바구니에 넣었다. 잠시 바깥을 거닐기로 했다. 나중에 뭔가 쓸모 있는 것을 챙겨 돌아올 터였다.

야영지로 돌아가기로 했을 때는 늦은 오후였다. 릴리스의 바구니에는 과육이 사탕처럼 달콤한 콩깍지와 벌목용 칼로 조그만 나무에서 딴 야자열매가 들어 있었다. 남아메리카에서는 '잉가'라는 이름으로 불리는 그 콩깍지는 모두에게 줄 별미였다. 야자열매는 릴리스가 좋아하지 않는 종이었지만 다른 사람들은 좋아했다.

캄캄해진 후에 숲속에 갇히고 싶지 않았던 릴리스는 걸음을 서둘렀다. 어스름이 내린 뒤에도 귀갓길을 찾기는 어렵지 않을 것 같았지만, 그러고 싶은 마음은 없었다. 오안칼리들이 밀림을 지나치게 현실적으로 만들었기 때문이었다. 그들은 밀림에 사는 치명적인 생물에게 물리거나 쏘이거나 날카로운 가시에 찔려도 끄떡없었지만 인간은 죽을 수도 있었다.

정착지에 돌아왔을 무렵에는 너무 캄캄해서 수관 아래에서는 거의 아무것도 보이지 않았다.

그런데도 정착지에는, 모닥불이 하나뿐이었다. 하루 중 이때는 식사를 준비하거나 잡담을 나누거나, 바구니나 그물처럼 서로 즐겁게 얘기하며 아무 생각 없이 만들 수 있는 조그만 물건을 제작하는 시간이었다. 그러나 모닥불은 하나뿐이었고… 불 가를 지키는 사람도 한 명뿐이었다.

릴리스가 모닥불 쪽으로 다가가자 혼자 앉아 있던 사람이 일어섰고, 릴리스는 그 사람이 니칸지라는 것을 알아차렸다. 다른 사람의 기척은 전혀 없었다.

릴리스는 바구니를 떨어뜨리고 야영지까지 남은 몇 걸음 정도의 거리를 서둘러 뛰어갔다. "다들 어디 갔어?" 그녀가 따지듯 물었다. "왜 아무도 나를 부르러 오지 않았지?"

"당신 친구 테이트가 지금까지 했던 행동에 대해 사과하고 싶다더군요." 니칸지가 릴리스에게 말했다. "당신에게 그 말을 하고 싶었다고, 며칠 안에 그렇게 했을 거라고요. 공교롭게도 그녀는 여기에 더 머물지 못할 처지였지만요."

"테이트는 어디 있어?"

"내가 당신에게 해준 것처럼 카가야트가 테이트의 기억력을 향상시켜 줬어요. 그렇게 하면 그녀가 지구에서 살아남아 다른 인간들을 도와주기가 더 쉬워질 것 같다면서요."

"하지만….." 릴리스는 그것에게 다가가며 고개를 절레절레 흔들었다. "하지만 나는 어떡하라고? 난 네가 하라는 대로 다 했어. 남에게 해가 될 짓은 하나도 하지 않았고. *그런데 나는 왜 아직 여기 있는 건데!*"

"당신의 목숨을 구해야 하니까요." 그것은 릴리스의 손을 잡았다. "오늘 호출을 받아서 가봤더니 당신을 표적 삼아 벌어지는 위협을 들어보라고 하더군요. 대부분 내가 이미 들어본 것들이었어요. 릴리스, 당신도 자칫하면 조지프처럼 당할 뻔했어요."

릴리스는 고개를 가로저었다. 그녀를 대놓고 위협한 자는 아무도 없었다. 사람들은 대부분 그녀를 두려워했다.

"당신은 죽을 뻔했어요." 니칸지가 같은 말을 되풀이했다. "그들은 우리를 죽이지 못한다는 걸 알았어요, 그러니까 아마 우리 대신 당신을 죽이려고 했을 거예요."

릴리스는 그것이 하는 말을 믿을 수 없어서 욕을 퍼부었다. 그러나 마음 한구석에서는 그것의 말을 믿었고, 그 말이 사실인 것도 알았다. 그녀는 그것을 비난하고 증오하며 울었다.

"기다릴 수도 있었잖아!" 마침내 릴리스가 말했다. "사람들이 떠나기 전에 나를 부를 수도 있었잖아."

“미안해요.”

“왜 나를 안 불렀어? *왜?*”

그것이 괴로워하자 머리와 몸통의 촉수에 울룩불룩한 마디가 생겼다. “당신은 아주 부정적으로 반응했을지도 몰라요. 당신이 위급한 상황에서 발휘하는 엄청난 힘을 감안하면, 아마 다치거나 죽는 사람이 나왔을 수도 있어요. 그랬다면 커트 옆에 당신 자리가 만들어졌겠죠.” 그것은 마디진 촉수를 풀어 축 늘어뜨렸다. “조지프가 죽었잖아요. 나는 당신까지 잃는 위험을 감수하고 싶지 않았어요.”

이제 릴리스는 그것을 계속 미워할 수 없었다. 그것이 하는 말을 들어보니 앞서 자신이 다른 인간들의 눈에 어떻게 보일지 알면서도 그것을 구하려고 나란히 누웠을 때 품었던, 그것을 잃고 싶지 않다는 마음과 너무나 비슷했기 때문이었다. 그녀는 불 가에 벤치 대신 놔둔 통나무 토막에 다가가 앉았다.

“나는 여기 얼마나 오래 있어야 하는 거야?” 릴리스의 목소리는 나직했다. “너희가 유다 염소를 풀어준 적이 있기는 해?”

그것은 릴리스 곁의 땅바닥에 엉거주춤하게 앉았다. 실은 통나무 위에 앉으려 했지만, 위쪽 면이 너무 좁아서 균형을 잡기가 힘든 탓이었다.

“당신 동족들은 지구에 도착하자마자 우리 손에서 탈출할 거예요. 그건 당신도 알겠죠. 당신이 그렇게 하라고 부추겼으니까요. 물론 우리도 당신이 부추길 거라고 예상했고요. 우리는 그들에게 달아날 땐 원하는 도구를 다 챙겨 가라고 말할 거예요. 그러지 않으면 살아남기 힘들 수도 있으니까요. 그리고 우리에게 다시 돌아와도 좋다는 말도 해줄 거예요. 돌아와도 좋다는 말은 그들 모두에게 해당돼요. 그들 가운데 누구라도요. 원한다면 언제든지요.”

릴리스는 한숨을 쉬었다. “누구든 일단 달아나면 고생문이 훤히 열릴 텐데.”

“그들에게 돌아와도 좋다고 얘기하는 게 실수인 것 같은가요?”

“왜 굳이 내 생각이 어떤지 물어보는 거야?”

“궁금해서요.”

릴리스는 모닥불을 가만히 보다가 일어서서 조그만 통나무를 집어 불에 얹었다. 이제 당분간은 다시 할 필요가 없는 일이었다. 그녀는 불을 피우거나 잉가와 야자열매를 따거나 낚시를 해야 할 이유가… 없었다.

“릴리스?”

“넌 그들이 다시 돌아오면 좋겠어?”

“결국에는 돌아올 거예요. 돌아와야 해요.”

“서로 죽이지 않으면 그러겠지.”

침묵이 흘렀다.

“그 사람들이 왜 돌아와야 하는데?” 릴리스가 물었다.

그것은 릴리스의 눈길을 피해 얼굴을 돌렸다.

“그들은 서로를 만지지조차 못해. 남자 대 여자로 말이야. 그래서 돌아올 거라고 하는 거야?”

“그 상태는 우리와 한동안 떨어져 있으면 사라질 거예요. 하지만 그건 중요하지 않아요.”

“어째서?”

“이제 그들은 우리가 없으면 안 되니까요. 그들은 우리 없이는 아이를 가질 수 없어요. 인간의 정자와 난자는 우리가 없으면 수정되지 않아요.”

릴리스는 그 말을 잠시 생각하다가 고개를 가로저었다. “그런데 너희랑 같이 만들면 어떤 아이가 나올까?”

“당신은 내가 방금 했던 질문에 아직 대답하지 않았어요.” 그것이 말했다.

“무슨 질문?”

“사람들에게 돌아와도 좋다는 말을 해도 될까요?”

“아니. 그리고 달아나게 도와주는 것도 너무 티 나게 하면 안 돼. 사람들이 자기 일을 스스로 결정하게 놔두는 거야. 안 그러면 나중에 돌아오기로 마음먹는 사람들은 네 말을 따르는 것처럼 보일 테고, 너 때문에 인류를 배신하는 것처럼 보일 거야. 그렇게 되면 다른 사람들한테 살해당할지도 몰라. 애초에 돌아오는 사람 자체가 그리 많지 않겠지만. 어떤 사람들은 인류가 적어도 정결한 죽음을 맞을 자격은 있다고 생각할걸.”

“우리가 원하는 게 부정하다는 말인가요, 릴리스?”

“그럼!”

“내가 당신을 임신시킨 건 부정한 짓인가요?”

릴리스는 처음에는 그 말의 뜻을 알아듣지 못했다. 마치 그녀는 알지 못하는 언어를 그것이 말하기 시작한 것만 같았다.

"나를… 어쨌다고?"

"나는 당신이 조지프의 아이를 갖게 했어요. 그 일을 그렇게 일찍 할 생각은 없었지만, 조지프의 프린트가 아니라 씨를 사용하고 싶어서 그랬어요. 아이를 프린트로 합성하면 당신과 그 아이를 충분히 가까운 관계로 만들 수 없거든요. 게다가 정자를 살아 있는 상태로 계속 유지하는 데도 한계가 있고요."

말문이 막힌 채, 릴리스는 멍하니 그것을 바라봤다. 그것은 무슨 날씨 이야기라도 하듯 태연하게 말했다. 그녀는 그것에게서 멀어지려고 일어섰지만 그것이 그녀의 양 손목을 붙잡았다.

릴리스는 벗어나려고 필사적으로 버둥거리다가 자신이 그것의 손아귀에서 빠져나갈 수 없다는 것을 더럭 깨달았다. "네가 말했잖아…." 그녀는 숨이 차서 다시 말을 시작해야 했다. "그러지 않겠다고 네가 말했잖아. 그렇게 말해놓고선…."

"당신이 준비가 될 때까지는 그러지 않겠다고 했죠."

"난 아직 준비가 안 됐어! 그런 준비는 영영 안 된다고!"

"당신은 이제 조지프의 아이를 낳을 준비가 됐어요. 조지프의 딸을요."

"…딸이라고?"

"난 당신의 동반자가 될 여자아이를 합성했어요. 당신은 이때껏 매우 외로웠으니까요."

"너희 덕분이지."

"맞아요. 하지만 딸은 오랫동안 당신의 동반자가 돼줄 거예요."

"그건 딸이 되지 않을 거야." 릴리스는 붙잡힌 팔을 다시 잡아당겼지만, 그것이 놓아주려 하지 않았다. "그건 '그것'이 될 뿐이야… 인간이 아니라." 그녀는 겁에 질려 자신의 몸을 내려다봤다. "그게 내 안에 있다니, 인간이 아닌 그것이!"

니칸지는 릴리스를 가까이 끌어당기고 그녀의 목에 감각 팔을 감았다. 그녀는 그것이 자신에게 뭔가 주입해 기절시키리라 짐작했다. 그러고는 어둠이 닥치기를 거의 간절히 기다렸다.

그러나 니칸지는 릴리스를 기다란 통나무 토막에 다시 앉히기만 했다. "당신에게는 딸이 생길 거예요. 그리고 당신은 그 아이의 어머니가 될 준비가 됐어요. 당신 스스로는 그렇다는 말을 끝내 하지 못했겠지만요. 조지프가 나를 자신의 잠자리에 끝내 불러들이지 못한 것처럼요. 그가 아무리 나를 자기 잠자리로 부르고 싶어 했든 간에요. 당신에게서 이 아이를 거부하는 부분은 오로지 당신의 말뿐이에요."

"하지만 그건 인간이 아닐 거잖아." 릴리스는 속삭이듯 중얼거렸다. "그건 그것일 뿐이야. 괴물이라고."

"자신을 속이는 짓은 시작도 하지 말아야 해요. 그건 치명적인 습관이니까요. 이 아이는 당신의 아이이자 조지프의 아이예요. 아하자스의 아이이자 디샤안의 아이이기도 하고요. 그리고 내 손으로 합성했고, 모습을 빚었고, 치명적인 부조화 없이 아름다운 아이가 되리란 걸 확인했기 때문에 내 아이이기도 해요. 그 애는 내 첫아이가 될 거

440

예요, 릴리스. 적어도 태어난 아이들 중에서는 처음이에요. 아하자스
도 임신했어요."

"아하자스가?" 니칸지는 언제 그럴 시간을 냈을까? 그것은 어디
에나 빠지지 않고 얼굴을 비쳤는데.

"그래요. 당신과 조지프는 그녀가 가진 아이의 부모이기도 해요."
그것은 아무것도 쥐지 않은 감각 팔로 릴리스의 얼굴을 돌려 자신과
마주 보게 했다. "당신 몸에서 태어날 아이는 당신과 조지프를 닮을
거예요."

"난 네 말 안 믿어!"

"아이의 남다른 부분은 변태가 일어날 때까지 드러나지 않고 감
춰져 있을 거예요."

"아아, 맙소사. 그 말도 못 믿겠어."

"당신에게서 태어나는 아이와 아하자스에게서 태어나는 아이는
형제 사이가 될 거예요."

"이런 이유로는 아무도 돌아오려 하지 않을 거야." 릴리스가 말했
다. "나 같아도 이런 걸 위해 돌아오진 않을걸."

"우리 아이들은 우리 둘 중 어느 쪽보다 더 훌륭할 거예요." 그것
의 말이 이어졌다. "우리는 당신들의 위계 문제를 해결해 줄 거고, 당
신들은 우리의 육체적 한계를 완화해 줄 거예요. 우리 아이들은 전쟁
으로 자멸하지 않을 거고, 팔다리를 재생하거나 다른 방식으로 스스
로를 변형해야 할 경우에는 그렇게 할 수도 있을 거예요. 그리고 다
른 혜택들도 누릴 테고요."

"하지만 그 애들은 인간이 되진 않을 거야. 중요한 건 그거야. 넌 이해 못 하겠지만, 중요한 건 바로 그거라고."

그것의 촉수가 서로 엉켰다. "중요한 건 당신 안에 있는 아이예요." 그것이 팔을 놔주자 릴리스는 속절없이 양손을 맞잡았다.

"우린 이것 때문에 망가질 거야." 릴리스는 나직이 중얼거렸다. "세상에, 네가 나를 다른 사람들하고 같이 떠나지 못하게 한 것도 당연해."

"당신은 내가 떠날 때 같이 갈 거예요. 당신, 아하자스, 디샤안, 그리고 우리 아이들도. 우린 떠나기 전에 여기서 할 일이 있어요." 그것이 일어섰다. "이제 집에 돌아가죠. 아하자스와 디샤안이 우리를 기다려요."

집이라고? 릴리스는 비통한 심정으로 생각했다. 마지막으로 진짜 집을 가졌던 때가 언제였을까? 언제쯤 그런 집이 생길 거라는 바람을 품을 수 있을까. "여기 있게 해줘." 그녀가 말했다. 그것은 거절할 터였다. 그녀는 그것이 거절할 줄 알고 있었다. "여긴 아마도 네가 나를 보내줄 지구와 가장 비슷한 곳이니까."

"여기는 나중에 다음번 인간 집단과 함께 돌아오면 돼요. 지금은 집에 갑시다."

릴리스는 저항할까 하고 생각했다. 그것이 자신에게 약물을 주입해 자신을 떠메고 돌아가도록. 그러나 그렇게 하는 것은 헛수고 같았다. 적어도 인간 집단과 함께 있으면 다음 기회가 생길 것 같았다. 그들을 가르칠 기회…. 그러나 그들의 일원이 될 기회는 아니었다. 그럴 기회는 영영 없을 것이다. 영영?

이렇게 말할 기회는 또 있을 것이다. *"배워서 달아나요!"*

릴리스는 다음번에는 인간들에게 더 많은 정보를 제공할 터였다. 그리고 그 인간들 앞에는 길고 건강한 삶이 기다리고 있었다. 어쩌면 그들은 오안칼리가 자신들에게 한 일의 해결책을 찾을지도 몰랐다. 그리고 어쩌면 오안칼리에게도 허점은 있을지도 몰랐다. 생식 능력을 지닌 몇몇 사람이 몰래 빠져나가 서로를 찾아낼지도 몰랐다. 어쩌면. *배워서 달아나요!* 설령 릴리스는 이미 희망을 잃었다고 해도 다른 이들까지 그럴 필요는 없었다. 인류는 그러지 않아도 괜찮았다.

릴리스는 니칸지의 뒤를 따라 캄캄한 숲속으로 들어가 숨겨진 육지 출입구 한 곳을 향해 나아갔다.

옮긴이의 말

'밤의 어머니'를 따라 이종 창세의 새벽으로

릴리스는 뱀의 일종이며, 아담의 첫 번째 부인으로서 아담에게 아름다운 아들과 눈부신 딸을 낳아주었다. 그런데 신이 얼마 뒤에 이브를 만드셨다. (…) 중세에 이르면 릴리스는 뱀이 아닌 밤의 정령으로 등장하기도 하고, 때로는 인간의 번식을 주관하는 천사의 모습으로 나타나기도 한다.

—호르헤 루이스 보르헤스, 『보르헤스의 상상 동물 이야기』[※]에서

인류가 외계인과의 최초 접촉을 계기 삼아 진화의 다음 단계로 나아간다는 설정에서 출발하는 SF는 셀 수 없이 많다. 그중에서도 발표 시기를 제2차 세계 대전 이후로 한정해 해당 설정을 다룬 현대 SF의 효시라고 할 만한 작품을 꼽자면 단연 아서 C. 클라크의 장편 소

[※] 호르헤 루이스 보르헤스, 남진희 옮김, 『보르헤스의 상상 동물 이야기』, 민음사, 2016, 186쪽.

설 『유년기의 끝』이 가장 먼저 떠오른다. 한국 전쟁 종전과 함께 냉전이 본격화할 무렵인 1953년에 클라크가 발표한 이 소설은 미국과 소련이 벌이는 우주 진출 경쟁의 한 장면에서 시작한다. 나치 독일의 로켓 과학자 라인홀트 호프만과 콘라트 슈나이더는 1945년 독일이 패망한 이후 제각각 미국과 소련으로 망명해 우주 로켓 개발에 매진한다. 어느 쪽이 먼저 우주에 진출할지를 놓고 양 진영이 벌이던 치열한 경쟁은 어느 날 난데없이 외계인의 우주선이 세계 주요 도시 상공에 출현하면서 허무한 끝을 맞는다. 이로써 “인류는 이제 더 이상 혼자가 아니”※라는 것이 밝혀진다.

‘오버로드’로 불리는 외계인들은 무려 50년 동안 모습을 드러내지 않고 지구의 하늘에만 머물며 절대적 위력을 지닌 감시자로 군림하고, 인류가 이들의 존재를 의식하면서 지상에서 벌어지던 대립과 분쟁은 자연스레 끝을 맞는다. 지구에 도착한 지 50년째 되던 해, 마침내 모습을 드러낸 오버로드는 기성 종교에서 유사 이래 부정한 힘의 상징으로 여겼던 존재를 빼닮은 겉모습으로 인간들을 당황시킨다. 그러나 이보다 더 당황스러운 것은 오버로드가 밝힌 자신들의 사명이다. 그들은 “난산을 도와주는 산파”로서 “뭔가 새롭고 멋진 것이 태어나는 것을 도와주”고자 지구에 왔으며, 일찍이 “위로부터 우리에게 부과된 의무를 이행하는 보호자 노릇을 벗어난 적이 없”※※다고 밝힌다. 우주에는 ‘오버마인드’라는 절대적 존재가 있어서 인간보

※　아서 C. 클라크, 정영목 옮김, 『유년기의 끝』, 시공사, 2001, 16쪽.
※※　같은 책, 262쪽.

다 까마득히 월등한 존재인 오버로드마저 수족처럼 부린다는 말이다. 그리고 오버로드들이 지구에 온 까닭은 인류가 진화의 다음 단계로 나아가도록 보살펴 주기 위해서였다.

오버로드가 말한 다음 단계란 인류 전체가 단일한 정신 에너지의 형태로 변해 오버마인드와 합일合—하는 것이었다. 이처럼 우주 유일의 절대적 존재와 인간 진화의 단계 및 목적까지 명확하게 설정한 『유년기의 끝』을 읽다 보면 기독교적 역사관과 비슷하다는 느낌이 들기도 하지만, 발표 당시의 시대 배경을 감안하면 다른 관점에서 작가의 의도를 추측해 볼 만하다. 말하자면 20세기 초에 급속히 발전한 과학 기술의 힘으로 제2차 세계 대전이라는 미증유의 환란을 일으킨, 더 나아가 핵에너지라는 금단의 힘마저 손에 넣은 인류가 냉전기라는 새로운 시대가 시작되는 시점에 앞으로 나아갈 방향은 무엇인지(물질 문명을 더욱 가열하게 추구할 것인가? 아니면 더 높은 차원의 정신으로 승화하는 길을 모색할 것인가?)에 대한 작가 나름의 고찰일 수도 있다는 말이다. 비록 21세기 현대인의 시점에서는 지나치게 목적론적이고 관념적인 이야기로 보일지언정, '외계인과의 최초 접촉과 인류 진화'라는 주제를 사변 소설의 영역으로 끌어들여 철학적으로 고찰한 선구자적 작품이라는 점에서 『유년기의 끝』은 오늘날에도 여전히 읽어볼 만한 소설이다.

냉전이 막바지에 이른 1987년에 옥타비아 버틀러가 발표한 이 책 『새벽』은 앞에서 살펴본 『유년기의 끝』과 정확히 반대되는 설정에서 출발한다. 이 책 속의 인류 문명은 이미 250년 전에 핵전쟁으로 멸망해 버렸고, 주인공 여성 릴리스 이야포가 오랜 잠에서 깨어난 곳은 스스로를 '오안칼리'라고 부르는 외계인들의 우주선 안이다. 체형은 인간과 비슷하지만 감각기관이 있을 자리에 무수히 많은 촉수가 달린 오안칼리들은 릴리스에게 지구의 현 상황을 설명해 주는 한편으로 그녀에게 자신들의 용건을 밝힌다. 오안칼리들은 다른 종의 유전자를 받아들여 변이를 일으켜야 종의 정체성을 유지할 수 있기 때문에, 지구에 와 있는 오안칼리 무리 가운데 일부는 이곳에서 인류와 생식 행동을 함으로써 두 종의 유전자가 함께 깃든 세대를 탄생시켜야 한다. 이를 위해 그들은 릴리스에게 아직 가사 상태에 머물러 있는 다른 인간들을 깨우고 교육시켜 다시금 깨끗해진 지구에서 새롭게 살아갈 능력을 키워달라고 부탁한다. 언뜻 보면 인간과 오안칼리 모두에게 이득이 되는 거래 같기도 하다. 인류는 (비록 외계인과 피가 섞일지언정) 오안칼리에게 유전자를 제공하는 대가로 지구에서 계속 살아갈 수 있고, 오안칼리는 인류의 유전자 덕분에 종의 정체성을 유지할 수 있으니 말이다.

그러나 옥타비아 버틀러가 어떤 작가이던가? 일찍이 『킨』과 『와일드시드』, 『씨앗을 뿌리는 사람의 우화』, 『은총을 받은 사람의 우화』 같은 작품에서 이미 드러났듯이, 버틀러 소설의 주인공은 독자가 '이 정도면 충분히 끔찍하지 않나'라고 생각하는 상황보다 약 세 배 정도 더 끔찍한 상황에 주인공을 빠뜨려 놓고 이야기를 풀어나간다. 이 책 『새벽』 또한 예외가 아니다. 그리고 이 책에서는 무엇보다 먼저 살펴봐야 할 것이 하나 있다. 다름 아닌 주인공의 이름 '릴리스'다.

버틀러는 생전 인터뷰에서 『새벽』의 주인공 릴리스의 이름은 "신화에 따르면 아담의 첫 번째 아내이자 아담에게 복종하지 않아서 그의 마음에 들지 않은 인물"[※]에게서 따왔다고 명확히 밝힌 바 있다. 여기서 버틀러가 언급한 참고 문헌의 해당 항목 내용은 다음과 같다.

'릴리스' 유대 전승(기원은 바빌로니아로 추정) 속의 악마로서 폭풍우 치는 날 황야에 출몰하며 아이와 임신부에게 특히 위험하다. 『구약 성서』(개역개정판)의 「이사야서」 34장 14절에는 '올빼미'로 등장한다. 탈무드학자들에 따르면 유대 전설에서 아담이 하와 이전에 함께했던 아내의 이름이 릴리스이며, 아담에게 복종하기를 거절한 릴리스는 에덴동산을 떠나 바람 부는 광야에 거하며 지금도 밤이면 광야에 출몰한다고 한다. (…) 괴테의 『파우스트』에 등장하며, 로세티의 시 「에덴의 내실Eden Bower」에서는 아담 전설에 따라 뱀을 복수의 도구로 사용한다. '악마' 항목의 '악마와 그 아내' 및 '라미아' 항목 참조.[※※]

적지 않은 독자들이 일세를 풍미한 PC 게임 〈디아블로〉 시리즈나 인기 애니메이션 〈신세기 에반게리온〉 등에서 한 번쯤 들어봤을 '릴리스'라는 이름에는 원래 이런 뜻이 있었다. 그리고 『새벽』의 주인공

[※] 옥타비아 버틀러, 콘수엘라 프랜시스 엮음, 이수현 옮김, 『옥타비아 버틀러의 말』, 마음산책, 2023, 68쪽.

[※※] Ebenezer Cobham Brewer, *Brewer's Dictionary of Phrase and Fable: Revised & Enlarged Edition*, Harper & Brothers, 1953, p555.

릴리스는 창세 이전의 밤으로 돌아간 지구에 다시금 문명의 새벽이 동터오게끔 외계인의 힘을 빌려 인류를 이끌어야 한다. 그런 그녀를 위해 오안칼리들은 본인조차 알지 못했던 그녀 몸속의 암을 제거해 줬을 뿐 아니라, 자기네 우주선의 기능을 자유자재로 이용하는 능력과 함께 평범한 인간의 한계를 아득히 벗어난 체력까지 갖게 해준다. 인류와 유전자를 혼합해 새로운 종으로 거듭나야 하는 오안칼리들의 처지를 생각하면 이러한 혜택을 부여하는 것쯤은 원활한 거래를 위한 현명한 투자로 보이기도 한다.

그런데 오안칼리들의 거래 방식은 인류의 기준으로 보면 황당하기 짝이 없다. 거래가 이루어지는 시점도, 거래를 실행하는 방법도 모두 자신들이 결정할 뿐, 상대방인 인간들의 의사는 전혀 고려하지 않는 것이다. (생각해 보면 릴리스를 각성시킨 외계인 스다야는 자기네 종족 이름인 오안칼리가 '거래자'라는 뜻이라고 가르쳐 주기는 했지만, 자신들이 '공정 거래'를 한다는 말은 한 적이 없다.) 심지어 인간이 다치지 않도록 배려한다는 핑계로 약물을 투여해 무력한 상태로 만든 다음 인간들의 생식 행동에 동참하기까지 한다. 이쯤 되면 이들이 지난날 인류사의 수많은 식민주의자들과 무엇이 다른지, 더 나아가 이들의 행동을 인간의 윤리적 관점에서 판단하는 것이 과연 의미 있는 일인지 의심스러울 지경이다.

한편 릴리스가 돌보고 가르쳐야 할 인류는 어떤가? 릴리스가 처음으로 만난 성인 남성 폴 타이터스의 경우에서 드러나듯이, 핵전쟁 당시 가까스로 살아남은 인간들 또한 오안칼리보다 나을 바가 없어

보인다. 처음 만난 자리에서 릴리스를 강간하려 한 폴 타이터스에 이어 오안칼리를 살해하려다가 목숨을 잃은 피터나 사람들을 이끌고 훈련장에서 탈출하려 한 게이브리얼, 릴리스의 짝인 조지프를 살해한 커트 같은 이들은 문명이 종말을 맞은 후에도 변치 않을 인류의 어떤 특질을 보여주는 듯하다. 그런데 이들의 이름 또한 허투루 넘겨서는 안 된다. 폴 타이터스의 폴Paul은 유명한 초기 기독교 전파자 가운데 한 명인 사도 바울을, 타이터스Titus는 그 바울의 제자이자 신약 성서의 『디도서』에 이름을 남긴 디도를 의미한다. 또한 피터Peter는 예수의 으뜸가는 제자 베드로의 영어식 이름이며 게이브리얼Gabriel은 '수태고지'의 전령인 대천사 가브리엘에서 유래한 이름이다. 심지어 조지프Joseph가 예수의 인간 아버지인 요셉의 영어 이름이라는 점을 감안하면[*] 이 책에 등장하는 인간 남성들은 하나같이 낙원에서 추방당한 '아담의 후예들'이자, 타고난 폭력성 때문에 인류를 진화의 다음 단계로 이끌 자격을 박탈당한 이들이기도 하다.[**]

이러한 관점에서 보면 『새벽』은 사회의 비주류였던 흑인 여성 릴리스가 핵전쟁 이후 태초의 원시 상태로 돌아간 지구를 무대로 삼아 신뢰할 수 없는 외계인 무리와 폭력성을 억제하지 못하는 인간 무리

[*] 신약 성서의 외경外經인 『야고보 원복음서』에 따르면 요셉은 동정녀 마리아를 만나기 전에 홀아비로 살았다고 한다. 이 책에서 릴리스가 가진 아기의 생물학적 아버지인 조지프 리친 싱 또한 전쟁 전에 홀아비였던 점을 생각해 보면 이 책을 아예 성서 기반 2차 창작의 관점에서 분석해 봐도 좋을 듯싶다.

[**] 울로이 카가야트는 릴리스에게 "인류 문화에 표현된 인간 유전학을 근거로 삼아 첫 번째 인간 집단의 부모는 인간 남성이 맡아야 한다고 믿었"으나, "지금 돌이켜 보면 내가 착각했던 것 같"다고 말한다. 이는 오안칼리들이 릴리스보다 앞서 남자를 각성시켰다가 거래에 실패한 적이 있다는 암시로 해석할 수 있다.

사이에서 양 진영을 조율하며 두 번째 창세創世의 새벽을 열어가기 위해 준비하는 이야기라고 할 수 있다.※ 그리고 우리가 이 책의 결말 부분에서 이미 확인했듯이, 그 준비 과정은 조지프의 죽음이라는 파국으로 치달았다.

다만 버틀러는 그러한 파국을 수습할 실마리가 '연민'이라는 점 또한 책 속에서 함께 제시하고 있다. 릴리스는 목숨이 위태로워진 니칸지를 구하기 위해 동료 인간들에게 외계인의 끄나풀로 오해받을 위험을 무릅쓰고 알몸이 되어 니칸지 곁에 나란히 눕는다. 오안칼리에게 약물을 주입당하지 않은 상태에서 오로지 자신의 의사에 따라 인류와 오안칼리를 가르는 선을 넘은 것이다. 이는 진정한 자유 의지에서 비롯된 인류와 오안칼리의 최초 접촉이다. 나중에 릴리스가 인간 선발대가 지구로 떠난 사실을 감춘 니칸지의 행동 또한 자신이 니칸지를 위해 나섰을 때와 같은 감정에서 비롯된 것이었음을 깨닫는 장면은 앞으로 펼쳐질 이야기의 방향을 넌지시 알려주는 단서처럼 보이기도 한다.

과연 인류와 오안칼리 사이에 태어난 새로운 종은 부모 세대의 장점을 골고루 물려받은 최선의 모습으로 등장할까? 『새벽』의 결말에서 릴리스가 오안칼리들과 함께 남으며 되새기는 각오('배워서 달

※ 지금은 이 책 『새벽』과 후속작인 『성인식Adulthood Rites』, 『이마고Imago』를 하나로 묶어 '릴리스의 아이들 3부작Lilith's Brood Trilogy'으로 부르지만, 원래 버틀러가 이 시리즈에 붙인 이름은 '제노제네시스 3부작Xenogenesis Trilogy'이었다. 'xenogenesis'는 부모 세대와 완전히 다른 자녀 세대가 나타나는 현상을 가리키는 말이지만, 접두사 'xeno-'와 명사 'genesis'가 각각 '다른 종'과 '창세기'를 의미한다는 점을 감안해 보면 '다른 종의 이름으로 다시 쓰는 창세기', 즉 '이종異種 창세創世'로 풀이해도 무리한 해석은 아닐 것이다.

아나요’)는 다음 세대에게 어떤 영향을 미칠까? 그다음 이야기는 이 책의 후속편인 『성인식』과 『이마고』에서 릴리스가 낳은 아이들을 통해 계속된다. 그리고 이야기의 배경은 지구를 넘어 화성으로까지 넓어진다.

한국어판 『새벽』은 2012년 미국의 오픈 로드 미디어Open Road Media 출판사에서 펴낸 페이퍼백판 『Dawn』의 전자책 판본을 저본으로 삼았다. 『성인식』과 『이마고』 또한 한국어판이 차례로 출간될 예정이므로 독자 여러분은 부디 기대해 주시기 바란다.

2025년 12월

장성주

새벽

초판 1쇄 찍은날 2026년 1월 5일
초판 1쇄 펴낸날 2026년 1월 14일

지은이 옥타비아 버틀러
옮긴이 장성주
펴낸이 한성봉
편집 안태운·김학제·박소연
콘텐츠제작 안상준
디자인 최세정
마케팅 오주형·박민지·이예지·정효인
경영지원 국지연·송인경
펴낸곳 허블
등록 2017년 4월 24일 제2017-000050호
주소 서울시 중구 필동로8길 73 [예장동 1-42] 동아시아빌딩
페이스북 www.facebook.com/dongasiabooks
인스타그램 www.instagram.com/dongasiabook
트위터 twitter.com/in_hubble
전자우편 dongasiabook@naver.com
블로그 blog.naver.com/dongasiabook
전화 02) 757-9724, 5
팩스 02) 757-9726

ISBN 979-11-93078-78-5 03840

※ 허블은 동아시아 출판사의 문학 브랜드입니다.
※ 잘못된 책은 구입하신 서점에서 바꿔드립니다

만든 사람들

책임편집 안태운
크로스교 안상준
디자인 최세정